古典詩歌研究彙刊

第六輯

龔鵬程 主編

第 10 冊

李白詩研究（上）

陳 敬 介 著

國家圖書館出版品預行編目資料

李白詩研究（上）／陳敬介 著 — 初版 — 台北縣永和市：花木蘭文化出版社，2009〔民 98〕

目 4+278 面：17×24 公分

（古典詩歌研究彙刊 第六輯：第 10 冊）

ISBN　978-986-6449-61-1（精裝）

1.（唐）李白　2. 學術思想　3. 傳記　4. 唐詩　5. 詩評

820.4415　　　　　　　　　　　　　　　　　98013873

ISBN - 978-986-6449-61-1

9 789866 449611

古典詩歌研究彙刊
第六輯　第 十 冊　　　　　　ISBN：978-986-6449-61-1

李白詩研究（上）

作　　　者　陳敬介
主　　　編　龔鵬程
總 編 輯　杜潔祥
出　　　版　花木蘭文化出版社
發 行 所　花木蘭文化出版社
發 行 人　高小娟
聯絡地址　台北縣永和市中正路五九五號七樓之三
　　　　　　電話：02-2923-1455／傳眞：02-2923-1452
網　　　址　http://www.huamulan.tw 信箱 sut81518@ms59.hinet.net
印　　　刷　普羅文化出版廣告事業
初　　　版　2009 年 9 月
定　　　價　第六輯 25 冊（精裝）新台幣 35,000 元

李白詩研究（上）

陳敬介 著

作者簡介

陳敬介助理教授
學歷：
    東吳大學中國文學系學士
    東吳大學中國文學研究所碩士（碩士論文：鮑照詩研究）
    東吳大學中國文學研究所博士（博士論文：李白詩研究）

【經歷】
・黎明文化事業公司編輯助理、編輯、編審、文史哲類主編、讀冊文化公司總
  編輯。
・曾任中原大學通識中心兼任助理教授

【現任】
◎育達商業科技大學　應用中文系　專任助理教授兼任語言應用研究中心主任
◎東吳大學　中國文學系　兼任助理教授

提　　要

本論文分為十章加以析論，茲分述各章摘要如下：

（一）李白生平及其傳說探析：根據李白墓誌銘、文集序、史傳、年譜及其他研究論文資料的歸納分析，進而明其生平梗概、傳說真偽及影響情形。

（二）李白詩集版本述略：介紹李白詩集生前的傳抄情形，以明其淵源，進而論介宋代李白詩集之整理及元、明時期李白詩集的註釋刊刻及流傳；而清代王琦注本甚為詳贍，亦需多加述介；最後特加介紹敦煌本李白集，以呈現其重要的參考價值。

（三）李白詩歌的創作淵源及其思想特質：以李白詩歌為主體，探析其創作淵源，以明其詩歌兼具承繼與開新之雙重特質。而其思想方面之探討，則主張李白乃以自我為中心之觀念，充分吸納縱橫、道家、儒家、道教、佛教等思想，繼而渾融摶聚、奮發展現，終成其獨一無二之思想色彩。

（四）李白詩歌修辭論：分從夸飾、譬喻、示現、轉化、對偶、用典等角度，以李白詩歌為主體，擇其佳例，進而分析其修辭手法之高妙。

（五）李白詩歌題材論：分取李白詩歌山水、飲酒、詠月的三大題材為主軸，繼而旁及遊俠、詠史、親情等題材加以分析，以凸顯李白詩歌題材內涵及其意象的豐富性。

（六）李白詩歌風格論：分析詩人風格之形成，實包含生命特質、思想內涵等內因，及時代風潮、生命經歷及詩體特質、修辭傾向等外緣結合形成，進而分從奇麗、清新、豪壯、婉曲綜合分析其詩歌的風格特質。

（七）李白詩歌與多元藝術之融通：本章嘗試從盛唐歌詩傳唱的情形探索李白歌詩傳播之概況，繼而從其詩作中擇其佳例，列舉隱含舞蹈、音樂等方面之表現，

並探究李白題畫詩藝術評析之內涵，及李白書法藝術及其論書詩作，最後綜論李白以詩歌為中心而與其他藝術融通之特色。

（八）李白詩中的「萬種風情」：本章主要分析筆者整理李白用「風」字詩所得之淺見；首先探索用「風」字之思想連結，以明其底蘊，分析其意象之形成及其類型，進而論述其奇幻多變之藝術手法，歸納用「風」字詩的美學特質。

（九）李白詩歌接受史概論：本章從接受美學角度，自共時接受的盛唐為始，歷元稹、白居易之李杜優劣論及宋、金、元時期江西詩派、嚴羽興趣說等，下迄明、清各詩派之論述為止；廣為參酌歷代詩話、文論及各家題詠李白詩，並旁及以李白為主體之戲劇、小說創作等，進而適當論述己見，以明李白在歷代被接受或批判之情形。

（十）李白詩歌外譯情形探析：本章首先介紹李白詩歌外譯之源起，繼而參酌目前僅見之數篇整理文獻及外譯史專著，互相補充，全面整理，計分歐、美諸國及日本、韓國四節加以論介。

緒　論

一、研究動機

　　中國是詩歌的國度，盛唐時期，更是中國古典詩歌發展的黃金時期，上承《詩經》、屈騷、漢賦、古詩、樂府等優美的文學傳統，及永明聲律論的啓發，近體律詩、絕句也日漸成熟，終而成爲創作的定式之一，盛唐詩歌於是蔚爲文學的大國，從此中國古典詩在創作形式上，再無新變，歷一千四百餘年而不衰。至於創作者更是大家輩出，惠澤百代，而李白更是這一時代詩名最顯赫、歌聲最嘹亮的代表性詩人，即使被後世並稱爲盛唐詩國雙峰之一的詩聖杜甫，對李白更是敬仰不已。

　　因性好文學，尤愛詩歌，碩士論文即以《鮑照詩研究》爲題，一窺學術研究之門徑。進入博士班研究階段，對於古典詩歌猶未忘懷，故接續《鮑照詩研究》之後，繼以精神、風格相通，且深受其影響的盛唐大家李太白爲研究主題；雖然李白的研究工作，誠爲近年學界古典詩歌研究的焦點之一，相關學位研究論文及單篇學術論文，亦數量龐大；然本文仍在細讀本體資料，兼及版本、時代背景及其他古籍參考資料的前提下，進而對於當代前輩學者的研究成果，加以研析學習。

　　可是在研究李白的相關論文中，對於其生平、出生地、家世背景等問題仍多爭論，對於待詔翰林及長流夜郎之事見解亦多歧異，實須再加分析、整理。其他如李白創作淵源及思想內涵、詩歌風格、題材、修辭藝術的研究，均爲深入理解李白、評論李白的重要途徑，雖前輩學者研究成果斐然，仍須加以整理，條析縷分，提供一愚之見。

　　其次在閱讀李白詩歌作品時發現，李白詩歌雖以酒、月、山、水爲四大主要意象，然李集當中，幾乎處處可感受到「風的身影」，故嘗試檢索以明其概，竟得約四百首用「風」字詩，佔全集約三分之一，故立專章深入討論。此外，筆者更認爲，李白不僅是一位偉大的詩人，更是一位集歌詩、書法、音樂、舞蹈及繪畫評論於一身的藝術家，因之盛唐多元的文化藝術現象，幾乎具體而微的呈現在這位多才多藝的詩人身上，然研究李白者對此似乎未多加注目，即使稍有論及者，亦多從單一角度探討，未能收分論進而整合之效，愚以爲此兩者必有其融通之處，故亦立專章，以李白詩歌爲中心，探索其與多元藝術會通之情形。

　　作爲詩國雙峰之一的李白，既名動於當時，復餘響於千古，然歷代對於李白詩歌接受評論的情形，卻褒貶不一，隱晦互替，其中固然牽涉到文學思潮、時代風氣、詩派立場及個人見解等因素，然因其影響之壯闊與深刻，故而使李白能成爲少數自成接受史體系之大家，甚且不論歷代對其褒貶如何，其中必有深意矣，故不揣學淺，嘗試從「接受美學」的角度，論析李白詩歌於歷代被「接受」之概況及其意義。

　　而對於李白這樣名動四海，極具代表性的中國古典詩人，學界對於其詩集外譯傳播，甚至對外國文學的影響情形，卻極少有深入的研究，本文擬對於論及此課題之文獻加以整合，互爲補充，以利探究，進而能有一「世界的李白」之概念產生，使李白詩歌之價值與意義，有一更宏闊的理解角度。

二、架構說明

承上所述，擬將本文分為十章加以析論，茲分述各章梗概如下：

（一）李白生平及其傳說探析：根據李白墓誌銘、文集序、史傳、年譜及其他研究論文資料的歸納分析，本章探討重點著重在李白出生地、家世背景及李白為何不預科舉、待詔翰林時所任職務之內涵、力士脫靴之可能性如何，並從唐律的角度分析「流」與「長流」的不同，進而推論是否到達夜郎或中途遇赦，凡此均從歷史、科舉制度、任官制度及法律等角度入手，以期廓清依靠詩作推論的臆測現象，進而明其生平梗概、傳說真偽及影響情形。

（二）李白詩集版本述略：介紹李白詩集自生前的傳抄情形，以明其淵源，繼而論介宋代李白詩集之整理、輯佚及初步的繫年狀況，進而探討元、明時期李集的註釋刊刻及流傳的情況，而清代王琦注本甚為詳贍，故多加述介，以明其特色；最後介紹敦煌本李白集，以呈現其重要的參考價值。

（三）李白詩歌的創作淵源及其思想特質：以李白詩歌為主體，探析其創作淵源實上溯詩經、楚辭之傳統，中歷漢魏六朝之民歌、樂府及詩賦，並結合初、盛唐文風之特質，以明其詩歌兼具承繼與開新之雙重特質。而其思想方面之探討，則主張李白乃以自我為中心——「攬彼造化力，持為我神通」之觀念，充分吸納縱橫、道家、儒家、道教、佛教等思想，繼而渾融摶聚、奮發展現，終成其獨一無二之思想色彩。

（四）李白詩歌修辭論：首先探討「修辭」一詞之淵源，繼從夸飾、譬喻、示現、轉化、對偶、用典等角度，以李白詩歌為主體，擇其佳例，進而分析其修辭手法之高妙。

（五）李白詩歌題材論：首先分析「題材」一詞於詩歌理論中所具之意義，並分取李白詩歌山水、飲酒、詠月的三大題材為主軸，繼而旁及遊俠、詠史、親情等題材加以分析，以凸顯李白詩歌題材內涵及其意象的豐富性。

　　（六）李白詩歌風格論：首先分析「風格」一詞之淵源，及其於詩歌理論中所具之意義，並進而分析詩人風格之形成，實包含生命特質、思想內涵等內因，及時代風潮、生命經歷及詩體特質、修辭傾向等外緣結合形成，進而分從奇麗、清新、豪壯、婉曲綜合分析其詩歌的風格特質。

　　（七）李白詩歌與其他藝術之融通：本章分從盛唐歌詩傳唱的情形探索李白歌詩傳播之概況，繼而從其詩作中擇其佳例，列舉隱含舞蹈、音樂等方面之表現者，並探究李白題畫詩藝術評析之內涵，及李白書法藝術及其論書詩作，最後綜論李白以詩歌爲中心而與其他藝術融通之特色。

　　（八）李白詩中的「萬種風情」：本章主要分析筆者整理李白用「風」字詩所得之淺見；首先探索用「風」字之思想連結，以明其底蘊，分析其意象之形成及其類型，進而論述其奇幻多變之藝術手法，歸納用「風」字詩的美學特質。

　　（九）李白詩歌接受史概論：本章從接受美學角度，自共時接受的盛唐爲始，歷元稹、白居易之李杜優劣論及宋、金、元時期江西詩派、嚴羽興趣說等，下迄明、清各詩派之論述爲止；廣爲參酌歷代詩話、文論及各家題詠李白詩，並旁及以李白爲主體之戲劇、小說創作等，進而適當論述己見，以明李白在歷代被接受或批判之內因。

　　（十）李白詩歌外譯情形探析：本章首先介紹李白詩歌外譯之源起，繼而參酌目前僅見之數篇整理文獻及外譯史專著，互相補充，全面整理，計分歐洲、美洲諸國及受唐化頗深的日本、韓國四節加以論介，以期李白詩歌外譯情形能有一更全面而周延之介紹，並論各國譯法之討論及其對當地詩人、音樂、文化之影響情形。

第一章　李白生平及其傳說探析

第一節　生　平

　　李白生平的諸多問題，向來爲李白研究範疇的重要焦點。然因李白生前詩名極盛，生平際遇頗具傳奇色彩，而且詩人本身個性傲岸特立，更使其生平的事蹟與稗官野史等傳說搏揉混雜，令人頗感千頭萬緒，有治絲益棼的困擾。然知人論世必不可免，以下即針對李白家世及生平概況作一論述，再針對其傳說加以探析，如此方能對李白生平有一眞確的瞭解，對於其詩歌的欣賞與理解，亦有極大的幫助。

一、家世背景：蟬聯珪組，世爲顯著

　　李白約出生於武周長安元年（西元 701 年），卒於代宗寶應元年（762 年），享年六十有二。李白的生卒年較無異議，但其出生地則尙無確說，一般有生於蜀地說及生於西域說兩種。至於其身世問題亦多，而李白先世之謎，來源於李白本人或其他人士在不同場合、不同時期，直接或間接所交代的家世背景不一所致。這些資料彼此間存在著許多互相衝突的矛盾，如以下這五條主要的原始資料：

　　（一）李陽冰〈草堂集序〉：「李白，字太白，隴西成紀人，涼武昭
　　　　　王暠九世孫。蟬聯珪組，世爲顯著。中葉非罪，謫居條支，

易姓爲名。然自窮蟬至舜，七世爲庶，累世亦不大曜。亦可歎焉。」〔註1〕

（二）范傳正〈唐左拾遺翰林學士李公新墓碑〉：「公名白，字太白，其先隴西成紀人。絕嗣之家，難求譜諜。公之孫女搜於箱篋中，得公之亡子伯禽手疏十數行，紙壞字缺，不能詳備。約而計之，涼武昭王九代孫也。隋末多難，一房被竄於碎葉，流離散落，隱易姓名。故自國朝以來，漏於屬籍。神龍初，潛還廣漢，因僑爲郡人。」〔註2〕

（三）李白〈上安州裴長史書〉：「白，本家金陵，世爲右姓，遭沮渠蒙遜難，奔流咸秦，因官寓家，少長江漢。」〔註3〕

（四）李白〈與韓荊州書〉：「白，隴西布衣。」〔註4〕

（五）李白〈贈張相鎬・其二〉：「本家隴西人，先爲漢邊將。功略蓋天地，名飛青雲上。」〔註5〕

五條資料中，第一條爲李白口授原作者，第三、四、五條爲李白自述，第二條范傳正所作爲親自尋訪李白孫女，蒐羅李白子伯禽手疏資料所得，應該前後一致，正確可靠才是，但偏偏又有幾處矛盾：

首先，李白祖籍爲隴西成紀（今甘肅秦安），應無爭議，但是否爲涼武昭王的九世孫？則頗有疑義，因若此說爲是，則李白當爲唐玄宗的族祖，但天寶元年唐玄宗曾下詔把李暠子孫，列入宗正寺，編入屬籍，而天寶元年正是李白被召入長安之時，怎麼可能「漏於屬籍」呢？另據史書記載，李暠遠祖是「隴西狄道李」，〔註6〕並非李白自述的隴

〔註1〕李白：《李太白文集》（臺北：臺灣學生書局，1967 年 5 月初版），頁 53。按：李陽冰爲李白族叔。

〔註2〕同前註所揭書，頁 66。

〔註3〕同前註所揭書，頁 602。

〔註4〕同前註所揭書，頁 600。

〔註5〕詹鍈主編：《李白全集校注彙釋集評》第 3 冊（天津：百花文藝出版社，1996 年 5 月初版），頁 1627。

〔註6〕北齊・魏收：《魏書・列傳第八十七・李暠》（臺北：鼎文書局，1987 年 5 月 5 版），頁 2202。

西成紀李，而據陳寅恪先生研究更指出，李唐爲「趙郡李」，〔註7〕與李白自述者亦有所別。張書城〈李白先世之謎——論李白屬西漢李廣、李陵，北周李賢，隋朝李穆一系〉一文對此有深入的辯析，並指出李白依託「涼武昭王九世孫」的眞正目的有三點：

1. 確認自己是中原漢族後裔。……

2. 確認自己是隴西成紀李斌的九世孫。但是他不好說明自己是李斌九世孫（因史載李斌係李陵之後），於是就用轉移房派、移花接木的辦法把自己說成是李暠九世孫。李暠爲李斌遠房族弟，與李斌同時活動在不同陣營、不同地區。……

3. 確認自己是隴西成紀李廣的二十五代孫。〔註8〕

言之成理，頗具參考價值。至於李白先祖因罪被竄，雖較無爭議，但究爲何時？何事被竄？更是眾說紛紜。張書城認爲：

〈李序〉的「中葉非罪，謫居條支」，實質上是李穆家隋煬帝大業十一年（615）「餘無少長，俱徙邊徼」的更爲隱晦含糊的說法而已。「中葉非罪」的「中葉」，在此指「九世」之「中葉」，即李白的五世祖，亦即碎葉房始祖。「非罪」者，正指李穆家「無反狀」而強加了叛逆罪。「謫居條支」者，流徙到西域遙遠的邊疆去了。……此外，〈李序〉全部都能同李穆家對上口。〈李序〉說：「李白，字太白，隴西成紀人」，與李穆「自云隴西成紀人」完全吻合。〈李序〉說李白家「蟬聯珪組，世爲顯著」，李穆家也是「自周迄隋，郁爲西京盛族」的。……〈李序〉說李白家「自窮蟬至舜，五世爲庶，累世不大曜」，李穆家的任何一房流放西域後也會有同樣的遭遇。李穆家自隋末（615）「皆徙邊徼」之後，如有一房流落到神龍初（705）或神功時（697）才回鄉，

〔註7〕陳寅恪：《金明館叢稿二編・三論李唐氏族問題》（上海：上海古籍出版社，1980 年），頁 305。認爲李唐「本爲趙郡李氏之『破落戶』或『假冒牌』」。

〔註8〕張書城：《李白家世之謎》（甘肅：蘭州大學出版社，2000 年），頁13～14。

中間正是一百年左右，以二十年爲一世，正好有五世。這五世流亡西域，只能「爲庶」，不能「爲官」是不言而喻的了。〔註9〕

另據張書城〈李白先世「隋末多難」縱橫談——被殺與被流者的輩份〉〔註10〕一文對此慘案有詳細的考證說明，值得參閱，不再贅述。

而所謂碎葉、條支究指何處？就碎葉言，有中亞碎葉與焉耆碎葉的不同說法，單就中亞碎葉而言，一說在中亞坦邏斯城；〔註11〕一說在中亞托克馬克附近之阿克·貝西姆廢城；（即今吉爾吉斯共和國托克馬克附近）。〔註12〕據張書城所言：

我們要排除『被竄於「中亞碎葉」』的可能性。……從歷史地理的實際情況看，中亞碎葉隋末是西突厥五奴失畢部居地，四十多年後，直到顯慶二年（657），蘇定方破沙缽羅軍，西突厥滅亡後，才歸唐帝國蒙池都護府管轄。……唯一可考慮的只有隋代鄯善郡西北的焉耆碎葉了。……李白先世「隋末多難」。「其先隋末以罪徙西域，事即大業十一年三月（一說五月）隋煬帝枉殺李門三十二人後，其餘倖存的男女老少一律作爲「輕罪者」流徙西北邊地（西海、河源、鄯善、且末等郡）去「戌邊屯田」。李白五世祖「一房被竄於」鄰近鄯善郡的焉耆碎葉。焉耆碎葉的腹地，即今南疆博斯騰湖流域的庫爾勒和焉耆回族自治區。〔註13〕

至於條支之說，「從歷史地理的實際情況看，漢代條支國當在今伊朗兼伊拉克之地，唐代條支都督府當在今阿富汗西南部，這漢、唐兩條支都與隋末西域竄謫地鄯善、且末等郡風馬牛不相及。這正如陳寅恪所

〔註9〕 張書城：《李白家世之謎》，頁14～15。

〔註10〕 同前註所揭書，頁21。

〔註11〕 胡懷琛〈李太白的國籍問題〉，見引安旗：《李白年譜》（臺北：文津出版社，1987年8月），頁4。

〔註12〕 長植（即李長之）：《詩人李白及其痛苦》（臺北：大漢出版社，1977年12月10日再版），頁13。郭莫若《李白與杜甫》、葛景春《李白研究管窺》均主此説。

〔註13〕 張書城：《李白家世之謎》，頁35～36。

說『若太白先人於楊隋末世即竄謫如斯之遠地，斷非當日情勢所能有之事實。』」〔註14〕故而李白先世流放之地，應爲焉耆碎葉。而〈李白先世不會流放在中亞碎葉——公元 615 年流放在焉耆碎葉地帶〉文末「附記」引鍾興麒〈唐代安西四鎭之一的碎葉位置新探〉認爲該文所謂哈密碎葉的地理座標與其說法——「我一直堅持李白先世 615 年只能流放在西海、河源、鄯善、且末等郡（今青海湖至羅布泊的廣大地帶）之內，……而鍾文所稱的哈密碎葉恰巧正在這一地帶。」〔註 15〕其說值得重視。目前學界對於李白家世問題的研究成果，大致尙有以下幾種說法：

（一）唐高祖從弟李軌族人說。〔註16〕

（二）李建成、李元吉後人說。〔註17〕

（三）參加徐敬業倒武之唐宗室說。〔註18〕

（四）參加汝陽王李煒擁立中宗之宗室說。〔註19〕

（五）丹陽李倫後裔說。〔註20〕

（六）僞託唐宗室說。〔註21〕

（七）胡人說。〔註22〕

〔註14〕張書城：《李白家世之謎》，頁 34。

〔註15〕同前註所揭書，頁 37。

〔註16〕王文才：〈李白家世探微〉，《四川師院學報》第四期（1979 年），頁 45。

〔註17〕鍾吉雄：〈爲什麼我不敢告訴你我是誰——談李白的身世之謎〉《臺灣時報》（1984 年 10 月 28 日），八版。

〔註18〕孫楷第：〈唐宗室與李白〉《經世日報・讀書周刊》（1946 年 10 月 30日）。

〔註19〕李從軍：《李白考異錄・李白家世考索》（山東：齊魯書社，1986 年），頁 154。

〔註20〕胥樹人：《李白和他的詩歌》（上海：上海古籍出版社，1984 年），頁 87。

〔註21〕郭沫若：《李白與杜甫》（北京：人民文學出版社，1971 年），頁 78。

〔註22〕陳寅恪：〈李太白氏族之疑問〉，《清華學報》十卷一期（1935 年）；日人松浦友久：〈李白的出生及家世〉，《中國李白研究》（1990 年・下集），頁 257。

可說是洋洋大觀，卻莫衷一是。總之，李白對於其家世問題本身就有難言之隱，畢竟身為謫罪之後，既有妨科舉正途，更有礙干謁蹊徑，故而恍惚其說，寄望以一身才力，一飛沖天，但諷刺的是，李白的從政之路不僅坎坷，非但生前無法得一正式官職，甚至以流放夜郎，臥病當塗為生命的句點，冥冥中，似乎又重蹈了先祖的覆轍；「驚天動地文，虛無家世事」，絕嗣之家，卻萬世留名，令人激賞，也令人喟嘆！

二、蜀中生活：從學趙蕤，自命大鵬

　　唐中宗神龍元年（705 年），其父李客舉家重返內地，選擇定居於西蜀綿州的昌隆（今四川江油），李客寓居昌隆之後，一直過著「高臥雲林，不求祿仕」的生活。而李白的童年即在父親的督導下，開始了廣泛的學習，李白自言「五歲誦六甲，十歲觀百家。」〔註23〕少任俠擊劍，習縱橫之術。唐玄宗開元三年（715 年）「隱居戴天大匡山，往來旁郡，依潼江趙徵君蕤。」〔註24〕學習其所著的《長短經》，又好求仙學道。開元八年（720 年）李白二十歲左右時，在蜀中有一次漫遊，去成都的途中，曾拜謁由禮部尚書出任益州長史的蘇頲，受到他的熱情誇獎：「此子天才英麗，下筆不休，雖風力未成，且見專車之骨。若廣之以學，可與相如比肩。」〔註25〕年輕的李白受到蘇頲的讚賞與肯定，可以想見李白當時心中的喜悅；有趣的是（唐）鄭處晦《明皇雜錄》有一段關於蘇頲的記載：

> 蘇頲聰悟過人，……及壯，而文學賅博，冠於一時，性疏俊，嗜酒。及玄宗既平內難，將欲草制書，難其人。顧謂王襃曰：『誰可為詔？試為思之。』王襃曰：『臣不知其他，臣男頲甚敏捷，可備指使。然嗜酒，幸免沾醉，足以了其事。』玄宗遽命召來，至時宿酲呈未解，粗備拜舞。嘗醉

〔註23〕詹鍈主編：《李白全集校注彙釋集評》第 8 冊，頁 4027。
〔註24〕宋·計有功：《唐詩紀事·上》（臺北：木鐸出版社，1982 年初版），頁 271。
〔註25〕李白：《李太白文集》，頁 53。

嘔殿下，命中使扶臥於御前，玄宗親爲舉食以覆之。即醒，
受簡筆立成。〔註26〕

可見蘇頲的個性特質與李白頗爲相近，對於後輩李白的讚賞，或也有
一絲內在氣質的相親之感。據楊愼《丹鉛總錄》卷十二引蘇頲〈薦西
蜀人才疏〉：「趙蕤術數，李白文章。」〔註27〕可見其對李白是眞心喜
愛與推薦過的。而李白一生喜談王霸之術，以管、葛自許，看來亦與
青年時代從學趙蕤，深受其影響是分不開的。雖然，李白在蜀中大致
過著讀書隱居的生活，但卻也名動官貴，除前引蘇頲對李白的推薦讚
譽之外，其〈上安州裴長史書〉亦云：

昔與逸人東嚴子隱於岷山之陽，白巢居數年，不跡城市。
養奇禽千計，呼皆就掌取食，了無驚猜。廣漢太守聞而異
之，詣盧親睹，因舉二人以有道，并不起，此則白養高忘
機，不屈之跡也。〔註28〕

可見李白在此雖云「巢居數年，不跡城市」，但這種「養奇禽千計，
呼皆就掌取食，了無驚猜」的奇能，卻也迅速的傳播到廣漢太守耳中，
甚至「詣盧親睹，因舉二人以有道」，由此可見，李白在二十四歲出
蜀前，實際上已受到地方官員的重視，甚而有二次的舉薦，實屬不
易。但值得關注的是，李白一生並無參加科舉的史實可考，而《新唐
書・選舉志》云：

唐制，取士之科，多因隋舊，然其大要有三。由學館者曰
生徒，由州縣者曰鄉貢，皆升於有司而進退之。其科之目，
有秀才，有明經，有俊士，有進士，有明法，有明字，有
明算，有一史，有三史，有開元禮，有道舉，有童子。而
明經之別，有五經，有三經，有二經，有學究一經，有三

〔註26〕唐・鄭處誨：《明皇雜錄》（臺北：新文豐圖書公司，1985年初版），
頁241。
〔註27〕明・楊愼：《丹鉛總錄》（明嘉靖間太倉凌雲翼襄陽刊本），國家圖書
館善本書庫。
〔註28〕李白：《李太白文集》（臺北：臺灣學生書局，1967年5月初版），頁
604。

禮，有三傳，有史科。此歲舉之常選也。其天子自詔者曰
制舉，所以待非常之才焉。〔註29〕

可見唐朝的科舉包含了當時社會、政治、文化、宗教、藝術各種層
面，仕進之途不可謂之不廣，而這兩次舉薦同屬制舉性質，喬長阜
〈李白不預科舉原因淺探〉：「『有道』即制科之有道科，恰恰是高
適後來由此中第的。」〔註30〕而蘇頲推薦之「文章」則屬「辭殫文
律、辭標文苑、蓄文藻之思、文藝優長、文辭雅麗、藻思清華、文
辭秀逸、辭藻秀逸、文辭清麗、文辭秀異、下筆成章、文擅辭場、
手筆俊拔超越流輩等科，都是試文辭類的。」〔註31〕劉海峰認為「不
少制舉科目名異實同」，〔註32〕但筆者認為由「雅麗」、「清華」、「秀
逸」、「清麗」、「秀異」、「俊拔」等要求，均有「俊逸」、「清麗」風
格的傾向，而這與李白詩歌風格大為吻合，但李白卻不應舉參加科
考，其主要原因據喬長阜分析：

> 李白家「五世為庶」，他當然沒有資格進館、監及國子學、
> 太學之類。他要參加科舉，就只能由州、縣舉送，走鄉貢
> 這條路。但這樣一來，就要「懷牒自列於州、縣」如實申
> 報自己的家世、個人情況。這是常舉。至於制舉，《唐語林》
> 卷八載：「舉人應及第者，關檢無籍者，不得與第。……」
> 可見制舉也有「籍」與「牒」的問題。……當然，對於李
> 白來說，最難辦的還是陳「牒」。按《唐律疏議》卷九「職
> 制」：「諸貢舉非其人，及應貢舉而不貢舉者，一人徒一年，
> 二人加一等，罪只徒三年。」〔註33〕

〔註29〕北宋‧歐陽修：《新唐書‧選舉志》（臺北：鼎文書局，1985年3月
　　　　4版），頁3375。
〔註30〕喬長阜：〈李白不預科舉原因淺探〉（中國李白研究1995～1996年
　　　　集：中國李白研究會、馬鞍山李白研究所編，安徽文藝出版社，1997
　　　　年8月），頁42。
〔註31〕劉海峰：《唐代教育與選舉制度綜論》（臺北：文津出版社，1991年
　　　　7月初版），頁11。
〔註32〕同前註所揭書，頁11。
〔註33〕喬長阜：〈李白不預科舉原因淺探〉，頁42。

因李客乃「潛還廣漢」、「以逋其邑」，〔註34〕且潛歸後又是過著雲臥的隱居生活，恐怕本就有其難言之隱，故而即使十餘年後，李白雖備受地方官員的賞識，卻因譜牒問題而無法應舉，「養高忘機，不屈之跡」，恐爲自圓之詞。然李白並未放棄仕進之願，仍力行干謁，約同於開元八年，李白至渝州謁見當時的大名士渝州刺史李邕，但卻意外的受到冷落，李白不滿李邕輕視後學的態度，作詩一首以明志：

> 大鵬一日同風起，摶搖直上九萬里。假令風歇時下來，猶
> 能簸卻滄溟水。世人見我恆殊調，見余大言皆冷笑。宣父
> 猶能畏後生，丈夫未可輕年少。〔註35〕

態度雖頗不遜，但此詩首見以大鵬自比，正顯示出李白年少輕狂的銳氣，這個出自《莊子・逍遙遊》的典故，摶扶搖而直上九萬里的大鵬，至此已確立爲李白生命的主旋律，一種異於凡俗、豪情凌雲的生命形態。

　　也正因常舉、制舉在譜牒上的問題無法解決，故而相比之下，詔徵、獻賦之類的方法，既可與朝廷發生關係，又可避開譜牒的問題，如若成事，一朝即可激昂於青雲之上，但欲求朝廷的關注，仍須「有力者」的推薦揄揚，因此數年之後，李白離開四川，開始他「遍干諸侯」、「歷抵卿相」的另一段生命歷程。

三、出蜀遠遊：仗劍去國，願爲輔弼

　　開元十三年（725 年），〔註36〕李白年二十五，他懷著「已將書劍報明時」的壯志，「仗劍去國，辭親遠遊」。出三峽後，李白於江陵適遇著名道士司馬承禎往朝南岳，乃往謁見。司馬承禎大誇李白「有

〔註34〕李白：《李太白文集》，頁 66。

〔註35〕詹鍈主編：《李白全集校注彙釋集評》第 3 冊，頁 1324。此詩詹鍈繫於天寶五載（746），安旗繫於開元八年（720），觀其詩意、辭氣，應屬少作，如按詹氏之說，「丈夫未可輕年少」一句恐不符四十六歲之齡、已名滿天下的李白實況。

〔註36〕詹鍈：《李白詩文繫年》（北京：人民文學出版社，1984 年 4 月 1 版），頁 4，作開元十三年出蜀。

仙風道骨，可與神遊八極之表。」〔註37〕李白大受鼓舞，便寫了〈大鵬遇希有鳥賦〉（後改名，改寫爲〈大鵬賦〉）來紀念此事。有趣的是，李白初寫〈大鵬遇希有鳥賦〉時約二十五歲，據郁賢皓所云：「今存此賦爲改訂本。賦開頭即稱『南華老仙』，據《舊唐書・玄宗紀》，天寶元年，詔封莊子爲南華眞人。則此賦改寫的時間，當在此之後，或即在天寶二年供奉翰林時歟？」〔註38〕如果郁氏所言正確，李白時年四十三歲，距初作已近二十年，卻仍「悔其少作，未窮宏達之旨，中年棄之。及讀《晉書》，睹阮宣子《大鵬讚》，鄙心陋之。」〔註39〕可見李白對「大鵬」這個「生命象徵」十分重視，歷二十年而不變，並自認新改的〈大鵬賦〉可以超越阮修的〈大鵬讚〉，可惜的是舊作已亡佚，無從比較二者之間的差異，否則應可更瞭解其心理變化。而司馬承禎對李白的讚譽，更是李白心理上「自我仙化」及世人接受李白爲「謫仙」的濫觴，「希有鳥與大鵬」相遇激化而生的力量與影響，實是不容小覷。

　　開元十五年（727），李白年二十七，自其出蜀後，南窮蒼梧，東涉溟海，還憩雲夢，故相許圉師家以孫女妻之，太白遂留居安陸。並前往拜謁安州中督府都督馬世會，〔註40〕旋居安陸西北六十里之壽山。並寫〈代壽山答孟少府移文書〉這篇奇文，其文末曰：

> 近者逸人李白自蛾眉而來，爾其天爲容，道爲貌，不屈己，不干人，巢由以來，一人而已。……俄而李公仰天長吁，謂其友人曰：吾未可去也。吾與爾，達則兼濟天下，窮則獨善一身……，申管晏之談，謀帝王之術，奮其智能，願爲輔弼，使寰區大定，海縣清一，事君之道成，榮親之義畢。〔註41〕

〔註37〕詹鍈主編：《李白全集校注彙釋集評》第 7 冊，頁 3880。
〔註38〕同前註所揭書，頁 3880。
〔註39〕同前註所揭書，頁 3880。
〔註40〕安旗：《李太白別傳》（北京：人民文學出版社，2004 年 5 月初版），頁 26，注引黃振常〈郡督馬公初考〉。
〔註41〕李白：《李太白文集》，頁 592～593。

此文正表現出本時期李白自我角色的定位，「天爲容，道爲貌」正是司馬承禎所謂「仙風道骨」，「不屈己，不干人，巢由以來，一人而已。」顯示其傲岸個性及爲文性喜誇張的特質。當然，本文更表達出李白立身處世的態度，其中既有「兼濟天下」、「事君榮親」的積極入世思想，但也流露出打算功成身退後「浮五湖，戲滄州」的出世思想。

關於李白第一次婚姻，安旗認爲李白是入贅許府，其《李太白別傳》〈第二章大道如青天，我獨不得出〉「二、西至安州，入贅許府」：

> 安州許府確屬高門望族，許相公之父許超，更是高祖李淵之同學，封爲安陸郡公。其後滿門簪纓，已近百年。藉其餘蔭或可有利仕途，然入贅一事，卻未免有辱斯文。〔註42〕

見解頗爲獨特，然李白在開元十八年（730）所作雪讒書〈上安州裴長史書〉，似可看出若干訊息：

> 而許相公家見招，妻以孫女，便憩於此，至移三霜焉。……前此郡督馬公，朝野豪彦，一見禮，許爲奇才。因謂長史李京之曰：諸人之文，猶山無煙霞，春無草樹。李白之文，清雄奔放，名章俊語，絡繹間起，光明洞澈，句句動人。
>
> 〔註43〕

尤以「許相公家見招」，中「見招」一句，詹鍈主編《李白全集校注彙釋集評》、瞿蛻園、朱金城校注《李白集校注》對此均未加注釋，不知是否即有「招贅」之意。又郡督馬公是繼蘇頲、司馬承禎之後，對李白大加肯定的知名人物，其重點在對於李白詩文的讚賞；但就在同年，李白又因酒後行於道中誤認李長史爲魏洽，未及迴避，受到李長史的訓責，於是撰〈上安州李長史書〉謝罪，以期解除誤會，並上詩三首，希其賞識鑒拔。或因李白才高氣傲、或因入贅故相門第而遭人忌妒讒謗；總之，這篇文章較詳細的說明了詩人自己的身世，以及

〔註42〕安旗：《李太白別傳》，頁26。
〔註43〕李白：《李太白文集》，頁604。

三十歲以來的重要個人經歷：

1. 自稱爲涼武昭王李暠之後。

2. 自年幼誦六甲，觀百家，所受教育非傳統儒家式教育。

3. 個性上輕財好施、存交重義、養高忘機。

4. 曾受蘇頲、馬都督之美譽，最後仍不失格調的說，若裴長史不接受他的申辯，將「永辭君侯，黃鵠舉矣。何王公大人之門不可以彈長劍乎？」〔註44〕

可惜的是，終爲裴長史所拒，李白果如其言，遂入長安，是年爲開元十八年（730）。〔註45〕

四、初入長安：誰識臥龍，有才無命

入長安後，謁張說，識張垍，寓居終南山玉眞公主別館，但頗受冷遇，欲謁玉眞公主未果，又曾謁其他王公大臣，亦不順利，據安旗《李白年譜》，將〈行路難〉其二：「揮劍作歌奏苦聲，曳裾王門不稱情。淮陰市牛笑韓信，漢朝公卿忌賈生。」〔註46〕列爲李白初次入長安時不遇的作品，此詩中李白將自我比喻爲韓信、賈誼等名士，顯示李白認爲自己允文允武，但卻受到王公貴族、高官顯宦的輕視，心中充滿悲憤。回想起離開安陸時的狂傲之言：「何王公大人之門不可以彈長劍乎？」而今，在長安年餘，歷抵卿相卻一事無成，只好抑鬱不安的返回安陸，居白兆山桃花岩，構石室，開山田，日以讀書、賦詩、彈琴、飲酒爲事，似乎絕意仕進；其〈安陸白兆

〔註44〕李白：《李太白文集》，頁606。

〔註45〕李白幾入長安？歷來有三種說法：1. 傳統的一入長安：王琦〈李太白年譜〉、裴斐主編〈李白詩歌賞析集〉、〈李白選集〉等。2. 二入長安：稗山〈李白兩入長安辯〉（中華文史論叢、第二輯，1962年）、郭沫若〈李白與杜甫〉（1971年）、郁賢皓〈李白兩入長安及有關交遊考辯〉（南京師院學報，1978年，第四期）等。3.三入長安：李從軍〈李白三入長安考〉（中華文史論叢、第二輯，1983年）、胥樹人〈李白與他的詩歌〉、安旗〈李太白別傳〉等。

〔註46〕詹鍈主編：《李白全集校注彙釋集評》第1冊，頁391。

山桃花岩寄劉侍御綰〉詩云：「雲臥三十年，好閑復愛仙。……歸來桃花巖，得憩雲窗眠。」〔註47〕

　　事實上李白時年三十三，觀其至此時期的生命梗概，入世之心、仕進之意甚強，何嘗「雲臥」！但初入長安，歷抵卿相卻一事無成，相信對李白有極大的打擊，政治出路的失敗，出世思想隨即抬頭，此消彼長，亦爲人之常情，更何況李白在蜀中即有尋仙訪道的經驗，出世入世的矛盾便時常在其胸臆中衝突擺盪。

　　但果不其然，執著於「功成身退」想法的李白，閑居安陸一年後，漸不堪山中的寂寞，遂又出遊，兼事干謁，於是又拜謁韓朝宗，並作〈與韓荊州書〉：

> 願君侯不以富貴而驕之，寒賤而忽之，則三千賓中有毛遂，使白得穎脫而出，即其人焉。白隴西布衣，流落楚漢，十五好劍術，遍干諸侯，三十成文章，歷抵卿相，雖長不滿七尺，而心雄萬夫。……必若接之以高宴，縱之以清談，請日試萬言，倚馬可待。〔註48〕

文中詞氣雖亦不免自誇自飾，但以往的不遜、自矜則漸有收斂；可加注意的是，李白意外的以同時代人崔宗之、房習祖、黎昕、許瑩等人爲例，「所以不歸他人，而願委身國士，儻急難有用，敢效微軀。」〔註49〕希望自己也能與所舉諸人一樣受到韓朝宗的重視，可惜的是干謁依然不遂，李白的心情可說跌至谷底，開元二十二年（734）所作的〈暮春江夏送張祖監丞之東都序〉云：

> 吁咄哉！僕書室坐愁，亦已久矣。每思欲遐登蓬萊，極目四海，手弄白日，頂摩蒼穹，揮斥幽憤，不可得也。……誤學書劍，薄遊人間，紫微九重，碧山萬重，有才無命，甘於後時。〔註50〕

〔註47〕詹鍈主編：《李白全集校注彙釋集評》第3冊，頁1880。
〔註48〕李白：《李太白文集》，頁599～600。
〔註49〕同前註所揭書，頁601。
〔註50〕詹鍈主編：《李白全集校注彙釋集評》第8冊，頁4045。

這樣悲鬱的告白，出自青壯年的李白之手，實在令人感到不可思議，而「有才無命」，似乎也成爲他一生從政失敗的預告。

自開元二十二年拜謁韓朝宗以迄天寶元年，約八年時間，李白漫遊九州，並於開元二十八年〔註51〕（740）移家東魯，而其心情總是挹鬱寡歡，如〈南都行〉：「誰識臥龍客，長吟愁鬢斑。」〔註52〕以出山前「躬耕南陽」的諸葛亮自況，感嘆己之不爲人識。甚至在四十歲時，想在劍術上深造，以謀出路，〈五月東魯行答汶上翁〉：「顧余不及仕，學劍來山東。舉鞭訪前途，獲笑汶上翁。」〔註53〕似乎透露出李白在詩文干謁之途上屢遭困阨，於是轉而學劍，以謀出路，雖然李白「十五學劍術」，且據裴敬〈翰林學士李公墓碑〉：「文宗皇帝命翰林學士爲三絕，贊公之詩歌與將軍劍舞泊張旭長史草書爲三絕。」〔註54〕由此可見唐代以劍術作爲技藝亦係出路之一，但按安旗所言：「（劍術之科）較之進士諸科，斯爲下矣，往往爲人所輕，故云『獲笑汶上翁』也。」〔註55〕可知李白此時對於仕進之途已不拘以詩文爲藉，亦願從「斯爲下矣」的劍術一途試之。

但人間的窮通禍福似乎也不是以「謫仙」爲名的李白所能逆料的，就在他極其低潮的際遇中，突地轉禍爲福，化悲爲喜，李白一生在政治上的登峰之機來臨了。

五、待詔翰林：浪跡縱酒，屢稱東山

天寶元年（742），李白四十二歲，距其二十五歲「仗劍去國，辭親遠遊。」已整整十七年了，從青年、壯年到已入中年的李白，終於

〔註51〕移家東魯之說王琦《李太白年譜》、王瑤《李白》均主開元二十三年（735）35 歲，詹鍈《李白詩文繫年》、郭沫若《李白與杜甫》主開元二十四年（736），郁賢皓《李白選集》作開元二十七年（739），開元二十八年（740）移居東魯之說見安旗《李太白別傳》，頁69。

〔註52〕詹鍈主編：《李白全集校注彙釋集評》第 2 冊，頁 984。

〔註53〕同前註所揭書第 6 冊，頁 2614。

〔註54〕李白：《李太白文集》，頁 74。

〔註55〕安旗：《李太白別傳》，頁 241。

在元丹丘的請託及玉眞公主的推薦下，獲得唐玄宗的召見，其知名的〈南陵別兒童入京〉云：「遊說萬乘苦不早，著鞭跨馬涉遠道。……仰天大笑出門去，我輩豈是蓬蒿人。」〔註56〕李白心中的喜悅實在是筆墨難以形容，只能以呼告式的文詞來渲洩心中鬱積已久的憤懣，自我的肯定與無比的信心再度升起；李白隨即揚鞭入京，召見金殿，備受寵遇，此事在其詩文中多次稱道，諸家序傳亦大書特書，如〈爲宋中丞自荐表〉、〈還山留別金門知己〉、〈玉壺吟〉、李陽冰〈草堂集序〉等；但反觀李白一生，自年少在匡山讀書，於趙蕤處習縱橫，二十四歲出蜀，失意安州、酒隱安陸，初入長安，遍干諸侯，歷抵卿相，卻終不爲用；至此突然被召金殿，直上九重，眞有其「大鵬一日同風起」，「塊視三山，杯觀五湖」〔註57〕的氣勢。

　　李白入京後，在等候召見期間，與祕書監賀知章相遇於長安紫極宮，賀監既奇其姿，復賞其文，謂其詩「可以泣鬼神」，並稱其爲「謫仙人」，重又薦之於玄宗。於是玄宗召見於金鑾殿，優禮有加，遂命待詔翰林。可惜的是，天寶與開元雖同爲唐玄宗在位的年號，卻明顯標誌著大唐由盛而衰的不同階段，此時圍繞在玄宗身旁的是大權在握的奸相李林甫，佞閹高力士，寵妃楊玉環，逆將驃騎大將軍安祿山，此時奉詔的李白當然與朝中奸佞之輩不合，而且唐玄宗將他視爲文學侍從，做爲妝點門面的「待詔翰林」，當然無法滿足李白的雄心壯志，他對於這種御用文人的生活日感厭倦，如李陽冰〈草堂集序〉云：「格言不入，帝用疏之，乃浪跡縱酒，以自昏穢。詠歌之際，屢稱東山。」〔註58〕再加上遭受讒謗，雖然其功成身退的初衷仍猶未變，但時不我予，在奸佞的圍剿下，李白在京待詔自天寶元年秋（742）至天寶三載（744）春，僅一年半時間，旋即被玄宗「賜金還山」。

　　在此之前，李白未嘗「得志」，抑鬱二十年，「須臾」的「遂志」

〔註56〕詹鍈主編：《李白全集校注彙釋集評》第 4 冊，頁 2238。
〔註57〕同前註所揭書第 7 冊，頁 3880。
〔註58〕李白：《李太白文集》，頁 54。

卻讓他更確認自我與世俗的格格不入。此次離京後，李白再未返長安，而他的生命歷程的高峰也至此戛然而止。從此，不管是商請北海高天師授道籙，有心遁入方外，或是借詩譏評朝政，如〈夷則格上白鳩拂舞辭〉：「白鷺之白非純真，外潔其色心匪仁。闕五德，無司晨，胡爲啄我葭下之紫麟。鷹鸇雕鶚，貪而好殺。鳳凰雖大聖，不願以爲臣。」〔註59〕對時政敗壞，李邕、裴敦復被殺害，表達了不勝悲憤之感。大抵而言，此後的李白益發狂放不羈，再次過著浪遊的生活，或思棲居隱遁，或又難忘功名，甚至冒險北遊幽州，「且探虎穴向沙漠，鳴鞭走馬凌黃河。」〔註60〕但當他瞭解邊地戰爭的眞相時，情緒從激勵報國，轉爲怨憤悲痛，李白的生命歷程至此又將急轉直下，進入一全然不同的境況。

然在結束此階段的述論之前，有一事值得深入探討；亦即李白在天寶元年二入長安，究竟是任翰林供奉或翰林學士？歷來說法多有不同；又兩者究竟有何差異？這都牽涉到李白在宮廷的生活、思想，甚至影響李白生命後期的某些心態及當時、後世的評價。故而對翰林院、翰林學士、翰林供奉、待詔翰林等詞應有正確的認識。

據章群《唐史札記2・翰林院與翰林學士》一文云：

> 韋執誼〈翰林院故事記〉云：玄宗始選朝官有詞藝學識者
> 入居翰林，於是中書舍人呂向、諫議大夫尹愔充焉。〔註61〕

此條有幾處值得注意：一、對象：「朝官」，即不再外求，而是自朝廷官員中選拔出；二、專長：「有詞藝學識者」；三、按此推測應爲兼任性質，及本官照任之。又如《舊唐書・職官志》：

> 玄宗即位，張說、陸堅、張九齡、徐安貞、張垍等召入禁
> 中，謂之翰林待詔。〔註62〕

〔註59〕詹鍈主編：《李白全集校注彙釋集評》第 1 冊，頁 463。
〔註60〕同前註所揭書第 5 冊，頁 2124。
〔註61〕章群：《唐史札記2》（臺北：學海出版社，2000 年 7 月），頁 95。
〔註62〕後晉・劉昫：《舊唐書・職官二》（臺北：鼎文書局，1985 年 3 月 4 版），頁 1853～1854。

以上諸人當時均任有正式官職，且「召入禁中」，可見甚受皇帝的重視與信任，然此時尚稱翰林待詔。章群認爲：

> 翰林院之演變有二，一在開元二十六年（738）別建學士院，「始建學士，俾專內命。」與藝能伎術之士，分而爲二。一在貞元元年（785），德宗令學士明預班列，於是皇帝私臣一變而爲朝廷命官。

> 翰林院人士，初稱待詔，後改稱供奉，《新志》云：「玄宗初置翰林待詔，以張説、陸堅、張九齡等爲之，掌四方表疏批答，應和文章，繼而又以中書務劇，文書多壅滯，乃選文學之士，與集賢院學士分掌制詔書敕。」

> ……

> 韋執誼云翰林院，「蓋天下以藝能伎術見召之所處也。」《舊志》則云：「其待詔者，有詞學、經術、和鍊、僧道、卜祝、術藝、書奕。各別院稟之，日晚而退。」

> 有詞學者，不過眾流之一，其人或分掌制詔書敕，即其所謂文學之士。〔註63〕

可見在開元二十六年（738）後，於翰林院外別建學士院，學士之名至此方始成立；然其性質仍爲天子私臣，至德宗貞元元年（785）始爲朝廷命官。可見不論翰林學士或待詔翰林、翰林供奉，在李白生前均非正式官員，這是沒有疑義的。又據韋執誼所言，其待詔者甚夥，有詞學者不過眾流之一；而《新志》又云爲分掌制詔書敕，乃令選文學之士與集賢院學士分任之，可見李白在天寶元年待詔之處爲舊翰林院，非別建之學士院、亦非翰林學士，其理甚明。故而《舊唐書·文苑傳》說李白：「待詔翰林。」〔註64〕《新唐書·文藝傳》則稱：「供奉翰林。」〔註65〕李白終其一生，從未自稱翰林學士，其〈爲宋中丞

〔註63〕章群：《唐史札記2》，頁96～97。

〔註64〕後晉·劉昫：《舊唐書·文苑傳下》，頁5053。

〔註65〕北宋·歐陽修：《新唐書·文藝傳中》（臺北：鼎文書局，1985年3月4版），頁5762。

自荐表〉也只稱「翰林供奉李白」〔註66〕；至於他的友人，如杜甫、
賈至、任華、獨孤及、魏萬等，在其與李白交往的詩文中，也未稱其
爲翰林學士。另從李白〈翰林讀書言懷呈集賢院內諸學士〉一詩，正
可自證其身分、待詔生活及其鬱悶之情：

> 晨趨紫禁中，夕待金門詔。觀書散遺帙，探古窮至妙。片
> 言苟會心，掩卷忽而笑。青蠅易相點，〈白雪〉難同調。本
> 是疏散人，屢貽褊促誚。雲天屬清朗，林壑憶游眺。或時
> 清風來，閒倚欄下嘯。嚴光桐廬溪，謝客臨海嶠。功成謝
> 人君，從此一投釣。〔註67〕

題曰：〈翰林讀書言懷呈集賢院內諸學士〉，「翰林」所指爲「舊翰林
院」，與「令選文學之士與集賢院學士分任之」的「學士院學士」明
顯對舉；當時的翰林學士雖非專職的朝廷命官，俾專內命，且仍任有
本官職；而李白僅爲翰林供奉，並未實授官職，僅爲眾類待詔者中的
一員，其身份與正式官員兼任的學士自有極大差異。

　　至於「紫禁中」即翰林院所在的禁中，在「晨趨」「夕待」的時
光中，他只能以「觀書」「探古」自得其樂來安頓自己；但即使是這
樣低下的地位，這樣安分而無所事事的生活，仍屢遭高位者的訕笑與
責罵，難道是個性狂傲而遭致氣量狹窄，性情急躁的誤解嗎？李白向
諸學士解釋，自己的心如清天開闊，就好比嚴光一般；自己的歸處是
山林野壑，如同謝靈運一般；功成身退是他的理想，怎會和位高權重
的學士們去爭寵奪利呢？

　　然而「青蠅易相點，〈白雪〉難同調」，李白終於在排擠、中傷紛
至沓來的情形下，黯然離開長安。這便是李白待詔一年半的實況，其
他撰寫樂詞如〈清平調〉三章、〈宮中行樂詩〉十首，等近乎俳優之
事，又何足道哉？陳師冠甫對李白待詔翰林而終至以落寞離京作結，
亦頗爲感嘆，其〈李白五章〉之三：

〔註66〕詹鍈主編：《李白全集校注彙釋集評》第7冊，頁3467。
〔註67〕同前註所揭書第7冊，頁3467。

中歲聲名動帝京，珠璣咳唾鬼神驚。飄然敏捷詩千首，寧
是孤蓬萬里征。〔註68〕

即使詩名如此之盛，才華如此天縱，但一朝爲青蠅所點，卻也落得孤
蓬萬里的結局，遊說萬乘，亦僅是幻夢一場。

六、安史亂後：壯志東流，孤猿啼月

　　唐玄宗天寶十四載，安祿山之亂始，李白已年屆五十五歲，他的
生命至此已歷經太多的是非責難、窮通福禍，他的詩文也因時事、國
政的轉趨直下，眼光觀注所在亦較多社會寫實，針砭時政的題材，此
亦爲其詩風之一大變。

　　唐肅宗至德二載（757），李白入永王璘幕，原想可立功報國；「但
用東山謝安石，爲君談笑靜胡沙。」〔註69〕豈知時局變化莫測，壯志
東流，在肅宗與永王璘的軍事及政治鬥爭下，李白成爲犧牲品，甚至
被誣陷成叛逆；這是李白一生的大悲劇，最後在御史中丞宋若思、宣
慰使崔渙爲之推覆清雪，雖免一死，但被判長流夜郎，時年五十八矣！
誰知上天又給李白開了個玩笑，隔年，肅宗乾元二年（759）李白遇
赦，〔註70〕還至江夏，以爲天地再新，又有用世之意，作〈天馬歌〉
以自喻，「嚴霜五月凋桂枝，伏櫪含冤摧兩眉，請君贖獻穆天子，猶
堪弄影舞瑤池。」〔註71〕求人汲引，已不復當年氣概，摶扶搖直上九
萬里的大鵬，已成爲求人贖獻穆天子的天馬，觀此晚年諸作，詞氣均
多哀瑟之氣。甚至在六十一高齡之時，流落江南，無可歸宿，在金陵
一帶，靠人賙濟爲生。但可佩可驚的是，在李光弼出鎮臨淮時，李白
雖然體氣已衰，但立功報國之志未泯，奈何因病半道而還，最後往依
從叔當塗宰李陽冰。

　　然李白是否於唐肅宗乾元二年遇赦，實際上並未到達流所夜郎之

〔註68〕陳師冠甫著：《文林秘笈‧千古詩心》，心月樓刊行手稿本。
〔註69〕詹鍈主編：《李白全集校注彙釋集評》第2冊，頁1158。
〔註70〕安旗：《李太白別傳》，頁251。
〔註71〕詹鍈主編：《李白全集校注彙釋集評》第1冊，頁387。

說，雖被普遍接受，但近年來亦有異說，如張才良〈李白流夜郎的法律分析〉，即從唐律的角度分析，主張：

一、李白在流夜郎詩中屢稱「三年」，是因為他判的「加役流」

二、李白判加役流，犯的是「十惡」之首的「謀反」罪

三、李白流夜郎自舒州懷寧首途

四、李白流夜郎的始發時間是乾元元年（758）春

五、李白遇赦在夜郎

並從日行里數法律均有規範的角度細論之云：

> 李白自懷寧首途，由長風沙入江西行，經涪州（今四川涪陵）溯涪陵江（今烏江）至珍州夜郎，走的全部都是水路，且不說日行五十里、六十里，即使天天都是『遇風、水淺』不得行，用五十里折半再折半，乾元元年春始發，至十一月也該到了夜郎。即使讓李白再生上一個月的病，在等上兩個月的糧，遲至乾元二年二月，也該到達夜郎了。怎麼可能已經到了乾元二年三月下旬，李白還在半路上走著，才到巫山呢？怎麼能夠一點也不考慮法律的嚴肅性呢？怎麼能夠把流放當作旅遊，一點也不加以區別呢？……（乾元二年）四月，李白即遇赦東還。〔註72〕

而陳俊強〈從法律史的角度看李白流夜郎〉一文亦認為：「所謂長流，並非法定的三流或五流，屬於皇帝寬宥嚴重犯罪的一種代刑。一旦被處長流，除非皇帝恩詔特別聲明放免，否則遇赦不赦，永遠不得返鄉。李白判處長流確定後，約於乾元元年春，動身上道，同年十月左右抵達流所夜郎，嗣後一直住了三年左右。直到上元二年九月，肅宗大赦天下，赦書特別提到『自乾元元年以前開元以來，應反逆連累，赦慮度限所未該及者，並宜釋放。』李白因而蒙恩放免。」〔註73〕參考之

〔註72〕張才良：〈李白流夜郎的法律分析〉（中國李白研究1992～1993年集：中國李白研究會、馬鞍山李白研究所編，安徽文藝出版社，1994年5月），頁186。

〔註73〕中國文化大學史學系所、中國唐代學會主辦：《第六屆唐代文化學術研討會論文集二》。

文獻史料甚詳，頗具參考價值。

　　綜上所述，以法律觀點論之，長流與一般流刑不同，況流放之途，每日行程，法有所定，故筆者認同張才良〈李白流夜郎的法律分析〉及陳俊強〈從法律史的角度看李白流夜郎〉二文見解，李白實至夜郎後才遇赦放回，至於遇赦時間張氏認為乾元二年（759）至夜郎不久後即赦回，而陳氏卻認為遲至肅宗上元二年（761）始因特赦放還，大同中尚有小異。

　　代宗寶應元年（762），與李白一生息息相關的玄宗、肅宗父子均已亡故，六十二歲老病的李白，最後一次出遊，至宣城，作〈宣城見杜鵑花〉：「蜀國曾聞子規鳥，宣城還見杜鵑花。一叫一回腸一斷，三春三月憶三巴。」〔註74〕對他自二十五歲出蜀後，即未嘗返回的故鄉表達了前所未有的思念；甚至在〈悲歌行〉中云：「富貴百年能幾何？死生一度人皆有。孤猿坐啼墳上月，且須一盡杯中酒。」〔註75〕從凌雲大鵬到待贖天馬，最終為墳上孤猿；李白一生形象轉變至此，實在令人悲歎。該年冬，疾亟，賦〈臨路歌〉而終：

　　　　大鵬飛兮振八裔，中天摧兮力不濟。餘風激兮萬世，游扶

　　　　桑兮挂左袂。後人得之傳此，仲尼亡兮誰為出涕？〔註76〕

安旗認為：「通觀李集，白曾多次自擬於孔子。如天寶九載所作〈古風〉其一：『我志在刪述，垂輝映千春。希聖如有立，絕筆于獲麟。』又如天寶八載所作〈答王十二寒夜獨酌有懷〉：『孔聖猶聞傷鳳麟，董龍更是何雞狗？』又如天寶十四載所作〈書懷贈南陵常贊府〉：『君看我才能，何似魯仲尼？』……由此觀之，所謂『仲尼亡兮』者，實以孔子自擬也。其所以如此，又意在以其詩為盛唐之《春秋》。此意除已見於〈古風〉其一之末外，亦見李陽冰〈草堂集序〉之末：『論〈關雎〉之義始愧卜商，明《春秋》之辭終慚杜預。』李白既

〔註74〕詹鍈主編：《李白全集校注彙釋集評》第 7 冊，頁 3636。

〔註75〕同前註所揭書第 2 冊，頁 1014。

〔註76〕同前註所揭書，頁 1231。

以《春秋》自許，陽冰亦以《春秋》許之，蓋知李白之心念茲在茲也。」〔註77〕此說亦可謂知己之言矣！

然而李白的死，在當時並未引起多大的關注，這位雖蒙恩赦，猶未昭雪的罪犯，或許痛苦的病死臥榻，皮日休〈七愛詩・李翰林〉即明白說道：「竟遭腐脅疾，醉魄歸八極。」〔註78〕但亦有可能是狂醉失足落水而亡，或者是悲憤自沈？總之，這位謫仙人生不知其始？死未明其終？而其騰飛金殿，獲罪長流，一生的遭遇，更令人感到奇絕、妙絕、痛絕，李白謎一般的死去，卻又掀起了千古傳說的序幕。

第二節　傳　說

李白是個謎樣的詩人，正因為是個謎，千年不解，反倒生出許多令人著迷的傳說，稗官野史，戲劇小說，均喜引以為題材；既是個謎，反倒好下筆渲染，反倒增添許多想像的空間。這些傳說部分在唐代即已流傳，大概可分為出身不凡的傳說、狂放高義的傳說與美化死亡的傳說三大類，茲分述如下：

一、出身不凡的傳說——謫仙轉世

李陽冰〈草堂集序〉說，李白母「驚姜之夕，長庚入夢，故生而名白，以太白字之。世稱太白之精，得之矣。」〔註79〕又范傳正〈唐左拾遺翰林學士李公新墓碑并序〉亦云：「公之生也，先府君指天枝以復姓，先夫人夢長庚而告祥，名之與字，咸所取象。」〔註80〕這是李白為太白星精轉世說的最早文字記載。

至於李白為謫仙之說，主要出自〈對酒憶賀監二首序〉：「太子賓

〔註77〕安旗：《李太白別傳》（北京：人民文學出版社，2004 年），頁 292。
〔註78〕《全唐詩》下（上海：上海古籍出版社，1992 年 3 月 9 刷），頁 1539。
〔註79〕李白：《李太白文集》，頁 53。
〔註80〕同前註所揭書，頁 66。

客賀公於長安紫極宮一見余，呼余爲謫仙人。因解金龜換酒爲樂。」
〔註81〕該詩〈其一〉也寫道：「四明有狂客，風流賀季眞。長安一相
見，呼我謫仙人。」其後在〈答湖州迦葉司馬問白是何人〉中更自稱：
「青蓮居士謫仙人，酒肆藏名三十春。湖州司馬何須問，金粟如來是
後身。」〔註82〕可見謫仙之名雖出自他人讚譽，但李白對此似乎也頗
爲自得。其實，就算賀知章眞的曾以「謫仙人」稱呼李白，此「謫仙」
應該不是泛稱，而是「引喻」——引用謫仙爲東方歲星之謂的傳說，
假彼贊此，是引喻兼用夸飾的口語修辭，這點李白應是知道的，如其
〈玉壺吟〉即說：「世人不識東方朔，大隱金門是謫仙」，〔註83〕對於
以其崇拜對象之一的東方朔來比喻自己，李白當然是欣然接受，好事
者以訛傳訛，實帶有濃厚的夸飾色彩；孟棨《本事詩·高逸》即據以
鋪敘如下：

> 李太白初自蜀至京師，舍於逆旅。賀監知章聞其名，首訪
> 之。既奇其姿，復請所爲文，出〈蜀道難〉以示之。讀未
> 竟，稱歎者數四，號爲謫仙，解金龜換酒，與傾盡醉。期
> 不間日。由是稱譽光赫。賀又見其〈烏棲曲〉，歎賞苦吟曰：
> 此詩可以泣鬼神矣。〔註84〕

而裴敬〈翰林學士李公墓碑〉：

> 先生得天地秀氣耶！不然何異於常之人耶？或曰太白之精
> 下降，故字太白，故賀監號爲謫仙，不其然乎！〔註85〕

就太白星精與謫仙傳說的合流之勢，楊文雄《李白詩歌接受史》亦
云：

> 賀知章的「謫仙」之譽是在夸讚李白的才華卓絕，和李陽
> 冰的「太白星精」之說，從生理方面去仙化李白是有所不
> 同的，但是唐人卻把這兩者看做是有內在聯繫的一碼子

〔註81〕詹鍈主編：《李白全集校注彙釋集評》第 7 冊，頁 3362。
〔註82〕同前註所揭書第 5 冊，頁 2631。
〔註83〕同前註所揭書第 2 冊，頁 1003。
〔註84〕丁福保輯：《歷代詩話續編·上》（臺北：木鐸出版社，1988 年），頁 14。
〔註85〕李白：《李太白文集》，頁 73。

事。〔註86〕

其實說這兩種傳說爲「一碼子事」並無不可,據《風俗通義》卷二亦云:「東方朔是太白星精。黃帝時爲風后,堯時爲務成子,周時爲老聃,在越爲范蠡,在齊爲鴟夷子皮。言其神聖能興王霸之業,變化無常。」〔註87〕可見不管是謫仙或太白星精,應該都與賀知章喻李白爲謫仙(即東方朔)有密切的關連,只是當代人有所不察,或者,根本就拋開東方朔,直接以謫仙、太白星精來附會,豈不是更能誇大李白的驚人才華與異於凡俗呢!

二、狂放高義的傳說——力士脫靴與義救郭子儀

李白行事爲人的豪情與高義,亦是李白受到人們喜愛的內在因素之一,在這方面,有事蹟可考者,如〈上安州裴長史書〉:

> 曩昔東遊維陽,不逾一年,散金三十餘萬,有落魄公子,悉皆濟之。此則是白之輕財好施也。又昔與蜀中友人吳指南同遊於楚,指南死於洞庭之上,白衣覆服慟哭,若喪天倫。炎月伏屍,泣盡而繼之以血。行路聞者,悉皆傷心。猛虎前臨,堅守不動,遂權殯於湖側,便之金陵。數年來觀,筋骨尚在。白雪泣持刃,躬申洗削裹骨,徒步負之而趨。〔註88〕

可見其輕財好施、存交重義的行事風格,這是李白的眞情自述,但似乎仍不夠聳人聽聞,快人心胸;非得要醉使高力士,義救郭子儀,才配得上謫仙人的大名。

李白命高力士脫靴一事,始見於中、晚唐種種稗官野史,最後竟被採入正史,如李肇《唐國史補》:

> 李白在翰林多沈飲。玄宗令撰樂辭,醉不可待,以水沃之,白稍能動,索筆一揮十數章,文不加點。後對御引足令高

〔註86〕楊文雄:《李白詩歌接受史》(臺北:五南圖書公司,2000年),頁35。

〔註87〕漢·應劭撰、王利器校注:《風俗通義·卷二》(臺北:明文書局,1982年)頁108。

〔註88〕李白:《李太白文集》,頁602。

力士脫靴，上命小闍排出之。〔註89〕

段成式《酉陽雜俎》又加增飾爲：

> 李白名播海內，玄宗於便殿召見，神氣高朗，軒軒然若霞
> 舉，上不覺亡萬乘之尊，因命納履。白遂展足與高力士曰：
> 「去靴！」力士失勢，遽爲脫之。及出，上指白謂力士曰：
> 「此人固窮相。」〔註90〕

連唐玄宗見到李白都目眩神迷，忘卻自己是萬乘之尊，更甭論是高力
士了。

而李濬《松窗雜錄》更將此事與楊貴妃結合：

> 會高力士終以脫烏皮六縫爲恥。異日太眞妃重吟前詞（按指
> 〈清平調〉詞）……力士曰：「以飛燕指妃子，是賤之甚矣。」
> 太妃頗深然之，上嘗欲命李白官，卒爲宮中所捍而止。〔註91〕

最後劉昫還將它寫入正史，《舊唐書‧文苑傳》：「白嘗沈醉殿上，引
足令高力士脫靴，由是斥去。」〔註92〕結果雖然變成「斥去」，但高
力士畢竟還是幫李白脫了靴子。

　　然而如前節所述，李白在待詔翰林期間，所受待遇並未特別優
渥，對於翰林學士的誤解與排斥，尚須委婉的書懷上呈，加以解釋，
更何況是當時極受唐玄宗寵信，權傾一時的高力士。如發生在開元二
十六年（738）的一件大事，足以說明高力士受寵信的程度：

> 初，太子瑛廢，武惠妃方嬖，李林甫等皆屬壽王（瑁），帝
> （玄宗）以肅宗長，意未決，居忽忽不食。力士曰：「大家
> 不食，亦膳羞不具耶？」帝曰：「爾我家老，揣我何爲而然？」
> 力士曰：「嗣君未定耶？推長而立，孰敢爭？」帝曰：「爾
> 言是也。」儲位遂定。〔註93〕

〔註89〕唐‧李肇：《唐國史補》（臺北：世界書局，1959年），頁16。

〔註90〕唐‧段成式：《酉陽雜俎‧語資》（臺北：源流出版社，1983年，再
　　　　版），頁116。

〔註91〕唐‧李濬：《松窗雜錄》（臺北：木鐸出版社，1982年初版），頁29。

〔註92〕後晉‧劉昫：《舊唐書‧文苑傳‧李白》，頁5054。

〔註93〕北宋‧歐陽脩：《新唐書‧宦者傳上‧高力士傳》，頁5860。

可見在玄宗爲嗣君未定而食不下嚥時，被親密稱爲「家老」的高力士，當下便揣摩到玄宗的難處，一句「推長而立，孰敢爭？」馬上打開了寵妃、外臣與長子間權力鬥爭所造成的矛盾，立嗣乃國之大事，奪嫡之爭，骨肉相殘，唐初便已發生，此時更有外戚、權臣（李林甫）的摻和，形式更爲複雜，高力士片言解難，可謂大功一件，以此寵信的程度，想想四年後，天寶元年（742）李白以一非實授官的待詔翰林，眞能有如段成式所云：「白遂展足與高力士，曰：『去靴』。力士失勢，遽爲脫之。」的荒唐劇情上演嗎？

然李白在宮中的狂放表現，從前引〈翰林讀書言懷呈集賢院內諸學士〉中的：「本是疏散人，屢貽褊促誚。」來看，似也是不爭的事實，醒時的李白雖然拘謹委婉，但醉後的李白，做出什麼得罪權貴的行爲，恐怕更有可能；如與李白同時的任華〈雜言寄李白〉即云：「承恩召入凡幾回，待詔歸來仍半醉。」〔註94〕又如杜甫有名的〈飲中八仙歌〉：「李白一斗詩百篇，長安市上酒家眠。天子呼來不上船，自稱臣是酒中仙。」〔註95〕的沉醉笑傲，至如李陽冰〈草堂集序〉更有李白宮中後期：「浪跡縱酒，以自昏穢。」的記載，在在顯示李白適性放任的特質，實爲同時代文人的共識。

故統而言之，衡情酌理，李肇《唐國史補》及《舊唐書・文苑傳》：「白嘗沈醉殿上，引足令高力士脫靴，由是斥去。」的記載可能較接近歷史的事實，這也是爲何李白從未在其詩中提及此事的原因，誠如郭沫若所言，這是「李白在政治活動中的第一次大失敗」。〔註96〕然而，或許李白酒醉放曠得罪的人未必是高力士，而正是那些權貴學士也未可知？但是就傳說的效果而言，謫仙人李白怎可與汲汲營營的庸俗學士相爭？在人間的場域中，李白使帝王「亡萬乘之尊」，使權臣失勢脫

〔註94〕傅璇琮：《唐人選唐詩新編・又玄集》（臺北：文史哲出版社，1999年2月），頁599。
〔註95〕杜甫：《杜甫全集》（廣東：珠海出版社，1996年），頁350。
〔註96〕郭沫若：《李白與杜甫》（北京：人民文學出版社，1971年1版），頁182。

靴，豈不是更能滿足旁觀者的心理，更能達到驚世駭俗的效果呢？

至於義救郭子儀一事，在唐僅有裴敬〈翰林學士李公墓碑〉談到此事：「（李白）客并州，識郭汾陽於行伍間，為免脫其刑責而獎重之。後汾陽以功成，官爵請贖翰林，上許之，因免誅，其報也。」〔註97〕此在唐雖僅一孤例，但後世卻流傳頗廣。如清楊潮觀《吟風閣雜劇》三十二齣短劇，每劇僅一折。其中〈賀蘭山謫仙贈帶〉即以李白義救郭子儀為張本。其中〈逍遙樂〉云：

> 你見我飛揚跋扈，痛飲狂歌，目空一代，怎知我惜惺惺，
> 不是猛見胡猜。這是個架海金鰲困曝鰓，則怪那醉天公恁
> 地安排。今日個是滕公相遇，蕭相相逢，國士相哀。〔註98〕

從此唱詞可感受到楊潮觀對李白的敬慕之情，更可見李白高義的傳說，對後代戲曲題材上的影響。

三、美化死亡的傳說——醉捉水中月，騎鯨復上天

唐人對於李白死因的說法，大致可分兩類：醉酒捉月落水而死或病死。其中尤以捉月之說流傳最廣，據韓愈〈題子美墳〉：「……捉月走入千丈波，忠諫便沈汨羅底。固知天意有所存，三賢所歸同一水。」〔註99〕可見李白捉月溺水而死的傳說在貞元、元和年間已頗為流傳。而北宋梅堯臣更有〈采石月贈郭功甫〉一詩，把郭祥正比作李白謫仙，一時哄傳。詩云：

> 采石月下聞謫仙，夜披錦袍坐釣船。醉中愛月江底懸，以
> 手弄月身翻然。不應暴落飢蛟涎，便當騎鯨上九天。青山
> 有塚人謾傳，卻來人間知幾年。在昔熟識汾陽王，納官貰
> 死義難忘。今觀郭裔奇俊郎，眉目真似攻文章。死生往復
> 猶康莊，樹穴探環知姓羊。〔註100〕

〔註97〕李白：《李太白文集》，頁73。
〔註98〕清・楊潮觀著、胡士瑩校注：《吟風閣雜劇》（臺北：華正書局，1986年5月初版），頁67。
〔註99〕《全唐詩》上（上海：上海古籍出版社，1992年3月9刷），頁839。
〔註100〕宋・梅堯臣：《宛陵先生文集》卷四十二，四川大學古籍整理研究

梅堯臣這首詩的特色在於把李白水中撈月和騎鯨飛升及義救郭子儀等傳說連繫起來，反映出李白傳說在宋代廣泛流傳的情形。而南宋洪邁《容齋隨筆》亦有多條關於李白的隨筆，其中如〈李太白〉：

> 世俗多言，李太白在當塗采石，因醉泛舟於江，見月影俯而取之，遂溺死，故其地有捉月臺。余按李陽冰作太白草堂集序云：「陽冰試弦歌於當塗，公疾亟，草稿萬卷，手集未修，枕上受簡，俾爲序。」又李華作太白墓誌，亦云：「賦臨終歌而卒。」乃知俗傳良不足信，蓋與謂杜子美因食白酒牛炙而死者同也。〔註101〕

亦提及世俗多言李白撈月而死的傳說。（日）松浦友久〈關於李白"捉月"傳說——兼及臨終傳說的傳記意義〉即認爲：

> 至少可以肯定在李白沒後並沒有立即轟傳。理由是如果正值李白去世之後便已成爲人們周知話題的話，那麼旨在宣揚李白詩及生涯的李陽冰〈序〉，范傳正〈碑〉等，至少也能以「一說」、「或說」、「俗說」而言及，以「捉月」傳說爲褒，不用說，自當言及，相反，以爲貶，那麼爲否定這世間周知的俗說也更當有所言及。
>
> 上述這一事實意味著，「捉月」傳說實際是在經過一段時間對李白「詩與生平」把握達到一定程度的客觀化、相對化後才形成的。主要是由於文學史、鑒賞史很容易以「最具特色要素的典型概括」這一形式來表述對某位詩人的認識。「捉月」這一傳說，如何集中概括了李白這位詩人特色，若從「故事結構」角度來分析其傳承流變，則很容易理解。〔註102〕

對於此傳說的形成內在原理，闡釋的頗爲合理。

至於病死之說最早見於李陽冰〈草堂集序〉：「公又疾亟。」

所編：《宋集珍本叢刊‧四》，頁36。

〔註101〕宋‧洪邁：《容齋隨筆》上（上海：上海古籍出版社，1995年3月3刷），頁33。

〔註102〕日‧松浦友久：《李白詩歌抒情藝術研究》（上海：上海古籍出版社，1996年12月初版），頁190。

〔註103〕至貞元六年，劉全白撰〈唐故翰林學士李君碣記〉說：「遂
以疾終。」〔註104〕則明確認定李白病死，而晚唐皮日休在〈七愛詩·
李翰林〉詩中提及：「竟遭腐脅疾，醉魄歸八極。」〔註105〕認為李
白是因腐脅病〔註106〕而死。其實李白晚年因脅痛症痛苦不堪固無疑
問，只是為何人們寧願相信李白醉酒捉水中月而死，而不願相信合
乎「自然狀況」的病死，其心理因素實頗值得探討；我想大約有幾
個因素是有關連的：

1. 傳說李白為謫仙，乃太白星精轉世，既非凡人，當然不能如
　　凡人般病死。

2. 李白傳世名詩，頗多醉酒愛月的主題。

3. 李白「浪跡江湖，終日沉飲，時侍御史崔宗之謫官金陵，與
　　白詩酒唱和。嘗月夜乘舟，自采石達金陵，白衣宮錦袍，於
　　舟中顧瞻笑傲，旁若無人。」〔註107〕的傳說流傳亦廣，捉月
　　溺水之說於焉形成，並從此深入人心。

4. 若李白晚年所患實為脅痛症，在痛苦不堪的情形下，狂飲落
　　水而死（甚至是自盡？）亦未可知，然不論是失足落水橫死
　　或自盡，在當時的風俗民情皆有難言之苦，故李白晚年十分
　　親近的李陽冰，為諱其死因，而不詳說，亦是合其情理的。

近讀〈陪族叔當塗宰遊化城寺升公清風亭〉：

升公湖上秀，粲然有辯才。濟人不利己，立俗無嫌猜。了

〔註103〕李白：《李太白文集》，頁55。
〔註104〕同前註所揭書，頁65。
〔註105〕《全唐詩》上，頁1539。
〔註106〕脅痛症：《靈樞·五邪篇》：「邪在肝，則兩脅中痛。」《素問·謬刺
　　　　論篇》：「邪客於足少陽之絡，令人脅痛不得息。」同書〈臟氣法時
　　　　論篇〉：「肝病者，兩脅下痛引少腹。」又嚴用和《嚴氏濟生方·脅
　　　　痛評治》：「夫脅痛之病，……多因疲極嗔怒，悲哀煩惱，謀慮驚憂，
　　　　致傷肝臟。」諸說甚詳，可知脅痛肇因於肝膽疾病，而李白之號為
　　　　酒中仙，外因嗜酒，內因情志悲鬱，因罹肝病。
〔註107〕後晉·劉昫：《舊唐書·文苑傳·李白》，頁5053。

　　見水中月，青蓮出塵埃。〔註108〕

此詩王琦繫於肅宗寶應元年（762 年），觀「了見水中月，青蓮出塵
埃。」兩句，「了見水中月」與醉酒撈水中月的舉動相類，而「青蓮」
為李白自號，「出塵埃」為離世仙舉，則此詩或有讖詩意味。光怪陸
離，其言惝恍，此說或可又添李白死亡傳說之一則吧！

結語：虛實共構下的李白身影──「多重流放」的獨行者

　　綜觀李白一生，除了文學創作之外，成少敗多，家庭〔註109〕、
事功均不圓滿，以「生平實跡」與「虛構傳說」對照，讀者或可進一
步思考，人們接受的是一個被誇飾的謫仙李白？或者是真實的人間李
白？前者往往是一副舉杯邀月，瀟灑自適的謫仙李白，不論其出生的
謫仙、太白星精說，或是力士脫靴、義救子儀等重要「事蹟」，以及
臨終的醉酒捉月，溺水而死等，均有著極重的誇飾色彩；後者卻是一
個懷抱大志，卻無緣於科舉，只好一生干謁諸侯，歷抵卿相，甚至隱
居山林，力求徵辟的人間李白，這樣的李白不免令人產生汲汲於功名
的印象，而其生命卻是以長流夜郎，齎志當塗謝幕。

　　但歷代文人墨客所創作的許多詠懷李白詩、小說、戲曲，卻絕大
多數圍繞著此三大傳說為核心，顯示出後代文人對李白接受的審美趣
味，其實也深受這些帶有「荒誕」色彩傳說的影響。而一般普羅大眾，
更繼續從詩人、謫仙、狂徒、奇士等角度來認識李白，有趣的是，就
算後代的學者有再充分的邏輯推論與文獻實證，足以證明這些傳說的
「荒謬性」──如李白僅曾待詔翰林，未授予實任官職，且待詔的時
間亦僅一年半左右；而權傾一時的高力士，衡情酌理亦不可能有為其
脫靴之事發生，但人們卻樂於接受這依附在其真實生命中，刻意的、

〔註108〕詹鍈主編：《李白全集校注彙釋集評》第 6 冊，頁 2935。
〔註109〕此點可參本文第五章親情詩一節所論。

奇幻的、虛構的傳說。這種現象是中國歷代詩人中極爲少見的。

故而除專研李白之專家學者外，千古以來，人們所見之李白，實爲虛實共構、多重疊影下的李白，虛者爲豐富多彩的傳說，實者爲獨特曲折的生命歷程，而多重疊影則集中在「流放者」這一特殊角色上。

李白「流放者」的角色可從四個層面來理解：

一、「身世範限的流放血統」：李白先祖流放的歷史，一直是其成長及仕進過程中，無法跨越的障礙和極爲幽隱的忌諱；卻也成爲李白一生努力奮進所想改變與超越的「動力」。而其以「青蓮」爲號，或亦有自喻出污泥而不染的意味。

二、「渲染美化的謫仙傳說」：「謫仙」是被上天流放的仙人，這一個被廣爲流傳的說法，過度的美化了李白的形象，也強化了李白生命的異彩與詩歌的奇幻，但同時影響了當時及後世文人對於李白其詩與人，在理解上某種程度的「謬誤」。

三、「浪跡縱酒的自我放逐」，李陽冰〈草堂集序〉云：「格言不入，帝用疏之，乃浪跡縱酒，以自昏穢。詠歌之際，屢稱東山。」〔註110〕可見自李白待詔翰林的後期開始，李白已感受到雖身在帝側，但離理想卻越遠，及至被玄宗賜金還山，雖無流放之名，實際上卻可視爲李白精神理想上的自我放逐。

四、「先祖流亡的悲劇再現」：「長流夜郎」是李白晚年及從政過程中最重大的打擊，即使歷代大多數的人們都認爲李白是冤屈的，是王室政治鬥爭下的犧牲品，但就李白而言，這毋寧是個極具嘲諷性質的結果——窮盡一生的努力，李白又走回先祖的原路與結果。

總之，「謫仙李白」是「俗人好奇；不奇，言不用也，故譽人不

〔註110〕李白：《李太白文集》（臺北：臺灣學生書局，1967 年 5 月初版），頁 53。

增其美，則聞者不快其意」〔註111〕下的「產物」。只是其增美者，在增加、誇飾了李白生命特質的強度與奇幻；但其令人快意者，即往往成爲後世文人對奸佞之輩，燕雀之徒的批判與「懲罰」時的「代言人」；杜甫〈夢李白二首〉其二曾說李白「千秋萬歲名，寂寞身後事。」〔註112〕「千秋萬歲名」固已是李白享盛名於當代下的合理推論，但「寂寞身後事」卻隱含李白不僅身後蕭條，更有「寂寞」——知音難覓的慨嘆；因爲人們總願想像李白，而不願眞實的理解李白。故而從虛實共構、多重疊影，從流放者的角度來觀察李白，實有助於對李白詩作及人格特質的深刻理解。

〔註111〕東漢・王充撰・劉盼遂集解《論衡集解・藝增篇》（臺北：世界書局，1990年），頁175。
〔註112〕杜甫：《杜甫全集》，頁460。

第二章　李白詩集版本述略

詩聖杜甫曾於〈春日憶李白〉中讚嘆詩仙李白：「白也詩無敵，飄然思不群。」〔註1〕並在〈寄李十二白二十韻〉中認為李白「文采承殊渥，流傳必絕倫。」〔註2〕指出李白詩歌除了自己主觀上的激賞外，更將因受到唐玄宗的喜愛（即「承殊渥」）而廣為流傳。事實上，李白的詩歌作品不僅普遍傳唱於當世，唐抄本更為時人所重，劉全白〈唐故翰林學士李君碣記〉即云：「文集亦無定卷，家家有之。」〔註3〕可謂自唐、宋流傳至今，歷代不衰。本文即就李白詩集流布的情形作一概述。

第一節　唐抄本

天寶十三載（754）李白與友人魏顥（即魏萬）相見於金陵，「因盡出其文，命顥為集。……解攜明年，四海大盜，……經離亂，白章句蕩盡，上元末（761），顥於絳偶然得之，沉吟累年，一字不下。今日懷舊，援筆成序。首以贈顥作，顥酬白詩。……次以大鵬賦、古樂府諸篇，積薪而錄，文有差互者兩舉。白未絕筆，吾其再刊。」〔註4〕

〔註1〕《杜甫全集》：（珠海出版社，1996年），頁45。
〔註2〕同前註所揭書，頁543。
〔註3〕詹鍈主編：《李白全集校注彙釋集評》第1冊（天津：百花文藝出版社，1996年），頁9。
〔註4〕同前註所揭書第1冊，頁4。

可見李白詩文在他生前，因為流傳不同，就有異文。

又李白〈江夏送倩公歸漢東序〉云：「僕平生述作，罄其草而授之。思親遂行，流涕惜別。今聖朝已捨季布，當徵賈生。」〔註5〕此是在乾元二年（759）遇赦以後，可惜這部手稿並未流傳下來。

蕭宗上元二年（761），李陽冰為宣州當塗縣（今屬安徽省）令，李白前往依之。次年，即寶應元年（762）十一月，李白「疾亟，草稿萬卷，手集未修‧枕上授簡」，〔註6〕請陽冰為序，旋即逝世。李陽冰〈草堂集序〉云：「自中原有事，公避地八年，當時著述，十喪其九，今所存者，皆得之他人焉。」〔註7〕可見李白原稿在亂離中已十喪其九，他在病中授給李陽冰的遺稿，皆得之他人，恐怕所存無幾矣。

至於范傳正於元和十二年（817）所寫〈唐左拾遺翰林學士李公新墓碑〉中說李白「文集二十卷，或得之於時之文士，或得之於宗族，編輯斷簡，以行於代。」〔註8〕這位宗族指的可能就是李陽冰，而范傳正所編的二十卷本或許就是在李陽冰《草堂集》的基礎上擴大而成的。

至於《新唐書‧藝文志‧四》著錄「李白《草堂集》二十卷，李陽冰錄」，〔註9〕然據宋人樂史〈李翰林別集序〉：「李翰林歌詩，李陽冰纂為《草堂集》十卷」。〔註10〕證知李陽冰所編《草堂集》實為十卷本。《新唐書》所謂「二十卷」者，疑為范傳正所編。此當即唐代就已流布的二十卷本《草堂集》。蓋范傳正乃就李陽冰所集而增廣者，書名仍為《草堂集》，亦署李陽冰名。然此本宋時已佚，樂史、宋敏

〔註5〕 詹鍈主編：《李白全集校注彙釋集評》第 5 冊，頁 2593。

〔註6〕 同前註所揭書第 1 冊，頁 2。

〔註7〕 同前註所揭書第 1 冊，頁 2。

〔註8〕 同前註所揭書第 1 冊，頁 13。

〔註9〕 宋‧歐陽脩：《新唐書 2‧藝文志‧四》（臺北：鼎文書局，1989 年 12 月 5 版），頁 1603。

〔註10〕 詹鍈主編：《李白全集校注彙釋集評》第 1 冊，頁 5。

求所見並為十卷本、確為李陽冰所編集。今李陽冰編《草堂集》已佚。

據《新唐書・李白傳》:「文宗時,詔以白歌詩、裴旻劍舞、張旭草書為『三絕』。」〔註11〕可見唐文宗時朝廷之中必定收有太白歌詩卷軼,然正如陳登原《古今典籍聚散考》云:

> 唐僖宗廣明元年（880年）黃巢入長安,僭稱齊帝。韋莊〈秦婦吟〉,所謂「內庫燒為錦繡灰,天街踏盡公卿骨,」足徵其慘。自此以後,紛紛五代,離亂無已;蓋自廣明元年以至於宋太祖之建隆元年（960年）,此百許年間,天下擾攘極矣。……若執今以論古,則黃巢之亂,其損失猶不過一時。黃巢亂後之武人縱橫,軍無紀律;其損失當更可驚人。果也,梁太祖開平三年（909年）,自長安遷都洛陽,兵燹以後之御府殘帙,史人稱齊「又喪其半」矣。
> 〔註12〕

由此亦可知李白詩集,自安史之亂以至中唐兵燹紛起以來,其手稿或詩集十喪其九的慘況了。

第二節　宋刊本

樂史〈李翰林別集序〉:「李翰林歌詩,李陽冰纂為《草堂集》十卷,史又別收歌詩十卷,與《草堂集》互有得失,因校勘排為二十卷,號曰《李翰林集》。今於三館中得李白賦、序、表、贊、書、頌等亦排為十卷,號曰《李翰林別集》」。〔註13〕可見樂史所編《李翰林集》為二十卷詩歌,另有《別集》十卷文。

據宋敏求〈李太白文集後序〉,得知樂史編《李翰林集》所收詩歌為七七六篇。今此本亦已佚。《李翰林別集》十卷,有明正德吳郡袁翼刊本,後有跋,稱重刻淳熙本,前有樂史序。明正德十四年陸元大刻本稱《李翰林集》,即此本。

〔註11〕《新唐書・李白傳》（北京:中華書局,1975年）,頁5764。
〔註12〕陳登原:《古今典籍聚散考》（臺北:河洛圖書出版社）,頁186～187。
〔註13〕詹鍈主編:《李白全集校注彙釋集評》第1冊,頁5。

楊愼《升庵詩話》云：

> 太白〈相逢行〉云：『朝騎五花馬，謁帝出銀台。秀色誰家
> 子，雲中珠箔開。金鞭遙指點，玉勒乍遲回。夾轂相借問，
> 知從天上來。憐腸愁欲斷，斜日復相催。下車何輕盈，飄
> 颻似落梅。嬌羞初解佩，語笑共銜杯。銜杯映歌扇，似雲
> 月中見。相見不相親，不如不相見。相見情已深，未語可
> 知心。胡爲守空閨，孤眠愁錦衾。錦衾與羅幃，纏綿會有
> 時。春風正澹蕩，暮雨來何遲。願言三青鳥，卻寄長相思。
> 光景不待人，須臾髮成絲。壯年不行樂，老大徒傷悲。持
> 此道密意，無令曠佳期。』此詩予家藏樂史本最善，今本
> 無「憐腸愁欲斷」四句，他句亦不同數字，故備錄之。太
> 白號斗酒百篇，而其詩精練若此，所以不可及也。〔註14〕

由此可知，樂史本在明中葉應尙可見。

　至於今傳最早的李白詩文集，是由宋敏求在樂史本的基礎上增訂
的《李太白文集》。宋治平元年（1064），宋敏求得王溥家藏李白詩集
上、中二帙，發現其中有樂史編《李翰林集》闕者一百零四篇；熙寧
元年（1068），他又得唐魏萬（即魏顥）所編《李翰林集》二卷，其
中有樂史本闕者四十四篇；後又搜集《唐類詩》諸編、刻石所傳、別
集所載得七十七篇；加上樂史本原有的七百七十六篇，合計一千零一
篇。至此，宋敏求在以樂史本爲基礎上，「沿舊目而釐正其彙次，使
各相從，以《別集》附於後，凡賦、表、序、碑、頌、記、銘、贊、
文六十五篇，合爲三十卷」。〔註15〕可知宋敏求對於李白詩的搜求頗
有所得，而其所見尤以所謂王溥家藏李白詩集上、中二帙、唐魏萬（即
魏顥）所編《李翰林集》二卷最爲重要，證實李白詩集自唐至宋，從
魏萬編輯李白詩集後，歷時約三百年的流傳情形，仍存著「文集亦無
定卷，家家有之。」的客觀現象，若非宋氏的廣爲搜求，或許將有二
二五首李白詩作淹沒於歷史長流中。

〔註14〕明‧楊愼：《升菴詩話》，丁福保輯：《歷代詩話續編中》，頁 723～724。
〔註15〕詹鍈主編：《李白全集校注彙釋集評》第 8 冊，頁 4399。

　　宋氏雖廣搜編輯有功，惜未考次其作之先後，至唐宋八大家之一
的曾鞏得其書，「乃考其先後而次第之」，〔註16〕這是李白詩歌的編輯
工作首次與其生命歷程的連結，使平面的編輯，當下有了歷史的縱深
而變得立體可感。元豐三年（1080），蘇州太守晏知止將此書交毛漸
校正刊行，毛氏序云：

> 臨川晏公知止，字處善，守蘇之明年，政成暇日，出李翰
> 林詩，以授於漸曰：「白之詩歷世浸久，所傳之集，率多訛
> 缺。予得此本，最爲完善，將欲鏤版以廣其傳。」漸切謂
> 李詩爲人所尚，以宋公編類之勤，而曾公考次之詳，世雖
> 甚好，不可得而悉見。今晏公又能鏤板以傳，使李詩復顯
> 於世，實三公相與成始而成終也。元豐三年夏四月，信安
> 毛漸校正謹題。〔註17〕

這個刻本，世稱蘇本，又稱晏處善本。今傳最早的《李太白文集》就
是屬於這個系統。而此書的完備，就宋代而言，雖是「三公相與成始
而成終也」，實際上，除宋敏求、曾鞏及晏知止外，樂史別收十卷之
功，實不應忽略，且樂史除了在編輯上有功於李白詩歌的傳播，其創
作的《李白外傳》更是第一本以李白爲主角的宋代傳奇小說，吳志遠
《中國文言小說史》云：

> 開宋代傳奇小說風氣之先者，當推樂史（公元 930～1007
> 年），字子正，撫州宜黃人。……所著傳奇小說尚存《綠珠
> 傳》和《楊太眞外傳》兩種，據《宋史・藝文志》著錄，
> 尚有《滕王外傳》、《李白外傳》、《許邁傳》各一卷，已佚。
>
> 〔註18〕

從其所著傳奇可知，樂史對於天寶遺事之題材甚感興趣，可惜《李白
外傳》今已佚矣。

　　北宋年間又有據此蘇本翻刻的蜀本。今蘇本不傳，北宋蜀刻本今

〔註16〕詹鍈主編：《李白全集校注彙釋集評》第 8 冊，頁 4400。

〔註17〕同前註所揭書第 8 冊，頁 4401。

〔註18〕吳志遠：《中國文言小說史》（濟南：齊魯書社，1994 年 9 月初版），
　　　　頁 600。

有北京圖書館藏本，傅增湘《藏園群書經眼錄》卷十二：

> 《李太白文集》三十卷，宋蜀中刊本，半葉十一行，每行
> 二十字，白口，左右雙闌。按蜀本《太白集》為繆氏所刻
> 之祖本。……余生平所知，惟陸氏䮝宋樓有之。前歲東游，
> 得覲於靜嘉堂文庫中，……渾厚樸雅，洵海內孤帙。此本
> 袁守和為館中購置者，雖非完帙，而三分有二，自足自豪，
> 恐中土所存，更無第二本矣。〔註19〕

另北京圖書館編《中國版刻圖錄》圖版 226 說明，北京圖書館藏宋本
《李太白文集》出自：

> 成都眉山地區。匡高 17.9 釐米，廣 10.3 釐米。十一行，行
> 二十字。白口，左右雙邊。前人定此本為北宋元豐三年晏
> 處善平江府刻本，絕非事實。宋諱搆字有避有不避。構、
> 慎字都不缺筆。卷十五至二十四原缺。前人據康熙五十六
> 年繆曰芑刻本配全。此為李集傳世最為古本。〔註20〕

詹鍈《〈李白集〉版本源流考》對此卻持不同看法：

> 說慎字都不缺筆是對的，但構字有時缺筆，證明這個本子
> 是南宋高宗時刻的。這就是瞿蛻園、朱金城《李白集校注》
> 中所謂宋甲本。〔註21〕

《藏園群書經眼錄》卷十二又一條云：

> 《李太白文集》三十卷，宋蜀刊本。版匡高五寸九分半，
> 寬三寸四分半，半葉十一行，每行二十字，注雙行，白口，
> 左右雙闌，版心記刻工姓名。……按此即吳門繆曰芑刊本
> 所從出，當為北宋季年刊本。繆刻極精湛，而氣息樸雅則
> 遠遜，且有改易失真之弊。昨歲北京圖書館曾收得一部，
> 亦初印精善，惜其中缺佚數卷耳。〔註22〕

〔註19〕傅增湘：《藏園群書經眼錄》卷十二（臺北：文物出版社，1961 年新
　　　　增二版），頁 1014。
〔註20〕北京圖書館編：《中國版刻圖錄》（北京：北京圖書館出版社），頁 44。
　　　　書影見本文附圖一。
〔註21〕詹鍈主編：《李白全集校注彙釋集評》第 8 冊，頁 4541。
〔註22〕傅增湘：《藏園群書經眼錄》卷十二，頁 1015。

詹鍈先生認為「從是書避宋諱來看，並不是元豐年間刊本。這就是《李白集校注》所謂宋乙本。」〔註23〕並據楊樺對這兩個版本的細心校勘認為，「從行款與款式，邊欄與版口版心，體例與編次，字體與誤字、衍字、脫字、諱字等方面，考訂宋甲本宋乙本俱為南宋高宗時刊本。」〔註24〕

　　另日本靜嘉堂文庫本是最早的一個完整宋本。〔註25〕清康熙五十二年，繆曰艻得昆山徐氏所藏晏處善本，於康熙五十六年校正刊行，世稱繆本。〔註26〕詹鍈認為此本實際上並非北宋晏處善本，而是今藏於日本靜嘉堂文庫的北宋蜀刻本，《四庫全書》本《李太白集》即據繆本抄錄。日人平剛武夫於一九五八年將靜嘉堂文庫本《李太白文集》影印發行，取名為《李白の作品》。一九六七年臺北學生書局影印本亦據此翻印。一九八七年巴蜀書社影印本，詹鍈認為可能間接從《李白‧作品》複製影印。〔註27〕

　　此外，題名《李翰林集》的南宋咸淳本，流傳較少，《四庫全書》並未著錄。而宋刻原本早已不知去向，直至光緒三十二年有西泠印社吳隱影宋咸淳本出現，卷首有甲辰冬日吳俊卿題書《李翰林集》及「光緒三十二年吳隱影宋本付黃岡陶子麟刊，西泠社藏板」字樣。卷一首頁第一行有「荃孫」二字板刻木記。另有宣統元年貴池劉世珩玉海堂覆宋咸淳本《李翰林集》三十卷，附〈札記〉一卷，列為玉海堂景宋叢書之六。

　　玉海堂本開首有劉世珩序云：「《李翰林集》三十卷，宋刻本，……近時《李集》止繆刻蜀本為當世所重，不知此本有勝繆刻處，具詳〈札記〉中。且為當塗本。」〔註28〕然據詹鍈指出：「實則玉海

〔註23〕詹鍈主編：《李白全集校注彙釋集評》第8冊，頁4541～4542。
〔註24〕同前註所揭書第8冊，頁4542。
〔註25〕書影見本文附圖二。
〔註26〕書影見本文附圖三。
〔註27〕同前註所揭書第8冊，頁4547。
〔註28〕同前註所揭書第8冊，頁4554。

堂所刻《李翰林集》並不是根據宋本，而是據明人仿宋咸淳本影刻的。……此本在南京圖書館的書目卡片上注名爲明刻本，不再把它當作咸淳原本了。」〔註29〕此外，詹鍈又據周必大《二老堂詩話·記舒州司空山李太白詩》條所言判斷「咸淳本就是從當塗本翻刻的」，〔註30〕並在與宋蜀本比較內容編排後，認爲「咸淳本不是從宋蜀本來的，但又參考過宋蜀本，否則它就不會只收曾鞏〈李太白文集後序〉而不收宋敏求的〈後序〉和毛漸的〈跋〉。」〔註31〕此書揚州江蘇廣陵古籍刻印社曾於一九八〇年四月影印出版，沈師謙一九九二年六月購於北京中國書店，十冊線裝書函裝成套，頗爲古樸。

　　另據陳振孫《直齋書錄解題》卷十六記載：「《李翰林集》三十卷。……家所藏本，不知何處本，前二十卷爲詩，後十卷爲雜著。首載陽冰、樂史及魏顥、曾鞏四序，李華、劉全白、范傳正、裴敬碑誌，卷末又載《新史》本傳，……其本最爲完善。」〔註32〕郁賢皓〈影印當塗本《李翰林集》序〉云：

> 陳振孫所敘「家所藏本不知何處本」的版式，與今所見明清影刻咸淳本《李翰林集》完全相同。而陳振孫卒於咸淳前，故陳振孫家所藏本不可能是咸淳本，只說明咸淳本出於陳振孫家所藏本。而陳振孫家所藏本極有可能就是周必大說的當塗本。……南宋當塗咸淳本《李翰林集》，與蜀刻本所收李白詩文基本一致，但分類編次不同。當塗本比蜀刻本少〈雜言用投丹陽知己兼奉宣慰判官〉、〈南陵五松山別荀七〉、〈自廣平趁醉走馬六十里至邯鄲登城樓覽古抒懷〉、〈月夜金陵懷古〉、〈金陵新亭〉、〈庭前晚開花〉、〈宣城長史弟昭贈余琴溪中雙舞鶴詩以見志〉、〈暖酒〉及〈江夏送倩公歸漢東〉等十首詩，多出〈菩薩蠻〉、〈憶秦娥〉

〔註29〕詹鍈主編：《李白全集校注彙釋集評》第 8 冊，頁 4554～4555。
〔註30〕同前註所揭書，頁 4558～4559。
〔註31〕同前註所揭書，頁 4562。
〔註32〕陳振孫：《直齋書錄解題》上，卷十六〈別集類上〉（臺北：臺灣商務印書館，1978 年 5 月），頁 443。

二詞。此二詞首見於當塗咸淳本《李翰林集》，從而使李白
詞被後世稱為「百代詞曲之祖」。此乃當塗咸淳本《李翰林
集》的重要貢獻。〔註33〕

由此可知，由於宋蜀本及當塗本在〈菩薩蠻〉、〈憶秦娥〉二詞的收錄
情形不同，造成詹鍈及郁賢浩二位先生，對於李白是否為『百代詞曲
之祖』的不同判斷，以時代論，當以宋蜀本近唐較為可信。然據王淮
生〈關於「百代詞曲之祖」的臆想〉：

〈菩薩蠻〉首見於與王安石同時代的僧人文瑩所著的《湘
山野錄》：「此詞不知何人寫在鼎州滄水驛樓，復不知何人
所撰。魏道輔泰見而愛之。後至長沙，得《古風集》於曾
子宣內翰家，乃知為太白所作。」關於〈憶秦娥〉，北宋末
年的邵博在《邵氏聞見後錄》中說：「李太白詞也。予嘗秋
日餞客寶釵樓上，漢諸陵在晚照中。有歌此詞者，一座淒
然而罷。」南宋時，兩詞被收入《花庵詞選》。至元朝，蕭
士贇始將其收入李白集中。〔註34〕

可見宋刊本在版本、考證、校讎等方面雖有較高的參考價值，但也不
能視為唯一的依據，詹鍈及郁賢皓二位先生，對於李白是否為『百代
詞曲之祖』的說法，恐怕均過於武斷了。至於當塗本《李翰林集》，
於二○○四年由安徽黃山書社出版影印，印刷頗佳，精裝函套上下兩
冊，亦具參考價值。〔註35〕

第三節　元刊本

自宋代以來，《李太白集》的注本僅有數家，其餘多為白文無注
本。而宋楊齊賢注、元蕭士贇補注的《分類補注李太白詩》二十五
卷，是現存李白集中最早的注釋本。《四庫全書總目》對其有「詳贍」

〔註33〕當塗本《李翰林集》（安徽：黃山書社，2004 年），頁 2。
〔註34〕王淮生：〈關於「百代詞曲之祖」的臆想〉（《中國李白研究》：2000
　　　　年集，安徽文藝出版社，2000 年 10 月），頁 343。
〔註35〕書影見本文附圖四。

之譽：

> 宋楊齊賢集注而元蕭士贇所刪補也。杜甫集自北宋以來，
> 注者不下數十家。李白集注宋元人所撰輯者，今惟此本行
> 世而已。……大致詳贍，足資檢閱。〔註36〕

關於其補注的緣由，〈補註李太白集序例〉的說法值得重視：

> 唐詩大家數李、杜為稱首。古今註杜詩者號千家，註李詩者
> 曾不一二見，非詩家一欠事歟。僕自弱冠知誦太白詩，時習
> 舉子業，雖好之未暇究也。厥後乃得專意於此：間趨庭以求
> 聞所未聞，或從師以斯解所未解。冥思邈想，章究其意之所
> 寓，旁搜遠引，句考其字之所原，若夫義之顯者，概不贅演，
> 或疑其膺作，則移至卷末，以俟具眼者自擇焉：此其例也。
> 一日，得巴陵李粹甫家藏左錦所刊春陵楊君齊賢子見註本，
> 讀之，惜其博而不能約，至取唐廣德以後事及宋儒記錄詩詞
> 為祖，甚而併杜註內偽作蘇東坡箋事已經益守郭知達刪去
> 者，亦引用焉。因取其本類此者為之節文，擇其善之存之，
> 註所未盡者，以予所知附其後，混為一註。全集有賦八篇，
> 子見本無註，此則併註之。標其目曰《分類補註李太白集》。
> 吁！晦菴朱子曰：太白詩從容於法度之中，蓋聖於詩者。則
> 其意之所寓，字之所原，又豈予寡陋之見所能知！乃欲以意
> 逆志於數百載之上，多見其不知量矣。〔註37〕

可見蕭士贇對李白詩的愛好與推崇之意，而其中「時習舉子業，雖好
之未暇究也」的說法，似也透露了李詩在宋、元時期，不若杜詩受到
重視的外在因素之一。然此注本的影響頗大。詹鍈云：

> 《分類補註李太白詩》是元、明兩代最通行的李白詩集註
> 解，明朝屢經翻刻，甚至當時朝鮮和日本都有漢文翻刻本，
> 可見其影響之大。由於此書是元蕭士贇刪補宋楊齊賢注而
> 成，故又稱楊蕭本。單行楊注早已失傳，此書亦簡稱蕭本。
> 現行最通行的王琦《李太白集輯注》就是以蕭本為底本的。

〔註36〕《四庫全書總目》4（臺北：藝文印書館，1989 年 1 月 6 版），頁 2953。
〔註37〕裴斐、劉善良編：《李白資料彙編：金元明清之部》第 1 冊，頁 50。

乾隆以後，此書不再翻刻翻印，於是就不流行而鮮爲人知
了。〔註38〕

至於此書的最早刻本，據邵懿辰《增訂四庫簡明目錄標注》邵章《續錄》載：「吳門汪氏藏元至正辛卯（1291）刊本。」〔註39〕但此書未見流傳。今所見元刻《分類補注李太白詩》是至大四年辛亥（1311）建安余氏勤有堂刊本。本書的分類和宋蜀刻晏處善本是一樣的，只是編排分卷的方式不同。關於其成書時間詹鍈指出：

> 《分類補注李太白詩》除去一部份宋蜀本的題下標注以
> 外，對宋蜀本所收的「一作」各種異文也多有刪節。蕭本
> 一般以宋蜀本的正文爲正文，有時也據咸淳本的正文爲正
> 文，兩種宋本中的異文大都不見了，也很少用「一作」的
> 方式注出。宋蜀本所根據的晏處善刻本是經過宋敏求從各
> 種傳抄本收集而刻成的，保存了各本不同的異文，使讀者
> 認識到李白詩篇在流傳過程中，原文有些出入。這樣讀者
> 可以有所抉擇或去取。這些異文經過蕭本的刪削，就難以
> 窺見李白詩賦從唐朝到北宋初年流傳的面目了，此書元正
> 統十四年己巳（1449）覆刊元建安勤有堂本二十五卷，錯
> 字雖多，卻是最珍貴的。〔註40〕

國內故宮圖書館所藏爲觀海堂舊藏本一部八冊。前有楊守敬手書題記：「此爲明中葉重刊元建安余氏勤有堂本，目錄末木記空格即勤有堂木記，翻刻者挖除耳。」

元刻本李集，除楊、蕭二家注本《分類補注李太白詩》以外，只有《唐翰林李太白詩集》二十六卷本一種。邵懿辰《增訂四庫簡明目錄標注》邵章《續錄》載：「《天祿目》有元板《唐翰林李太白詩集》二十六卷，多誤，似是坊刻。」〔註41〕傅增湘藏本今歸中國清華大學

〔註38〕詹鍈主編：《李白全集校注彙釋集評》第 8 冊，頁 4563。

〔註39〕邵懿辰：《增訂四庫簡明目錄標注》邵章〈續錄〉（臺北：世界書局，1961 年），頁 464。

〔註40〕詹鍈主編：《李白全集校注彙釋集評》第 8 冊，頁 4566。

〔註41〕邵懿辰《增訂四庫簡明目錄標注》邵章〈續錄〉，頁 465。

圖書館。此外，臺灣國家圖書館藏一部四冊，較為完整。〔註42〕

至於《分類補注李太白詩》流傳在日本及朝鮮的情形，據（日）芳村弘道〈關於元版系統的《分類補注李太白詩》〉云：

> 迄今通過調查所見元本系統的《分類補注李太白詩》的版本，有以下八種：元至大三年刊本、元刊明修本、明刊覆元版本、朝鮮銅活字本、朝鮮木活字本、朝鮮整版本。……元至大三年（1310）建安余志安勤有堂刊本，尊經閣文庫藏十冊、龍谷大學圖書館藏十三冊、天理大學圖書館藏十四冊、早稻田大學圖書館藏二十冊。〔註43〕

誠如詹鍈所云：「《分類補注李太白詩》是元、明兩代最通行的李白詩集註解，明朝屢經翻刻，甚至當時朝鮮和日本都有漢文翻刻本，可見其影響之大。」

第四節　明刊本

明刊本主要仍以《分類補注李太白詩》系統為主，臺灣國家圖書館館藏有明初葉刊白口十行二十字本《李翰林集》，〔註44〕書況良好。又臺灣國家圖書館藏有明正德己卯覆刊宋淳熙本《李翰林集》。〔註45〕另據芳村弘道調查「元至大三年刊，明修本，流布於日本的情形，室內廳書陵部藏十三冊、靜嘉堂文庫藏十二冊。明刊覆元版本，蓬左文庫藏九冊、靜嘉堂文庫藏六冊。」〔註46〕其他明刊本尚多，茲分述如下：

一、明正德元年（1506）蕭敏重刊本，臺灣故宮圖書館所藏，。日本內閣文庫所藏，十冊。

〔註42〕書影見附圖五。

〔註43〕日・芳村弘道：〈關於元版系統的《分類補注李太白詩》〉（《中國李白研究》：1992～1993 年集，安徽文藝出版社，1994 年 5 月），頁 354～357。

〔註44〕書影見附圖六。

〔註45〕書影見附圖七。

〔註46〕日・芳村弘道：〈關於元版系統的《分類補注李太白詩》〉，頁 359～360。

　　二、明正德十五年（1521）庚辰劉氏安正堂刊本。南京圖書館藏。此本雕版粗惡，錯字甚多。臺灣故宮圖書館藏有明覆元代至元本，此書行款又與安正堂本全同，詹鍈認爲：「頗疑所謂明翻至元本即是安正堂本。」〔註47〕據芳村弘道調查此本「京都大學人文科學研究所藏十册、宮內廳書陵部藏八册。」〔註48〕

　　三、朝鮮舊活字本《分類補注李太白詩》二十五卷。上海圖書館藏本首尾完整。臺灣國家圖書館藏本，共六册，每分册均有目錄抄補。〔註49〕

　　四、朝鮮銅活字本，日本宮內廳書陵部所藏，十五册。「尊經閣文庫藏十五册。」〔註50〕《韓國古印刷史》載此書初鑄於甲寅（1434），相當于明宣帝宣德九年。〔註51〕另有「朝鮮木活字本，日本天理大學圖書館藏十四册。朝鮮整版本，東洋文庫藏十四册、天理大學圖書館藏十一册、山口市洞春寺藏十四册。」〔註52〕以上均屬元版系統，楊、蕭二注齊全。只是版刻有工整與粗疏之別。其他校勘刪節本流傳的情形，亦分條略述如下：

　　一、明世宗嘉靖二十五年丙午（1546）玉几山人校刊本。「此本對楊、蕭注文中的錯字有所改正、並大量刪節。」〔註53〕

　　二、《分類補注李太白集》三十卷，明世宗嘉靖二十二年癸卯郭雲鵬寶善堂刊本。楊守敬云：「楊、蕭二注正以贍爲貴，雲鵬意取簡約，而學識不足以定去取，適形其陋。」〔註54〕詹鍈更認爲：「四庫

〔註47〕詹鍈主編：《李白全集校注彙釋集評》第 8 册，頁 4576。
〔註48〕日・芳村弘道：〈關於元版系統的《分類補注李太白詩》〉，頁 362～363。
〔註49〕書影見附圖八。
〔註50〕同前註所揭書，頁 364。
〔註51〕詹鍈主編：《李白全集校注彙釋集評》第 8 册，頁 4577。
〔註52〕日・芳村弘道：〈關於元版系統的《分類補注李太白詩》〉，頁 365。
〔註53〕詹鍈主編：《李白全集校注彙釋集評》第 8 册，頁 4583。
〔註54〕楊守敬：《日本訪書志》十六（臺北：廣文書局，1981 年再版），頁 533。

叢刊本《分類補注李太白集》就是根據郭本影印的。……此書既已失元刻本之面目，而四庫館臣竟將之收入《四庫全書》，反不收元刻本，是很大的疏忽。」〔註55〕臺灣世界書局一九六二年初版、二〇〇五年再版的《李太白全集》上、下兩冊即據此版本影印發行。

三、《分類補注李太白詩》二十五卷，文集五卷，明霏玉齋校刊本。此本無年號序跋，不知何時所刊。詹鍈認爲：「（此本）根據郭雲鵬本翻刻的，甚至目錄中的誤題及錯字，仍同郭本。」〔註56〕

四、明神宗萬曆三十年壬寅（1602）長洲許自昌校刊本。本書於國內未見公私館藏紀錄，筆者幸於沈師謙家中得見此本，名爲《李詩補註》共十二冊，二十五卷，太原王穉登撰〈合刻李杜詩集序〉云：「李杜詩無合刻，合刻之，自許子玄祐始。……是刻既出，二先生之集將同運並行，且俾學者各詣其極。」其書扉頁總題書名爲《李杜全集》，許玄祐先生較，書林汪復初藏版。可知本書原爲《李杜全集》的一部份，不知何故又與杜集分開，據沈師謙云：「本書於北京琉璃廠中國書店購得。」觀其書紙脆色黃，原書封面已佚，該書之封面恐又爲後人所裱裝，然亦見蠹痕斑駁，可想見其年代矣。〔註57〕

五、日本山脅重顯校點許自昌本。刻於日本延寶七年（當康熙十八年己未）。日本靜嘉堂文庫、漢集類目集部東洋文庫之部、內閣文庫漢籍類目均有入藏。

六、《李翰林集》二十五卷，明思宗崇禎三年毛氏汲古閣本。此書臺灣國家圖書館藏，列爲錢謙益、李振宜輯《全唐詩》之底稿本，有藍筆圈改。其編次內容全同玉几山人本和許自昌本，而稍正其誤字。

其他現存明刊本李集尚有以下數種：

一、《分類李太白詩》二十五卷，分訂五冊，明武宗正德十年乙

〔註55〕詹鍈主編：《李白全集校注彙釋集評》第 8 冊，頁 4583。
〔註56〕同前註所揭書，頁 4586。
〔註57〕書影見本文附圖九。

亥（1515）解州刊本。「此本見於美國漢學家艾龍私人藏書處『縹囊齋』，據稱購自日本。」〔註58〕

　　二、《唐翰林李白詩類編》十二卷，明武宗正德十三年戊寅（1518）刊本。現藏北京圖書館。

　　三、明武宗正德十四年陸元大刻本。北京圖書館藏本有「雙鑑樓藏書印」。

　　四、《唐翰林李白詩類編》十二卷，明世宗嘉靖間延平刊本。

　　五、《唐李白詩》十二卷，明世宗嘉靖十八年刻本。北京圖書館藏本分訂六冊，又有四川江油李白紀念館藏本。

　　六、《李翰林分類詩》八卷、賦一卷，明神宗萬曆二年甲戌（1574）李氏刊本。北京圖書館藏本第一冊封面有鄭振鐸（西諦）墨筆題記云：「《李翰林分類詩》八卷、賦一卷，明萬曆刻，甚精善。諸家書目皆未見著錄。1956年11月10日予得之北京帶經堂。」〔註59〕

　　七、《李翰林全集》四十二卷，年譜一卷，明神宗萬曆四十年壬子（1612）劉世教《合刻分體李杜全集》本。詹鍈認為：「這個本子的改編是經過多方面的思考的，特別是在校勘方面下了很大的功夫，而且在很多詩篇的末尾，還附了校語，註明異文。比較起來，元、明兩代的白文《李太白集》，從校勘方面來說，這個本子是最審慎，因而也是價值最高的。」〔註60〕

　　此外尚有所謂嚴滄浪、劉會孟評點《李杜全集》，其中《李太白集》二十二卷，為明思宗崇禎二年（1629）刻本，小築藏版。此書山東省圖書館藏本有「雙蓮書屋」篆刻印。日人近藤元粹評本《李太白詩醇》緒言曰：「李詩全集之有評，則自宋嚴滄浪始。明人聞啓祥得之大喜，與宋劉須溪杜詩評合刻。而其書久不經刊刻，故世少傳。楊、蕭二家以下諸書不曾引證，王注僅引其一二語焉。然其為珍本可知

〔註58〕詹鍈主編：《李白全集校注彙釋集評》第8冊，頁4583。
〔註59〕同前註所揭書第8冊，頁4605。
〔註60〕同前註所揭書，頁4610。

也。」〔註 61〕然詹鍈認爲：「嚴羽評本三百年來，很少爲人所知。山
東大學編《歷代著名文學家評傳》的嚴羽評傳，沒有提到本書。1985
年冬在嚴羽故鄉福建劭武召開的嚴羽學術討論會上，也沒有人提到本
書。關於嚴羽的文獻中，都沒有提到他評點《李太白詩集》。……在
《李太白詩集》的嚴評裏，大多數津津于起結、句法、字眼等等，而
上引嚴羽的詩歌理論在評語裡絲毫沒有反應，是大可疑，……嚴羽在
《滄浪詩話》中從來不稱宋或宋人，提到宋朝時只稱『本朝』或『我
朝』；稱宋朝初年爲『國初』；稱宋人爲『本朝人』或『今人』。嚴羽
南宋人，以常情論，也沒有直稱『宋』或『宋人』之理。」〔註 62〕並
舉《滄浪詩話》〈詩評〉、〈考證〉中諸例舉證，所謂「嚴評」其實與
嚴羽的詩歌理論存在極大的矛盾；因此推斷「所謂嚴羽評點不會出自
嚴羽本人的手筆。」〔註 63〕言之鑿鑿，似已爲定論。然陳定玉〈李白
詩歌『入神』說──嚴羽評點《李太白詩集》發微〉提出不同看法：

> 嚴羽的詩論遺產，除《滄浪詩話》外，還有一部二十二卷
> 本的評點《李太白詩集》。這是一片豐厚的理論沃土，又是
> 一片被遺忘的處女地。……王琦《李太白詩集·跋》說：『李
> 詩全集之有評，自滄浪嚴氏始也。』肯定其開創之功；可
> 又鄙薄其『批卻導窾，指肯綮以示人者，十不得一二』，這
> 就未免責之過苛。……在《滄浪詩話》中，嚴羽對李白創
> 作經驗的體認大都以抽象爲理論的概括，是隱而不彰的，
> 而在《評點》中則表現爲探幽入微的品味和經驗實證的闡
> 述。二者的契合和互補，構成了完整、獨特，有這豐富內
> 涵的李白詩說。〔註 64〕

顯見陳定玉對此本是持肯定的看法，筆者雖未見原本，然從詹鍈主編

〔註 61〕詹鍈主編：《李白全集校注彙釋集評》第 8 冊，頁 4614。
〔註 62〕同前註所揭書，頁 4614～4618。
〔註 63〕同前註所揭書第 8 冊，頁 4622。
〔註 64〕陳定玉：〈李白詩歌『入神』說──嚴羽評點《李太白詩集》發微〉
（《中國李白研究》：1995～1996 年集，安徽文藝出版社，1997 年 8
月），頁 192。

之《李白全集校注彙釋集評》所收註解中，亦可散見此書之部分內容，
如評〈怨情〉：

> 「美人捲珠簾，深坐顰蛾眉。但見淚痕濕，不知心恨誰？」
> 寫怨情，已滿口說出，卻有許多說不出。使人無處下口通
> 問，直如此幽深。〔註65〕

又如評〈將進酒〉：

> 一往情深，使人不能句字賞摘。蓋他人作詩用筆想，太白
> 但用胸口一噴即是，此其所長。〔註66〕

顯見此書不論是否爲嚴羽所評，其中有些評語對於理解欣賞原詩還是
很有幫助的。此書少見，河北大學圖書館所藏頂批係海內孤本。

第五節　清刊本

現存較重要的清代李集刊本，有以下數種：

一、胡震亨《李詩通》二十一卷，與《杜詩通》四十卷合刻，清
順治七年（1650）刻本。其序云「白喜縱橫術，擊劍，輕財，
爲任俠，又尚道術，謂神仙可致，浪跡天下，以詩酒自適。
其詩宗風騷，薄聲律，開口成文，揮翰霧散，似天仙之辭。
而樂府詩連類引義，尤多諷興，爲近古所未有。迄今稱詩者，
推白與少陵爲唐兩大家，曰李杜莫能軒輊云。」〔註67〕此書
現藏臺灣傅斯年圖書館。

二、清康熙吳門繆氏雙泉草堂精刻刊本《李太白文集》三十卷八
冊。據中國書店 1997 年秋季書刊資料拍賣會提要云：「此書
爲吳門謬曰芑武子甫重刊宋本，版刻精美，書品完整，爲清
寫刻本精品。」〔註68〕

〔註65〕詹鍈主編：《李白全集校注彙釋集評》第 7 冊，頁 3694。
〔註66〕同前註所揭書第 1 冊，頁 366。
〔註67〕裴斐、劉善良編：《李白資料彙編：金元明清之部》第 2 冊（北京：
　　　　中華書局，1994 年 7 月第一版），頁 443〜444。
〔註68〕書影見附圖十。

三、繆日芑影宋刻本《李翰林集》，簡稱繆本。本書有清光緒十四年湖北官書局重刊本，又有文瑞樓掃葉山房本。日人花房英樹《李白歌詩索引》列有〈繆本宋本對照表〉。此書現有民國六年上海掃葉山房石印本，國家圖書館藏。〔註69〕又有民國十七年掃葉山房石印發行，線裝八冊，因沈師謙借閱，得以寓目。

四、《李太白文集輯注》三十六卷，王琦注。本書可說是有清一代《李白集》最完善的注本。此書上海圖書館藏本有清石韞玉評點。國家圖書館藏有光緒戊申上海掃葉山房石印本王琦輯註《李太白全集》，爲湘潭齊仁端先生捐贈。〔註70〕另臺灣大學圖書館藏本係日人久保天隨舊藏，有朱筆批點，多引諸家評注，亦間有己見。臺灣中華書局於民國六十九年十一月以四部備要聚珍仿宋版據王注原刻本校刊發行。

五、《李太白全集》十六卷，清李調元、鄧在珩合編。本書大抵據王琦本而盡削其注，有乾隆二十九年清廉學舍刻本，又有道光刊本。

六、《李翰林集》三十卷，光緒三十二年西泠印社吳隱翻刻宋咸淳本。按詹鍈所言，此本所影刻並非宋本，而是明正德八年鮑松刻本。

以上所論列者均爲民國前重要「李集」版本，民國後大陸學者仍進行校注整理工作，重要編著有：

一、《李白集校注》瞿蛻園、朱金城合編，上海古籍出版社1980年出版，四冊。

二、《李白全集編年注釋》安旗、閻琦、薛天緯、房日晰合編，巴蜀書社，1990年出版，上中下三冊。

三、《李白全集校注彙釋集評》詹鍈主編，百花文藝出版社1996

〔註69〕書影見附圖十一。
〔註70〕書影見附圖十二。

年出版，八冊。本書之編輯參閱歷代重要版本及校注、評釋之精華，並間有詹氏的獨到見解，頗爲詳贍，極具參考價值。本論文引詩即以此爲底本。

第六節　敦煌本

　　1900 年發現敦煌遺書以後，人們才從伯 2567《唐人選唐詩》殘卷內迻錄出李白詩四十三首，〔註71〕它比目前傳世的宋蜀刻本還要早二百年以上，是十分珍貴的唐人手抄寫卷。

　　《敦煌遺書總目索引》著錄爲：「唐人選唐詩，內存李昂、孟浩然、王維、王昌齡、丘爲、李白等詩。」〔註72〕而最早影印本卷並爲之著錄的是羅振玉，他認爲：

> 詩選殘卷，其存者凡六家。前三者撰人名在斷損處，不可見，今據《全唐詩》知爲李昂。其名存者曰王昌齡、曰丘爲、曰陶翰、曰李白、曰高適。都計詩數，完者七十一篇，殘者兩篇。……太白詩三十四篇，又〈古意〉以下九篇誤羼入陶翰詩後，共得四十三篇。〔註73〕

黃師永武〈敦煌的唐詩・序〉認爲：「在這世間，宋元的刻本都被珍愛得如同瑰寶拱璧，更何況是唐代詩人活動時期所錄下的眞實抄本？縱使是零篇斷簡，單辭隻句，在學術的領域裏是價值連城的。」〔註74〕並於〈敦煌所見李白詩四十三首的價值〉一文中指出：「敦煌所見的李白詩，由於本集具在，因此其價值不在輯佚方面，而在校勘方面。」〔註75〕

　　另據張錫厚〈敦煌本《李白詩集》殘卷再探〉云：

〔註71〕書影見附圖十三。轉印自黃師永武：《敦煌的唐詩》（臺北：洪範書店，82 年），頁 259。

〔註72〕王重民等編：《敦煌遺書總目索引》（臺北：新文豐出版公司，1985 年），頁 343。

〔註73〕羅振玉：《雪堂校勘群書敘錄》卷下〈頁 464 敦煌本唐人選唐詩跋〉（揚州：江蘇廣陵古籍刻書出版社，1997 年），頁 336。

〔註74〕黃師永武：《敦煌的唐詩》，頁 1。

〔註75〕同前註所揭書，頁 2。

　　　　敦煌遺書所存李白詩還見於斯 2049，《敦煌遺書總目索引》
　　　　著錄爲「唐詩選集」，《敦煌寶藏》作「古賢集」。按原卷首
　　　　尾俱殘，無題記，然考諸原卷除抄有詩篇外，還抄有〈酒
　　　　賦〉、〈龍門賦〉，似應擬題「唐人詩賦選集」殘卷。……由
　　　　於敦煌本《李白詩集》殘卷是目前發現傳世最早的唐人抄
　　　　本，字跡雋秀，書寫格式，題文分行或空格抄寫，全無相
　　　　混之處，除前九首未署撰人，須由第十首「皇帝侍文李白」
　　　　和詩人本集來驗證爲李白所作外，訛奪脫漏之處甚少，是
　　　　極爲難得的珍本，同時也是考察唐宋以來李白詩歌異文的
　　　　重要依據。但是，目前已經刊布的錄文本主要有《唐寫本
　　　　唐人選唐詩》（見《唐人選唐詩十種》上海古籍出版社 1978
　　　　年新一版，簡稱「上本」）和黃文。（按：指黃永武〈敦煌所見
　　　　李白詩四十三首的價值〉）〔註76〕

據黃文及張文的分析整理，大致可知敦煌本殘卷有以下幾項價值：
一、探詢李白詩歌在流傳過程被改動、增刪的痕跡。二、據以證明
部分傳本顯誤的異文。而其錯謬，據黃師永武的分析至少有以下幾
點：〔註77〕

　　1. 今傳的本子有「字義齟齬」的，待敦煌本的出現才能校正錯
　　　謬。如〈將進酒〉。

　　2. 詩中句義與當時「制度不合」的，也有待敦煌本的出現而得
　　　以重新改正。如〈送程劉二侍郎兼獨孤判官赴安西幕府〉。

　　3. 「音律失檢」的，也依仗敦煌本的出現而被檢視出來。如〈贈
　　　友人三首之一〉。

　　4. 若干「修辭句法不宜」的問題，雖云見仁見智，牽涉到主觀
　　　的美學觀點，但似乎可從敦煌本中尋得更適切的句例與更圓
　　　美的說明。如〈望廬山瀑布水〉。

〔註76〕張錫厚：〈敦煌本《李白詩集》殘卷再探〉（《中國李白研究》：1992
　　　　～1993 年集，安徽文藝出版社，1994 年 5 月），頁 332、342。

〔註77〕所列五點爲筆者針對黃文所整理歸納。

5. 「詩篇眞僞」的問題，敦煌本亦具極重要的參考價值。如〈月
   下獨酌〉「天若不愛酒」以下的眞僞問題。

　　但儘管敦煌本是極其珍貴的唐人抄本，由於輾轉傳抄，難免有疏
誤之處，須與傳本互證、校勘，亦不可盡信。然正如黃永武先生所言，
上述諸多問題，均因敦煌本的出現得以迎刃而解，由此可知敦煌本珍
貴的文獻價值了。

第三章 李白詩歌的創作淵源及其思想特質

第一節 李白詩歌的創作淵源

　　文學作品深刻豐美的內容，滋潤影響後代詩人心靈的情形，正如《莊子‧養生主》所言：「指窮於爲薪，火傳也，不知其盡也。」〔註1〕任何人的生命終究有時而盡，但偉大作家的思想、風範卻能盡現於其作品之中，非僅傳諸後世，更能潤澤百代。即以號稱天才的李白而言，其天馬行空的豪逸風格，雖極具個人特質，但從其詩中亦可看到唐前文學及初、盛唐文風和各家思想對其作品深刻影響的痕跡，以下探討李白詩歌的創作淵源，茲分六點論述：

一、《詩經》

　　李白詩歌雖以天才飄逸著稱，但對於《詩經》傳統的推崇與學習，卻明顯的表現在〈古風〉其一的內容中：

> 大雅久不作，吾衰竟誰陳？王風委蔓草，戰國多荊榛。龍虎相啖食，兵戈逮狂秦。正聲何微茫！哀怨起騷人。揚馬激頹波，開流蕩無垠。廢興雖萬變，憲章亦已淪。自從建

〔註1〕清‧郭慶藩集釋：《莊子集釋》（臺北：貫雅文化事業有限公司，1991年9月），頁129。

安來，綺麗不足珍。聖代復元古，垂衣貴清眞。群才屬休
明，乘運共躍鱗。文質相炳煥，眾星羅秋旻。我志在刪述，
重輝映千春。希聖如有立，絕筆於獲麟。〔註2〕

這首詩表現出李白對唐代以前文學現象的看法與評論，他推崇《詩經》
風、雅的寫實精神，對梁、陳崇尚華麗的綺靡文風大加貶斥，並主張
清眞自然的文學創作理念，且落實在其重要的作品中。

　　李陽冰〈草堂集序〉即說李白「凡所著述，言多諷興，自三代以
來，風騷以後，馳驅屈、宋，鞭撻楊、馬，千載獨步，唯公一人。」
〔註3〕因此李白雖以「詩仙」雅號傳名於世，但其作品繼承了《詩經》
的現實主義精神，明確地反映現實、抨擊社會黑暗；在創作上，李白
也喜歡採取比、興的手法來表現自己的理想與品格，而這亦明顯受到
《詩經》傳統手法的影響；正因李白此類的詩作不少，所以，宋葛立
方《韻語陽秋》認爲：

　　李太白、杜子美詩皆摯鯨手也。余觀太白〈古風〉、子美〈偶
　　題〉之篇，然後知二子之源流遠矣。李云：「〈大雅〉久不
　　作，吾衰竟誰陳。〈王風〉委蔓草，戰國多荊榛。」則知李
　　之所得在〈雅〉。〔註4〕

而陸時雍《詩鏡總論》亦云：「太白長於感興，遠於寄哀，本於十五
〈國風〉爲近。」〔註5〕可見李白的詩歌在反映現實及以比興言志、
抒情的技巧，學習《詩經》的情形頗爲明顯，如〈黃葛篇〉：

　　黃葛生洛溪，黃花自綿冪。青煙蔓長條，繚繞幾百尺。閨
　　人費素手，採緝作絺絍。縫爲絕國衣，遠寄日南客。蒼梧
　　大火落，暑服莫輕擲。此物雖過時，是妾手中跡。〔註6〕

〔註2〕詹鍈主編：《李白全集校注彙釋集評》第1冊（天津：百花文藝出版
　　　社，1996年5月初版），頁20。

〔註3〕同前註所揭書第1冊，頁1。

〔註4〕宋・葛立方《韻語陽秋》，何文煥編訂：《歷代詩話》（臺北：藝文印
　　　書館，1991年9月5版），頁306。

〔註5〕明・陸時雍：《詩鏡總論》，丁福保輯：《歷代詩話續編下》，頁1414。

〔註6〕詹鍈主編：《李白全集校注彙釋集評》第2冊，頁683。

全篇詩意部分出自〈國風·周南·葛覃〉第二章：「葛之覃兮，施于中谷，爲葉莫莫。是刈是濩，爲絺爲綌，服之無斁。」〔註7〕而〈雪讒詩贈友人〉更引用《詩經》篇章高達八次之多，本文第四章用典一節有較深入之討論，茲不贅述。

二、《楚辭》

　　李白與屈原，同爲中國文學史上偉大的作家，卻也同樣遭受到政治上嚴厲的流放刑罰，屈原以自沈汨羅江結束生命，李白則以醉酒撈月，水解成仙的傳說流傳最廣；他們都因熱愛國家，勇於實踐理想，卻又都懷才不遇，甚至遭受污衊與誤解，故而其內在情感亦有相似之處。孕之於心，抒之於文，藝術表現上，屈原上窮青天，下掘黃泉式的誇張想像，以及其所開創的《楚辭》句法、詞采上的奔放激情，都對李白詩歌創作有明顯的影響。孟修祥認爲李白對楚辭的接受主要表現在一、「怨」和「戀」的雙重文化性格接受，二、「驚采絕豔」浪漫藝術之承變。〔註8〕對於前者而言孟修祥認爲：

> 屈原和李白都是具有戀君情結的悲劇性人物，他們的悲劇
> 精神又鮮明地體現在對最高統治者的「怨」和「戀」的雙
> 重文化性格中，這是李白在創作中不自覺地接受屈騷的審
> 美依據，也是其文化依據所在。〔註9〕

的確掌握到李白與屈原對於實踐自己治國平天下理想的依託者——君王的矛盾情境，而怨與戀的情感表現，似乎也是絕大多數傳統知識份子，在實踐理想過程中所須面對的共同困境。而第二層接受則表現在審美風格上，李白有許多詩文，如〈夢遊天姥吟留別〉詩：「熊咆龍吟殷巖泉，慄深林兮驚層巔。雲青青兮欲雨，水澹澹兮生煙。……

〔註7〕屈萬里：《詩經詮釋》（臺北：聯經出版事業公司，1993 年 5 月初版八刷），頁 6。

〔註8〕孟修祥：〈論李白對楚辭的接受〉（中國李白研究：中國李白研究會、馬鞍山李白研究所編，黃山書社，2002 年 12 月），頁 195。

〔註9〕同前註所揭書，頁 198。

霓爲衣兮風爲馬，雲之君兮紛紛而來下。虎鼓瑟兮鸞回車，仙之人
兮列如麻。」〔註10〕〈鳴皋歌送岑徵君〉：「若有人兮思鳴皋，阻積
雪兮心煩勞。洪河凌競不可以徑度，冰龍鱗兮難容舠。邀仙山之峻
極兮，聞天籟之嘈嘈。霜崖縞皓以合沓兮，落長風扇海，涌滄溟之
波濤。」〔註11〕等，不論在句法、意境或想像上都與屈原的作品很
相近。周小龍〈屈原、李白詩歌抒情藝術異同論〉也認爲：

> 在中國文學史上，屈原第一次在詩歌中顯現出個性化的抒
> 情和自我的主體意識。自楚辭延至唐詩，這種個性化的抒
> 情和鮮明的自我性到李白手中發揮得相當充分，這是文學
> 史上繼承和發展的顯例。〔註12〕

然而，李白對屈原的學習不只是模仿，往往還能加以創新。

李白〈江上吟〉曾言：「屈原詞賦懸日月，楚王臺榭空山丘。」
〔註13〕他把屈原的詞賦比作日月光芒映照天地，可見他對屈原辭賦的
推崇之高。曾季狸《艇齋詩話》：「古今詩人有《離騷》體者，惟李白
一人，雖老杜亦無似《騷》者。」〔註14〕都明確指出李白對屈原精神
與《楚辭》筆法的繼承。謝榛《四溟詩話》亦認爲：

> 堆垛古人，謂之「點鬼簿」。太白長篇用之。白不爲病，蓋
> 本於屈原。〔註15〕

可見李白的詩歌學習了屈原的浪漫主義精神和藝術手法，使他成爲屈
原以後最偉大的浪漫主義詩人。

三、《莊子》

李白〈大鵬賦〉曾贊美莊周及其〈逍遙遊〉說：「南華老仙，發

〔註10〕詹鍈主編：《李白全集校注彙釋集評》第4冊，頁2101。
〔註11〕同前註所揭書第3冊，頁1067。
〔註12〕周小龍：〈屈原、李白詩歌抒情藝術異同論〉（南京：南京師範大學
　　　　學報，1997年第3期），頁56。
〔註13〕詹鍈主編：《李白全集校注彙釋集評》第2冊，頁990。
〔註14〕裴斐、劉善良編：《李白資料彙編：金元明清之部》第3冊，頁1076。
〔註15〕明・謝榛：《四溟詩話》，丁福保輯：《歷代詩話續編下》，頁1150。

天機於漆園。吐崢嶸之高論,開浩蕩之奇言。」〔註16〕〈贈宣城宇文
太守兼呈崔侍御〉又說:「過此無一事,靜談〈秋水篇〉。」〔註17〕〈古
風五十九首之三五〉「醜女來效顰」詩云:

> 醜女來效顰,還家驚四鄰。壽陵失本步,笑殺邯鄲人。一
> 曲斐然子,雕蟲喪天眞。棘刺造沐猴,三年費精神。功成
> 無所用,楚楚且華身。大雅思文王,頌聲久崩淪。安得郢
> 中質,一揮成斧斤?〔註18〕

幾乎全用《莊子》一書的典故,可見李白對莊子作品的愛好與熟稔。
李白除了接受莊子思想外,莊子蔑視權貴和個人榮華富貴的態度,在
李白的身上似乎表現的更爲突出,這可從李白生平的諸多事蹟,尤其
對於權貴者表現傲慢的態度上最爲明顯。此外,在美學思想及詩歌創
作上,李白也從《莊子》一書獲益良多。胡應麟《詩藪》外編即指出:

> 千古詞場稱逸者,吾於文得一人,曰莊周;於詩得一人,
>
> 曰李白。知二子之爲逸,則逸與神,信難優劣論矣。〔註19〕

指他們的詩文高妙,千古詞場以「逸者」並稱,而難以優劣論。此外,
李白詩學觀念爲反對雕琢,提倡「天眞」,即源自道家崇尙自然的觀
念,如〈黃鶴樓送孟浩然之廣陵〉:「故人西辭黃鶴樓,煙花三月下揚
州。孤帆遠影碧空盡,唯見長江天際流。」〔註20〕語言自然流暢,極
少雕琢,卻情意綿渺,讀來盪氣迴腸。龔自珍曾說:

> 莊、屈實二,不可以並,並之以爲心,自白始。〔註21〕

指出了屈原和莊子兩人,一出世一入世的心性思想差異。而在文學
上,甚至是內在心理上,李白卻能兼收並蓄、融合創造,成爲自己獨
到的特色,而這正是李白的思想特質之一。由於莊子想像豐富,因此
文章的奇幻變化,形式多樣,思想自由,表現手法上敘事、譬喻、議

〔註16〕詹鍈主編:《李白全集校注彙釋集評》第8冊,頁3880。

〔註17〕同前註所揭書第4冊,頁1753。

〔註18〕同前註所揭書第1冊,頁171。

〔註19〕明‧胡應麟:《詩藪》4‧外編(臺北:廣文書局,1973年),頁544。

〔註20〕詹鍈主編:《李白全集校注彙釋集評》第4冊,頁2204。

〔註21〕裴斐、劉善良編:《李白資料彙編:金元明清之部》第3冊,頁1176。

論，靈動兼用，幾乎無章法可尋，構成了莊子文章飄逸奇縱的特殊風格，李白因才氣縱橫，在學習模仿上，出入自如，頗得《莊子》精髓，故其詩歌的創作，亦有《莊子》飄逸奇縱的風格。

四、樂府民歌

李白作品中最受注目，流傳亦最廣的除了絕句便是樂府詩；李白樂府詩的創作，雖以舊題樂府為多，然而卻能從繼承傳統中孕育新意。胡震亨《李詩通》說：

> 凡白樂府，皆非泛然獨造。必參觀本曲之辭與所借用之辭，
> 始知其源流之自，點化奪胎之妙。〔註22〕

「點化奪胎」四字，委婉準確的表現李白樂府詩的特質，如〈蜀道難〉、〈遠別離〉、〈將進酒〉等皆為其中名篇。

以〈蜀道難〉為例，本是樂府古題，唐以前梁簡文帝、劉孝威、陳朝之陰鏗都曾寫過〈蜀道難〉，梁簡文帝有二首，均五言四句，劉孝威寫兩首，一首五言十六句，一首七言四句，陰鏗則為五言八句。到了李白手中，他改變以五言為主的格式，使〈蜀道難〉成為以七言為主的雜言體，除了擴大篇幅外，在內容思想上，更隱喻式的抒發自己懷才不遇的心境，譯音本詩的隱喻性極強，也造成本詩在解說上的歧異之趣。謝榛《四溟詩話》即評曰：

> 江淹有〈古離別〉，梁簡文、劉孝威皆有〈蜀道難〉，及太
> 白作〈古離別〉、〈蜀道難〉，乃諷時事，雖用古題，體格變
> 化，若疾雷破山，顛風簸海，非神於詩者不能道也。〔註23〕

謝榛「非神於詩者不能道」一語，可說是對於李白樂府詩的極高推崇。

除此之外，樂府民歌語言上的純樸自然也深為李白所喜愛與學習，高棅《唐詩品彙》：「（李白）語多率然而成者，故樂府歌詞咸善。」〔註24〕也因此，李白的詩歌，尤其是樂府與絕句的成就均高。絕句重

〔註22〕裴斐、劉善良編：《李白資料彙編：金元明清之部》第2冊，頁447。
〔註23〕明・謝榛：《四溟詩話》，丁福保輯：《歷代詩話續編下》，頁1152。
〔註24〕明・高棅：《唐詩品彙》（上海：上海古籍出版社，1988年），頁267。

自然含蓄，李白淡淡寫來卻神韻無窮，如〈獨坐敬亭山〉、〈靜夜思〉均是。且李白對於民歌的學習更來自大江南北四處遊歷的實際生活經驗，像其〈上三峽〉、〈巴女詞〉、〈荊州歌〉、〈烏棲曲〉等詩即取自民間歌謠，這類的情形在李白其他的詩篇中頗為普遍。這種獨特的現象，在明、清詩話中即有多家論及，如謝榛《四溟詩話》：

> 蔡文姬〈胡笳十八拍〉曰：「城南烽火不曾滅，疆場征戰何時歇？殺氣朝朝衝塞門，胡風夜夜吹邊月。」此為太白古風法之祖。〔註25〕

楊慎《升庵詩話》：

> 「橫江館前津吏迎，向余東指海雲生。郎今欲渡緣何事，如此風波不可行。」古樂府〈烏棲曲〉：「采菱渡頭擬黃河，郎今欲渡畏風波。」太白以一句衍作二句，絕妙。〔註26〕

> 古樂府：「暫出白門前，楊柳可藏烏。歡作沉水香，儂作博山爐。」李白用其意，衍為〈楊叛兒〉，歌曰：「君歌楊叛兒，妾勸新豐酒。何許最關情，烏啼白門柳。烏啼隱楊花，君醉留妾家。博山爐中沉香火，雙煙一氣凌紫霞。」古樂府：「朝見黃牛，暮見黃牛。三朝三暮，黃牛如故。」李白則云：「三朝見黃牛，三暮行太遲。三朝又三暮，不覺鬢成絲。」古樂府云：「郎今欲渡畏風波。」李白云：「郎今欲渡緣何事，如此風波不可行。」古樂府云：「春風復多情，吹我羅裳開。」李反其意云：「春風復無情，吹我夢魂散。」古人謂李詩出自樂府古選，信矣。其〈楊叛兒〉一篇，即「暫出白門前」之鄭箋也。因其拈用，而古樂府之意益顯，其妙益見。如李光弼將子儀軍，旗幟益精明。又如神僧拈佛祖語，信口無非妙道，豈生吞義山拆洗杜詩者比乎？〔註27〕

頗能指出李白對於樂府研讀用力頗深的現象，見解深刻。而清代施補

〔註25〕明・謝榛：《四溟詩話》，丁福保輯：《歷代詩話續編下》，頁 1162。
〔註26〕明・楊慎：《升菴詩話》，丁福保輯：《歷代詩話續編中》，頁 724。
〔註27〕同前註所揭書，頁 659～660。

華《峴傭說詩》亦云：

> 太白七古，體兼樂府，變化無方。然古今學杜者多成就，學
> 李者少成就。聖人有矩矱可循，仙人無蹤跡可躡也。〔註28〕

可見明清兩代詩論家對於李白詩歌深受樂府詩影響，有著極為一致的
共識。

五、漢　賦

　　李白年少時，其父曾令讀〈子虛賦〉，並曾「私心慕之」，自言「十
五觀奇書，作賦凌相如」，大約二十歲時，蘇頲說他「若廣之以學，
可與相如比肩也」，可見漢賦對他的影響。至於李白對司馬相如的崇
拜亦時常見於作品中，《韻語陽秋》即指出：

> 李白〈贈崔侍御詩〉云：「黃河三尺鯉，本在孟津居。點
> 額不成龍，歸來伴凡魚。何當赤車使，再往召相如。」相
> 如蓋自謂也。觀此則白不可謂無心仕進者。然當時慢侮力
> 士，略不為身謀，旋致貶逐，而曾不悔，使其欲仕之心切
> 必不如是。先是，蘇頲為益州長史，見白異之，曰：「是
> 子天才英特，少益以學，可比相如。」故白詩中每以相如
> 自比。〈贈從弟之遙〉曰：「漢家天子馳駟馬，赤車蜀道迎
> 相如。」〈自漢陽病酒歸〉曰：「聖主還聽〈子虛賦〉，相
> 如卻欲論文章。」〈贈張鎬〉曰：「十五觀奇書，作賦凌相
> 如。」白自比為相如，非止一詩也。〔註29〕

而李白以賦筆入詩，為詩歌注入了新的活力，改變了詩歌的表現方
式，而古詩、樂府詩是他最常運用的體裁。許東海〈李白樂府、歌行
的詩賦融合〉認為：

> 唐初以後正面臨六朝文風的歷史改革階段，重新借助於賦
> 的創作特性，注入詩歌，是促使唐詩擺脫六朝習氣，逐步
> 完成盛唐氣象的關鍵之一，詩人李白正是其中最具代表性

〔註28〕清・施補華：《峴傭說詩》，丁福保輯：《清詩話》（臺北：木鐸出版
　　　　社，1988 年 9 月），頁 904。
〔註29〕宋・葛立方《韻語陽秋》，何文煥編訂：《歷代詩話》，頁 330。

的例證，並在樂府、歌行等類作品中明顯展現。〔註30〕

李白採賦入詩，因著賦體的鋪排、誇張、想像、跳躍等特色，最明顯表現在山水詩的創作上，如〈西岳雲臺歌送丹丘子〉：

> 西岳崢嶸何壯哉，黃河如絲天際來。黃河萬里觸山動，盤渦轂轉秦地雷。榮光休氣紛五彩，千年一清聖人在。巨靈咆哮擘兩山，洪波噴流射東海。三峰卻立如欲摧，翠崖丹谷高掌開。白帝金精運元氣，石作蓮花雲作臺。雲臺閣道連窈冥，中有不死丹丘生。明星玉女備灑掃，麻姑搔背指爪輕。我皇手把天地戶，丹丘談天與天語。九重出入生光輝，東求蓬萊復西歸。玉漿儻惠故人飲，騎二茅龍上天飛。

從「西岳崢嶸何壯哉」至「石作蓮花雲作臺」止，李白以一半以上的文字鋪陳西岳壯偉崢嶸的山形水色，並透過對黃河形象的誇張描寫、結合想像力、神話、傳說的運用，從「西岳」、「黃河」、「三峰」、「翠崖丹谷」、「雲臺閣道」等有次序的賦筆手法，酣暢淋漓的展現出西岳之險峻嶔巍與大河奔流的氣勢。故李白〈大獵賦・序〉云：

> 白以為賦者，古詩之流。辭欲壯麗，義歸博遠。……而相如、子雲競誇辭賦，歷代以為文雄，莫敢詆訐，臣謂語其略，竊或褊其用心。〔註31〕

可知李白基本上是認為詩、賦同流的。許東海《詩情賦筆話謫仙・序》更認為：

> 事實上，不僅李白的辭賦以「辭欲壯麗，義歸博遠。」作為主要宗旨，他的詩歌基本上也是以此為精神標竿，並展現出李白文學創作的兩大重要意義：（一）詩賦的同源及其融合特性。（二）李白詩賦創作的復古精神。因此，李白的賦除了發揚「體物寫志」的古賦宗旨外，更在詩賦合流的精神下，呈現「體物寫『情』」之濃厚傾向，甚至直接將一直隱伏於「體物」背後的情志浮出檯面，轉化為「體情」為主的變創型態，並且同時顯現於詩賦兩大文類之中，……

〔註30〕許東海：《詩情賦筆話謫仙》（臺北：文津出版社，2000年），頁1。
〔註31〕詹鍈主編：《李白全集校注彙釋集評》第7冊，頁3824。

他的抒情詩歌，特別是在樂府、歌行當中，更大肆鎔鑄辭
賦鋪陳手法，擴大詩歌抒情的傳統侷限，從而更具酣暢淋
漓的藝術感染魅力。〔註32〕

對於李白樂府、歌行受到漢賦影響的情形，有深刻而獨到的見解，值
得深入探析。

六、建安詩人

　　建安時代是中國文學史上詩歌蓬勃發展的時代，其文學代表人物
首推曹氏父子及建安七子；建安詩歌大多具有充實的內容、真切的情
感與明朗剛健的風格。像陳琳、阮瑀、王粲等詩人描寫漢末戰亂、民
生凋敝的詩歌，揭示了某一段歷史的社會真實面，社會的破敗與民眾
的苦難，成為詩人們關注焦點。他們在創作上直接面對現實人生，關
心社會政治，透露出嚴肅的人生態度和強烈的責任感。建安詩人對於
《詩經》、《楚辭》尤其是樂府民歌的學習更是深刻，而其表現手法靈
活地運用傳統的比興手法，語言的特質則是質樸剛健，清新自然。如
〈聞王昌齡左遷龍標遙有此寄〉：

　　　楊花落盡子規啼，聞道龍標過五溪。我寄愁心與明月，隨
　　　風直到夜郎西。〔註33〕

敖英《唐詩絕句類選》即指出：「曹植〈怨詩〉：『願作東南風，吹我
入君懷。』又齊瀚〈長門怨〉：『將心寄明月，流影入君懷。』而白兼
裁其意，撰成奇語。」〔註34〕可見太白對子建詩的學習。

　　整體而言，建安文學的確有許多特質明顯為李白所認同與接受。
殷璠在《河岳英靈集》序《丹陽集》等著述中，也對風骨極為推重，
並予提倡，以取療治「聲病」之效。此外李白在詩中亦云：「蓬萊文
章建安骨」，可見李白對建安風骨的推崇與重視。范溫《潛溪詩眼》
說：

〔註32〕許東海：《詩情賦筆話謫仙》，頁 1。
〔註33〕詹鍈主編：《李白全集校注彙釋集評》第 4 冊，頁 1935。
〔註34〕同前註所揭書，頁 1938。

> 建安詩辨而不華，質而不俚，風調高雅，格力遒壯。其言
> 直致而少對偶，指事情而綺麗，得風雅騷人之氣骨，最為
> 近古者也。一變而為晉、宋，再變而為齊、梁。唐諸詩人，
> 高者學陶、謝，下者學徐、庾。惟老杜、李太白、韓退之
> 早年皆學建安，晚乃各自變成一家耳。……李太白亦多建
> 安句法，而罕全篇，多雜以鮑明遠體。〔註35〕

其言頗為中肯，道出建安風骨的特點及對李、杜、韓詩的影響。李白
曾言「自從建安來，綺麗不足珍。」曾引起不同的爭論，其實，正如
陸時雍《詩鏡總論》所云：

> 魏人精力標格，去漢自遠，而始影之華，中不足者外有餘，
> 道之所以日漓也。李太白云：「自從建安來，綺麗不足珍。」
> 此豪傑閱世語。〔註36〕

他所反對的只是自建安以來那種逐漸形成的綺麗文風，並非否定這
時期的文學成就，畢竟任何文學風氣的改易是漸變而非突變，更不
可能如同政治的改朝換代般明確斷限。其實，從李白在詩歌上流露
出與建安風骨相近的風貌，便可知建安文學對於李白詩歌創作影響
之深了。

七、晉宋六朝詩人

（一）陶淵明

　　李白〈古風〉其一：「聖代復元古，垂衣貴清眞」，此「清眞」除
了與道家「自然清眞」的思想相近之外，與陶詩「率眞自然」的風格
亦有其相似之處。李白力追漢魏詩風，為改變六朝以來的柔弱詩風而
努力，陶淵明反對浮華追求平淡的詩風，在那個紛亂的時代，低吟起
清淨的山野隱逸之歌，也成為歷代詩人所學習讚嘆的對象，故而李白
全集中也不乏近陶或受陶詩影響的作品。

〔註35〕宋・范溫：《潛溪詩眼》卷四，清順治丁亥（四年）兩浙督學李際刊
　　　　印本。
〔註36〕明・陸時雍：《詩鏡總論》，丁福保輯：《歷代詩話續編下》，頁1404。

　　李白一生努力於追求「濟蒼生，安社稷」的理想，但也曾隱居以
爲「終南捷徑」，寫了一些閒適隱逸的詩篇，這些詩在意境、風格、
語言上，都與陶詩十分相似，儘管其目的性頗有差異，但有些詩句乃
化用陶詩而成，可以看出李白受到陶詩的明顯影響。如〈同族弟金城
尉叔卿燭照山水壁畫歌〉詩中的「迴谿碧流寂無喧，又如秦人月下窺
花源」；〈當塗趙炎少府粉圖山水歌〉「若待功成拂衣去，武陵桃花笑
殺人」均是化用「桃花源」的典故。

　　而〈下終南山過斛斯山人宿置酒〉一詩風韻宛如出自陶手：

　　　　暮從碧山下，山月隨人歸。卻顧所來徑，蒼蒼橫翠微。相
　　　　攜及田家，童稚開荊扉。綠竹入幽徑，青蘿拂行衣。歡言
　　　　得所憩，美酒聊共揮。長歌吟松風，曲盡河星稀。我醉君
　　　　復樂，陶然共忘機。〔註37〕

《唐宋詩醇》：「此篇（按：即〈下終南山過斛斯山人宿置酒〉）及〈春
日獨酌〉、〈春日醉起言志〉等作，逼眞泉明遺韻。」〔註38〕吳昌祺《刪
定唐詩解》：「自可行柴桑。」〔註39〕另如〈獨酌〉：

　　　　春草如有意，羅生玉堂陰。東風吹愁來，白髮坐相侵。獨
　　　　酌勸孤影，閒歌面芳林。長松爾何知，蕭瑟爲誰吟？手舞
　　　　石上月，膝橫花間琴。過此一壺外，悠悠非我心。〔註40〕

《唐宋詩醇》卷八評曰：「閒適諸篇，大概與陶近似，非有意擬古，
其自然處合以天耳。」〔註41〕又〈望終南山寄紫閣隱者〉：

　　　　出門見南山，引領意無限。秀色難爲名，蒼翠日在眼。有
　　　　時白雲起，天際自舒卷。心中與之然，託興每不淺。何當
　　　　造幽人，滅跡棲絕巘。〔註42〕

《唐宋詩醇》卷六評曰：「淡雅自然處，神似淵明，白雲天際，無心

〔註37〕詹鍈主編：《李白全集校注彙釋集評》第 6 冊，頁 2823。
〔註38〕清高宗御選：《唐宋詩醇》2，頁 160。
〔註39〕詹鍈主編：《李白全集校注彙釋集評》第 6 冊，頁 2826。
〔註40〕同前註所揭書第 6 冊，頁 3294。
〔註41〕清高宗御選：《唐宋詩醇》2，頁 184。
〔註42〕詹鍈主編：《李白全集校注彙釋集評》第 4 冊，頁 1899。

舒卷，白詩妙有其意。」〔註43〕又如〈之廣陵宿常二南郭幽居〉：

> 綠水接柴門，有如桃花源。忘憂或假草，滿院羅叢萱。暝
> 色湖上來，微雨飛南軒。故人宿茅宇，夕鳥棲楊園。還惜
> 詩酒別，深爲江海言。明朝廣陵道，獨憶此傾樽。〔註44〕

都說明了李白這些山水詩深受陶詩的影響。雖然與陶詩神似的詩篇
在李白詩中數量不多，也非他詩歌創作的主流，但卻代表了李白心
靈中仍保有一塊隱然幽寂而純靜自適的淨土。又如〈尋陽紫極宮感
秋作〉：

> 何處聞秋聲？脩脩北窗竹。迴薄萬古心，攬之不盈掬。靜
> 坐觀眾妙，浩然媚幽獨。白雲南山來，就我簷下宿。嬾從
> 唐生決，羞訪季主卜。四十九年非，一往不可復。野情轉
> 蕭散，世道有翻覆。陶令歸去來，田家酒應熟。〔註45〕

對於陶潛不爲五斗米折腰事頗爲讚賞與企慕。而〈山中與幽人對酌〉：
「我醉欲眠卿且去，明朝有意抱琴來。」〔註46〕更是《宋書・陶潛傳》：
「貴賤造之者，有酒輒設。潛若先醉，便語客：『我醉欲眠，卿可去。』
其眞率如此。」〔註47〕的直接套用。又如〈戲贈鄭溧陽〉：

> 陶令日日醉，不知五柳春。素琴本無絃，漉酒用葛巾。清
> 風北窗下，自謂羲皇人。何時到栗里？一見平生親。〔註48〕

〈感遇四首〉其二亦云：

> 可嘆東籬菊，莖疏葉且微。雖言異蘭蕙，亦自有芳菲。未
> 汎盈樽酒，徒沾清露輝。當榮君不採，飄落欲何依？〔註49〕

不論用無弦琴或東籬菊的意象，均能化入己境，融爲自己的情感心
志，因此如房日晰所讚嘆的：「李白對陶詩神髓深有體會，而又能興

〔註43〕清高宗御選：《唐宋詩醇》2，頁119。
〔註44〕詹鍈主編：《李白全集校注彙釋集評》第6冊，頁3086。
〔註45〕同前註所揭書第7冊，頁2634。
〔註46〕同前註所揭書第6冊，頁3313。
〔註47〕梁・沈約：《宋書・陶潛傳》（臺北：鼎文書局，1987年5月5版），
頁2286。
〔註48〕詹鍈主編：《李白全集校注彙釋集評》第3冊，頁1557。
〔註49〕同前註所揭書第7冊，頁2630。

會屬辭，故能做到大而化之，使神龍無跡焉。」〔註50〕的確能掌握李白以神化興會陶詩，而非僅是詞句規模其境的高妙之處。

（二）謝靈運

在詩歌創作上，李白山水詩受到謝靈運的影響頗為深遠。尤其李白多次在詩中以謝靈運作為歌詠的對象，如〈勞勞亭歌〉：「古情不盡東流水，此地悲風愁白楊。我乘素舸同康樂，朗詠清川飛夜霜。」〔註51〕〈潯陽送弟昌岠鄱陽司馬作〉：「爾則吾惠連，吾非爾康樂。朱紱白銀章，上官佐鄱陽。」〔註52〕可見李白對謝靈運的景仰之深。

李白也常化用謝靈運的詩句入詩，如〈夢遊天姥吟留別〉的「腳著謝公屐，身登青雲梯」，〔註53〕即從謝靈運〈登石門最高頂〉之「惜無同懷客，共登青雲梯」〔註54〕句中化出。謝靈運〈登池上樓〉的名句「池塘生春草」〔註55〕也被李白點化為：「謝公池塘上，春草楓已生」，〔註56〕〈遊赤石進帆海〉：「溟漲無端倪，虛舟有超越」，〔註57〕李白〈江上寄元六林宗〉將之改為「夜分河漢轉，起看溟漲闊」；〔註58〕而〈遊赤石進帆海〉中的「掛席拾海月」一句，經李白規模其意而另造新詞，營造為〈月夜江行寄崔員外宗之〉前八句的優美意境：

> 飄飄江風起，蕭颯海樹秋。登艫美清夜，挂席移輕舟。月
> 隨碧山轉，水合青天流。杳如星河上，但覺雲林幽。〔註59〕

由此可見，李白對於謝詩密詠恬吟之深。又如謝榛《四溟詩話》所

〔註50〕房日晰：《唐詩比較論》（三秦出版社，1998 年），頁 87。
〔註51〕詹鍈主編：《李白全集校注彙釋集評》第 3 冊，頁 1098。
〔註52〕同前註所揭書第 5 冊，頁 2519。
〔註53〕同前註所揭書第 5 冊，頁 2101。
〔註54〕逯欽立輯校：《先秦漢魏晉南北朝詩》中（臺北：木鐸出版社，1988 年 7 月），頁 1166。
〔註55〕同前註所揭書，頁 1166。
〔註56〕詹鍈主編：《李白全集校注彙釋集評》第 3 冊，頁 1008。
〔註57〕逯欽立輯校：《先秦漢魏晉南北朝詩》中（臺北：木鐸出版社，1988 年 7 月），頁 1162。
〔註58〕詹鍈主編：《李白全集校注彙釋集評》第 5 冊，頁 2050。
〔註59〕同前註所揭書第 4 冊，頁 1959。

云：

> 李太白曰：「襟前林壑斂暝色，袖上煙霞收夕霏。」此用謝
> 康樂之句，但加四字。〔註60〕

此爲奪其胎而增色之。而《升庵詩話》亦云：

> 李白詩：「東陽素足女，會稽素舸郎。相看月未墮，白地斷
> 肝腸。」按謝靈運有〈東陽江中贈答〉二首云：「可憐誰家
> 婦，緣流洗素足。明月在雲間，迢迢不可得。」答詩云：「可
> 憐誰家郎，緣流乘素舸。但問情若爲，月就雲中墮。」太
> 白蓋全祖之也，而注不知引。〔註61〕

然而李白在詩歌的創作上，雖然頗受謝靈運的影響，但創作的方法和
角度卻又有所不同。尤其以山水詩的角度比較，更能看出兩者的差
異；謝靈運的山水詩爲劉宋元嘉時期模山範水式的主流，詩中雖有遊
仙悟道之趣流動，基本上仍是對自然山川外形的客觀摩寫爲主；李白
的山水詩以楊義先生的說法則是：「（李白）繼續推進著對山水景觀的
體驗和表現的『原始性渾融』——『形似性獨立』——『神似性融通』
的發展過程。」〔註62〕簡言之即李白山水詩在內涵精神上明顯的主客
易位，山水萬物不再只是單純的或繁複的「重現」；因此李白詩中的
山水萬物，在在沾染了李白的生命色彩與風格，這就使「巧」進入到
「奇」的另一層次，如〈蜀道難〉、〈夢遊天姥吟留別〉、〈盧山謠寄盧
侍御虛舟〉、〈西岳雲臺歌送丹丘子〉等詩中的山水萬物，都明顯的沾
染了李白強烈的生命與情感的色彩，使之燦然煥發，而非文字案頭的
山水，實爲其精神胸臆的山水！

（三）鮑　照

　　杜甫〈春日憶李白〉曾以「俊逸鮑參軍」稱讚李白詩歌，鮑照的
詩風予人雄健俊逸之感，李白〈酬裴侍御留岫師彈琴見寄〉：「君同鮑

〔註60〕明‧謝榛：《四溟詩話》，丁福保輯：《歷代詩話續編下》，頁1162。
〔註61〕明‧楊慎：《升庵詩話》，丁福保輯：《歷代詩話續編中》，頁793。
〔註62〕楊義著：《李杜詩學》（北京：北京出版社，2001年3月，初版），頁269。

明遠，邀彼休上人。」〔註63〕即以裴侍御比鮑照，以惠休上人比之岫禪師。可見李詩的俊逸豪放，多少受到鮑照詩的影響。另如〈經亂離後天恩流夜郎憶舊遊贈江夏韋太守良宰〉：

> 覽君荊山作，江、鮑堪動色。清水出芙蓉，天然去雕飾。
> 〔註64〕

認為鮑照詩亦有清新自然的特色；並於〈贈僧行融〉一詩中將釋行融和自己的交往比為「梁有湯惠休，常從鮑照遊。」〔註65〕便以鮑照自比。另在〈江夏送倩公歸江東序〉又云：「傾產重諾，好賢攻文，即惠休上人與江、鮑往復，各一時也。」〔註66〕亦以江、鮑、惠休為例，稱許友朋間詩文唱和賞心悅樂之事；可見李白對鮑照的人品、文章均十分景仰。

其他明顯受鮑照影響的詩句如〈俠客行〉：「誰能書閣下，白首太玄經？」〔註67〕蕭士贇即云：「此詩似祖鮑照詩『閉幃草太玄，茲事太愚狂』之意。」〔註68〕而李白與鮑照在樂府古題相似之作亦多，如〈王昭君〉、〈門有車馬客行〉、〈白頭吟〉、〈東武吟〉、〈白紵辭〉、〈雉朝飛〉、〈出自薊北門行〉、〈君子有所思行〉、〈白馬篇〉、〈春日行〉、〈古朗月行〉、〈結客少年場行〉、〈鳴雁行〉、〈空城雀〉等。而〈北風〉原為衛詩，以喻君政暴虐。至鮑照〈代北風涼行〉及李白〈北風行〉均傷北風雨雪，而行人不歸，與衛詩異矣。另李白〈鳳凰曲〉與鮑照〈蕭史曲〉同意。〈行路難〉三首與鮑照〈擬行路難〉十八首（或作十九首）亦有承襲之跡。〈夜坐吟〉唐前僅鮑照作。凡此種種，均可看出鮑照在樂府歌行方面對李白的深遠影響。故王夫之《薑齋詩話》：

> 歌行，鮑、庾初制，至李太白而後極其致。〔註69〕

〔註63〕詹鍈主編：《李白全集校注彙釋集評》第5冊，頁2738。
〔註64〕同前註所揭書第4冊，頁1666。
〔註65〕同前註所揭書第4冊，頁1844。
〔註66〕同前註所揭書第5冊，頁2539。
〔註67〕同前註所揭書第1冊，頁489。
〔註68〕同前註所揭書第1冊，頁493。
〔註69〕清・王夫之：《薑齋詩話》，丁福保輯：《清詩話》，頁18。

元代的評論家陳繹曾《詩譜》即看出鮑、李在文氣俊逸的相似處：

> 六朝文氣衰緩，唯劉越石、鮑明遠有西漢氣骨。李、杜筋
> 取此。〔註70〕

而陸時雍《詩鏡總論》亦云：

> 七言古，自魏文、梁武以外，未見有佳。鮑明遠雖有〈行
> 路難〉諸篇，不免宮商乖互之病。太白其千古之雄乎？氣
> 駿而逸，法老而奇，音越而長，調高而卓。少陵何事得與
> 執金鼓而抗顏行也？〔註71〕

雖藉以揚李抑杜，立場略有偏頗，但亦可從中看出七言古詩自魏文、
梁武乃至鮑明遠以來對李白的影響。由此可見鮑照對李白的影響，實
爲歷代詩論家所深知的。

（四）謝　朓

謝朓可說是李白詩中最常出現的詩人，如〈秋登宣城謝朓北樓〉：

> 江城如畫裏，山晚望晴空。兩水夾明鏡，雙橋落采虹。人
> 煙寒橘柚，秋色老梧桐。誰念北樓上，臨風懷謝公？〔註72〕

即深刻的表達出對謝朓的懷念。至於謝朓詩的風格亦深受李白的推
崇，如〈宣州謝朓樓餞別校書叔雲〉：「蓬萊文章建安骨，中間小謝又
清發」〔註73〕、「詩傳謝朓清」〔註74〕等，均表現出李白對於詩歌的
欣賞角度及讚賞謝朓詩清新秀發的名句。至於化用其詩句者，如〈金
陵城西樓月下吟〉：

> 金陵夜寂涼風發，獨上高樓望吳越。白雲映水搖空城，白
> 露垂珠滴秋月。月下沉吟久不歸，古來相接眼中稀。解道
> 澄江淨如練，令人長憶謝玄暉。〔註75〕

其中「解道澄江淨如練」句是用謝朓〈晚登三山還望京邑〉之「澄江

〔註70〕元・陳繹曾：《詩譜》，丁福保輯：《歷代詩話續編下》，頁623。
〔註71〕明・陸時雍：《詩鏡總論》，丁福保輯：《歷代詩話續編下》，頁1414。
〔註72〕詹鍈主編：《李白全集校注彙釋集評》第6冊，頁3065。
〔註73〕同前註所揭書第5冊，頁2566。
〔註74〕同前註所揭書第5冊，頁2604。
〔註75〕同前註所揭書第3冊，頁1114。

靜如練」句，改動「靜」字爲「淨」。李白化用謝詩，但不完全援引
原句，並以「解道」兩字顯現出，李白對於謝朓詩歌所達到的：不以
形式的工整爲重、色彩的華豔繽紛爲美；而是音韻的流暢和諧、用字
的清新秀麗及內容的意韻悠遠，爲詩境創造之極致的理解，這是李白
在山水坐望中，不期然而生發與謝朓跨時空的「神交」。

　　另〈酬殷明佐見贈五雲裘歌〉之「我吟謝朓詩上語，朔風颯颯吹
飛雨。」〔註76〕二句化自謝朓〈觀朝雨〉詩中「朔風吹飛雨，蕭條江
上來」兩句。又如另外〈秋夜板橋浦汎月獨酌懷謝朓〉一詩更有明顯
模仿之處：

　　　　天上何所有？迢迢白玉繩。斜低建章闕，耿耿對金陵。漢
　　　　水舊如練，霜江夜清澄。長川瀉落月，洲渚曉寒凝。獨酌
　　　　板橋浦，古人誰可徵？玄暉難再得，灑酒氣填膺。〔註77〕

本詩開頭八句乃化用謝詩〈暫使下都夜發新林至京邑贈西府同僚〉之
「秋河曙耿耿，寒渚夜蒼蒼」、「金波麗鳷鵲，玉繩低建章」〔註78〕及
〈晚登三山還望京邑〉之「餘霞散成綺，澄江靜如練」〔註79〕諸句，
可見李白對於謝朓詩相當的熟悉，才能如此的靈活運用。尤其是「玄
暉難再得，灑酒氣填膺」這樣的評價，在李白歌詠其他詩人的作品中
是很少見到的。王士禎〈戲仿元遺山論詩絕句三十二首〉之三：「青
蓮才筆九州橫，六代吟哇總廢聲。白紵青山魂魄在，一生低首謝宣城。」
〔註80〕的確頗能掌握李白對謝朓傾慕的程度。

八、盛唐文風

　　李白約出生於武周長安元年（西元 701 年），在開元十三年（西
元 725 年）二十五歲時，始懷著「已將書劍報明時」的壯志，「仗劍

〔註76〕詹鍈主編：《李白全集校注彙釋集評》第 3 冊，頁 1225。
〔註77〕同前註所揭書第 6 冊，頁 3195。
〔註78〕逯欽立輯校：《先秦漢魏晉南北朝詩》中，頁 1426。
〔註79〕同前註所揭書，頁 1430。
〔註80〕杜甫等著、周益忠撰述：《論詩絕句》（臺北：金楓出版社，1999 年
　　　　4 月），頁 128。

去國，辭親遠遊。」由此可知，李白的青少年時期至出蜀前的十餘年間，正是唐代進入開元盛世的時期，這段時期的文學風氣，對於李白的影響必然極爲深遠，但歷來談論李白創作淵源的問題時，對於唐代的影響往往著墨較少，若有論及，亦以陳子昂爲主；陳子昂〈修竹篇序〉中表現出其文學的復古改革主張：

> 文章道弊五百年矣，漢、魏風骨，晉、宋莫存；然而文獻有可徵者。僕嘗暇時觀齊、梁間詩，采麗競繁，而興寄都絕，每以永嘆。思古人常恐逶迤頹靡，風雅不作，以耿耿也。一昨於解三處見明公詠〈孤桐篇〉，骨氣端翔，音情頓挫，光英朗練，有金石聲。遂用洗心飾視，發揮幽鬱，不圖正始之音，復睹於茲，可使建安作者，相視而笑。〔註81〕

陳子昂於初唐四傑之後，繼續反對齊、梁華靡詩風的腳步，主張詩歌革新，他提出了兩大綱領：一是「風雅興寄」，即要求詩歌發揚批判現實的傳統，二是「漢魏風骨」，即要求詩歌須有高尚充沛的思想感情和剛健充實的社會內容。

　　這樣的思想固然亦爲李白所接受與實踐，但對於青少年時期的李白，受到當時文學風氣的影響必然更大，葛曉音即認爲因爲時代風氣使然，江左文學對於李白亦產生一定的影響，他說：

> （《文選》）在初盛唐也是文人最重要的學習詩文的教科書。雖然《文選》篇目上自楚騷，下至蕭梁，但文人賦的習作，即使上擬漢賦亦多似江左。如「李白前後三擬《文選》」，今集中尚存留學江淹的《擬恨賦》。《愁陽春賦》在「『乃若』以下，則是梁陳體」；《悲清秋賦》是「江文通《別賦》等篇步驟」，即使本自漢賦的《大獵賦》，也「只是六朝賦爾」。〔註82〕

由此可知時代文學風氣對於李白的影響有多大。但也由於李白對於江

〔註81〕陳子昂著：《新校陳子昂集》（臺北：世界書局，1964 年 2 月初版），頁 25。

〔註82〕葛曉音：《詩國高潮與盛唐文化》（北京：北京大學出版社，1998 年 5 月），頁 261～262。

左文學有實際的學習經驗，因此也深知其缺點與不足之處，故而初唐四傑、陳子昂的文學主張，雖然與李白有相合之處，但絕非單純的理論認同與繼承而已，事實上，其中應當有更多的成分是來自於李白實踐、反思的成果。

葛曉音〈盛唐「文儒」的形成和復古思潮的濫觴〉云：

> 如果將盛唐文人按年齡分層排箪，就不難發現這樣一個現象：活躍在天寶詩壇上的詩人如李白、高適、元結、杜甫等，談論詩歌和政治時，多以「復元古」和「念淳古」相標榜；天寶年間開始嶄露頭角的一些文人如李華、蕭穎士、獨孤及、賈至、顏真卿等，也都帶有較濃厚的復古色彩。……「文儒」型的知識階層在開元年間的形成，以及禮樂觀念在盛唐的普及，是天寶文人所賴以成長的文化環境的顯著特徵，也是導致相當多文人重儒的主要根源。〔註83〕

何謂「文儒」？葛曉音認為「其意為『儒學博通及文辭秀逸者』」，〔註84〕李白作為一位成長於開元、活躍於天寶的盛唐詩人，對此自當有所矚目，如〈古風〉感嘆「大雅久不作，吾衰竟誰陳」、「大雅思文王，頌聲久崩淪」，對《詩經》中大雅、頌聲的推崇，及開元中作〈明堂賦〉，其序云：「臣白美頌，恭惟述焉。」〔註85〕可看出這篇賦的寫作頗有迎合當時風氣進獻或干謁的作用。這種復古思潮的普遍性，又可從殷璠《河岳英靈集·序》得窺一斑：「開元十五年後，聲律風骨始備矣。實由主上惡華好樸，去偽從真，使海內詞場，翕然尊古，南風周雅，稱闡今日。」〔註86〕此外，葛曉音更指出：

> 總的來說，開元文儒較重文，而天寶文儒則多側重於儒。「文」與「儒」已有分離之勢。因此擅長於詩的士人自然更多地繼承開元詩人重詩禮的傳統。李白在天寶文儒思想

〔註83〕葛曉音：《詩國高潮與盛唐文化》（北京：北京大學出版社，1998年5月），頁274～275。
〔註84〕同前註所揭書，頁275。
〔註85〕詹鍈主編：《李白全集校注彙釋集評》第7冊，頁3764。
〔註86〕傅璇琮編撰：《唐人選唐詩新編》，頁107。

　　的影響下，明確標舉復古，創作了大量的樂府古風，運用
　　比興抒寫理想。抨擊現實，大大深化了開元詩歌的精神內
　　涵，將始於開元中的盛唐詩歌革新推向最高潮。〔註87〕

透過對於整體客觀環境的深入探析，使我們更清楚的掌握到李白文學
復古思想的形成背景，更證實一位偉大的詩人，除了本身的資質才具
之外，他更須具有洞澈及掌握時代潮流的能力，更進而躍上潮流的頂
峰，引導潮流前進的方向。

　　此外，初盛唐文人的干謁風氣對李白的創作動機及內容亦有深刻
的影響，葛曉音〈論初盛唐文人的干謁方式〉：

　　初盛唐文人在干謁中不但力求與權貴保持人格的平等，而
　　且表現出高談王霸的雄才大略，以及對個人才能的強烈自
　　信，反映了文人們以天下爲己任的遠大理想以及心胸寬
　　廣、積極進取的精神風貌。盛唐詩歌樂觀開朗的基調正是
　　由這種精神風貌決定的。〔註88〕

並舉「王勃自稱可『大論古今之利害，高談帝王之綱紀』，『識天人之
幽微，明國家之大體』；袁楚客〈規魏元忠書〉論『三皇五帝，可緩
步而越』之道；李白自稱『申管晏之談，謀帝王之術，奮其智能，願
爲輔弼。』」〔註89〕爲例，說明高談王霸正是初、盛唐文人干謁的普
遍時尙。而李白經過開元時期十餘年時間的干謁活動，雖經歷了多次
的失敗，最後終於在天寶元年獲得了空前的成功，只是干謁的成功未
必保證從政之路的順利，誠如葛曉音所言：

　　他們將干謁中的悲歡榮辱泄之於詩文，多半無益於本人的
　　仕達，倒成全了一代文學。因此干謁對盛唐詩的另一面重
　　要影響，是缺乏世故的下層文人在詩歌中充分反映了幻想
　　破滅後的激憤。尤其是布衣對權貴的不平之氣，成爲盛唐
　　詩的基本主題之一。〔註90〕

〔註87〕葛曉音：《詩國高潮與盛唐文化》，頁293。
〔註88〕同前註所揭書，頁224。
〔註89〕同前註所揭書，頁224。
〔註90〕同前註所揭書，頁227。

而李白正是盛唐詩人中，將這類主題表現得最為痛快淋漓的詩人，不論是積極樂觀亦或是慷慨激憤，他高唱出同時代詩人的悲歡，卻也展現出獨一無二的身姿與風韻。

第二節　李白的思想特質

　　任何人思想的形成，均有其主、客觀因素，就客觀因素而言，和家庭教養、教育陶冶、社會環境、時代思潮都有關連；從主觀因素來看，個人資質、社會的經歷、生活的遭遇等，都會對人的思想變化產生一定的影響力，而這些主、客觀因素常互有融合與消長，最後才會發展為一種主導的思想。

　　對於李白的思想，歷來學者有多種說法，本節試圖循著前人的研究基礎與李白詩歌內容流露之思想結合論述，以統整出李白思想之重要特質。茲分以下五項論述：

一、自我──思想內在的主旋律

　　歷來談論李白的思想淵源，較為周延的說法，大抵以兼容並蓄為立論的基礎，從表象看，李白思想龐雜，儒、釋、道三家及道教神仙煉丹、長短經縱橫王霸之術，均可從李白生平事蹟及詩文作品中，找到不勝枚舉的佳例。然而，試以詩聖杜甫及詩佛王維為例，其生命的主旋律，均可從儒家與佛家思想中找到安頓之處，詩人在其「信仰」的過程中，獲得自我生命價值的提升，也以其生命歷程及創作，深化甚至塑造了這類思想的具體形象，讓我們讀其詩，思其人，感其事，似乎也使讀者進入某種思想的氛圍當中。然而從李白一千餘首詩篇當中，時而見到儒家的入世、道家的自由、佛家的清淨，但他又是一位受過道籙的道士，亦是一位干謁一生談王說霸的縱橫家。故而以一家學說為李白思想之主軸，不免牽強而矛盾百出，然周延的說其思想兼容並蓄而為雜家之流，則不免蹈空而落於表面。

　　儘管在探索其思想淵源的過程中，針對諸家思想相關的詩例，加

以歸納分析有其必要，但經拆解後的李白思想，卻如珍珠滿盤，終苦無串珠的錦線。故而心中不免存疑——李白在研讀諸家典籍之後，如何收束其說，轉化爲用，不至於隨波逐流，茫無所歸？這實是研究李白思想淵源及特質的核心課題。

試觀李白全集中，最常見的內容並非如釋惠洪《冷齋夜話》卷五記王安石編《四家詩選》事云：「舒王嘗曰：太白詞語迅快，無疏脫處；然其識汙下，詩詞十句九句言婦人、酒耳。」〔註91〕亦非詠月、山水、遊俠、遊仙，而是「自我」；李白詩中自我意象的營造，或寄託於抽象的諸家學說，或寓形於具體的世間萬物，然不論抽象、具體，均化爲李白所習翫的詩歌文字，亦因李白強烈自我意識的涉入，使各家思想因其簡擇而閃現異彩，世間萬物因其轉化而別具深情；前引龔自珍之說：「莊、屈實二，不可以并，并之以爲心，自白始。」即看出李白在思想上的摶揉之力，「并之以爲心」者，此「心」即李白自我主宰之心，「不可以并」者，通論，可并者，李白獨到之處。又如李白好用《莊子·逍遙遊》「大鵬」意象，葛景春〈自由精神與理想主義的完美結合——李白思想綜論〉：

> 在大鵬的形象上，詩人傾注了熱愛嚮往之情，寄寓了追求
> 自由，追求無限的崇高理想。可以說大鵬就是詩人李白。
> 莊子超乎時空物我、逍遙於天地萬物的主體自由思想，已
> 化爲李白自由的靈魂。〔註92〕

其實李白筆下的大鵬亦非莊子心中的大鵬。〈逍遙遊〉中的大鵬更非單純的自由象徵，「鵬之背，不知其幾千里也；怒而飛，其翼若垂天之雲。……鵬之徙於南溟也，水擊三千里，摶扶搖而上者九萬里，……風之積也不厚，則其負大翼也無力。」〔註93〕郭注云：「夫

〔註91〕宋·釋惠洪：《冷齋夜話》，《筆記小說大觀正編二》（臺北：新興書局，1973 年 12 月初版），頁 900。

〔註92〕葛景春：《李白與中國傳統文化》（臺北：群玉堂出版公司，1991 年 9 月），頁 12。

〔註93〕清·郭慶藩集釋：《莊子集釋》（臺北：貫雅文化事業公司，1991 年

翼大則難舉，故摶扶搖而後能上，九萬里乃自足勝耳。」〔註94〕以莊
子之意，鵬之翼大，故須待扶搖（即暴風）而後能上，這樣的大鵬乃
是「有待」的狀態，怎會是「自由」的象徵呢？莊子心中真正的自由
是「無待」。而大鵬與鳩鳥在〈逍遙遊〉中對舉之意在於「苟足於其
性，則雖大鵬無以自貴於小鳥，小鳥無羨於天池，而榮願有餘矣。故
大小雖殊，逍遙一也。」〔註95〕而李白詩中的大鵬明顯用其「壯闊」、
「宏偉」之意，用以象徵自己的「大才遠志」：如在渝州謁見當時的
大名士渝州刺史李邕時，卻意外的受到冷落，李白不滿李邕輕視後學
的態度，作〈上李邕〉一篇，詩旨最為明顯：

> 大鵬一日同風起，摶搖直上九萬里。假令風歇時下來，猶
> 能簸卻滄溟水。世人見我恆殊調，見余大言皆冷笑。宣父
> 猶能畏後生，丈夫未可輕年少。〔註96〕

尤其值得注意的是，此詩除了以大鵬自喻表達自我肯定之意外，更二
用「余」、「我」，顯示年僅二十歲、雖為後生的李白，此時的自我意
識已甚強烈。觀其全集中，用「余」、「我」、「吾」等字之詩者，真可
謂俯拾皆是，如〈古風〉其一：「大雅久不作，吾衰竟誰陳？」「吾衰」
句雖為用《論語述而》：「子曰：甚矣，吾衰矣！」之典故，然實亦有
自命為詩壇「孔子」之意。又如：

> 問余何意棲碧山？笑而不答心自閒。（〈山中答俗人〉）〔註97〕
>
> 余配白毫子，獨酌流霞杯。（〈白毫子歌〉）〔註98〕
>
> 西上太白峰，夕陽窮登攀。太白與我語，為我開天關。（〈登
> 太白峰〉）〔註99〕

9 月），頁 7。

〔註94〕清‧郭慶藩集釋：《莊子集釋》（臺北：貫雅文化事業公司，1991 年
9 月），頁 4。

〔註95〕同前註所揭書，頁 9。

〔註96〕詹鍈主編：《李白全集校注彙釋集評》第 3 冊，頁 1324。

〔註97〕同前註所揭書第 2 冊，頁 1050。

〔註98〕同前註所揭書第 5 冊，頁 2623。

〔註99〕同前註所揭書第 6 冊，頁 2964。

余亦南陽子，時爲〈梁甫吟〉。(〈留別王司馬嵩〉)〔註100〕

奈何青雲士，棄我如塵埃。(〈古風〉其十五)〔註101〕

大道如青天，我獨不得出。(〈行路難三首〉其二)〔註102〕

扶彼白石，彈吾素琴。……吾但寫聲發情於妙指，殊不知此曲之古今。(〈幽澗泉〉)〔註103〕

我浮黃河去京闕，挂席欲進波連山。(〈梁園吟〉)〔註104〕

主人蒼生望，假我青雲翼。(〈酬坊州王司馬與閻正字對雪見贈〉)〔註105〕

我來南山陽，事事不異昔。(〈春歸終南山松龍舊隱〉)〔註106〕

我知爾遊心無窮。(〈元丹丘歌〉)〔註107〕

一州笑我爲狂客，少年往往來相譏。(〈醉後答丁十八以詩譏予槌碎黃鶴樓〉)〔註108〕

見我傳祕訣，精誠與天通。(〈至陵陽山登天柱石酬韓侍御見招隱黃山〉)〔註109〕

茫茫大夢中，唯我獨先覺。(〈與元丹丘方城寺談玄作〉)〔註110〕

問我心中事，爲君前致辭。君看我才能，何似魯仲尼？(〈書懷贈南陵常贊府〉)〔註111〕

長號易水上，爲我揚波瀾。(〈贈友人三首〉其二)〔註112〕

〔註100〕詹鍈主編：《李白全集校注彙釋集評》第 4 冊，頁 2129。
〔註101〕同前註所揭書第 1 冊，頁 91。
〔註102〕同前註所揭書第 1 冊，頁 396。
〔註103〕同前註所揭書第 2 冊，頁 541。
〔註104〕同前註所揭書第 3 冊，頁 1055。
〔註105〕同前註所揭書第 5 冊，頁 2667。
〔註106〕同前註所揭書第 6 冊，頁 3280。
〔註107〕同前註所揭書第 2 冊，頁 1032。
〔註108〕同前註所揭書第 5 冊，頁 2744。
〔註109〕同前註所揭書第 5 冊，頁 2765。
〔註110〕同前註所揭書第 6 冊，頁 3251。
〔註111〕同前註所揭書第 4 冊，頁 1787。
〔註112〕同前註所揭書第 4 冊，頁 1807。

行融亦俊發，吾知有英骨。（〈贈僧行融〉）〔註113〕

口銜雲錦字，與我忽飛去。（〈以詩代書答元丹丘〉）〔註114〕

余亦不火食，遊梁同在陳。（〈送侯十一〉）〔註115〕

我且爲君搥碎黃鶴樓，君亦爲吾倒卻鸚鵡洲。（〈江夏贈韋南陵冰〉）〔註116〕

其詩境涉及的儒、釋、道、仙、縱橫等思想之氛圍，然均以我爲主體則甚明。清人余成教《石園詩話》卷一云：「太白起句縹緲，其以『我』字起者，亦突兀而來。」〔註117〕並引諸多「我」字起的詩句爲例，可見李白詩中的這個特色，已爲清人所看出，羅時進《唐詩演進論》：「李白詩中不僅以『我』領起最多，而且統計表明，在唐代詩人中『我』字的使用頻度以李白最高。這一突出的創作現象，正反映出李白詩歌強烈的自我確認意識，折射出濃厚的狂放色彩。」〔註118〕羅氏並據中華書局出版，欒貴明編纂《全唐詩索引》，在具有可比性的作家中，「我」（含「吾」、「余」）的使用頻率，李白（0.582%）、白居易（0.4749%）、杜甫（0.4026%），顯然李白高居第一。具體說，李白詩中使用「我」398次，用「吾」94次，用「余」76次。〔註119〕然筆者據詹鍈主編《李白全集校注彙釋集評》一書逐句搜求，剔除非自我意義者，共有391首作品使用「我」、「余」、「吾」、「自」、「予」、「李白」等字總計達535次，分別統計則用「我」字354次、用「吾」字74次、用「余」字44次、用「自」字43次、用「予」字15次、用「李白」5次，並製〈李白詩用「我」、「吾」、「余」、「自」、「予」、「李白」篇目及摘

〔註113〕 詹鍈主編：《李白全集校注彙釋集評》第4冊，頁1845。

〔註114〕 同前註所揭書第5冊，頁2654。

〔註115〕 同前註所揭書第5冊，頁2441。

〔註116〕 同前註所揭書第4冊，頁1726。

〔註117〕 清・余成教：《石園詩話》（臺北：新文豐出版公司，1987年台一版），頁58。

〔註118〕 羅時進：《唐詩演進論》（南京：江蘇古籍出版社，2001年9月第一版），頁46。

〔註119〕 同前註所揭書，頁46。

句統計表〉〔註120〕以供參考，其中〈梁甫吟〉用我、吾三次，〈扶風豪士歌〉用我、吾三次，〈悲歌行〉用我字三次，〈古風之二十〉用我、自、予四次，〈酬殷明佐見贈五雲裘歌〉、〈贈僧崖公〉、〈寄東魯二稚子〉、〈夢遊天姥吟留別〉、〈敘舊贈江陽宰陸調〉用我字達四次，〈鄴中贈王大〉用我、吾達四次，〈送王屋山人魏萬還王屋〉、〈萬憤詞投魏郎中〉用我、吾字五次，〈酬岑勳見尋就元丹丘對酒相待以詩見招〉用我、吾、予字達六次，〈經亂離後天恩流夜郎憶舊遊書懷贈江夏韋太守良宰〉用我、余、自共七次，〈憶舊遊寄譙郡元參軍〉用我、余字達八次，尤為顯著，充分顯見李白自我意識強烈之情形。

其中尤有意義的是，從中可以看出李白思想中自我定位的傾向，在儒家方面，李白常自比孔子，嘲笑俗儒，〈書懷贈南陵常贊府〉：「問我心中事，為君前致辭。君看我才能，何似魯仲尼？大聖猶不遇，小儒安足悲！」道家的自我形象塑造上則以〈夏日山中〉：「嬾搖白羽扇，裸袒青林中。脫巾挂石壁，露頂灑松風。」〔註121〕最為生動。〈山中答俗人問〉：「問余何意棲碧山？笑而不答心自閑。」亦頗能表現其高曠的心志。李白亦常自比仙人並與仙界人物來往，如〈白毫子歌〉：「余配白毫子，獨酌流霞杯。」〈登太白峰〉：「西上太白峰，夕陽窮登攀。太白與我語，為我開天關。」甚至在〈答湖州迦葉司馬問白是何人〉：「青蓮居士謫仙人，酒肆藏名三十春。湖州司馬何須問，金粟如來是後身。」〔註122〕〈與元丹丘方城寺談玄作〉：「茫茫大夢中，唯我獨先覺。」表現出的更是異乎常人的狂妄自大。至於其他建功立業的名人賢士，更常是李白用以自比的對象，如〈留別王司馬嵩〉：「余亦南陽子，時為〈梁甫吟〉。」即以諸葛亮自居。從如此的自我定位傾向來看，李白似乎認為他可與其他諸位學派領袖甚至教主神祇平起平坐，曲膝論道；這樣的思想底蘊，自然不為任何單一學派思想所能範限，簡言

〔註120〕詳見本文附錄一。
〔註121〕詹鍈主編：《李白全集校注彙釋集評》第 6 冊，頁 3312。
〔註122〕同前註所揭書第 5 冊，頁 2631。

之，李白的思想如同一道雨後彩虹，紅橙黃綠藍靛紫，諸色皆具，諸色互染，色亦非本色，故成其彩虹之象。功成身退，儒、道並重；談空說無，佛、道相融；干謁、隱遁，出處自若；總之，李白思想並無皈依處，迥異杜甫之於儒家，王維之於佛家，李白對於各家思想的吸納與運用，淺喻之正如金庸筆下的「吸星大法」；以李白詩自證，即「攬彼造化力，持爲我神通」，「自我」，才是李白思想內在的主旋律。

二、縱橫──王霸大略的長短經

　　干謁活動本是唐代文人求仕的重要手段之一，而其淵源可推至漢代薦舉徵辟制度，甚至是先秦的縱橫之風，葛曉音〈論初盛唐文人的干謁方式〉：「初唐薦士風氣的變化是從永徽末武則天立爲皇后之後開始的。永徽時進士試取人與貞觀時相等，永徽六年（655）即增加至四十三人。隨著武后權力的愈益加重，舉人的數量也逐漸增加。……初盛唐士人以干謁爲求仕的主要門徑，正是與統治集團的取士方式相對應的。初盛唐取士授官的各種制度，使士人從獲得任官資格之後，終其一生都必須不斷的干謁。」〔註123〕從初盛唐的文人作品中亦可見到許多此類創作，如王勃〈上瑕丘韋明府啓〉、〈上兗州刺史啓〉、陳子昂〈上薛令文章啓〉、駱賓王〈上吏部裴侍郎啓〉、王昌齡〈上李侍郎書〉等，而從隱逸結合干謁的行爲看，如王維在淇上和嵩山隱居六年後干謁張九齡，被拜爲右拾遺；儲光羲四任縣尉不得升遷，隱居終南山，數年後復行干謁，拜爲太祝。而李白一生的重要事蹟及詩文創作，亦幾乎都與其干謁活動有關，顯示這實在是時代風氣及出仕任官的必要手段，更何況李白無法參加科舉，捨詩文干謁或隱居求名之外，別無他途，然因李白本身並無任官資格，雖同爲干謁，比之其他有功名在身的文士，更是困難重重，倍感艱辛。總之，李白的干謁活動除了時代風氣的鼓動、自身條件的需求之外，縱橫思想的建立更是

〔註123〕葛曉音：《詩國高潮與盛唐文化》（北京：北京大學出版社，1998年5月），頁213、219。

其重要因素；《彰明逸事》記載說：「太白……隱居戴天大匡山，往來旁郡，依潼江趙徵君蕤。蕤亦節士，任俠有氣，善爲縱橫學，著書號《長短經》。太白從學歲餘，去遊成都。」〔註124〕所學《長短經》一書有趙蕤自序，序名曰〈儒門經濟長短經序〉：

> 御世理人，罕聞沿襲，三代不同理，五霸不同法，非其相反，蓋以救弊也。……夫霸者，駁道也，蓋白黑雜合，不純用德焉。期於有成，不問所以，論於大體，不守小節，雖稱引仁義，不及三王，而扶顚定傾，其歸一揆。恐儒者溺於所聞，不知王霸殊略，故敘以長短術以經論通變者。〔註125〕

《四庫全書總目提要》卷一一七「雜家類」介紹曰：

> 是書談王伯經權之要，成於開元四年，自序稱凡爲六十三篇，合爲十卷。……劉向序《戰國策》，稱或題曰《長短》。此書辯析事勢，其源蓋出於縱橫家，故以《長短》爲名。雖因時制變，不免爲事功之學，而大旨主於實用，非策士詭譎之謀。其言固不悖儒者。其文格亦頗近荀卿《申鑑》、劉劭《人物志》，猶有魏晉之遺。〔註126〕

《長短經》一書確如趙蕤自序及《四庫全書總目提要》所云，是以孔子儒學爲核心，兼通道、墨、名、法、陰陽、縱橫、兵家之談的經世致用之書。而此書的特點主要在於辯析「三代不同理，五霸不同法」、「王霸殊略」之處，進而做到「因時制變」的「事功之學」，故雖云「其源蓋出於縱橫家，故以《長短》爲名」，然「大旨主於實用，非策士詭譎之謀。」且其言「固不悖儒者」，因之要理解李白一生行事風格及懷抱之志，透過《長短經》的確是一條捷徑。如李白詩中最欽服的人物傅說、姜太公、管仲、晏嬰、蘇秦、張儀、魯仲連、張良、

〔註124〕宋・計有功：《唐詩紀事・上》（臺北：木鐸出版社，1982年初版），頁271。

〔註125〕唐・趙蕤：《反經》（臺北：理藝出版社，1999年8月初版），頁1。按：《長短經》又名《反經》、《長短要術》。

〔註126〕《四庫全書總目提要》3（臺北：藝文印書館，1989年1月6版），頁2350～2351。

諸葛亮、謝安等人，其歷史事蹟均可從〈霸圖〉、〈七雄略〉、〈三國權〉
中歷歷可見。而〈任長〉、〈品目〉、〈量才〉、〈知人〉、〈察相〉、〈論士〉、
〈臣行〉諸篇，主要在講選拔人才，斥退奸佞。如〈論士〉云：

> 侯王稱孤、寡、不穀。夫孤寡者，困賤、下位者也，而侯
> 王以是謂，豈非下人而尊貴士與？〔註127〕

這不是李白傲視王侯，草芥權貴的心理依據嗎？至於李白喜好縱橫之
術，終身仰慕縱橫家的為人，在唐代詩人中可以說是絕無僅有。李白
年輕時從趙蕤學習，而趙蕤「善為縱橫學」，這段經歷對李白縱橫家思
想的形成應有直接的影響。在李白的作品中，曾一再提到縱橫家人物
的事跡，而且在他仰慕的對象中，以魯仲連被提及最多次，李白的一
生都是以魯仲連為追慕標的，而魯仲連正是一位遊俠式的典型人物。

　　據《史記‧魯仲連鄒陽列傳》中的記載，魯仲連的事蹟，一是
秦兵圍趙都邯鄲，魯仲連正好在此地，聽說魏將新垣衍欲令趙尊秦
為帝，乃晉見平原君，暢言帝秦之非，再曉以大義並說服新垣衍放
棄投降；待秦兵退走，平原君願封仲連為官並重謝以千金，魯仲連
乃辭去，終身不復見；另一則是多年後，魯仲連以箭書遺燕將，幫
助齊國田單拿下聊城，田單欲加獎賞，魯仲連拒而不受，遠避海上。
二者均為功成身退之義行，李白十分推崇魯仲連這樣的作為。他在
〈古風〉其九如此激賞魯仲連：

> 齊有倜儻生，魯連特高妙。明月出海底，一朝開光曜。卻
> 秦振英聲，後世仰末照。意輕千金贈，顧向平原笑。吾亦
> 澹蕩人，拂衣可同調。〔註128〕

又在〈別魯頌〉這樣說：

> 誰道太山高？下卻魯連節。誰云秦軍眾？摧卻魯連舌。獨
> 立天地間，清風灑蘭雪。夫子還倜儻，攻文繼前烈。錯落
> 石上松，無為秋霜折。贈言鏤寶刀，千歲庶不滅。〔註129〕

〔註127〕 唐‧趙蕤：《反經》，頁107。
〔註128〕 詹鍈主編：《李白全集校注彙釋集評》第1冊，頁66。
〔註129〕 同前註所揭書第4冊，頁2096。

魯仲連的表現義不辱節，功成之後不戀棧名位，身退榮祿，和同為縱橫家的蘇秦、張儀相比，魯仲連顯得秉性高潔，不與時同，極為卓異。李白傾慕與他氣質近似的魯仲連，終其一生抱持「功成身退」的濟世思想，雖是源自道家老子之說，但應有部分是得自於魯仲連行誼事蹟的啟發。

縱橫家和遊俠本不同，到漢朝之後，二者開始結合在一起。《史記・司馬相如列傳》：「司馬相如者，蜀郡成都人也，字長卿。少時好讀書，學擊劍，故其親名之為犬子。相如既學，慕藺相如之為人，更名相如。」〔註130〕司馬貞《索隱》引《呂氏春秋》劍伎曰：「持短入長，倏忽縱橫之術也。」從此之後，蜀地也逐漸形成縱橫遊士和行俠仗義結合的傳統。李白在〈結襪子〉詩中曾言：「燕南壯士吳門豪，筑中置鉛魚隱刀。感君恩重許君命，太山一擲輕鴻毛。」〔註131〕可見他對古代的刺客如專諸、高漸離等人評價甚高。

依班固《漢書・藝文志》中著錄之內容「縱橫十二家、百七篇」看，並無魯仲連的著作，可見李白對縱橫家的好感，主要是對其中一些突出人物的品格和行為的欽慕，而這些人的行事作風與唐代俠風是相近的。到了《隋書・經籍志》中這些縱橫家之文已無可見，《隋書》對縱橫家所下的評語是：「縱橫者，所以明辯說，善辭令，以通上下之志者也。」以蘇秦、張儀等「布衣卿相」的事跡，對照李白漫遊各地、干謁地方官吏名士，期得賞識拔舉之行為，筆者以為除了盛唐風氣使然外，縱橫家這種行走各地，以便給辭令申王霸之略獲用的特質，實亦為李白思想中重要的部分。但問題就出在縱橫之說大抵出於亂世，不論是先秦亦或是魏晉三國，縱橫家之所以能馳騁其說，平交王侯，所憑藉的雖是自身才學，但更重要的卻是時勢所需，所謂「王侯」者，為求霸業早成，自須「下人而尊貴士」，然而開元時期天下富庶，四海宴然，科舉以求功名乃為正途，干謁雖云必要，終究賓主分明，李白

〔註130〕馬持盈：《史記今註》第 6 冊，頁 3012。
〔註131〕詹鍈主編：《李白全集校注彙釋集評》第 2 冊，頁 603。

「喧賓奪主」雖有其不得不然之因，然真正的問題在於將干謁等同於縱橫的心態，因為事實上，縱橫在於王霸之才，干謁卻在求為廊廟之器，時勢轉異，兩者在顯才揚己以求知音的表象上雖極相似，但內在的需求卻已判然兩別。李白未必不能明白此理，然或如前節探討所得，李白強烈的自我意識，使「盛唐的干謁者李白」，其實活得更像一個「先秦的縱橫家李白」，時代的錯置，造成李白從政之途上命定的挫敗。

從這一點看李白對於安史之亂前夕，苦無報國之門的苦悶，及永王璘詔書三至翩然下山，並寫下〈永王東巡歌十一首〉時的信心滿滿，這正是可使大鵬展翅而起的強風，其二：

> 三川北虜亂如麻，四海南奔似永嘉。但用東山謝安石，為
> 君談笑靜胡沙。〔註132〕

其十一：

> 試借君王玉馬鞭，指揮戎虜坐瓊筵。南風一掃胡塵靜，西
> 入長安到日邊。〔註133〕

表達了他馳騁沙場的強烈企圖與自信，而這份自信或許亦來自於對《長短經》的學習所得。《長短經》中論及兵法的篇章甚多，如〈出軍〉、〈結營〉、〈教戰〉、〈天時〉、〈地形〉、〈將體〉、〈料敵〉、〈攻心〉、〈圍師〉等，但李白尚未大顯身手，便因肅宗對永王的猜忌而受到株連，謀士成為叛徒，胡沙未靜卻刑讁夜郎。

總之，《長短經》宏闊而又駁雜的思想，為李白獨特的生命注入無比的氣魄，使他產生「仗劍去國，辭親遠遊」，「試涉霸王略，將期軒冕榮」〔註134〕的大志，對李白的生命歷程，的確有極為深遠的影響。

此外，李白生於四川蜀地，此地向來俠風蓬勃，從左思的〈蜀都賦〉即可見一斑：

〔註132〕詹鍈主編：《李白全集校注彙釋集評》第3冊，頁1158。
〔註133〕同前註所揭書第3冊，頁1174。
〔註134〕同前註所揭書第4冊，頁1667。

> 三蜀之豪，時來時往。養交都邑，結儔附黨。劇談戲論，
> 扼腕抵掌。出則連騎，歸從百兩。〔註135〕

描繪著蜀地武俠團體的行為作風，可以看出當時的豪俠盛況。盧藏用
〈陳子昂別傳〉記載陳子昂少時即為俠士，並且有家族世代任俠的情
形：

> 世為豪族，父元敬，瑰瑋倜儻，年二十，以豪俠聞。屬鄉
> 人阻饑，一朝散萬鍾之粟而不求報，於是遠近歸之，若龜
> 魚之赴淵也。……嗣子子昂，奇傑過人，姿狀嶽立，始以
> 豪家子馳俠使氣，至年十七八未知書。〔註136〕

指出陳父「以豪俠聞」並述其義行、兼寫子昂「馳俠使氣」之狀。此
外，《新唐書・郭元振列傳》說郭元振「十八舉進士，為通泉尉。任
俠使氣，撥去小節」在在說明了蜀地俠風之盛，李白生活於其間，深
受陶冶薰染是很正常的。

　　李白在詩中曾自述「十五好劍術，遍干諸侯」，在朋友及後人的眼
中也多談及李白任俠之事，如魏顥〈李翰林集序〉說他：「少任俠，不
事產業，名聞京師。」范傳正〈唐左拾遺翰林學士李公新墓碑〉也說他：
「少以俠自任」，李華〈故翰林學士李君墓誌〉說：「義以濟難，公（李
白）其志焉。」都可清楚地說明李白任俠的性格。李白〈上安州裴長史
書〉描述自己與吳指南的深摯情誼，正可見其俠風義氣，其言曰：

> 昔與蜀中友人吳指南同遊於楚。指南死於洞庭之上，白襌
> 服慟哭，若喪天倫。炎月伏屍，泣盡而繼之以血。行路聞
> 者，悉皆傷心。猛虎前臨，堅守不動。遂權殯於湖側，便
> 之金陵。數年來，觀筋肉尚在，白雪泣持刀，躬身洗削，
> 裹骨徒步，負之而趨，寢臥攜持，無輟身手，遂丐貸營葬
> 於鄂城之東。故鄉路遙，魂魄無主，禮以遷窆，式昭朋情，
> 此則是白存交重義也。〔註137〕

〔註135〕梁・蕭統編，唐・李善注：《文選》（臺北：華正書局，1990年9月
　　　　　初版），頁79。
〔註136〕盧藏用〈陳子昂別傳〉《全唐文》卷238。
〔註137〕詹鍈主編：《李白全集校注彙釋集評》第7冊，頁4025。

從李白「以俠自任」的行爲來看,「任俠」的思想自然是深存其心了。

司馬遷在《史記》的〈刺客列傳〉記載了先秦和漢朝刺客的事跡,〈遊俠列傳〉亦云:「今游俠,其行雖不軌於正義,然其言必信,其行必果,已諾必誠,不愛其軀,赴士之厄困……要以功見言信,俠客之義又曷可少哉?」〔註138〕《漢書‧遊俠列傳》:「陵夷至於戰國,合從連衡,力政爭彊。繇是列國公子,魏有信陵,趙有平原,齊有孟嘗,楚有春申,皆藉王公之勢,競爲游俠,雞鳴狗盜,無不賓禮。」〔註139〕可見遊俠之風早已出現。說明了當時游俠人物爲人行事的特色,而這種俠義形象也可以在李白身上找得到。

到了唐朝,整個時代風氣「俠風」十分活躍,任俠者風起雲湧,任俠人數之多是前所未有的,任俠幾乎成爲一種群眾行爲。由於唐代統治者上層好俠、任俠,上行下效,好俠之風在全國瀰漫開來,社會下層平民百姓的任俠者多得難以數計。整個社會都將任俠視爲一種高尚行爲,一種光榮標志,社會上很多人想成爲俠士,任俠者大量湧現,層出不窮。

文人行俠在唐代也大規模出現,《新唐書‧文藝列傳》說李白是一個「輕財重施」的豪俠之士,李華〈故翰林學士李君墓志〉說李白能「義以濟難」。然而唐俠中這種濟人之難的俠士並不多,鄭春元指出「大多數文人任俠是追求一種俠的狂放氣質,追求不同凡俗的游俠氣慨,他們的任俠大多是使氣,即行爲狂放不羈,個人意志至上,過分張揚放縱自我,恣逞意氣恣肆驕悍,不修小節,不守禮儀,超越世俗處事規則。所做的任俠之事大都是狂放縱酒、飛鷹走馬、聚眾賭博等等」。〔註140〕

李白的遊俠詩不少,讚頌遊俠之外,氣質行爲又與遊俠無異,難

〔註138〕馬持盈:《史記今註》第 6 冊(臺北:商務印書館,1996 年初版五刷),頁 3219。

〔註139〕東漢‧班固:《漢書‧遊俠列傳》(臺北:鼎文書局,1986 年 10 月 6 版),頁 3697。

〔註140〕鄭春元:《俠客史》(上海:上海文藝出版社,1999 年),頁 34。

怪今人呂正惠說：「李白可以說是中國文學史上最有資格被冠上『遊俠詩人』稱號的人。」〔註141〕且看他的〈俠客行〉：

> 趙客縵胡纓，吳鉤霜雪明。銀鞍照白馬，颯沓如流星。十步殺一人，千里不留行。事了拂衣去，深藏身與名。閒過信陵飲，脫劍膝前橫。將炙啖朱亥，持觴勸侯嬴。三杯吐然諾，五岳倒為輕。眼花耳熱後，意氣素霓生。救趙揮金槌，邯鄲先震驚。千秋二壯士，烜赫大梁城。縱死俠骨香，不慚世上英。誰能書閣下，白首太玄經？〔註142〕

本詩藉戰國時代魏國俠士侯嬴和朱亥幫助信陵君救趙國的故事來歌頌任俠的精神。讀來音調鏗鏘、意氣昂揚，塑造出俠客捨生忘己、慷慨激昂、英姿煥發的形象。「事了拂衣去，深藏身與名」道出了俠者處理事情完畢拂衣而去的瀟灑，此與李白一生抱持遠大理想、希望「功成身退」的想法亦頗近似；而俠客重義諾輕名利，「其言必信，其行必果，已諾必誠」的作風，何嘗不是反映出李白內在的豪俠思想，及追求事功看輕俗儒的心態。而「縱死俠骨香，不慚世上英」二句，更可見其憧憬效法古代俠客之心。另如〈秦女休行〉云：

> 西門秦氏女，秀色如瓊花。手揮白楊刀，清晝殺讎家。羅袖灑赤血，英聲凌紫霞。直上西山去，關吏相邀遮。婿為燕國王，身被詔獄加。犯刑若履虎，不畏落爪牙。素頸未及斷，摧眉伏泥沙。金雞忽放赦，大辟得寬賒。何慚聶政姊，萬古共驚嗟。〔註143〕

此詩擬自魏朝協律都衛左延年〈秦女休〉詩，本是雜言體，李白改以工整的五言形式鋪寫，除了敘事內容主體根據左氏詩而來外，字句也較為精簡，特寫出秦女休血刃仇家之豪情與勇氣，比起左氏民歌式的娓娓道來，李白此詩則顯得眉清目秀、重點分明，成功地塑造出一位女性俠者的形象。不論男女，仗義行俠，光明正大的作為向來是李白

〔註141〕呂正惠〈永遠的中國俠〉（臺北：國文天地第十二期，1990 年），頁 25。
〔註142〕詹鍈主編：《李白全集校注彙釋集評》第 1 冊，頁 489。
〔註143〕同前註所揭書第 2 冊，頁 782。

所樂於歌頌的，李白的重俠觀念於此可見。又如〈東海有勇婦〉詩云：

> 梁山感杞妻，慟哭爲之傾。金石忽暫開，都由激深情。東
> 海有勇婦，何慚蘇子卿？學劍越處子，超騰若流星。捐軀
> 報夫讎，萬死不顧生。白刃耀素雪，蒼天感精誠。十步兩
> 躘躍，三呼一交兵。斬首掉國門，蹴踏五藏行。豁此伉儷
> 憤，粲然大義明。北海李使君，飛章奏天庭。捨罪警風俗，
> 流芳播滄瀛。名在列女籍，竹帛已光榮。〔註144〕

此詩內容主要記敘東海婦人爲夫報仇的故事，先寫婦人苦學劍術有
成，終於報了夫仇，將仇人首級懸掛國門，然後從容離去，勇婦還因
此名載列女傳。東海勇婦不讓鬚眉的俠客作風，透過李白生動的描寫
刻劃，栩栩如生在目前，嚮往任俠、欣賞俠風之思不時在李白的詩中
滲透出來。在〈少年行二首〉其一中云：

> 擊筑飲美酒，劍歌易水湄。經過燕太子，結託并州兒。少
> 年負壯氣，奮烈自有時。因聲魯勾踐，爭情勿相欺。〔註145〕

詩中稱許荊軻以天下大義爲己任的俠壯之氣，而「少年負壯氣，奮烈
自有時」的豪氣，我們似乎也可以在李白身上得到充分的印證。

　　李白在詩中援引古代俠客的例子隨處可見，有助於我們了解李白
的俠思、俠行，如：「朱亥已擊晉，侯嬴尙隱身」〔註146〕、「歷抵海
岱豪，結交魯朱家」〔註147〕、「亞夫得劇孟，敵國空無人」〔註148〕、
「漢求季布魯朱家，楚逐伍胥去章華」〔註149〕等，一一呈現出李白
響慕任俠之精神。

　　以此對照李白一生之處事爲人，林庚先生在《詩人李白》一書中
認爲，李白「一心把它體現在政治活動上，……結交這些豪傑人士，
以備政治上一旦之用。」又說「任俠是李白的性格，也同時是李白所

〔註144〕詹鍈主編：《李白全集校注彙釋集評》第 2 冊，頁 674。
〔註145〕同前註所揭書第 2 冊，頁 876。
〔註146〕同前註所揭書第 5 冊，頁 2441。
〔註147〕同前註所揭書第 3 冊，頁 1277。
〔註148〕同前註所揭書第 4 冊，頁 1617。
〔註149〕同前註所揭書第 4 冊，頁 1713。

採取的社會活動方式。」〔註150〕總之，李白的縱橫思想，實包含了先
秦時代的縱橫家氣魄及盛唐文人干謁的功利目的和年輕時即已感染的
任俠精神，而這種調和渾融式的縱橫，正是李白思想中的一大特徵。

三、儒家──獨尊孔聖笑腐儒

　　李白對儒家思想採取批判性的肯定。始於春秋時代孔子的儒家學
說，歷經先秦戰國時代，及漢初的崇尚黃老之術，隱而未顯，直至漢
武帝獨尊董仲舒的儒術以來，儒學顯盛，儒家思想日漸根植人心，只
是此儒家已非先秦時期以人為本、以仁恕之道為核心，而是混雜了陰
陽五行之術、今、古文經之辯的榮祿之學。更因漢代經學發展以至於
隋、唐科舉制度的形成，儒家經典更成為朝廷選官、文人入仕的基本
教科書。唐代科舉有三大類：進士、明經、制舉，略分之，進士科考
文學詩賦，明經科主考儒家經典，制舉科考政治。部分士子文人個個
無不矻矻苦讀群經詩賦，以期一舉登第，光耀門楣，施展抱負。顯然
李白並未選擇明經科舉的途徑，甚至對於那些「白髮死章句」、不關心
時政、不懂濟世之策的迂腐儒生十分反感，〈嘲魯儒〉一詩便是顯例：

> 魯叟談五經，白髮死章句。問以經濟策，茫如墜煙霧。足
> 著遠遊履，首戴方頭巾。緩步從直道，未行先起塵。秦家
> 丞相府，不重褒衣人。君非叔孫通，與我本殊倫。時事且
> 未達，歸耕汶水濱。〔註151〕

詩中將死守章句之學的「魯儒」極其形象而嘲諷式的描繪了一番。又
如〈贈何七判官昌浩〉詩亦云：

> 有時忽惆悵，匡坐至夜分。平明空嘯咤，思欲解世紛。心
> 隨長風去，吹散萬里雲。羞作濟南生，九十誦古文。不然
> 拂劍起，沙漠收奇勳。老死田陌間，何因揚清芬？夫子今
> 管樂，英才冠三軍。終與同出處，豈將沮溺群？〔註152〕

〔註150〕林庚：《詩人李白》（上海：上海古籍出版社，2000年），頁45。
〔註151〕詹鍈主編：《李白全集校注彙釋集評》第7冊，頁3609。
〔註152〕同前註所揭書第3冊，頁1334。

發出了「羞作濟南生」，不願成爲白首章句的俗儒，而是希望成爲能「解世紛」的大儒，而〈登廣武古戰場懷古〉更說：「撥亂屬豪聖，俗儒安可通？」〔註153〕〈淮陰書懷寄王宋城〉：「予爲楚壯士，不是魯諸生。」〔註154〕更自命爲韓信之才，而有鄙薄儒生之意。但是看似矛盾的是，李白在許多詩作中曾多次提及孔子，非僅頌揚，有時還爲其不遇的命運感到惋惜，如〈送方士趙叟之東平〉：「西過獲麟臺，爲我弔孔丘。」〔註155〕〈贈崔郎中宗之〉：「歲晏歸去來，富貴安可求？仲尼七十說，歷聘莫見收。」〔註156〕「魯國一杯水，難容橫海麟。仲尼且不敬，況乃尋常人。」甚至還自比爲先聖，如〈古風五十九首〉之一：「大雅久不作，吾衰竟誰陳。……我志在刪述，垂輝映千春。希聖如有立，絕筆于獲麟。」希望能像孔子般有所作爲，如其不達，亦將以著作傳世；而〈書懷贈南陵常贊府〉亦云：「問我心中事，爲君前致辭。君看我才能，何似魯仲尼？大聖猶不遇，小儒安足悲？」則悲嘆即使如孔子一般的聖賢，仍不免懷才不遇的困境，但相對的，也可看出其渴望用世之心。

事實上，儒家積極用世的思想，的確能鼓動有使命感的知識份子，尤其處於唐朝盛世的李白更是如此，但與其說李白保有儒家思想，不如說李白心儀孔子周遊列國，遊說王侯，那股強烈的使命感，與「知其不可爲而爲之」的實踐力。更因開元時期，國家富足，社會上充滿積極向上、建功報國的樂觀思潮，更助長了李白用世之心，他在開元十五年（727）所寫的〈代壽山答孟少府移文書〉最能表現自己的政治理想和處世態度：

> 近者逸人李白自峨眉而來，爾其天爲容，道爲貌，不屈己，不干人，巢、由以來，一人而已。乃蚪蟠龜息，遁乎此山。僕嘗弄之以綠綺，臥之以碧雲，嗽之以瓊液，餌之以金砂。

〔註153〕詹鍈主編：《李白全集校注彙釋集評》第6冊，頁2971。
〔註154〕同前註所揭書第4冊，頁1932。
〔註155〕同前註所揭書第5冊，頁2310。
〔註156〕同前註所揭書第3冊，頁1485。

既而童顏益春，眞氣愈茂，將欲倚劍天外，掛弓扶桑，浮
四海，橫八荒，出宇宙之廖廓，登雲天之渺茫。俄而李公
仰天長吁，謂其友人曰：吾未可去也。吾與爾達則兼濟天
下，窮則獨善一身。安能餐君紫霞，蔭君青松，乘君鸞鶴，
駕君虯龍，一朝飛騰，爲方丈蓬萊之人耳？此方未可也。
乃相與卷其丹書，匣其瑤瑟，申管晏之談，謀帝王之術，
奮其智能，願爲輔弼。使寰區大定，海縣清一。事君之道
成，榮親之義畢。然後與陶朱、留侯，浮五湖，戲滄洲，
不足爲難矣。〔註157〕

其中「達則兼濟天下，窮則獨善一身」、「申管晏之談，謀帝王之術，
奮其智能，願爲輔弼。使寰區大定。海縣清一。」更幾乎是李白一
生所實踐與所期望的。此外，在〈駕去溫泉宮後贈楊山人〉詩中亦
云：

自言管葛竟誰許？長吁莫錯還閉關。一朝君王垂拂拭，剖
心輸丹雪胸臆。……待吾盡節報明主，然後相攜臥白雲。

〔註158〕

也可以清楚地看出李白事君盡節的思想。李白在許多作品中都自比管
仲、諸葛亮，希望自己能與他們一樣輔佐君王，爲安定天下作出貢獻，
這種積極用世之心亦是儒家思想的表現。如他在讀了自己心慕的諸葛
武侯傳後，不禁寫下〈讀諸葛武侯傳書懷贈長安崔少府叔封昆季〉一
詩：

漢道昔云季，群雄方戰爭。霸圖各未立，割據資豪英。赤
伏起頹運，臥龍得孔明。當其南陽時，隴畝躬自耕。魚水
三顧合，風雲四海生。武侯立岷蜀，壯志吞咸京。何人先
見許？但有崔州平。余亦草間人，頗懷拯物情。晚途值子
玉，華髮同衰榮。託意在經濟，結交爲弟兄。無令管與鮑，
千載獨知名。〔註159〕

〔註157〕詹鍈主編：《李白全集校注彙釋集評》第7冊，頁3982。
〔註158〕同前註所揭書第3冊，頁1347。
〔註159〕同前註所揭書第3冊，頁1338。

從「魚水三顧合，風雲四海生。……余亦草間人，頗懷拯物情。……無令管與鮑，千載獨知名。」可知，李白羨慕諸葛亮知遇於劉備，也想一效拯救蒼生之偉業，更希望讀詩的崔少府能識才、惜才、用才如鮑叔牙，舉薦如管仲困厄時的自己，其積極用世，急切事君之思更是表露無遺。即使一生仕進不順，他的內心還是有強烈的「立功」、「建名」之念，只是不免沉痛地發出感嘆，如〈鄴中贈王大勸入高鳳石門山幽居〉：

> 一身竟無託，遠與孤蓬征。千里失所依，復將落葉并。中
> 途偶良朋，問我將何行，欲獻濟時策，此心誰見明？君王
> 制六合，海塞無交兵。壯士伏草間，沉憂亂縱橫。飄飄不
> 得意，昨發南都城。紫燕櫪上嘶，青萍匣中鳴。投軀寄天
> 下，長嘯尋豪英。恥學瑯邪人，龍蟠事躬耕。富貴吾自取，
> 建功及春榮。我願執爾手，爾方達我情。相知同一己，豈
> 唯弟與兄！抱子弄白雲，琴歌發清聲。臨別意難盡，各希
> 存令名。〔註160〕

李白雖然有「欲獻濟時策，此心誰見明？」的無奈，但仍要「投軀寄天下，長嘯尋豪英」，不願「龍蟠事躬耕」，只隱而不出，最後各自勉勵，以存令名，以顯示他不放棄兼濟天下的理想抱負。同樣的思維亦出現在〈贈韋秘書子春〉：

> 谷口鄭子真，躬耕在巖石。高名動京師，天下皆藉藉。其
> 人竟不起，雲臥從所適。苟無濟代心，獨善亦何益？惟君
> 家世者，偃息逢休明。談天信浩蕩，說劍紛縱橫。謝公不
> 徒然，起來為蒼生。秘書何寂寂，無乃羈豪英！且復歸碧
> 山，安能戀金闕？舊宅樵漁池，蓬蒿已應沒。卻顧女几峰，
> 胡顏見雲月？徒為風塵苦，一官已白鬚。氣同萬里合，訪
> 我來瓊都。披雲睹青天，捫虱話良圖。留侯將綺季，出處
> 未云殊。終與安社稷，功成去五湖。〔註161〕

〔註160〕詹鍈主編：《李白全集校注彙釋集評》第3冊，頁1410。
〔註161〕同前註所揭書第3冊，頁1319。

「苟無濟代心，獨善亦何益？……披雲睹青天，捫蝨畫良圖。」他不甘於隱居獨善，仍有心撥雲見日，懷抱「良圖」獻出治國天下計。且以「謝公不徒然，起來爲蒼生」爲例，表達濃烈的事君用世之情。即使在遭讒廢棄之際，李白對君臣遇合始終是耿耿於懷的，如〈鞠歌行〉：

> 玉不自言如桃李，魚目笑之卞和恥。楚國青蠅何太多？連城白璧遭讒毀。荊山長號泣血人，忠臣死爲刖足鬼。聽曲知寧戚，夷吾因小妻。秦穆五羊皮，買死百里奚。洗拂青雲上，當時賤如泥。朝歌鼓刀叟，虎變磻溪中。一舉釣六合，遂荒營丘東。平生渭水曲，誰識此老翁？奈何今之人，雙目送飛鴻。〔註162〕

前六句以和氏璧的典故，感發「明主棄」及人君不識之悲懷，中以寧戚、百里奚、呂尚得遇於君王之史事對照，流露出詩人羨慕之情，末二句則慨嘆今人不如古人之識士，不明言「君」，卻深刻道出自己的心聲，在此仍可見出李白憂道、忠君的思想。李白對於儒家的創始者孔子，誠如前云，是極其敬重與嘆惋的，即使當他病重，命在旦夕時，仍在〈臨路歌〉中大聲呼告：

> 大鵬飛兮振八裔，中天摧兮力不濟。餘風激兮萬世，遊扶桑兮挂石袂。後人得之傳此，仲尼亡乎誰爲出涕？〔註163〕

「大鵬飛兮振八裔」，氣勢何其雄闊！只可惜天要喪予，竟「中天摧兮力不濟」，雖然仍不免自信的說「餘風激兮萬世」，然而世無知音，復遭讒毀，「仲尼亡乎誰爲出涕？」這樣的悲鳴，出自於享譽千載，名動四海的李白之口，讀來眞令人感到無限的慨嘆！

四、道家──任性清眞的大自在

　　唐代的帝王爲鞏固自己的統治地位，極力提倡道教，並主動以道教的祖師老子李耳爲遠祖，追封老子爲「玄元皇帝」，還封莊子和

〔註162〕詹鍈主編：《李白全集校注彙釋集評》第2冊，頁537。
〔註163〕同前註所揭書第3冊，頁1231。

道教中的傳說人物列子、文子、庚桑子為四「眞人」，設立崇玄館及四子科（《老子》、《莊子》、《列子》、《文子》）取士，謂之道舉，中舉者同於「明經科」，可授與官職。此外，更廣設道觀，玄宗甚至還親注《道德經》，頒佈天下，企圖作之君、作之師。因此，《老子》、《莊子》成為當時文士必讀之書；李白自幼即接觸道教，又「觀百家」之學，在整個大環境的帶領與薰陶之下，道家思想自然在李白思想中佔有頗重的分量。

老子思想在李白作品中，色彩亦頗明顯，例如〈草創大還贈柳官迪〉詩云：「天地為橐籥，周流行太易。」〔註164〕出於《老子》第五章：「天地之間，其猶橐籥乎！」〔註165〕此詩雖偏重道教練丹的內容，但從李白化用《老子》文句來看，《老子》思想對他的影響自不待言。

而李白一生建功濟世的思想，雖緣自於儒家積極用世的態度，但李白的理想是功業完成之後，絕不戀棧富貴名位，反而要急流勇退，返回山林過著自在自適的生活，這種「功成身退」的態度即受到老子的影響。前引〈代壽山答孟少府移文書〉云：「無名為天地之始，有名為萬物之母。」即源於《老子》第一章：「無，名天地之始；有，名萬物之母。」〔註166〕而「事君之道成，榮親之義畢。然後與陶朱、留侯，浮五湖，戲滄洲，不足為難矣。」亦是吸收了老子「功成而弗居」〔註167〕（第二章）、「功成，名遂，身退，天之道也」〔註168〕（第九章）、「聖人為而不恃，功成而不處」〔註169〕（第七十七章）的觀念。其他與老子「功成弗居」相關的詩句尚多，如：

〔註164〕詹鍈主編：《李白全集校注彙釋集評》第3冊，頁1529。
〔註165〕陳鼓應註釋：《老子今註今譯及評介》（臺北：臺灣商務印書館，1990年修訂三版十三刷），頁59。
〔註166〕同前註所揭書，頁47。
〔註167〕同前註所揭書，頁52。
〔註168〕同前註所揭書，頁68。
〔註169〕同前註所揭書，頁229。

功成身不退，自古多愆尤。……何如鴟夷子，散髮棹扁舟。

（〈古風〉其十六）〔註170〕

吾觀自古賢達人，功成不退皆殞身。（〈行路難〉其三）〔註171〕

終與安社稷，功成去五湖。（〈贈韋祕書子春〉）〔註172〕

願一佐明主，功成還舊林。（〈留別王司馬嵩〉）〔註173〕

方希佐明主，長揖辭成功。（〈還山留別金門知己〉）〔註174〕

功成拂衣去，歸入武陵源。（〈登金陵冶城西北謝安墩〉）〔註175〕

功成謝人君，從此一投釣。（〈翰林讀書言懷呈集賢諸學士〉）

〔註176〕

均可十分明確的看出李白「功成身退」的想法。部分學者認為，儒家積極入世的「建功」、「立名」的思想，屬於「功成」部分，而道家謙退無為的思想則表現在「身退」部分，其實這是似是而非的看法；從前引《老子》一書中「功成身退」思想的句子即可瞭解，強調功成身退，在於如此的作法才合乎「天之道」，而聖人效法天之道，故而云「聖人為而不恃，功成而不處」。那為何道家要談「功成身退」呢？借用《莊子·養生主》所言，主要在於「可以保身，可以全生，可以養親，可以盡年。」〔註177〕而其思想的核心即在於「任性自然」，這才是李白「功成身退」思想背後的真諦，任其性而建功，保其性而謙退，故云「天為容，道為貌，不屈己，不干人」，如此才合乎自然之道。

至於莊子思想對李白詩作的影響更是明顯，他在〈大鵬賦〉中以大鵬自比：

南華老仙發天機于漆園，吐崢嶸之高論，開浩蕩之奇言。

〔註170〕詹鍈主編：《李白全集校注彙釋集評》第1冊，頁101。

〔註171〕同前註所揭書第1冊，頁400。

〔註172〕同前註所揭書第3冊，頁1319。

〔註173〕同前註所揭書第4冊，頁2131。

〔註174〕同前註所揭書第4冊，頁2134。

〔註175〕同前註所揭書第6冊，頁2996。

〔註176〕同前註所揭書第7冊，頁3469。

〔註177〕清·郭慶藩集釋：《莊子集釋》，頁115。按：「生」即「性」，「親」即「精」。

微至怪于齊諧，談北溟之有魚。吾不知其幾千里，其名曰
鯤。化成大鵬，質凝胚渾。脫鬐鬣于海島，張羽毛于天門。
〔註178〕

〈古風〉其三十三又說：

北溟有巨魚，身長數千里。仰噴三山雪，橫吞百川水。憑
陵隨海運，炟赫因風起。吾觀摩天飛，九萬方未已。〔註179〕

前引〈上李邕〉亦以大鵬自況，均源自《莊子》：「北溟有魚，其名爲
鯤。鯤之大，不知幾千里也。化而爲鳥，其名爲鵬。鵬之背，不知幾
千里也；怒而飛，其翼若垂天之雲。是鳥也，海運則將徙於南冥。南
冥者，天池也。齊諧者，志怪者也。諧之言曰：鵬之徙於南溟也，水
擊三千里，摶扶搖而上者九萬里。」〔註180〕莊子之說，旨在言萬物
適性而已，本無大小之殊，而李白此賦則用大鵬摶扶搖而上者九萬里
的意象，大加誇飾鋪陳，自譬雄心壯志。又如〈古風五十九首〉之九
「莊周夢蝴蝶」：

莊周夢胡蝶，胡蝶爲莊周。一體更變易，萬事良悠悠。乃
知蓬萊水，復作清淺流。青門種瓜人，舊日東陵侯。富貴
固如此，營營何所求？〔註181〕

本詩典故出自〈齊物論〉：「昔者莊周夢爲蝴蝶，栩栩然蝴蝶也。自喻
適志與！不知周也。俄然覺，則蘧蘧然周也。不知周之夢爲蝴蝶？蝴
蝶之夢爲周與？周與蝴蝶，則必有分矣，此之謂『物化』。」〔註182〕
然觀全詩意旨乃延伸生死往來，物理變化之理，「青門種瓜人，舊日
東陵侯。」對於人生若夢，富貴成空的喟嘆。再如〈答長安崔少府叔
封遊終南翠微寺太宗皇帝金沙泉見寄〉：

河伯見海若，傲然誇秋水。小物昧遠圖，寧如通方士？〔註183〕

〔註178〕詹鍈主編：《李白全集校注彙釋集評》第 7 冊，頁 3883。
〔註179〕同前註所揭書第 1 冊，頁 160。
〔註180〕清・郭慶藩集釋：《莊子集釋》，2～3 頁。
〔註181〕詹鍈主編：《李白全集校注彙釋集評》第 1 冊，頁 62。
〔註182〕清・郭慶藩集釋：《莊子集釋》，112 頁。
〔註183〕詹鍈主編：《李白全集校注彙釋集評》第 5 冊，頁 2634。

河伯的典故見《莊子・秋水篇》：

> 秋水時至，百川灌河，涇流之大，兩涘渚崖之間，不辯牛
> 馬。於是焉河伯欣然自喜，以天下之美爲盡在己。順流而
> 東行，至於北海，東面而視，不見水端。於是焉河伯始旋
> 其面目，望洋向若而歎曰：「野語有之曰：『聞道百以爲莫
> 己若者』，我之謂也。」〔註184〕

借河伯與海若之比較，表達自己大觀萬物，小視軒冕的胸懷氣勢，由
此可以看出，李白對老莊思想的熟稔及轉化運用的情形。

李白一生曾多次拜訪道友，遯隱山林，在自然的山野間，也曾過
著逍遙自由的生活，這一方面的舉止行爲與道家主張出世的思想、清
靜無爲的人生態度是接近的，雖然有些山居的日子只是藉隱遯揮斥幽
憤或提高聲名，然而俯仰於中，寄情山林的生活也頗有道家超脫塵世
之自在。這一類的詩如〈贈王判官時余歸隱居廬山屏風疊〉：

> 吾非濟代人，且隱屏風疊。中夜天中望，憶君思見君。明
> 朝拂衣去，永與海鷗群。〔註185〕

及〈山中答俗人間〉：

> 問余何意棲碧山？笑而不答心自閑。桃花流水窅然去，別
> 有天地非人間。〔註186〕

〈夏日山中〉：

> 嬾搖白羽扇，裸袒青林中。脫巾挂石壁，露頂灑松風。〔註187〕

這些超塵脫俗的詩篇，表現出道家遺世獨立、歸返自然的思想，讀來
頗有滌胸漱懷的清新之感。

五、道教——苦悶現實的避難所

李白受道教神仙思想的影響頗深，主要也是受時代風氣的影響。
唐王朝在創建的過程中，曾得到道教的幫助，據《舊唐書・王遠知傳》

〔註184〕清・郭慶藩集釋：《莊子集釋》，561 頁。
〔註185〕詹鍈主編：《李白全集校注彙釋集評》第 3 冊，頁 1599。
〔註186〕同前註所揭書第 5 冊，頁 2623。
〔註187〕同前註所揭書第 6 冊，頁 3312。

說：「高祖之龍潛也，遠知嘗密傳符命。武德中，太宗平王世充，與
房玄齡微服以謁之。……太宗登極將加重位，固請歸山。」〔註188〕
因此尊崇道教，同時，為了抬高皇族李氏的地位，唐王朝把被道教奉
為教主的老子李耳，說成是自己的祖宗，高宗乾封元年，正式追封李
耳為「玄元皇帝」，於是，道教成了唐朝的國教。

　　唐玄宗時期，包括皇帝、大臣在內，上下多信奉道教，有些公主、
大臣甚至做了女冠、道士。由於整個時代深受這種風氣的影響，知識
分子也嚮往道教神仙生活，李白也不例外，自己曾說「十五好神仙，
仙遊未曾歇。」對照他的一生，年輕時曾在故鄉匡山隱居、研讀道經
仙傳、在南北漫遊之間曾到深山尋訪道友，後來還受過道籙成為正式
的道教徒，也有煉丹採藥的實際經驗，由此即可看出他與道教接觸的
頻繁，及道教思想深植於心的程度。

　　唐朝道教盛行，隱居的風氣頗盛，隱逸者多為道士，以其清高不
俗，往往得到統治者的優寵禮遇。唐王朝一方面推崇道教，另方面又
薦舉、拔擢隱逸之士為官，除了拔用人才之外，還可點綴昇平盛世，
收到「天下歸心」之效，所以上位者樂於提倡，而不少下層士子也樂
於透過隱逸之路而達到仕宦的目的，據《新唐書‧盧藏用傳》記載，
盧藏用以隱居終南山而獲薦舉，最後仕途順利，有所謂「終南捷徑」
之說，即是此中名例。

　　李白很早便受到這種風氣的影響，在蜀中時就曾有隱居之舉，其
〈上安州裴長史書〉曰：

> 與逸人東嚴子隱於岷山之陽。白巢居數年，不跡城市，養
> 奇禽千計，呼皆就掌取食，了無驚猜。廣漢太守聞而異之，
> 詣廬親睹。因舉二人以有道，並不起。此則白養高忘機，
> 不屈之跡也。〔註189〕

〔註188〕後晉‧劉昫等撰：《舊唐書六‧王遠知傳》（臺北：鼎文書局，1985
　　　　年3月4版），頁5125。
〔註189〕詹鍈主編：《李白全集校注彙釋集評》第7冊，頁4025。

這種隱逸生活無非也是抬高身價的一種方式，但也看出李白與道教的關係是很早就開始了。

　　由於道教統蘊古代以來流傳的神仙思想，唐代既以道教為國教，神仙思想因此盛極一時，李白的創作題材自然也深受影響，其遊仙詩的創作，寫仙人、仙境，辭采綺麗、意象鮮活，為同類詩歌開創了新的面貌與風采。現存李詩與訪道遊仙有關的詩作中，最早有〈訪戴天山道士不遇〉：

　　　犬吠水聲中，桃花帶露濃。樹深時見鹿，溪午不聞鐘。野
　　竹分清靄，飛泉掛壁峰。無人知所去，愁倚兩三松。〔註190〕

是李白年輕時寫於蜀地的名篇之一，顯示出他與道士很早就有交往。〈感興八首〉其五亦云：

　　　十五遊神仙，仙遊未曾歇。吹笙吟松風，汎瑟窺海月。西
　　山玉童子，使我鍊金骨。欲逐黃鶴飛，相呼向蓬闕。〔註191〕

從「十五遊神仙，仙遊未曾歇。」可以看出李白好遊神仙之跡的生活，是在年輕的時代便已開始，有趣的是孔子十五而志於學，李白卻是「十五遊神仙」，由此可知，李白年輕時代的教育，實與當時絕大多數的士子有頗大的差距。又如〈登峨眉山〉詩云：

　　　蜀國多仙山，峨眉邈難匹。周流試登覽，絕怪安可悉？青
　　冥倚天開，彩錯疑畫出。泠然紫霞賞，果得錦囊術。雲開
　　吟瓊簫，石上弄寶瑟。平生有微尚，歡笑自此畢。煙容如
　　在顏，塵累忽相失。儻逢騎羊子，攜手凌白日。〔註192〕

可以看出他對遊仙、成仙的興致很濃厚。〈古風〉之七則直接以仙人為描寫對象：

　　　客有鶴上仙，飛飛凌太清。揚言碧雲裡，自道安期名。兩
　　兩白玉童，雙吹紫鸞笙。去影忽不見，回風送天聲。舉首
　　遠望之，飄然若流星。願餐金光草，壽與天齊傾。〔註193〕

〔註190〕詹鍈主編：《李白全集校注彙釋集評》第 6 冊，頁 3342。
〔註191〕同前註所揭書第 7 冊，頁 3442。
〔註192〕同前註所揭書第 6 冊，頁 2943。
〔註193〕同前註所揭書第 1 冊，頁 57。

詩中提及的「安期」是秦時的仙人，人呼千歲翁；「願餐金光草，壽
與天齊傾」更表達出李白對長生不老的嚮往。而〈至陵陽山登天柱石
酬韓侍御見招隱黃山〉亦云：「玉女千餘人，相隨在雲空。見我傳祕
訣，精誠與天通。」〔註194〕而從李白天寶元年遊太山時所寫的一系
列〈遊太山〉詩，更可看出李白對道教的虔誠信仰，〈遊太山六首〉
其一：「玉女四五人，飄颻下九垓。含笑引素手，遺我流霞杯。稽首
再拜之，自愧非仙才。曠然小宇宙，棄世何悠哉。」〔註195〕〈遊太
山六首〉其三：「偶然值青童，綠髮雙雲鬟。笑我晚學仙，蹉跎凋朱
顏。」〔註196〕〈遊太山六首〉其三：「清齋三千日，裂素寫道經。吟
誦有所得，眾神衛我形。」〔註197〕似乎在習道成仙的修鍊上，極為
認真，且有獨特的實際經驗。在〈古風〉其四十一：

> 朝弄紫泥海，夕披丹霞裳。揮手折若木，拂此西日光。雲
> 臥遊八極，玉顏已千霜。飄飄入無倪，稽首祈上皇。呼我
> 遊太素。玉杯賜瓊漿。一餐歷萬歲，何用還故鄉？永隨長
> 風去，天外恣飄揚。〔註198〕

寫出仙遊幻境、留戀仙界之思。另如〈雜詩〉：

> 白日與明月，晝夜尚不閒。況爾悠悠人，安得久世間？傳
> 聞海水上，乃有蓬萊山。玉樹生綠葉，靈仙每登攀。一食
> 駐玄髮，再食留紅顏。吾欲從此去，去之無時還。〔註199〕

詩中由宇宙天體日月的永恆，感慨人命短促，進而產生對蓬萊仙鄉
與不死仙食的企求，甚至有脫離人世成仙而去之念。〈古風〉其十亦
云：

> 黃河走東溟，白日落西海。逝川與流光，飄忽不相待。春
> 容捨我去，秋髮已衰改。人生非寒松，年貌豈長在？吾當

〔註194〕詹鍈主編：《李白全集校注彙釋集評》第5冊，頁2793。
〔註195〕同前註所揭書第5冊，頁2765。
〔註196〕同前註所揭書第5冊，頁2798。
〔註197〕同前註所揭書第5冊，頁2801。
〔註198〕同前註所揭書第1冊，頁196。
〔註199〕同前註所揭書第7冊，頁3645。

　　乘雲螭，吸景駐光彩。〔註200〕

李白因年老體衰感歎年華消逝，希望遁入神仙世界以求長生不老、永保青春。而〈古風〉其二十八云：

　　容顏若飛電，時景如飄風。草綠霜已白，日西月復東。華鬢不耐秋，颯然成衰蓬。古來賢聖人，一一誰成功？君子變猿鶴，小人爲沙蟲。不及廣成子，乘雲駕輕鴻。〔註201〕

此詩和上一首詩的感慨是相近的，對於時光飛逝引起詩人的愁思，轉而嚮往追隨神仙，進而過著雲鶴不老的神仙生活。另如〈感遇四首〉其一：

　　吾愛王子晉，得道伊洛濱。金骨既不毀，玉顏長自春。可憐浮丘公，猗靡與情親。舉手白日間，分明謝時人。二仙去已遠，夢想空殷勤。〔註202〕

及〈避地司空原言懷〉：

　　傾家事金鼎，年貌可長新。所願得此道，終然保清眞。弄景奔日馭，攀星戲河津。一隨王喬去，長年玉天賓。〔註203〕

　　（節錄）

可知李白這些名爲「感興」、「感遇」、「言懷」的詩篇，形式上均多託言神仙事典，實則寓含著感時、傷逝的歌詠，表達對個人遭遇之感慨，或對人類生命的傷詠。

　　李白一生漫遊、干謁的目的都在尋求入仕的機緣，前後共獲得了兩次的從政機會，一次是天寶初年的奉詔入京，一次是安史之亂時加入了永王璘的幕府。但兩次都落空，不但報國的理想未獲得實現，甚至第二次入永王璘幕後，還因永王璘被控叛變受到牽連，遭到下獄、流放的刑罰，當其時，李白心境是十分悲痛的。情緒消沉、失意之餘，轉而寄託於遊仙的嚮慕、神仙勝境的鋪寫以排遣苦悶，爲自己鬱積的

〔註200〕詹鍈主編：《李白全集校注彙釋集評》第1冊，頁71。
〔註201〕同前註所揭書第1冊，頁142。
〔註202〕同前註所揭書第7冊，頁3460。
〔註203〕同前註所揭書第7冊，頁3484。

澎湃情感尋求一個可以傾洩的管道，以期暫時忘卻令人失望的現實世界。其〈古有所思〉詩云：

> 我思仙人乃在碧海之東隅，海寒多天風，白波連山倒蓬壺。
> 長鯨噴湧不可涉，撫心茫茫淚如珠。西來青鳥東飛去，願
> 寄一書謝麻姑。〔註204〕

以「仙人」來隱指帝王，以廣闊浩瀚的東海暗示他與帝王之遙遠距離，並訴說自己空有滿腹才華，只好寄望貴人（青鳥）的引介以期一展抱負，李白藉著遊仙意涵的詩抒感遣懷，精神上得以暫時獲得解脫。〈古風〉其四也是轉移心境，寄情仙遊的寫照：

> 鳳飛九千仞，五章備綵珍。銜書且虛歸，空入周與秦。橫
> 絕歷四海，所居未得鄰。吾營紫河車，千載落風塵。藥物
> 祕海嶽，採鉛青溪濱。時登大樓山，舉首望仙真。羽駕滅
> 去影，飆車絕回輪。尚恐丹液遲，志願不及申。徒霜鏡中
> 髮，羞彼鶴上人。桃李何處開，此花非我春。唯應清都境，
> 長與韓眾親。〔註205〕

此詩約作於天寶十三載間，李白對自己大半生的經歷做了回顧後，深有感觸。詩中自比鳳鳥，慨嘆自己如「五章綵珍」般的才華受到埋沒，遭受到「落風塵」的命運，詩人對於功業的無成深感無奈、灰心與感傷，不禁轉念「望仙真」，心生追隨仙人韓眾優遊於青都仙境之思，安旗、閻琦以為「其遊仙詩也大率是他『揮斥幽憤』思想的反映」。〔註206〕

李豐楙先生在〈唐人遊仙詩的傳承與創新〉一文中說：「唐人創作遊仙詩，……多是以仙界意境作為表達其情緒，是將遊仙作為抒情的表現，這是符合唐人以詩作抒情功能的大趨勢。」〔註207〕所言甚是，而〈夢遊天姥吟留別〉正是李白藉遊仙寓懷的名篇：

> 海客談瀛洲，煙濤微茫信難求。越人語天姥，雲霞明滅或

〔註204〕詹鍈主編：《李白全集校注彙釋集評》，頁564。
〔註205〕同前註所揭書第1冊，頁44。
〔註206〕安旗、閻琦：《李白詩集導讀》（成都：巴蜀書社，1998年），頁76。
〔註207〕李豐楙：《憂與遊──六朝隋唐遊仙詩論集》（臺北：學生書局，1996年），頁78～79。

可睹。天姥連天向天橫，勢拔五嶽掩赤城。天台四萬八千
丈，對此欲倒東南傾。我欲因之夢吳越，一夜飛渡鏡湖月。
湖月照我影，送我至剡溪。謝公宿處今尚在，淥水蕩漾清
猿啼。腳著謝公屐，身登青雲梯。半壁見海日，空中聞天
雞。千巖萬壑路不定，迷花倚石忽已暝。熊咆龍吟殷巖泉，
慄深林兮驚層巔。雲青青兮欲雨，水澹澹兮生煙。列缺霹
靂，丘巒崩摧。洞天石扉，訇然中開。青冥浩蕩不見底，
日月照耀金銀臺。霓為衣兮風為馬，雲之君兮紛紛而來
下。虎鼓瑟兮鸞迴車，仙之人兮列如麻。忽魂悸以魄動，
怳驚起而長嗟。惟覺時之枕席，失向來之煙霞。世間行樂
亦如此，古來萬事東流水。別君去兮何時還？且放白鹿青
崖間，須行即騎訪名山。安能摧眉折腰事權貴，使我不得
開心顏！〔註208〕

在李白有關仙道思想的詩中，常見對仙界的嚮往，描寫著平和美好、
綺麗幽渺的仙境，或是希望服食不死仙丹，羽化成仙、乘鶴飛天，遨
遊於神仙洞府的逍遙；除了早期是單純地嚮往神仙道術之外，其後在
仕途上的種種失意，神仙世界常成為他在飽受困挫之後賴以療傷止痛
的一片淨土。

　　本詩沿用了「瀛洲」、「天姥」、「五嶽」、「赤城」、「天台」、「青
雲」、「天雞」、「洞天」、「雲之君」、「鸞車」、「鼓瑟」、「金銀臺」、「仙
人」、「煙霞」、「白鹿」等道教神仙之詞，形成仙界的意境，此處僅
就全詩運用神仙事典的現象而言，可以清楚地看出李白的仙道思想
對其創作的影響。但是詩中仙境的景象卻大不相同，不再是絢麗、
平和，反而是「熊咆龍吟」、「列缺霹靂」、「丘巒崩摧」等令人驚慄
的畫面，襯以「雲青欲雨」、「水澹生煙」等晦黯詭譎的氣氛，李白
寫作此詩的心情是十分值得玩味的。

　　此詩作於天寶五載（西元746年），當時李白四十六歲，在經歷
了天寶元年應詔長安備極榮寵的「大起」之後，不到兩年便遭遇到因

〔註208〕詹鍈主編：《李白全集校注彙釋集評》第4冊，頁2102。

讒出京的「大落」打擊，整個寵辱起落的過程交替得如此迅速，方沉酣於美夢，驟然便夢醒人非，一切美好化爲烏有，這種宛如冷熱交炙的感受絕對是刻骨銘心的。

本篇既以〈夢遊天姥吟留別〉爲名，以「夢遊」做爲主題鋪排內容，不無暗示這次待詔長安的心路起伏與自我的覺醒。另一方面，李豐楙認爲「以夢境寓寫人生，既可深刻表現人生的體驗，也可形成文學藝術的奇幻感。就詩藝本身言，其隱喻性更高。」〔註209〕詩中以「天姥仙境」暗喻朝廷宮闕，以「夢遊」喻其入翰林的經歷，藉以宣洩失志去朝之心情。

其它有關仙道之詩句，再舉數例如下：

太白何蒼蒼，星辰上森列。去天三百里，邈爾與世絕。中有綠髮翁，披雲臥松雪。不笑亦不語，冥棲在巖穴。我來逢眞人，長跪問寶訣。粲然忽自哂，授以鍊藥說。銘骨傳其說，竦身已電滅。仰望不可及。蒼然五情熱。吾將營丹砂，永與世人別。〔註210〕（〈古風〉）其五

棄劍學丹砂，臨爐雙玉童。寄言息夫子，歲晚陟方蓬。〔註211〕
（〈流夜郎半道承恩放還兼欣刱復之美書懷示息秀才〉）

天地爲橐籥，周流行太易。造化合元符，交搆騰精魄。自然成妙用，孰知其指的？〔註212〕（〈草創大還贈柳官迪〉）

由此可知李白一生結交道友，與道教的接觸極爲頻繁，道教文化提供了他寫作的養分，再加上李白個人豐富的才情，煥發而成的詩篇自然是與眾不同而充滿仙氣了，難怪賀知章讚許他爲「謫仙」，羅宗強在〈李白與道教〉中說：

入道似乎反映出一種保存「天眞」、超脫世俗的理想人格。這種理想人格，在士人的出處行藏中常常起一種心理平衡

〔註209〕李豐楙：《憂與遊──六朝隋唐遊仙詩論集》，頁65。
〔註210〕詹鍈主編：《李白全集校注彙釋集評》第1冊，頁50。
〔註211〕同前註所揭書第4冊，頁44。
〔註212〕同前註所揭書第3冊，頁1532。

　　的作用。顯榮時，時時嚮往於神仙世界，可以表示自己的
　　脫俗、雅、清高，既可顯示人前，也可以求得心靈的自我
　　安慰。失意時，追求神仙世界，既可以表示出對於世俗的
　　傲岸態度，又可以爲失去了的希望求得另一個安身之地。
　　或者正是這一點，才是道教在中國士人心理上造成歷久不
　　衰的影響的重要原因。〔註213〕

此說的確頗能掌握李白習道、入道的主客觀因素。

六、佛教──莊禪合一的解脫道

　　李白作品中關於佛教思想的表現，雖不如道教思想的明顯，但其
重要性卻也不容忽視，據葛景春的考據：「和李白交遊的僧人，在李
集中可查出姓名的就有三十餘人；所遊覽和寄居過的佛寺，寺名可考
的就有二十餘所；在李集中直接與佛教有關及與僧人交遊的詩文就有
五十餘首之多。」〔註214〕然章繼光〈李白與佛教思想〉：「李白集中
現存與佛教有關的詩文三十餘篇。」〔註215〕兩者統計相差近二十首。
經筆者統計含詩、文、序、讚、頌、銘應有五十三篇。

　　李白出蜀之後漫遊各地名山勝水，名山之中除了有隱士邂居之
外，道觀、佛寺亦多築於此，因此在訪道邂隱之餘，遊覽山中的古寺
名剎也是極其自然的事。唐代是儒、道、釋三家思想並盛的時代，處
於此思想自由的盛世，就整個時代的風氣而言，李白接觸佛教並與佛
教徒有所往來，並不特異。然唐代佛教盛行，宗派林立，天台宗、華
嚴宗、淨土宗、禪宗等，影響既廣，徒眾亦多，就李白佛教詩文考察，
李白與禪宗的關係最爲密切，張君瑞〈禪宗思維方式與李白詩歌藝術〉
認爲，禪宗對李白思想與詩歌創作產生影響的理由有三：「一、李白
生活的時代，正是禪宗南宗興盛發展的時代。……李白天寶時期直至

〔註213〕羅宗強：《道教與傳統文化》（北京：中華書局，1997 年），頁 1696。
〔註214〕葛景春：《李白與中國傳統文化》（臺北：群玉堂出版公司，1991 年
　　　　9 月），頁 118。
〔註215〕章繼光：〈李白與佛教思想〉《中國李白研究 1990 年集下》（江蘇：
　　　　江蘇古籍出版社，1991 年 6 月），頁 195。

去世，行蹤所至之地，禪宗南宗都很盛行。二、從李白接觸的僧人看，主要是禪師，並有坐禪之舉。……李白接受禪宗的影響是通過莊禪合一的途徑。」〔註216〕其說值得參考。尤其莊禪合一的接受方式，既是禪宗明顯的特色，亦與李白思想渾融的特質相應。

　　從李白早期遊覽佛寺的作品觀察，仍限於一般登覽應景的內容，雖有引用佛教典故的情形，如〈登瓦官閣〉：「漫漫雨花落，嘈嘈天樂鳴。兩廊振法鼓，四角吟風箏。」〔註217〕〈秋日登揚州西靈塔〉：「萬象分空界，三天接畫梁。水搖金利影，日動火珠光。」〔註218〕但仍與寫景相容，還看不出佛家思想對李白思想的影響，然已可推知李白對於佛經已有所接觸與了解。

　　另外與僧人往來贈答交遊之作，則較多是聽琴（〈聽蜀僧濬彈琴〉）、談詩（〈贈僧行融〉）、論書畫（〈草書歌行〉、〈瑩禪師房觀山海圖〉）、品茗（〈答族姪僧中孚贈玉泉仙人掌茶〉）等稱美酬贈的作品，其中蘊含的佛家思想亦不深入。

　　至於李白佛教思想較為明顯的如〈贈僧朝美〉：

　　　水客凌洪波，長鯨湧溟海。百川隨龍舟，噓噏竟安在？中
　　　有不死者，探得明月珠。高價傾宇宙，餘輝照江湖。芭卷
　　　金縷褐，蕭然若空無。誰人識此寶？竊笑有狂夫。了心何
　　　言說，各勉黃金軀。〔註219〕

據王琦注此詩言，前六句藉泛舟大海遭溺不死者反得明珠，喻人在煩惱中為欲望汩沒，不為所昧者反在其中悟得如來法寶，其價傾宇宙，其光照江湖，卷而藏之，不自以為有，有若空無。但人不識此寶，唯我識之。心既明了便不必言說，「各勉黃金軀」是互勉珍重難得修得的人身，勉以修道成佛之意。由此可見，李白對佛教經典的涉獵，對

〔註216〕張君瑞：〈禪宗思維方式與李白詩歌藝術〉《中國李白研究 1997 年集》（合肥：安徽文藝出版社，1998 年 10 月），頁 187～188。
〔註217〕詹鍈主編：《李白全集校注彙釋集評》第 6 冊，頁 3000。
〔註218〕同前註所揭書第 6 冊，頁 2986。
〔註219〕同前註所揭書第 4 冊，頁 1840。

於佛教思想已頗有體悟。另如〈贈僧崖公〉詩：

> 昔在朗陵東，學禪白眉空。大地了鏡徹，迴旋寄輪風。攬
> 彼造化力，持為我神通。晚謁太山君，親見日沒雲。中夜
> 臥山月，拂衣逃人群。授余金仙道，曠劫未始聞。冥機發
> 天光，獨朗謝垢氛。虛舟不繫物，觀化游江濆。江濆遇同
> 聲，道崖乃僧英。說法動海岳，遊方化公卿。手秉玉麈尾，
> 如登白樓亭。微言注百川，亹亹信可聽。一風鼓群有，萬
> 籟各自鳴。啟開七窗牖，託宿掣雷霆。自云歷天台，搏壁
> 蹋翠屏。凌兢石橋去，恍惚入青冥。昔往今來歸，絕景無
> 不經。何日更攜手？乘杯向蓬瀛。〔註220〕

詩中即明白自道曾經有「學禪」的經驗，並有「大地了鏡徹，迴旋寄輪
風。攬彼造化力，持為我神通。」的體驗。宋葛立方《韻語陽秋》云：

> 李白跌蕩不羈，鍾情於花酒風月則有矣，而肯自縛於枯禪，
> 則知淡泊之味賢於啖炙遠矣。白始學於白眉空，得「大地了
> 鏡徹，迴旋寄輪風」之旨，中謁泰山君，得「冥機發天光，
> 獨照謝世氛」之旨，晚見道崖，則此心豁然，更無凝滯矣。
> 所謂「啟開七窗牖，託宿掣電形」是也。後來有談玄之作云：
> 「茫茫大夢中，惟我獨先覺。騰轉風火來，假合作容貌。問
> 語前後際，始知金仙妙。」則所得於佛氏者益遠矣。〔註221〕

葛氏此說極是，而近代大儒方東美先生晚年討論儒、釋、道三家思想
會通情形，亦極喜引用「攬彼造化力，持為我神通。」其《新儒家哲
學十八講》之第十六講云：

> 在中國思想史上，不僅僅是儒家要盡這個「天命」——「窮
> 理盡性以至於命」，在道家的莊子的思想，後來由唐朝的詩
> 人李白所發揮的：「挽彼造化力，持我為神通。」人把天地
> 創造的秘密的精神力量把握之後，然後作巧妙的運用，產
> 生偉大的結果，把生命提高到最高的精神境界。〔註222〕

〔註220〕詹鍈主編：《李白全集校注彙釋集評》第3冊，頁1560。
〔註221〕宋‧葛立方《韻語陽秋》，何文煥編訂：《歷代詩話》，頁362。
〔註222〕方東美：《新儒家哲學十八講》（臺北：黎明文化事業公司，1993年
　　　　6月4版），頁260～261。

（按：文中「挽」應作「攬」，「持我為神通」應作「持為我神通」）

方先生將此來自佛家的思想，認為李白是從「道家的莊子的思想」切入，說解卻頗能直探驪珠，表現出李白在學禪進入「大地了鏡徹，回旋寄輪風。」之境後的感悟——將天地造化之大力，化為我生命中無窮無盡的創造力，將一己之微，提升到至高的精神萬化之境，可見李白學禪深有所得。

此詩更明顯表現出李白思想中佛道交融的特色。唐朝不少僧人與道士間互有來往，彼此談禪論玄，僧人道崖即是一位既懂禪又能論「道」的佛門弟子。由本詩中李白自稱學禪於白眉空，可知他與佛教尤其與禪宗關係的密切；透過對僧崖公說法的敘述，他「恍惚入青冥」談到神仙飛升的事，甚至最後李白和僧人相約攜手「乘杯向蓬瀛」，二人談佛論禪之際，竟流露出嚮往蓬萊仙境之思，顯見彼此在佛、道思想上都互有參透，言談之間出釋入道十分明顯，難怪葛景春要說：「李白的佛教思想也很明顯地打著道教思想的印記。」〔註223〕又說「在他的談玄詩中，玄字往往兼有釋、道兩家的含義，如〈贈僧崖公〉一詩。」〔註224〕然而這正是當時儒道釋合流的自然現象。

佛教與道教雖然是兩種宗教，有許多不同之處，但二者在哲學的根本問題上，大體都是以唯心主義作為理論基礎。道家講：「道本虛無」，佛家說：「五蘊皆空」，二者皆以虛無為本。道家老莊之學在魏晉南北朝時稱為「玄學」，玄學的內涵雖包括《易經》、《老子》、《莊子》三種學說，而《易經》本屬儒家經典之一，然當時卻是以道家的觀點加以探討，因此，以道家思想為討論基礎的學風又稱為談玄。「玄」即是「無」、亦是「空」，這都是魏晉南北朝時期「格義之學」的流風餘韻。而修持方法上，戒、定、慧三者中的定，以禪定追求涅槃空無，與《莊子‧大宗師》：「墮肢體，黜聰明，離形去知，同

〔註223〕葛景春：《李白與中國傳統文化》，頁123。
〔註224〕同前註所揭書，頁129。

于大通，此謂坐忘。」〔註225〕亦有其會通之處。所以，談佛有時也稱爲談玄，如〈與元丹丘方城寺談玄作〉題作「談玄」，所談卻是佛理：

> 茫茫大夢中，惟我獨先覺。騰轉風火來，假合作容貌。滅除昏疑盡，領略入精要。澄慮觀此身，因得通寂照。朗悟前後際，始知金仙妙。幸逢禪居人，酌玉坐相召。彼我俱若喪，雲山豈殊調？清風生虛空，明月見談笑。怡然青蓮宮，永願恣遊眺。〔註226〕

「覺」字亦爲釋、道所相通者，《佛地論》卷一：「於一切法、一切種相，能自開覺，亦開覺一切有情，如睡夢覺醒，如蓮華開，故名佛。」〔註227〕《莊子・齊物論》亦云：「夢之中又占其夢焉，覺而後知其夢也。且有大覺而後知此其大夢也。」〔註228〕由此可知李白之出道入釋。在其詩句中也可見「有」、「無」、「空」等道、釋用字互出，如「苞卷金縷褐，蕭然若空無」、「今日逢支遁，高談出有無」、「嗟予落泊江淮久，罕遇眞僧說空有」，都說明了佛家、道家思想的相通。

　　李白〈廬山東林寺夜懷〉亦說：

> 我尋青蓮宇，獨往謝城闕。霜清東林鐘，水白虎溪月。天香生虛空，天樂鳴不歇。宴坐寂不動，大千入毫髮。湛然冥眞心，曠劫斷出沒。〔註229〕

詩中道出自己坐禪入定的功夫，已達「湛然冥眞心，曠劫斷出沒」，不覺時間和空間存在的地步，可見李白在禪定的修練亦達相當的層次。然而禪宗南宗雖主「頓悟」之說，但未否定漸修之必要，李白在禪定中有所體悟，並轉化爲詩禪合一的高妙意境，但就其整體生命而言，恰如靈光乍現，刹那間毫髮俱見，轉瞬間又歸於幽暗，李白畢竟

〔註225〕清・郭慶藩集釋：《莊子集釋》，頁284。
〔註226〕詹鍈主編：《李白全集校注彙釋集評》第6冊，頁3251。
〔註227〕高觀如：《佛學講義・大乘佛教概說》，頁25。
〔註228〕清・郭慶藩集釋：《莊子集釋》，頁104。
〔註229〕詹鍈主編：《李白全集校注彙釋集評》第6冊，頁3320。

是我執甚深的詩人。其〈答湖州迦葉司馬問白是何人〉詩云：

青蓮居士謫仙人，酒肆藏名三十春。湖州司馬何須問，金
粟如來是後身。〔註230〕

這是李白自號「青蓮居士」的出處，此詩與《維摩經》及維摩詰有密切關係。蓮花是佛教的象徵物，因蓮花有出污泥而不染的稟性，正如人於塵垢世間中修練，卻可達到超凡越俗，清淨無礙的境界。《維摩經・佛國品》：「善於諸法得解脫，不著世間如蓮華。」〔註231〕《大智度論》卷二十七：「佛亦如是，於一切眾生中最第一故，得一切智。……一切蓮華中，青蓮為第一。……一切清淨中，解脫為第一。」〔註232〕而所謂「金粟如來」正是維摩詰的前身，則李白自喻為維摩詰便十分明顯了；「維摩詰」是印度話，中國譯為淨名，演培法師云：「玄奘依梵語的維摩羅詰，譯維摩羅為無垢即清淨，譯詰為稱即名稱、名望、名譽，合為無垢稱，顯示維摩詰的清譽、名望，沒有任何可訾議的污點。」〔註233〕此外維摩詰更是辯才第一，非但佛陀座下諸大弟子說不過他，連彌勒菩薩亦自嘆弗如。由此可知，李白此詩雖然看似戲謔，其實是以眾生第一的佛、蓮華第一的青蓮、辯才第一的維摩詰自居，此又可見李白自大表現之一端。

　　總之李白與宗教的接觸多在政治失意之際。如被賜金放還後受道籙，去幽州探察安祿山謀反之跡後，心中苦悶又報國無門，復與禪師等往來密切，尤其從永王璘兵敗流放夜郎前後這段時期，與佛門的交遊更頻繁，相關的詩文亦多。李白自天寶後期至逝世這一階段，有關佛教的詩約佔他這方面的詩三分之二左右。由此可見他晚年與佛教之密切關係。

〔註230〕詹鍈主編：《李白全集校注彙釋集評》第5冊，頁2631。
〔註231〕演培法師註釋：《維摩詰所說經講記》（臺北：天華出版公司，1987年8月），頁137。
〔註232〕龍樹菩薩著、鳩摩羅什譯、釋妙蓮標校：《大智度論二》（臺北：七海印刷公司印行），頁20。
〔註233〕演培法師註釋：《維摩詰所說經講記》，頁27。

結語：自我、渾融、奮發

　　李白思想的複雜性，在同時代詩人中實屬罕見，但大體而言，無論何家思想，均無法牢籠李白強烈的自我意識。陳師冠甫〈李白五章〉之一即云：

　　　莊屈心連仙俠氣，大才橫放古今奇。超凡神識輕尋摘，天
　　　馬行空豈可羈。〔註234〕

正指出李白雄才大氣的內涵，同時表現在思想的豐富及創作的自在揮灑兩方面，實是古今罕見，世難羈絆。以李白「攬彼造化力，持爲我神通」自證，李白實有「攬彼」諸家思想造化，爲自我生命灌注強盛清新之「能量」的企圖，然順此而言，李白是否因此獲得自在的解脫？答案是否定的──因爲「自我」雖成爲他思想中最明顯的特質，但亦成爲他生命中最大的束縛與障礙。當世人爲他看似自由、飄逸、豪放的形象喝采時，殊不知李白正在這表象的掩飾下痛嚐苦果，知者杜甫云李白「痛飲狂歌空度日，飛揚跋扈爲誰雄！」「空度日」、「爲誰雄」正是李白痛苦的心象。然細繹其思想理路，仍可繹出自我、渾融、奮發三大特質：

一、自　我

　　陳師冠甫〈李白五章〉之二云：「亦儒亦俠酒中天，道骨禪心氣萬千。轉益多師臻化境，目空百代一謫仙。」〔註235〕不論在文學創作或思想內容及行事風格上，李白均展現了異於凡俗的獨特色彩，其創作主張復古而不泥古，有所承繼而不忘開新，亦即化用古典精華，注入個人心血，既活化古典，又使其詩文產生新變的現代趣味。思想上，李白的獨特性更是立基於渾融並蓄的廣博基礎上，並以「轉益多師」、「學無常師」的態度，擷取諸家學說中適於己性者，歷欣賞、學習、轉化終而鎔鑄於自我的四個階段，終成風姿特異、獨一無二的大詩人，因此，李白的思想核心正是歸諸自我。

〔註234〕陳師冠甫著：《文林秘笈·千古詩心》，心月樓刊行。
〔註235〕同前註所揭書。

二、渾　融

　　李白從先秦諸子思想中吸收精華，以儒家孔子兼濟天下、經世致
用的思想爲主軸，輔以道家自由放達和功成身退之說，兼採墨家任俠
仗義精神、縱橫家遊說王侯的方法，並賦予時代的新意；在宗教上則
親受道籙，成爲正式的道士，亦遊訪名山寺觀，受學禪師，參禪習佛，
且均有相當深入的宗教體驗，這種情形亦反映出盛唐三教並尊的時代
氛圍。然誠如龔自珍《最錄李白集》所言：「儒、仙、俠實三，不可
以合，合之以爲氣，又自白始也。」即使時代性如此，李白思想的表
象比之於王維、杜甫諸人，渾融廣博正是其明顯的特點。

三、奮　發

　　李白家世不明，難登科舉，卻未能審時度勢，以干謁之名行縱
橫之實，歷時十餘年，終有待詔翰林之機，卻旋即賜金還山，從此
流落江湖，終至流放夜郎，客死當塗。然從其詩文中卻時常看到自
比孔子、金仙、管仲、諸葛亮、謝安等聖賢者的文字，爲儒，必當
爲大儒，經世之儒；論道，必於棲隱山林中體貼道趣，「修金籙齋」
中親感道妙；學佛，亦需讀經參禪，領略其造化神通。甚至以六十
一歲的高齡向李光弼請纓，冀申一割之用，臨終前仍賦「大鵬飛兮
振八裔」自況，雖然不免有自我誇大之嫌，總閃現著一股激揚騰躍，
至死方休的生命力。

第四章　李白詩歌修辭論

第一節　「修辭」釋義

　　「修辭」一詞在中國首見於《周易‧乾‧文言》：「子曰：修辭立其誠。」〔註1〕修，修飾藻繪；辭，則兼指語辭和文辭。其他關於修辭的記載見於經籍者亦多，如《周易‧繫辭》：「子曰：其旨遠，其辭文，其言曲而中。」〔註2〕《禮記‧表記》：「子曰：情欲信，辭欲巧。」〔註3〕《論語‧衛靈公》：「子曰：辭，達而已矣！」〔註4〕揚雄《法言‧吾子篇》亦云：「或曰：君子尚辭乎？曰：君子事之為尚。事勝辭則伉，辭勝事則賦，事辭稱則經。足言足容，德之藻矣。」〔註5〕總括言之，兩漢以前言修辭者，大致以「立誠」、「達意」、「求巧」為主，骨架粗具而條理未明。

　　自魏晉以來，由於文學理論的開展，文學價值的提昇，及文體分類的日益詳密，因之文學的創作亦日臻成熟，而文學的運用技巧也更

〔註1〕　《周易十卷》（四部叢刊編經部），頁1。
〔註2〕　同前註所揭書，頁50。
〔註3〕　孫希旦：《禮記集解》（臺北：文史哲出版社，1992年），頁318。
〔註4〕　宋‧朱熹集注、蔣伯潛廣解：《四書讀本‧論語》（臺北：啓明書局），頁247。
〔註5〕　《百子全書》2〈楊子法言〉（浙江：浙江人民出版社，1984年），頁2。

形多樣。當時的文論家中，對修辭問題有較詳細探討的是陸機和劉勰。陸機《文賦》中論修辭的原則：

> 選義按部，考辭就班，抱暑者咸叩，懷響者畢彈。或因枝以振葉，或沿波而討源；或本隱以之顯，或求易而得難；或虎變而獸擾，或龍見而鳥瀾；或妥帖而易施，或岨峿而不安。罄澄心以凝思，眇眾慮而爲言；籠天地於形內，挫萬物於筆端。始躑躅於燥吻，終流離於濡翰。理扶質以立幹，文垂條而結繁。〔註6〕

並指出修辭不當造成的五種弊病：「清唱而靡應」、「應而不和」、「和而不悲」、「悲而不雅」、「雅而不艷」〔註7〕五種。可視爲我國修辭理論的濫觴；而在修辭理論方面討論的更加周嚴詳密的，則首推劉勰，《文心雕龍·總術篇》：

> 夫不截盤根，無以驗利器；不剖突奧，無以辨通才。才之能通，必資曉術，自非圓鑒區域，大判條例，豈能控引情源，制勝文苑哉！是以執術馭篇，似善弈之窮數；棄術任心，如博塞之邀遇。故博塞之文，借巧儻來，雖前驅有功，而後援難繼，少既無以相接，多亦不知所刪，乃多少之並惑，何妍蚩之能制乎！若夫善弈之文，則術有恆數，按部整伍，以待情會，因時順機，動不失正。數逢其極，機入其巧，則義味騰躍而生，辭氣叢雜而至。視之則錦繪，聽之則絲簧，味之則甘腴，佩之則芬芳，斷章之功，於斯盛矣。

> 夫驥足雖駿，纆牽忌長，以萬分一累，且廢千里。況文體多術，共相彌綸，一物攜貳，莫不解體。所以列在一篇，備總情變，譬三十之輻，共成一轂，雖未足觀，亦鄙夫之見也。〔註8〕

所以《文心雕龍》一書自卷六〈神思〉以下，而〈體性〉、而〈風骨〉、

〔註6〕 梁·蕭統編、唐·李善注：《文選》（臺北：華正書局，199 年 9 月），頁 240。
〔註7〕 同前註所揭書，頁 242。
〔註8〕 梁·劉勰著、王師更生註釋：《文心雕龍讀本下篇》（臺北：文史哲出版社，1991 年），頁 255。

而〈通變〉、而〈定勢〉……等，全部十九篇，就像三十支條輻，緊密的結合成一個車轂，彼此難以割離，形成了一套縝密的修辭理論架構；如〈鎔裁〉論增刪之道、〈附會〉析文章佈局、〈章句〉言安章設句、〈物色〉闡描寫、〈夸飾〉述誇張、〈比興〉之分析譬喻、象徵、〈隱秀〉則敘含蓄、警策之意趣，其他如〈麗辭〉、〈事類〉莫不深入修辭技巧核心，而給予後代作家及研究修辭學者極大的啓迪，並建立了堅實的研究基礎。李白做爲中國最偉大的浪漫詩人，其修辭技巧在詩歌創作上的表現，更值得進一步深入探究，以下即分「夸飾」、「譬喻」、「示現」、「轉化」、「對偶」、「用典」六節加以論述。

第二節　夸　飾

夸飾作爲一種文學修辭技巧，用於情感表達，鋪張物狀，可說是自古有之，正如劉勰所言：「自天地以降，豫入聲貌，文辭所被，夸飾恆存。」〔註9〕可見夸飾之運用實爲本乎天性，出乎自然，自有創作，即有夸飾。但在劉勰論夸飾恆存之前，古人亦多有言及夸飾者。如《莊子‧人間世》曾說：

> 兩喜必多溢美之言，兩怒必多溢惡之言。〔註10〕

王充亦云：

> 世俗所患，患言增其實：著文垂辭，辭出溢其眞。稱美過其善，進惡沒其罪。何則？俗人好奇；不奇，言不用也。故譽人不增其美，則聞者不快其意；毀人不益其惡，則聽者不愜於心。聞一增以爲十，見百益以爲千，使夫純樸之事，十剖百判；審然之語，千反萬畔。墨子哭於練絲，楊子哭於歧道。蓋傷失本，悲離其實也。〔註11〕

〔註9〕 梁‧劉勰著、王師更生註釋：《文心雕龍讀本下篇》（臺北：文史哲出版社，1991年），頁157。
〔註10〕 莊子著、郭慶藩集釋：《莊子集釋》（臺北：貫雅文化，1991年），頁157。
〔註11〕 王充：《論衡‧藝增》（臺北：世界書局），頁83。

摯虞更認為：

> 夫假象過大，則與類相遠；逸辭過壯，則與事相違；辯言
> 過理，則與義相失；麗靡過美，則與情相悖。此四過者，
> 所以背大體而害政教，是以司馬遷割相如之浮說，揚雄疾
> 「辭人之賦麗以淫」也。〔註12〕

可說都準確的掌握了夸飾之所以存在的心理因素。沈師謙則認為這三
家說法：

> 莊子指陳夸飾之現象——溢美、溢惡，王充則明言夸飾之
> 產生由於俗人好奇，並對經藝諸子的言過其實，大加撻伐。
> 摯虞則認為夸飾『背大體而害政教』。大略言之，在劉勰以
> 前，論及夸飾者多持反對之態度，且欠缺完整周密之闡論。
> 劉勰則以為『壯辭可得喻其真』，從正面積極性地肯定夸飾
> 之價值與地位。〔註13〕

而劉勰則是基於「宗經」、「徵聖」的立場，提出對於夸飾的正面看法：

> 雖詩、書雅言，風俗訓世，事必宜廣，文亦過焉。是以言
> 峻則嵩高極天，論狹則河不容舠，說多則子孫千億，稱少
> 則民靡孑遺；襄陵舉滔天之目，倒戈立漂杵之論；辭雖已
> 甚，其義無害也。〔註14〕

認為即使是《詩經》、《尚書》這樣的經典中亦常使用夸飾的技巧，重
點在於「辭雖已甚，其義無害也」。

　　至於使用夸飾技巧所需注意之處，劉勰認為濫用夸飾的毛病，主
要在於「夸過其理，則名實兩乖」；〔註15〕其實夸飾的特質本就在「名
實兩乖」，試想，若不「兩乖」，如何達到夸飾的效果呢？只是要達到
這個效果，仍有必要的原則需要遵守，因此劉勰繼而揭示：

> 若能酌詩書之曠旨，翦揚馬之甚泰，使夸而有節，飾而不

〔註12〕摯虞：〈文章流別論〉，文收《魏晉南北朝文論選》（北京：人民文學
　　　　出版社，1996 年），頁 180。

〔註13〕沈師謙：《修辭學・上冊》（臺北：國立中大學，1991 年），頁 166。

〔註14〕梁・劉勰著、王師更生註釋：《文心雕龍讀本下篇》，頁 157。

〔註15〕同前註所揭書，頁 157。

　　誣，亦可謂之懿也。〔註16〕

可見「夸而有節，飾而不誣」實爲運用夸飾技巧的兩大原則。

　　至於近代學者討論到夸飾的種類與方法，則要以陳望道《修辭學發凡》爲發端，陳氏將夸飾分爲 1. 是普通的，可以稱爲普通誇張辭；2. 是單單關於事象先後的，可以稱爲超前誇張辭。〔註17〕而黃慶萱《修辭學》之說更爲完備，黃氏將夸飾分爲：1. 空間的夸飾，2. 時間的夸飾，3. 物象的夸飾，4. 人情的夸飾四類。〔註18〕至於夸飾兼用其他辭格的現象，沈師謙亦提出看法：

> 夸飾之文句，往往兼用其他修辭方法。……『學者如牛毛，成者如麟角』兼用『對襯』與『明喻』。『兵盡矢窮，人無尺鐵』兼用『借代』，『連眼睛都黃澄澄的，染上了金子的色彩』，兼用『擬物』……。運用之妙，存乎一心。〔註19〕

而張春榮《修辭新思維・奇幻想像》一文中亦透過與「示現」的比較，頗多精闢之論，張氏認爲：

> 誇飾雖強調『語出驚人』、『聳人聽聞』的渲染，但不能完全脫離事實。因此，誇飾中往往會加上「欲」（嬌豔欲滴）、『彷彿』（彷彿搯得出水來）、『簡直』（簡直鬧翻天）、『幾乎要』（幾乎要把屋頂掀開）等字眼，用以表示『即將發生』（不是一定發生），代表想像的可能。……誇飾每每以陡轉、跳接方式，加快速率，直接描述結果；藉由逸出常軌的偏離，形成特殊荒唐趣味。〔註20〕

闡釋清晰而深入。其實張氏所言誇飾中往往會加上「欲」、「彷彿」、「簡直」等字眼，其效果即在符合「夸而有節，飾而不誣」的兩大原則；就夸飾而言，「節」的最好妙方就是透過與其他修辭格的兼用，

〔註16〕梁・劉勰著、王師更生註釋：《文心雕龍讀本下篇》，頁 157。

〔註17〕陳望道：《修辭學發凡》（上海：上海教育出版社，1997 年，新 2 版），頁 129。

〔註18〕黃慶萱：《修辭學》（臺北：三民書局，2002 年，3 版），頁 295。

〔註19〕沈師謙：《修辭學・上冊》，頁 174。

〔註20〕張春榮：《修辭新思維》（臺北：萬卷樓圖書公司，2002 年 12 月初版二刷），頁 123。

如前述兼用譬喻、對比、示現等，如此才能避開「誣」的反效果。

至於「每每以陡轉、跳接方式，加快速率，直接描述結果；藉由逸出常軌的偏離，形成特殊荒唐趣味。」便是在本質上、審美效果上揭示出夸飾與譬喻、示現、轉化等修辭技巧的不同；就其陡轉、跳接以致加快速率而言，這是直覺的感應，跳脫邏輯性的思考與合理化的過渡，使創作者心中剎那的感應噴薄而出，達到令人驚之奇之的效果。

就其兼用的必要性而論，再以夸飾兼用譬喻為例，就讀者的感覺而言，譬喻的巧妙，可使讀者達到會心的微笑，那「會心」是建立在喻體與喻依的連結上，亦即以具象來譬喻抽象，以已知來「說明」未知；或者再進言之，譬喻是一種「溫故」而「知新」的狀態，那是一種「水平面式」的經驗擴張，不論「比義」或「比類」均具有內在說明性的特質；而在兼用夸飾的情形下，利用喻詞的標明，釐清虛、實的界線，使「知新」的效果更加強化與聳動，如此才不至於造成誤會，蒙欺騙之譏。又如與示現的兼用，則往往與「懸想」結合，使讀者明其所述並非現狀，如此便可擺脫時空的限制，翻空易奇，恣縱變化；至於強烈渲染，有所揶揄，適足與反諷交集，寓譏諷於荒唐的詼諧，進而達到警策的效果。正如黃海章所言：「它（夸飾）是深入事物的本質，集中地、突出地、生動地把它表現出來，增加感染人們的力量。它不惟不會歪曲事實，而且增加了人們對事實的體會。」〔註21〕總之，夸飾既遠超過客觀事實，但它又必須建構於客觀事實之上，使虛擬的、想像的、誇張的形象與情意，鮮明突出，在此虛實相生、體用兼備的情形下，才能達到極態盡妍，聳動情志的效果。

李白的狂傲個性，從他弱冠之時所作的〈上李邕〉詩，便可一窺端倪，「大鵬一日同風起，摶搖直上九萬里。假令風歇時下來，猶能簸卻滄溟水。時人見我恆殊調，見余大言皆冷笑。宣父猶能畏後生，

〔註21〕黃海章：《中國文學批評研究論文集——文心雕龍研究專集·劉勰的創作論和批評論》（臺北：中國語文學社），頁125。

丈夫未可輕年少。」〔註22〕其中尤以「時人見我恆殊調，見余大言皆冷笑」，更明白顯示他個性上特立獨行、愛說大話的兩個特質。好奇愛新雖是人的天性，但若浮誇太甚，則不免造成過猶不及的反效果。而「大言」就是夸飾，年輕的李白說話夸飾的狀況，已到了令人「皆冷笑」的程度，然而李白詩雖如此寫，卻似無「反省」的意味。求之於爾後的詩文創作，李白筆下誇張的詞句更是層出不窮，杜甫〈寄李十二白二十韻〉讚歎李白「筆落驚風雨，詩成泣鬼神」，〔註23〕想必也是感受到李白詩中那股妙想於天外的夸飾趣味。

　　由於夸飾的運用範圍甚廣，有些詞句雖為誇詞，但因使用過繁，幾乎已為陳詞，如「今來一登望，如上九天游」〔註24〕、「奈何青雲士，棄我如塵埃」〔註25〕、「窮愁千萬端，美酒三百杯」〔註26〕等雖皆為夸飾修辭，但其夸飾的意象已喪失了新奇感，自然無法聳動情志，達到強化、深化閱讀快感的效果，故而以下就分從 1. 空間的夸飾 2. 時間的夸飾 3. 物象的夸飾 4. 人情的夸飾 5. 數量的夸飾等五項，擇其夸飾的佳句加以分析，讓讀者能更準確的掌握李白運用夸飾的高妙技巧：

一、空間的夸飾

　　空間的夸飾，按沈師謙的說法，「放大者亟言其高度之長、面積之廣、體積之大；縮小者亟言其高度之短、面積之窄、體積之小。」〔註27〕李白詩中此類型夸飾的運用尤以山水詩為多，如其名篇〈夢遊天姥吟留別〉：「……天姥連天向天橫，勢拔五岳掩赤城；天台四萬八

〔註22〕詹鍈主編：《李白全集校注彙釋集評》第 3 冊（天津：百花文藝出版社，1996 年 12 月，初版），頁 1364。
〔註23〕清・仇兆鰲注：《杜甫全集》1（廣東：珠海出版社），頁 45。
〔註24〕詹鍈主編：《李白全集校注彙釋集評》第 6 冊，頁 2940。
〔註25〕同前註所揭書第 1 冊，頁 89。
〔註26〕同前註所揭書第 6 冊，頁 3267。
〔註27〕沈師謙：《修辭學》上，頁 169。

千丈，對此欲倒東南傾。……千巖萬壑路不定，迷花倚石忽已暝；熊咆龍吟殷巖泉，慄深林兮驚層巔。雲青青兮欲雨，水澹澹兮生煙。列缺霹靂，丘巒崩摧，洞天石扉，訇然中開。……」〔註28〕天姥山雖然是越東靈秀，號稱奇絕，但比起中國的五岳，在人們心目中仍是小巫見大巫，但李白卻偏說它「勢拔五岳」，而有名的天台山反而傾斜如同拜倒在天姥山足下。這是夸飾兼用映襯，到底天姥山有多高、有多挺拔，李白只用廣角渲染似的筆法，「連天向天橫」，「連」字常用，故又出一「橫」字，霸氣十足，果然五嶽及天台都只能當配角來襯托它。至於「千巖萬壑路不定，……，訇然中開。」則為兼用懸想示現，本詩既為「記夢」，則夢中之境於醒後記寫，自然可不受時空限定，可謂夢話連篇，卻又令人拍案叫絕。

又如〈廬山謠寄盧侍御虛舟〉：「……廬山秀出南斗傍，屏風九疊雲錦張。影落明湖青黛光。金闕前開二峰長，銀河倒挂三石梁。……登高壯觀天地間，大江茫茫去不還。黃雲萬里動風色，白波九道流雪山。……」〔註29〕以銀河倒挂來形容三疊泉三折而下的水勢，這是從仰視的角度來描寫，亦頗見其夸飾的奇趣；接著登高遠眺，壯觀天地，只見大江至此分為九派，白波洶湧奔流，浪高如同雪山。明顯的都是空間的夸飾。又如〈橫江詞六首〉其一：

> 人言橫江好，儂道橫江惡。一風三日吹倒山，白浪高於瓦
> 官閣。〔註30〕

橫江，指橫江浦與采石磯相對的一段江面，長江因受天門山阻遏，由東西流向改為南北流，其水勢受激而高聳，李白竟極誇其能吹倒山、高於瓦官閣；又如其三：「白浪如山那可渡？狂風愁煞峭帆人。」〔註31〕其四：「海神來過惡風迴，浪打天門石壁開。浙江八月何如此？

〔註28〕詹鍈主編：《李白全集校注彙釋集評》第4冊，頁2101。
〔註29〕同前註所揭書第4冊，頁2001。
〔註30〕同前註所揭書第3冊，頁1102。
〔註31〕同前註所揭書第3冊，頁1105。

濤似連山噴雪來。」「打」、「噴」動詞的運用，再加上「石壁開」、「連山噴雪」的形容，實已將橫江的波濤夸飾到無以復加的程度。至如〈將進酒〉：「君不見黃河之水天上來，奔流到海不復回。君不見高堂明鏡悲白髮，朝如青絲暮成雪。」〔註32〕前句極言黃河之高遠，屬空間的夸飾，下句言蒼老之速，屬時間的夸飾。此詩為李白名篇，千古唱頌，首兩句尤其膾炙人口，蓋因空間與時間夸飾的前後運用，及前者空間的放大、後者將人生從年輕到年老的漫長歲月極度壓縮為朝暮之間，這兩者亦造成強大的對比張力，使人不得不讚嘆李白才氣的縱橫放恣。

二、時間的夸飾

時間的夸飾，就放大與縮小而言，在於時間之快、慢與動作之速、緩。如〈早發白帝城〉：

朝辭白帝彩雲間，千里江陵一日還。兩岸猿聲啼不住，輕舟已過萬重山。〔註33〕

此詩極言時間之快與動作之速；有趣的是，背景相同的〈上三峽〉：

巫山夾青天，巴水流若茲。巴水忽可盡，青天無到時。三朝上黃牛，三暮行太遲。三朝又三暮，不覺鬢成絲。〔註34〕

卻極言時間之慢與動作之緩，一樣是行舟於三峽，何以差別如此之大？或曰，前者為順流東下，後者為逆水行舟，其快慢自然如此。但不論如何快，亦不至於「千里江陵一日還」；不論如何慢，亦不至於「三朝又三暮，不覺鬢成絲。」質其關鍵，在於心理上的轉變。〈上三峽〉一詩作於乾元二年春，李白流夜郎至此，舟行的緩慢、艱難，恰與其心情的沈重、鬱懣糾結在一起，而這種雙重的煎熬，竟使他的髮鬢斑白。而〈早發白帝城〉〔註35〕則作於同年遇赦抵江陵之時，其

〔註32〕詹鍈主編：《李白全集校注彙釋集評》第 1 冊，頁 357。
〔註33〕同前註所揭書第 6 冊，頁 3130。
〔註34〕同前註所揭書第 6 冊，頁 3122。
〔註35〕若遇赦時間後移，則此詩之繫年，則應為二十四歲出蜀時所作。

心情的歡快正如同順流而下的飛舟，別說是江陵，當李白得知遇赦，他的心早就飛到長安叩謝於九重了！

又如〈宿白鷺洲寄楊江寧〉詩云：「……望美金陵宰，如思瓊樹憂。徒令魂作夢，翻覺夜成秋。綠水解人意，爲余西北流，因聲玉琴裏，蕩漾寄君愁。」〔註36〕「望美金陵宰，如思瓊樹憂。」兩句出自吳均〈與柳惲相贈答詩〉：「思君甚瓊樹，不見方離憂。」〔註37〕「徒令」兩句則寓一日不見如三秋之意，又「夜成秋」，謂因魂夢相繫，而一日不見如隔三秋，故夜夢思君，翻轉成秋；反言之，則李白作此詩時，絕非秋季，此句設想之奇，變化之妙，正因其誇張了思念楊宰的強度，使之足以翻轉了季節氣候。心理的感受既可使氣候轉換，則綠水自然可以幻化爲善解人意的生命體，並倒轉了東南流的水勢，而與充滿愁緒的琴聲互相激蕩，遙寄給在西北方的楊縣令。

三、物象的夸飾

沈師謙認爲：「物象之夸飾，放大者亟言其性質之強壯，縮小者亟言其性質之微弱。」〔註38〕如〈聽蜀僧濬彈琴〉：「蜀僧抱綠綺，西下峨眉峰。爲我一揮手，如聽萬壑松。……」〔註39〕琴曲有〈風入松〉，但此處主要是夸飾兼用對比，用以表現蜀僧琴藝的高妙，「一揮手」琴音便如同從萬壑傳來的松濤，泠泠不絕於耳。又如〈金陵聽韓侍御吹笛〉：「……風吹繞鍾山，萬壑皆龍吟。王子停鳳管，師襄掩瑤琴。餘響渡江去，天涯安可尋？」〔註40〕除了以笛聲足以繚繞鍾山，如龍吟于萬壑之上來夸飾之外，更讓好吹笙的仙人王子喬、樂官師襄都忍不住放下擅長的樂器，側耳傾聽。

〔註36〕詹鍈主編：《李白全集校注彙釋集評》第 4 冊，頁 1964。
〔註37〕同前註所揭書第 4 冊，頁 1965。
〔註38〕同前註所揭書第 1 冊，頁 171。
〔註39〕同前註所揭書第 7 冊，頁 3512。
〔註40〕同前註所揭書第 7 冊，頁 3629。

　　又如〈永王東巡歌〉其六：「千巖烽火連滄海，兩岸旌旗繞碧
山。」〔註41〕其八：「長風掛席勢難迴，海動山傾古月摧。」〔註42〕
均極言永王東巡軍容之盛。至如描寫安史之亂，洛陽城陷後的慘狀，
〈扶風豪士歌〉：「洛陽三月飛胡沙，洛陽城中人怨嗟。天津流水波赤
血，白骨相撐如亂麻。」〔註43〕讀來令人怵目驚心。

　　另有〈贈黃山胡公求白鷳并序〉頗有趣味，其序云：「聞黃山胡
公有雙白鷳，蓋是家雞所伏，自小馴狎，了無驚猜，以其名呼之，皆
就掌取食。然此鳥耿介，尤難畜之。予平生酷好，竟莫能致。而胡公
輒贈於我，唯求一詩。聞之欣然，適會宿意。因援筆三叫，文不加點
以贈之。」〔註44〕讀來令人莞爾，倍感親切有趣，李白生平耿介，雖
汲汲於功名，但不適其志，隨即狂傲拂袖而去，李白之愛白鷳，亦自
愛矣！他如此形容白鷳：「請以雙白璧，買君雙白鷳。白鷳白如錦，
白雪恥容顏。……」〔註45〕首言白鷳之價，同於白璧，或有誇張之意，
但不明顯，次言白鷳毛色白如錦，語帶誇張但不強烈，再言「白雪恥
容顏」，則將白雪擬人化，以「恥」字來夸飾白鷳之白遠超過白雪，
達到新變好奇，聳人聽聞的效果。同樣是形容珍禽的又如〈秋浦歌十
七首〉其三：「秋浦錦駝鳥，人間天上稀。山雞羞淥水，不敢照毛衣。」
〔註46〕明人批此詩云：「『人間天上』四字俗，『毛衣』亦俗。」〔註47〕
其實「人間天上」四字雖是誇張，但在此詩中只是鋪墊，「山雞羞淥
水，不敢照毛衣。」其意正與「白雪恥容顏」相同，是採夸飾兼用擬
人的手法強調錦駝鳥之美，其實這二首詩皆有映襯的意味，蓋白雪可
謂白的極致，然尚不如白鷳之白；山雞按《博物志・物性》所云：「山

<hr>

〔註41〕詹鍈主編：《李白全集校注彙釋集評》第 3 冊，頁 1165。
〔註42〕同前註所揭書第 3 冊，頁 1169。
〔註43〕同前註所揭書第 2 冊，頁 1035。
〔註44〕同前註所揭書第 4 冊，頁 1848。
〔註45〕同前註所揭書第 4 冊，頁 1848。
〔註46〕同前註所揭書第 3 冊，頁 1125。
〔註47〕同前註所揭書第 3 冊，頁 1125。

雞有美毛，自愛其色，終日映水，目眩則溺死。」〔註48〕如今與錦駝鳥一比，竟使牠「羞」到不敢照水，如此奇思幻想，口語自然，極具民歌風味。

四、數量的夸飾

〈望廬山瀑布〉其二：「飛流直下三千尺，疑是銀河落九天。」可說是千古形容瀑布的名句，而其撼人心魂的關鍵則在於數量的夸飾，再加以譬喻為銀河的想像，更令人覺得不可思議，產生聳人聽聞之感。又如〈秋浦歌十七首〉其十五：

白髮三千丈，緣愁似箇長。不知明鏡裡，何處得秋霜？〔註49〕

以三千丈來形容頭髮之長，說來令人感到不可思議，但以此來譬喻愁恨之不絕，讀者當能體會於心。就如同李攀龍《唐詩訓解》所言：「託興深微，真難實解，讀者當味之意象之外。」〔註50〕其說頗能欣賞夸飾的特質。

又如〈自漢陽病酒歸寄王明府〉：「願掃鸚鵡洲，與君醉百場。嘯起白雲飛七澤，歌吟綠水動三湘。莫惜連船沽美酒，千金一擲買春芳。」〔註51〕則依次為數量、物象、人情的誇張。

五、人情的夸飾

人生而有七情六欲，習而有才智賢愚，遇而有窮通禍福，凡對此有放大、縮小之形容者，皆可視之為人情的夸飾。如前節所述，李白對於自我角色的扮演，有異於常人的「期許」，如〈上李邕〉詩所云：「大鵬一日同風起，搏搖直上九萬里。假令風歇時下來，猶能簸卻滄溟水。……」明顯的是引用《莊子‧逍遙游》中大鵬鳥的典故，用以

〔註48〕張華：《博物志‧物性》（臺北：明文書局，1981 年 9 月初版），頁 460。
〔註49〕詹鍈主編：《李白全集校注彙釋集評》第 3 冊，頁 1139。
〔註50〕同前註所揭書第 3 冊，頁 1140。
〔註51〕同前註所揭書第 4 冊，頁 2037。

譬喻自己的才華之高，更成爲其生命特質的基調。

又如〈天馬歌〉：「蘭筋權奇走滅沒，騰崑崙，歷西極，四足無一蹶。雞鳴刷燕晡秣越，神行電邁躡恍惚。」〔註52〕就字面上看，可歸於物象的夸飾，但此詩主要以天馬自喻，形容自己異於凡馬，可是「少盡其力老棄之」，希望能求知於人，「請君贖獻穆天子，猶堪弄影舞瑤池。」故亦歸爲人情的夸飾。

另〈登太白峰〉云：「西上太白峰，夕陽窮登攀。太白與我語，爲我開天關。願乘泠風去，直出浮雲間。……」〔註53〕登太白山得而與太白星精談話，更誇張天仙要打開通天之門，迎接李白乘泠風直入仙境，虛實交替，日人近藤元粹《李太白詩醇》云：「奇想、奇語，非謫仙絕不能言。」〔註54〕又如〈懷仙歌〉：

> 一鶴東飛過滄海，放心散漫知何在。仙人浩歌望我來，應
> 攀玉樹常相待。堯舜之事不足驚，自餘囂囂眞可輕。巨鼇
> 莫載三山去，吾欲蓬萊頂上行。〔註55〕

李白遊仙詩創作頗多，世人以謫仙名李白，此或爲因素之一，但就其遊仙詩的創作背景深論之，應可發覺大多是作於政治失意之時，此詩安旗繫於天寶三載，爲去朝之初所作；而葛景春則認爲「當作於晚年，對仕途徹底絕望之時。」〔註56〕總之李白往往藉由仙境、仙人的諸多懸想，結合夸飾，以求自我的超脫與心靈的安頓。

其他如對項羽雄豪的夸飾，〈登廣武古戰場懷古〉：「……項王氣概世，紫電明雙瞳。呼吸八千人，橫行起江東。……」〔註57〕對扶風豪士的讚揚，〈扶風豪士歌〉：「扶風豪士天下奇，意氣相傾山可移。」對友人思念的夸飾，〈贈汪倫〉：「桃花潭水深千尺，不及汪倫送我

〔註52〕詹鍈主編：《李白全集校注彙釋集評》第 1 冊，頁 380。
〔註53〕同前註所揭書第 6 冊，頁 2965。
〔註54〕同前註所揭書第 6 冊，頁 2966。
〔註55〕同前註所揭書第 3 冊，頁 1216。
〔註56〕同前註所揭書第 3 冊，頁 1216。
〔註57〕同前註所揭書第 6 冊，頁 2971。

情。」〔註58〕對世情澆薄，人心難測的夸飾，〈箜篌謠〉：「……兄弟尚路人，吾心安所從？他人方寸間，山海幾千重。……」〔註59〕言孤忠之悲憤，〈遠別離〉：「帝子泣兮綠雲間，隨風波兮去無還。慟哭兮遠望，見蒼梧之深山。蒼梧山崩湘水絕，竹上之淚乃可滅。」〔註60〕又如〈秋浦歌十七首〉其二：「秋浦猿夜愁，黃山堪白頭。青溪非隴水，翻作斷腸流。……」〔註61〕為夸飾兼用擬人，效果奇絕。以此亦可略窺李白性情之激越，胸中之塊壘。

在人情的夸飾部分，李白對月的奇思幻想，人月相得，似乎更值得探討，楊義認為：「在李白詩的酒、月、山、水四大意象系統中，酒最狂肆，山水最雄奇，而明月最靈妙。他以『人月相得』的詩學意興，借那輪高懸蒼空的明鏡，動徹肺腑的進行天地對讀、自然與人情互釋、內心與外界溝通的幻想創造，從而為後世詩詞開發了一個韻味清逸而美妙絕倫的靈感源泉。」〔註62〕李白在明月意象上的繼承與創造，是一個頗大的命題，本節僅就其中具夸飾色彩的佳句拈出，供讀者欣賞，如〈陪族叔刑部侍郎曄及中書賈舍人至游洞庭五首〉其二：

> 南湖秋水夜無煙，耐可乘流直上天，且就洞庭賒月色，將船買酒白雲邊。〔註63〕

「直上天」、「賒月色」均是李白特有的奇想，夸飾的色彩不言可喻；又如〈送韓侍御之廣德〉：「暫就東山賒月色，酣歌一夜送泉明。」〔註64〕月色可賒，這的確是人月相得，但如此尚且不夠，〈秋浦歌十七首〉其十二：「水如一匹練，此地即平天。耐可乘明月，看花上酒船。」〔註65〕

〔註58〕詹鍈主編：《李白全集校注彙釋集評》第 4 冊，頁 1857。
〔註59〕同前註所揭書第 1 冊，頁 439。
〔註60〕同前註所揭書第 1 冊，頁 272。
〔註61〕同前註所揭書第 3 冊，頁 1123。
〔註62〕楊義：《李杜詩學》（北京：北京出版社，2001 年），頁 337。
〔註63〕詹鍈主編：《李白全集校注彙釋集評》第 6 冊，頁 2896。
〔註64〕同前註所揭書第 5 冊，頁 2482。
〔註65〕同前註所揭書第 3 冊，頁 1120。

人月的相親，就如水、月的渾融。最具奇幻效果的是〈宣州謝脁樓餞別校書叔雲〉：「俱懷逸興壯思飛，欲上青天攬明月。」〔註66〕以「思」、「欲」來說明並非事實，免遭誤會，僅只是一種超現實的想像，而想像之奇，則奇在「攬」字，明月一輪如何可攬？必是弦月當空，玉鉤微翹，舉杯笑坐弦上，謫仙形象，栩栩然躍升紙上！

當然，說李白運用夸飾的詩作比比皆是，但好者譽其豪，惡者貶其謬，如〈短歌行〉：「天公見玉女，大笑億千場。吾欲攬六龍，回車挂扶桑。北斗酌美酒，勸龍各一觴。」〔註67〕朱諫《李詩辯疑》：「此詩辭放而意鄙，如云『天公見玉女，大笑億千場』及『勸龍各一觴』等語，皆無節，失於無稽，不足取也。……猖狂鹵莽之若是，白豈為之乎！」〔註68〕但《李白樂府集說》卻認為：「按此詩已見《文苑英華》及《唐文粹》，當不至為偽作。太白好為誇大之詞，朱氏疑之，蓋以此耳。」〔註69〕劉勰所云：「誇而有節，飾而不誣。」但要落實於創作，真是談何容易啊！

黃國彬〈舉足迴看萬嶺低——論李白的詩〉認為：「論誇張，我國古代大概沒有其他詩人可以凌駕李白的了。李白呼吸八荒，吐屬驚人；沒有他的胸懷、想像、氣度，萬萬說不出那樣的話。」〔註70〕這是就李白的詩而言，其實就上所論，更可肯定的是，以夸飾的角度看詩人的身平傳說及自我定位，相同的，我國古代大概也沒有其他詩人可以凌駕李白的。

第三節 譬喻

譬喻，亦稱比喻，是日常生活中最常用的一種修辭方法；比如以

〔註66〕詹鍈主編：《李白全集校注彙釋集評》第 5 冊，頁 2566。
〔註67〕同前註所揭書第 2 冊，頁 815。
〔註68〕同前註所揭書第 2 冊，頁 817。
〔註69〕同前註所揭書第 2 冊，頁 817。
〔註70〕黃國彬：《中國三大詩人新論》（臺北：皇冠出版社，1984 年），頁 348。

牛喻愚笨、以龜步喻行動的遲緩，都能達到以易知說明難知，以具體
形容抽象的目的。亞里斯多德（Aristotle）於《修辭學》中標舉修辭
的三大原則：善用比喻、善用對比、要求生動。他並認為：「世間唯
比喻大師最不易得；諸事皆可學，獨作比喻之事不可學，蓋此乃天才
之標誌也。」〔註71〕雖然擅用譬喻，使語言文辭妙趣橫生、具體親切，
可視為「天才之標誌」，但「譬喻」的運用，還是有其原則可循，沈
師謙於《修辭學》〈上〉即歸納其原則有四：

（一）譬喻的喻體與喻依在本質上必須迥異，不宜太相近。

（二）要以易知說明難知，以具體顯現抽象，以警策彰顯平淡。

（三）進而求其切合情境，要求神似。

（四）要求富於聯想，意蘊豐富。〔註72〕

如此條理分析，明白暢達，使我們對於「譬喻」這「不可學之事」
有較深入的了解。且以喻依的想像與題材的擷用比較而言，題材雖能
表現詩人對世間萬物的觀注與喜好，但其中存有更多客觀社會風潮及
時代文化因素的影響，而喻依的聯想作用，卻更直接的傳達出詩人內
心的符碼，而這些符碼，有時會透露出詩人潛意識的一些訊息，李白
詩中有些喻依出現頻率較高：

　　　〈酬張卿夜宿南陵見贈〉：「月出魯城東，明如天上雪。」
　　　〔註73〕

　　　〈自金陵泝流過白壁山翫月達天門寄句容王主簿〉：「滄江泝
　　　流歸，白壁見秋月。秋月照白壁，皓如山陰雪。」〔註74〕

　　　〈東魯門泛舟二首〉其一：「輕舟泛月尋溪轉，疑是山陰雪
　　　後來。」〔註75〕

〔註71〕亞里斯多德著，羅念生譯：《修辭學》（北京：三聯書店，1991年），
　　　　頁24。

〔註72〕沈師謙：《修辭學》上，頁2。

〔註73〕詹鍈主編：《李白全集校注彙釋集評》第5冊，頁2677。

〔註74〕同前註所揭書第4冊，頁2086。

〔註75〕同前註所揭書第5冊，頁2784。

〈酬張卿夜宿南陵見贈〉：「月出魯城東，明如天上雪。」
〔註76〕

這是以「雪」喻明月之皎潔，又如：

〈胡無人〉：「天兵照雪下玉關，虜箭如沙射金甲。」〔註77〕

〈發白馬〉：「鐵騎若雪山，飲流涸滹沱。」〔註78〕

這是以「雪下」紛紛及「雪山」奇偉來形容軍隊雄闊昂揚的氣勢，頗為傳神，又如以雪喻盛開的梨花、皎白的吳鹽：

〈送別〉：「梨花千樹雪，楊葉萬條煙。」〔註79〕

〈梁園吟〉：「玉盤楊梅為君設，吳鹽如花皎白雪。」〔註80〕

《世說新語・言語第二》：「謝太傅寒雪日內集，與兒女講論文義。俄而雪驟，公欣然曰：『白雪紛紛何所似？』兄子朗兒曰：『灑鹽空中差可擬。』兄女曰：『未若柳絮因風起。』公大笑樂。」〔註81〕是以鹽、以柳喻雪，自然是後者形象較美，沈師謙〈魏晉風流〉：「謝道韞的『未若柳絮因風起』，遠勝於謝朗。關鍵因素在於能切合情境，得其神似。以『灑鹽空中』喻『白雪紛紛』，太呆板了。『柳絮因風起』就顯得輕盈、瀟灑而切合白雪紛飛的情境。」〔註82〕而李白反之以雪喻梨花千樹，非僅形其色，更增飛花之態；而以雪喻吳鹽，可知吳鹽絕異他鹽，非僅形似，更有增美之效。其他以雪為喻者如：

〈魯郡堯祠送竇明府薄華還西京〉：「遠煙空翠時明滅，白鷗歷亂長飛雪。」〔註83〕

〈秋浦歌十七首〉其五：「秋浦多白猿，超騰若飛雪。」

〔註76〕詹鍈主編：《李白全集校注彙釋集評》第5冊，頁2677。
〔註77〕同前註所揭書第1冊，頁476。
〔註78〕同前註所揭書第2冊，頁822。
〔註79〕同前註所揭書第5冊，頁2492。
〔註80〕同前註所揭書第3冊，頁1055。
〔註81〕劉義慶撰、劉孝標注：《宋本世說新語注》上（臺北：世界書局，1966年10月再版），頁80。
〔註82〕沈師謙、簡恩定、林益勝、許應華：《國文文選》（臺北：國立空中大學，2003年1月六刷），頁244。
〔註83〕詹鍈主編：《李白全集校注彙釋集評》第5冊，頁2392。

〔註84〕

〈涇溪東亭寄鄭少府諤〉：「白鷺閒時散飛去，又如雪點青山雲。」

〈公無渡河〉：「有長鯨白齒若雪山，公乎公乎挂胃於其間。」〔註85〕

〈越女詞五首〉其五：「鏡湖水如月，耶溪女如雪。」〔註86〕

以「飛雪」喻白鷗、白猿，又以「雪點青山」喻白鷺，靈動傳神，而青、白映襯，更具色彩美的視覺享受。與「雪」類似的「霜」亦是李白常用的喻依：

〈寄遠十二首〉其十：「魯縞如玉霜，筆題月支書。」〔註87〕

〈越女詞五首〉其一：「長干吳兒女，眉目豔星月。屐上足如霜，不著鴉頭襪。」〔註88〕

〈浣紗石上女〉：「一雙金齒屐，兩足白如霜。」〔註89〕

〈江夏寄漢陽輔錄事〉：「抽劍步霜月，夜行空庭遍。」〔註90〕

〈白馬篇〉：「秋霜切玉劍，落日明珠袍。」〔註91〕

霜、雪均爲白色的形象，然「雪」純白靈動，「霜」則明透靜態，此其異也。以「霜」的明透喻女子美足、魯縞、劍芒、洩地的月光，均極明動，正如王琦〈李太白全集〉卷三十詩文拾遺錄其〈月下帖〉：

夜來月下臥醒，花影零亂，滿人衿袖，疑如濯魄於壺也。

〔註92〕

足見李白如何醉心於霜雪般的月華之境，並內化於意識中，眼中所見

〔註84〕詹鍈主編：《李白全集校注彙釋集評》第 3 冊，頁 1126。
〔註85〕同前註所揭書第 1 冊，頁 281。
〔註86〕同前註所揭書第 7 冊，頁 3738。
〔註87〕同前註所揭書第 7 冊，頁 3662。
〔註88〕同前註所揭書第 7 冊，頁 3733。
〔註89〕同前註所揭書第 7 冊，頁 3739。
〔註90〕同前註所揭書第 4 冊，頁 2043。
〔註91〕同前註所揭書第 2 冊，頁 687。
〔註92〕王琦注：《李太白全集》第 3 冊，卷三十，頁 20。

的許多事物，均沾染了如此的色彩，楊國娟〈李白詩中白字顏色象徵與運用藝術〉：「李白詩中，顏色字的運用非常豐富，有著許多顏色字的展現。而其中最常用的顏色字是白色，竟然有 423 句、425 字次。」〔註93〕可見其頻率之高，但除了如「白璧」、「白鷗」、「白猿」、「白鷺」等眞實的描寫之外，如能掌握李白譬喻技巧中的喻依類型，當能更準確的理解李白內在的心象及其色感特質。如李白對謝朓的喜愛與學習是眾所皆知的，〈金陵城西樓月下吟〉云：「解道澄江靜如練，令人長憶謝玄暉。」〔註94〕尤其明白指出自己感受到「澄江靜如練」一句的美感經驗，這是與自然萬物生息融通所得的了悟，是莊子「物化」哲學在審美上的實踐，故云「解道」。「練」是潔白柔軟的熟絹，以之爲喻依的有：

　　　〈秋浦歌十七首〉其十二：「水如一疋練，此地即平天。」

　　　〈江夏寄漢陽輔錄事〉：「誰道此水廣？狹如一匹練。」〔註95〕

　　　〈贈武十七諤〉：「馬如一匹練，明日過吳門。」〔註96〕

前兩則喻水，襲用之跡甚明，後者以「練」喻馬，以白潔柔軟聯想，可見一白馬迅速而有韻律的絕塵而去，此亦是白色的意象。其他如：

　　　〈白馬篇〉：「酒後競風采，三杯弄寶刀。殺人如剪草，劇
　　　　孟同遊遨。」〔註97〕

　　　〈送族弟綰從軍西安〉：「爾隨漢將出門去，剪虜若草收奇
　　　　功。」〔註98〕

　　　〈永王東巡歌十一首〉其二：「三川北虜亂如麻，四海南奔
　　　　似永嘉。」〔註99〕

〔註93〕楊國娟：〈李白詩中白字顏色象徵與運用藝術〉（中國李白研究 2001
　　　～2002 年集：中國李白研究會、馬鞍山李白研究所編，黃山書社，
　　　2002 年 12 月），頁 321。。
〔註94〕詹鍈主編：《李白全集校注彙釋集評》第 3 冊，頁 1114。
〔註95〕同前註所揭書第 4 冊，頁 2043。
〔註96〕同前註所揭書第 3 冊，頁 1610。
〔註97〕同前註所揭書第 2 冊，頁 687。
〔註98〕同前註所揭書第 5 冊，頁 2424。
〔註99〕同前註所揭書第 3 冊，頁 1155。

〈扶風豪士歌〉：「洛陽三月飛胡沙，洛陽城中人怨嗟。天
津流水波赤血，白骨相撐如亂麻。」〔註100〕

以「剪草」譬喻殺人的狠戾，頗為警策駭人，又以叢生的亂麻比喻虜
寇的粗暴與死屍相疊撐持的慘狀，讀來令人怵目驚心。

第四節　示　現

黃師永武在《字句鍛鍊法》中云：「以文字來刻畫形容，使讀者
覺得『狀溢目前』，如身歷其境，親聞親見一般，這種修辭法，叫做
『示現』。」〔註101〕

沈師謙於《修辭學》中亦云：「示現指透過豐富的想像，運用形
象化的語言，將某一項人、事、物描繪得神氣活現，狀溢目前，讓讀
者感覺如身歷其境，親聞親見的修辭方法。」〔註102〕可見示現修辭
的重點在於以形象化的語言，來刻畫形容外在事物，使讀者彷如身歷
其境，親見親聞。

李白詩歌中即常使用「示現」的手法，劉勰《文心雕龍・明詩》
即云：「宋初文詠，體有因革，莊老告退，而山水方滋，儷采百字之
偶，爭價一句之奇，情必極貌以寫物，辭必窮力而追新，此近世之所
競也。」〔註103〕可見這種追求形似之美，雕琢之麗，敷采之奇的表
現方法，在當時的確是一股不可輕忽的風潮，而這種表現方法，在某
種程度上也的確能符合「示現」修辭法狀溢目前的效果，如採用示現
的修辭技巧表現戰場的恐怖畫面：

〈戰城南〉：「野戰格鬥死，敗馬號鳴向天悲。烏鳶啄人腸，
銜飛上挂枯樹枝。」〔註104〕

〈扶風豪士歌〉：「天津流水波赤血，白骨相撐如亂麻。」

〔註100〕詹鍈主編：《李白全集校注彙釋集評》第 2 冊，頁 1035。
〔註101〕黃師永武：《字句鍛鍊法》（臺北：洪範書局，1989 年），頁 4。
〔註102〕沈師謙：《修辭學》〈上〉，頁 290。
〔註103〕梁・劉勰著、王師更生註釋：《文心雕龍讀本上篇》，頁 81。
〔註104〕詹鍈主編：《李白全集校注彙釋集評》第 8 冊，頁 4449。

〔註105〕

「烏鳶啄人腸，銜飛上挂枯樹枝」、「天津流水波赤血，白骨相撐如亂麻」，簡直是一幅人間地獄的畫面，「啄人腸」、「食人肉」，或銜飛高掛樹枝獨自「享用」，或因吃得飽足而致飛不起，這不僅是畫面的「示現」，更是曲折的表達軍士百姓死傷之慘重。至於用示現法表現親情的難捨與真摯，比之抽象的說理更具感染力：

　　〈寄東魯二稚子〉：「樓東一株桃，枝葉拂青煙。此樹我所
　　　種，別來向三年。桃今與樓齊，我行尚未旋。嬌女字平
　　　陽，折花倚桃邊。折花不見我，淚下如流泉。小兒名伯
　　　禽，與姊亦齊肩。雙行桃樹下，撫背復誰憐？」〔註106〕

　　〈豫章行〉：「老母與子別，呼天野草間。白馬繞旌旗，悲
　　　鳴相追攀。白楊秋月苦，早落豫章山。」〔註107〕

李白功名未就，遊寓異鄉，時常思念寄居在魯東的稚子，〈寄東魯二稚子〉即透過成功的「想像示現」，將心中的思念說得狀溢目前，令人驚覺李白不僅是謫仙、詩仙、酒仙，在狂放不拘的另一面，卻是個深情的慈父。而〈豫章行〉寥寥幾筆「老母與子別，呼天野草間」的素描，便勾勒出一幅令人痛心的場景，呼天不應，蒼野茫茫，一個哀嚎的、傷痛的老母形象躍然紙上。又如〈子夜吳歌四首〉其四：「素手抽針冷，那堪把剪刀？」〔註108〕「素手抽針」只是一般的描寫，還構不成「示現」的積極效果，加一「冷」字，陡增觸感，「素」字也隨之益顯蒼白，甚至抖動。在山水詩方面，透過示現修辭法的運用，亦可達到狀溢目前，身歷其境的效果，如：

　　〈自巴東舟行經瞿塘峽登巫山最高峰晚還題壁〉：「日邊攀
　　　垂蘿，霞外倚穹石。飛步凌絕頂，極目無纖煙。卻顧失
　　　丹壑，仰觀臨青天。」〔註109〕

〔註105〕詹鍈主編：《李白全集校注彙釋集評》第 2 冊，頁 1035。
〔註106〕同前註所揭書第 4 冊，頁 1983。
〔註107〕同前註所揭書第 2 冊，頁 884。
〔註108〕同前註所揭書第 2 冊，頁 935。
〔註109〕同前註所揭書第 6 冊，頁 3124。

〈望廬山瀑布二首〉其一：「空中亂潈射，左右洗青壁。飛
　　珠散輕霞；流沫沸穹石。」〔註110〕

均是成功的佳例，尤其〈望廬山瀑布二首〉其一「亂」、「洗」、「散」、
「沸」等動詞的運用，更顯得細膩而生動。

第五節　轉　化

　　王國維《人間詞話》云：

> 有有我之境，有無我之境。「淚眼問花花不語，亂紅飛過秋
> 千去。」「可堪孤館閉春寒，杜鵑聲裏斜陽暮。」有我之境
> 也。……有我之境，以我觀物，故物皆著我之色彩。〔註111〕

王國維在此所舉之例，前例是歐陽脩的〈蝶戀花〉，後例是秦觀的〈踏
莎行〉。「花不語」，由於歐陽脩早已滿腹心酸，滿臉淚痕，悲傷的含
淚問花，卻因移情作用，覺得連花也悲鬱無言；而秦觀〈踏莎行〉，
則因被謫郴州，流寓落寞，暮色中聞杜鵑哀鳴，似乎聲聲催他歸去。
歐陽脩、秦觀以我觀物，觸物所及，似皆染上創作者主觀色彩，而其
中「花」、「杜鵑」更是明確的擬人化，如此才能表達感人的真情。而
這種技巧，即是「轉化」的修辭手法。

　　沈師謙《修辭學》〈中〉云：

> 描述一件事物時，轉變其原來性質，化成另一種本質截然
> 不同的事物，予以形容敘述的修辭方法，是為「轉化」。轉
> 化，又稱「比擬」。主要有兩大類：
> 一、擬人：描寫一件東西，把東西比作人，投射了人的感
> 　　情與特性。依題材可分：1. 有生物的擬人。2. 無生物
> 　　的擬人。3. 抽象的擬人。
> 二、擬物：描寫一個人，把人比作東西，投射了外物的特
> 　　質。依題材可分：1. 擬有生物。2. 擬無生物。除了常
> 　　見的擬人為物外，另有：1. 以物擬物。2. 以抽象概念

〔註110〕詹鍈主編：《李白全集校注彙釋集評》第6冊，頁3020。
〔註111〕王國維：《人間詞話》（臺北：金楓出版社，1991年），頁1～2。

　　擬物。〔註112〕

論說十分詳盡，而其效果主要在於達到主觀心理的投射，進而產生物
我融通之感。如李白〈春怨〉詩云：

　　白馬金羈遼海東，羅帷繡被臥春風。落月低軒窺燭盡，飛
　　花入戶笑床空。〔註113〕

春風可臥，飛花嘲笑，其實都是人的想像與自嘲。而擅寫詠月詩的
李白，其詠月詩之所以膾炙人口，主要因素之一即在「轉化」的妙
用：

　　〈下終南山過斛斯山人宿置酒〉：「暮從碧山下，山月隨人
　　歸。」〔註114〕

　　〈陪族叔刑部侍郎曄及中書賈舍人至遊洞庭五首〉其二：
　　　「南湖秋水夜無煙，耐可乘流直上天。且就洞庭賒月色，
　　將船買酒白雲邊。」〔註115〕

　　〈送韓侍御之廣德〉：「昔日繡衣何足榮？今宵貰酒與君
　　傾。暫就東山賒月色，酣歌一夜送泉明。」〔註116〕

　　〈把酒問月〉：「青天有月來幾時！我今停盃一問之。人攀
　　明月不可得，月行卻與人相隨。」〔註117〕

　　〈遊秋浦白可陂二首〉其二：「白可夜長嘯，爽然溪谷寒。
　　魚龍動陂水，處處生波瀾。天借一明月，飛來碧雲端。」
　　　〔註118〕

　　〈題宛溪館〉：「白沙留月色，綠竹助秋聲。」〔註119〕

其轉化的情形，如「山月隨人歸」、「青天有月來幾時！我今停盃一

〔註112〕沈師謙：《修辭學》〈中〉，頁2。
〔註113〕詹鍈主編：《李白全集校注彙釋集評》第7冊，頁3675。
〔註114〕同前註所揭書第6冊，頁2823。
〔註115〕同前註所揭書第6冊，頁2896。
〔註116〕同前註所揭書第5冊，頁2482。
〔註117〕同前註所揭書第6冊，頁2858。
〔註118〕同前註所揭書第6冊，頁2875。
〔註119〕同前註所揭書第7冊，頁3604。

問之。人攀明月不可得，月行卻與人相隨」、「白沙留月色，綠竹助秋聲」均爲擬人——描寫一件東西，把東西比作人，投射了人的感情與特色。尤其〈題宛溪館〉因「留」、「助」二字的居中聯繫，使得「白沙」、「月色」、「綠竹」、「秋聲」，均沾染了人的情感。而月色可「賒」、「借」，便是以物擬物的轉化。其他如：

> 〈與夏十二登岳陽樓〉：「雁引愁心去，山銜好月來。」〔註120〕

> 〈九日龍山飲〉：「九日龍山飲，黃花笑逐臣。醉看風落帽，舞愛月留人。」〔註121〕

> 〈待酒不至〉：「玉壺繫青絲，沽酒來何遲？山花向我笑，正好銜杯時。」〔註122〕

> 〈自巴東舟行經瞿塘峽登巫山最高峰晚還題壁〉：「松暝已吐月，月色何悠悠！」〔註123〕

> 〈大隄曲〉：「春風復無情，吹我夢魂散。」〔註124〕

均是透過動詞的力量改變了事物的性質，如〈與夏十二登岳陽樓〉的「引」、「銜」及〈九日龍山飲〉的「笑」及「留」，均是顯例。而〈經亂後將避地剡中留贈崔宣城〉：「蒼生疑落葉，白骨空相弔。」〔註125〕以白骨相弔的轉化，婉曲的表現出戰亂後屍骨無人收拾的悲慘世界。而〈獨酌〉：

> 春草如有意，羅生玉堂陰。東風吹愁來，白髮坐相侵。獨酌勸孤影，閑歌面芳林。長松爾何知？蕭瑟爲誰吟？〔註126〕

全詩「春草」、「白髮」、「孤影」、「長松」均有轉化擬人的性質，可深切感受到獨酌的太白，藉著酒意的醞釀，眼中所看、心中所感的世間萬物，均散發著生動活潑的情愫，而與自己交換、感染生命中的喜樂

〔註120〕詹鍈主編：《李白全集校注彙釋集評》第6冊，頁3051。
〔註121〕同前註所揭書第6冊，頁2932。
〔註122〕同前註所揭書第6冊，頁3293。
〔註123〕同前註所揭書第6冊，頁3124。
〔註124〕同前註所揭書第2冊，頁737。
〔註125〕同前註所揭書第4冊，頁1859。
〔註126〕同前註所揭書第6冊，頁3294。

與哀愁。李長之〈道教思想之體系與李白〉說得深刻：

> 因爲李白心目中的宇宙有精神力量在內的，所以李白對於
> 自然的看法，也便都賦予一種人格化。……這樣一來，什
> 麼白雲啦，明月啦，山花啦，流鶯啦，東風，春風啦，天
> 地萬物，遂無不親切了。在李白看，白雲明月固然像自己
> 一樣是天地間有生命的東西了，但他自己也何嘗不像天地
> 間的一朵白雲一樣，一輪明月一樣？所以他是自己宇宙
> 化，宇宙又自己化了。〔註127〕

從這點看，太白詩歌之所以動人心魂，非僅是氣魄豪放一端；萬物有
情，與我同生共感的思想特質，更是欣賞其詩歌藝術不可忽視的審美
意趣。

第六節　對　偶

「對偶」是中國古典詩的重要藝術特徵，更是律詩平仄、押韻、
對偶三大要件之一，而其運用更廣披詩、賦、駢文、詞、曲、散文
等文類；故而廣義講，「對偶」更是中國古典文學的重要藝術特質。
朱光潛〈中國詩何以走上律的路（上）——賦對於詩的影響〉一文
認爲：

> 中國詩的體裁中最特別的是律詩。……律詩極盛於唐朝，
> 但他的創造者是晉宋齊梁時代的詩人。唐朝詩人許多都是
> 六朝詩人的私淑弟子。〔註128〕

同文並指出初唐四傑、陳子昂、李、杜均受到六朝詩人的深刻影響，
即使陳子昂、李白均有鄙薄六朝之論。而古典詩歌創作的對偶技巧，
其來久矣，沈師謙《修辭學·對偶》更認爲：

> 對偶源自宇宙萬物的自然對稱與心理學上的聯想作用，以

〔註127〕李長之：《道教徒的詩人李白及其痛苦》（澳門：海外圖書公司），
　　　　頁35。

〔註128〕朱光潛：《詩論》（臺北：國文天地出版社，1990年3月），頁239
　　　　～240。

及美學上對比、平衡、勻稱的原理，再加上漢語屬單音節
的孤立語，具平仄的特性，所以在漢語中極爲普遍常見，
且形成中國美文發達的基本因素。〔註129〕

所論極是。劉勰《文心雕龍・麗辭篇》云：

造化賦形，體必雙支；神理爲用，事不孤立。夫心生文辭，
運裁百慮；高下相須，自然成對。……故麗辭之體，凡有
四對：言對爲易，事對爲難；反對爲優，正對爲劣。言對
者，雙比空辭者也；事對者，並舉人驗者也；反對者，理
殊趣合者也；正對者，事異意同者也。〔註130〕

即指出對偶之爲淵源久遠而極具特色的修辭技巧，乃本乎天成，然由
此自然之理延伸發展，而至人爲的工巧典麗與繁複多樣，從劉勰之論
即可看出六朝在對偶技巧上的蓬勃發展。許師清雲《近體詩創作理
論・對仗》亦指出：

劉氏所標舉的四對：言對、事對，其實是不用典故和使用
典故的問題；正對、反對，其實是意思相同、相襯和相反、
相對的問題。四對之中，言對中有反、正，事對中也有反、
正；反對中有言、事，正對中也有言、事。彼此錯綜變化，
說它是對仗的方法也可，說它是對仗的運用也可。〔註131〕

分析簡潔明確。而李白對於六朝詩人既多學習，且頗熟《文選》詩，
故而即使李白全集中五、七言律不逾百首，不及現存作品的十分之
一，但太白對於對偶的運用，卻不受詩體限制，而甚能靈活運用於各
類作品中。首先仍以較具代表性的五律爲例，如〈過崔八丈水亭〉：

高閣橫秀氣，清幽并在君。簷飛宛溪水，窗落敬亭雲。猿
嘯風中斷，漁歌月裏聞。閒隨白鷗去，沙上自爲群。〔註132〕

其中「簷飛宛溪水，窗落敬亭雲。猿嘯風中斷，漁歌月裏聞。」兩
聯，對偶工整，「飛」、「落」二字使全篇增添靈動之感，而王堯衢《唐

〔註129〕沈師謙：《修辭學》〈下〉，頁3。
〔註130〕梁・劉勰著、王師更生註釋：《文心雕龍讀本下篇》，頁133。
〔註131〕許師清雲：《近體詩創作理論詩》，頁174。
〔註132〕詹鍈主編：《李白全集校注彙釋集評》第6冊，頁3078。

詩合解》：「以風月之清幽，助猿漁之逸響，莫非亭畔妙境也。」〔註133〕更指出頸聯「風」、「月」營造的清雅之趣。又如〈秋登宣城謝朓北樓〉：

> 江城如畫裏，山曉望晴空。兩水夾明鏡，雙橋落彩虹。人
> 煙寒橘柚，秋色老梧桐。誰念北樓上，臨風懷謝公。〔註134〕

「兩水夾明鏡，雙橋落彩虹。」上引許師清雲一文即以此爲言對例，「夾」「落」兩字頗見鍛鍊之功，而不板滯，且設色清亮明麗。而「人煙寒橘柚，秋色老梧桐。」〔註135〕這一名聯，許師清雲《近體詩創作理論・字句》更從「轉品」的角度評曰：

> 李白詩寫飄入天際的炊煙，使橘柚籠罩著寒意，冷冷清清
> 的秋色，使梧桐都變得衰老了。巧就巧在「寒」、「老」這
> 兩個點睛之字，把形容詞轉品作動詞用，既描寫秋色寒冷
> 蕭條，又暗示出詩人的淒涼心境，壯志難酬和宦途失意的
> 惆悵。〔註136〕

分析頗爲深刻。另一方面也的確因轉品的運用，令「寒」字的觸覺及「老」字的視覺效果更爲靈動鮮明。又如〈贈孟浩然〉：

> 吾愛孟夫子，風流天下聞。紅顏棄軒冕，白首臥松雲。醉
> 月頻中聖，迷花不事君。高山安可仰？徒此揖清芬。〔註137〕

頷聯紅顏與白首相對，軒冕與松雲相對，除對仗工穩外，更使用「借代」手法：紅顏借代少年，軒冕借代官爵，白首借代老年，松雲借代隱居，使原本抽象的人、事，通過具體的物象表現，進而更加明顯可感。張高評對於頸聯用典與對偶的巧妙結合評曰：

> 出奇使用「中聖」這個僻典，而不用尋常的「中酒」，這是
> 有原故的。其一，韓朝宗約同孟浩然進京，欲薦諸朝，而

〔註133〕詹鍈主編：《李白全集校注彙釋集評》第6冊，頁3078。

〔註134〕同前註所揭書第6冊，頁3065。

〔註135〕同前註所揭書第6冊，頁3065。

〔註136〕許師清雲：《近體詩創作理論》（臺北：洪葉文化事業公司，1999年4月修訂版一刷），頁18。

〔註137〕詹鍈主編：《李白全集校注彙釋集評》第3冊，頁1254。

> 浩然與友人劇飲不赴,與徐邈「中聖人」事相類。其二,
> 中聖與中酒意相彷彿,然用「中酒」只能平寫其醉態,「中
> 聖」則兼能曲繪其品格。其三,用「中聖」,與下句「事君」
> 相對,更見工巧。〔註138〕

由此可知,為了達到對偶形式工整與意義兩兩相對或相稱的修辭效
果,兼用其他修辭技巧的情形便頗為常見。然而謝榛《四溟詩話》卷
三云:

> 至於太白〈贈浩然〉詩,前云「紅顏棄軒冕」,後云「迷花
> 不事君」,兩聯意頗相似。……興到而成,失於檢點。意重
> 一聯,其勢使然;兩聯意重,法不可從。〔註139〕

從所謂「法」的觀點看,或可云「犯重」,或可云「疊敘」,黃師永武
《字句鍛鍊法・疊敘》云:

> 以形式相同、意義相似的文句,一氣揮灑,連貫滾下,使
> 筆勢奔湧,銳不可當,這種辭格,叫做疊敘。〔註140〕

一般而言,此法較常用於散文,因近體詩創作字句有限,較講究精
鍊,然筆者認為此詩以「棄軒冕」、「臥松雲」、「不事君」而歸結於
「高山」及「清芬」提問二句,自問自答,點睛似的突出孟夫子的
高格,恐非「興到而成」之筆,讀來實有鋪陳疊敘不覺其繁,收結
清凌而更見其妙之感。又如〈渡荊門送別〉:

> 渡遠荊門外,來從楚國遊。山隨平野盡,江入大荒流。
> 月下飛天鏡,雲生結海樓。仍憐故鄉水,萬里送行舟。
> 〔註141〕

頷聯「山隨平野盡,江入大荒流。」胡應麟《詩藪・內編》評曰:「『山
隨平野盡,江入大荒流』,太白壯語也。杜:『星垂平野闊,月湧大江

〔註138〕黃師永武、張高評著:《唐詩三百首鑑賞》(臺北:黎明文化事業公
　　　　司,2003年9月三刷),頁425～426。
〔註139〕詹鍈主編:《李白全集校注彙釋集評》第3冊,頁1258。
〔註140〕黃師永武:《字句鍛鍊法》(臺北:洪範書店,1989年1月6版),
　　　　頁99。
〔註141〕詹鍈主編:《李白全集校注彙釋集評》第4冊,頁2222。

流。』骨力過之。」〔註142〕應時《李詩緯》卷三引丁友龍批評胡應麟之說：「似矣，豈知李是畫景，杜是夜景，又李是行舟暫視，杜是停舟細視，可概論乎？」〔註143〕似乎亦言之成理，然筆者於1998年7月由蘇州赴杭州時，因蘇州友人建議，可搭乘夜行船至杭州，別有一番情趣；夜深人靜，依窗憑眺，正是「星垂平野闊，月湧大江流」景緻，不禁讚嘆杜子美筆同造化的功力！然時因月光朗照，萬里無雲，故得見星垂月湧的清景。再返觀太白此詩二聯，其差異在「雲生」二字，雲生而星隱，故頷聯寫江行所見平野之景，景色雖頗壯觀，但總不如星垂平野得以真實感受其「闊」的狀況，故用「盡」而不用「闊」字。而杜「月湧大江」亦是實寫，太白則增之以想像，「飛天鏡」寫江中月影，並寓舟行之速，此為近景；「結海樓」寫雲霧騰昇，恍如海市蜃樓，此為遠景。故如以李、杜二詩相較，兩者均為壯語，然杜詩得星月清朗，江山壯闊之豪放，而李詩得雲月迷離，想像飛騰之奇麗，恐非畫景、夜景，暫觀、細觀可概論。

　　太白「自從建安來，綺麗不足珍」的文學主張，早為眾所周知，但他仍有許多塗飾著穠麗色彩的五律作品，尤其是奉唐玄宗詔令所作的〈宮中行樂詞〉八首，幾乎每一首都色彩鮮豔，光麗耀眼，如第二首：

> 柳色黃金嫩，梨花白雪香。玉樓巢翡翠，珠殿鎖鴛鴦。選
> 妓隨雕輦，徵歌出洞房。宮中誰第一？飛燕在昭陽。〔註144〕

全詩自首聯、頷聯以至頸聯均採對偶形式，尤其「黃金」對「白雪」色對鮮明，「嫩」對「香」除了前述色對的視覺效果外，更增添了觸覺與嗅覺，豐富了閱讀時的感官之樂。而「玉樓巢翡翠，珠殿鎖鴛鴦」，對仗亦甚華麗工穩，然楊雄〈敦煌寫本李白詩芻議〉認為：

> 「玉樓開翡翠，珠殿入鴛鴦」，謂宮室因嬪妃們而增輝，這

〔註142〕詹鍈主編：《李白全集校注彙釋集評》第4冊，頁2225。
〔註143〕同前註所揭書第4冊，頁2225。
〔註144〕同前註所揭書第2冊，頁743。

與將她們比作昭陽殿裡的飛燕是一致的，極頌嬪妃之美。
如果將「開」改作「巢」（且不論一本又作關），就大爲遜
色。「入」，今本作鎖，更謬。這就有攻擊皇帝爲牢籠之嫌
了。當然，李白也作過那樣的攻擊，但在其詩其地卻不會。
〔註145〕

言之成理，值得參考。其他如〈江夏別宋之悌〉：

> 楚水清若空，遙將碧海通。人分千里外，興在一杯中。谷
> 鳥吟晴日，江猿嘯晚風。平生不下淚，於此泣無窮。〔註146〕

「人分千里外，興在一杯中」，爲對偶兼用對比，頗爲警醒。〈塞下曲〉
六首之一：

> 五月天山雪，無花只有寒。笛中聞折柳，春色未曾看。曉
> 戰隨金鼓，宵眠抱玉鞍。願將腰下劍，直爲斬樓蘭。〔註147〕

頸聯「曉戰隨金鼓，宵眠抱玉鞍」，寫軍中戰士日夜辛勞及戰事之緊
張，可謂情色逼現眼前。而「五月天山雪，無花只有寒」，起勢甚奇，
「無花只有寒」爲句中對，更利用「有」、「無」的對襯效果，將「寒」
字寫得無跡可尋，卻冷冽可感。又如〈送友人〉：

> 青山橫北郭，白水繞東城。此地一爲別，孤蓬萬里征。浮
> 雲遊子意，落日故人情。揮手自茲去，蕭蕭班馬鳴。〔註148〕

《唐宋詩醇》評曰：「首聯整齊，承則流走而下；頸聯健勁，結有蕭
散之至。大匠運斤，自成規矩。」〔註149〕其實頸聯亦爲略喻，以浮
雲喻遊子漂浮不定，以落日遲遲喻故人難捨之情，兼用修辭格，使
本聯在實字的意象經營之外，又多出一層婉轉的情意。其他非律詩
的作品中，對偶技巧的運用，亦極爲普遍，如〈夢遊天姥吟留別〉
起句：

> 海客談瀛洲，煙濤微茫信難求；越人語天姥，雲霞明滅或

〔註145〕詹鍈主編：《李白全集校注彙釋集評》第2冊，頁744。
〔註146〕同前註所揭書第4冊，頁2212。
〔註147〕同前註所揭書第2冊，頁701。
〔註148〕同前註所揭書第5冊，頁2488。
〔註149〕《唐宋詩醇》，頁124。

可睹。〔註150〕

即屬於上下句不對,而連接的兩聯四句中,一、三對仗,二、四對仗的隔句對(又稱扇對)。這種交叉的對偶使句式更顯變化,婉轉流利。其他對偶之例尚多,如:

〈書情贈題蔡舍人雄〉:「舟浮瀟湘月,山倒洞庭波。」〔註151〕

〈姑孰十詠之謝公宅〉:「竹裏無人聲,池中虛月白。」〔註152〕

〈贈嵩山焦鍊師(并序)〉:「蘿月挂朝鏡,松風鳴夜弦。潛光隱嵩嶽,鍊魄棲雲幄。」〔註153〕

〈淮南臥病書懷寄蜀中趙徵君蕤〉:「朝憶相如臺,夜夢子雲宅。旅情初結緝,秋氣方寂歷。風入松下清,露出草間白。」〔註154〕

〈安州般若寺水閣納涼喜遇薛員外父〉:「水退池上熱,風生松下涼。吞討破萬象,搴窺臨眾芳。而我遺有漏,與君用無方。」〔註155〕

〈獨酌〉:「手舞石上月,膝橫花間琴。」〔註156〕

〈遊水西簡鄭明府〉:「清湍鳴迴溪,綠水遠飛閣。」〔註157〕

〈天台曉望〉:「門標赤城霞,樓棲滄島月。」〔註158〕

〈獻從叔當塗宰陽冰〉:「月銜天門曉,霜落牛渚清。」〔註159〕

〈江上秋懷〉:「朔雁別海裔,越燕辭江樓。颯颯風卷沙,茫茫霧縈洲。黃雲結暮色,白水揚寒流。」〔註160〕

〔註150〕詹鍈主編:《李白全集校注彙釋集評》第4冊,頁2101。
〔註151〕同前註所揭書第3冊,頁1458。
〔註152〕同前註所揭書第6冊,頁3236。
〔註153〕同前註所揭書第3冊,頁1439。
〔註154〕同前註所揭書第4冊,頁1886。
〔註155〕同前註所揭書第6冊,頁3260。
〔註156〕同前註所揭書第6冊,頁3294。
〔註157〕同前註所揭書第6冊,頁2920。
〔註158〕同前註所揭書第6冊,頁2952。
〔註159〕同前註所揭書第4冊,頁1687。
〔註160〕同前註所揭書第7冊,頁3476。

〈月夜江行寄崔員外宗之〉:「月隨碧山轉,水合青天流。
　岸曲迷後浦,沙明瞰前洲。」〔註161〕

〈經亂後將避地剡中留贈崔宣城〉:「雪盡天地明,風開湖
　山貌。」〔註162〕

〈尋陽送弟昌峒鄱陽司馬作〉:「人乘海上月,帆落湖中天。」
〔註163〕

〈送袁明府任長沙〉:「暖風花繞樹,秋雨草沿城。」〔註164〕

〈在水軍宴韋司馬樓船觀妓〉:「詩因鼓吹發,酒為劍歌雄。
　對舞青樓妓,雙鬟白玉童。」〔註165〕

可見太白對於對偶修辭技巧使用的普遍情形,而孫琴安〈李白五律的
藝術成就〉一文認為,李白五律有:一、一氣揮灑,全以神行;二、
天然穠麗,唐人第一;三、于律縛中馳想像,〔註166〕等三大特質。
筆者認為,太白運用對偶的情形,就第一點言,可充分表現出太白的
生命氣質,就第二點可看出太白詩歌與六朝的淵源,第三點正表現出
太白詩歌藝術的天才想像。高棅《唐詩品彙》〈五言律詩敘目〉:

> 盛唐律句之妙者,李翰林氣象雄逸,孟襄陽興致清遠,王
> 右丞詞意雅秀,岑嘉州造語奇峻,高常侍骨格渾厚,皆開
> 元天寶以來名家。今俱列之為正宗。〔註167〕

對於太白五律可謂推崇甚高。而從太白於古詩中亦常用對偶的情形
看,更可明確瞭解他對於鍛鍊字句重視的程度,並展現出傳統與創新
的緊密結合,進而形成太白古詩的另一特色。

〔註161〕詹鍈主編:《李白全集校注彙釋集評》第4冊,頁1959。
〔註162〕同前註所揭書第4冊,頁1859。
〔註163〕同前註所揭書第5冊,頁2519。
〔註164〕同前註所揭書第8冊,頁4445。
〔註165〕同前註所揭書第6冊,頁2879。
〔註166〕孫琴安:〈李白五律的藝術成就〉(中國李白研究1991年集:中國
　　　　李白研究會、馬鞍山李白研究所編,江蘇古籍出版社,1993年4月),
　　　　頁154。
〔註167〕明‧高棅:《唐詩品彙‧五言律詩敘目》(臺北:學海出版社,1983
　　　　年7月初版),頁152。

第七節 用 典

用典又稱「引用」，在詩歌、散文等文學作品中，凡是引用歷史上的典故或援引古今著名的語言文辭，以表達、擴充、印證、對比作者本意的修辭技巧，是爲「用典」。劉勰《文心雕龍·事類篇》即指出：

> 事類者，蓋文章之外，據事以類義，援古以證今者也。……文章由學，能在天資。才自內發，學以外成，有學飽而才餒，有才富而學貧。學貧者，迍邅於事義，才餒者，劬勞於辭情：此內外之殊分也。是以屬意立文，心與筆謀，才爲盟主，學爲輔佐：主佐合德，文采必霸，才學褊狹，雖美少功。……夫經典沈深，載籍浩瀚，實群言之奧區，而才思之神皐也。〔註168〕

可見用典實爲自古以來即受重視的一種修辭技巧，且劉勰也提出文學創作需才學並重的持平觀點，學貧則事義欠缺，才餒則情采不顯，並進一步指出浩瀚典籍所蘊含的豐富文化資訊，實爲詞采及才思的重要寶藏。至於用典的原則掌握，劉氏亦云：「凡用舊合機，不啻自其口出，引事乖謬，雖千載而爲瑕。」〔註169〕可見其重點爲一、自然而不堆疊，作者對於典故學而能化，化而能用；二、正確而不誤用，作者對於典故的事義需有正確的瞭解，否則引用錯誤，將造成作品無法抹滅的瑕疵。劉若愚《中國詩學·典故、引用、脫胎》一文即指出：

> 典故並不是用以取代描寫和敘述的一個偷懶辦法，而是導出附加的含意和聯想的一種手段。……典故的使用是一個具有正當理由的詩的技巧，假如他們不是故意被用爲誇示博學，而是作爲整個詩的匠意經營中的一個有機的部分。正像意象表現和象徵表現，典故能夠有效地經濟地具體化某些感情和情況，喚起種種聯想，而且擴大詩的意義範圍。

〔註168〕梁·劉勰著、王師更生註釋：《文心雕龍讀本下篇》，頁170。
〔註169〕梁·劉勰著、王師更生註釋：《文心雕龍讀本下篇》，頁170。

〔註170〕

以太白飲酒名篇〈將進酒〉為例：

> 烹羊宰牛且為樂，會須一飲三百杯。岑夫子，丹丘生。將
> 進酒，君莫停。與君歌一曲，請君為我傾耳聽。鐘鼓饌玉
> 不足貴，但願長醉不用醒。古來聖賢皆寂寞，惟有飲者留
> 其名。陳王昔時宴平樂，斗酒十千恣歡謔。主人何為言少
> 錢？徑須沽取對君酌。五花馬，千金裘。呼兒將出換美酒，
> 與爾同銷萬古愁。〔註171〕

除去起句的豪放雄誇之氣，「烹羊宰牛且為樂，會須一飲三百杯」兩
句即引用兩個典故。前句語出曹植〈野田黃雀行〉：「中廚辦豐膳，烹
羊宰肥牛。」〔註172〕後句則源自梁・劉孝標注《世說新語・政事》
劉注云：「袁紹辟玄，及去，餞之城東，欲玄必醉，會者三百餘人，
皆離席奉觴，自旦及暮，度玄飲三百餘盃，而溫克之容，終日無怠。」
〔註173〕又「陳王昔時宴平樂，斗酒十千恣歡謔。」語出曹植〈名都
篇〉：「歸來宴平樂，美酒斗十千。」〔註174〕即將曹植與其詩句搏揉
活用於創作之中。一般賞析本詩者，大多以誇飾角度解「烹羊宰牛且
為樂，會須一飲三百杯」，但如從用典角度欣賞，則所用典故既切合
太白與友人宴飲背景，又靈活的將曹植詩句與餞別鄭玄，諸士來會的
史實結合，其中的寓意以蕭士贇所言最為允當：「此篇雖似任達放浪，
然太白素抱用世之才而不遇知，亦自慰解之詞耳。」〔註175〕而鄭玄、
曹植兩人一為東漢著名經學大師、一為政治鬥爭的失敗者，太白用此
則自喻、自比、自慰之意甚明，然若不知此為用典而僅以一般夸飾讀

〔註170〕劉若愚著、杜國清譯：《中國詩學》（臺北：幼獅文化公司，1979 年
　　　　1 月再版），頁 222。
〔註171〕詹鍈主編：《李白全集校注彙釋集評》第 1 冊，頁 358。
〔註172〕同前註所揭書第 1 冊，頁 361。
〔註173〕宋・劉義慶撰、梁・劉孝標注：《世說新語・政事》（臺北：世界書
　　　　局，1966 年十月再版），頁 116。
〔註174〕詹鍈主編：《李白全集校注彙釋集評》第 1 冊，頁 363。
〔註175〕同前註所揭書第 1 冊，頁 366。

之，怎能掌握其平常文字句背後的深意呢？

　　太白仙才，世所公認，而太白的孜孜苦學精神，卻往往爲其高才所掩，然從部分詩文亦可一窺其認眞治學的態度，如「五歲誦六甲，十歲觀百家。」〔註176〕〈上安州裴長史書〉亦云：「橫經籍書，製作不倦。」〔註177〕可見其啓蒙之早，所學之廣，製作之勤；又如〈翰林讀書言懷呈集賢院內諸學士〉一詩：「晨趨紫禁中，夕待金門詔。觀書散遺帙，探古窮至妙。片言苟會心，掩卷忽而笑。」〔註178〕在憂讒畏譏之際，不忘以閱讀排遣煩悶，進而享受自得之樂。而從〈送張秀才謁高中丞并序〉更云：「於時繫潯陽獄中，正讀留侯傳。」〔註179〕更令人佩服其遇大難而不改其色的胸襟，而獄中讀留侯傳，更有藉以自勵之意。以此可明劉勰所云：「屬意立文，心與筆謀，才爲盟主，學爲輔佐；主佐合德，文采必霸。」〔註180〕誠非虛言。

　　太白其他用典詩例甚多，如〈雪讒詩贈友人〉：

嗟余沉迷，猖獗已久。五十知非，古人常有。立言補過，庶存不朽。苞荒匿瑕，蓄此頑醜。〈月出〉致譏，貽愧皓首。感悟遂晚，事往日遷。白璧何辜？青蠅屢前。群輕折軸，下沉黃泉。眾毛飛骨，上陵青天。葐菲暗成，貝錦粲然。泥沙聚埃，珠玉不鮮。洪炎燦山，發自纖煙。滄波蕩日，起乎微涓。交亂四國，播於八埏。拾塵掇蜂，疑聖猜賢。哀哉悲夫！誰察予之貞堅？彼婦人之猖狂，不如鵲之彊彊。彼婦人之淫昏，不如鶉之奔奔。坦蕩君子，無悅簧言。擢髮贖罪，罪乃孔多。傾海流惡，惡無以過。人生實難，逢此織羅。積毀銷金，沉憂作歌。天未喪文，其如余何！妲己滅紂，褒女惑周。天維蕩覆，職此之由。漢祖呂氏，

〔註176〕詹鍈主編：《李白全集校注彙釋集評》第8冊，頁4027。

〔註177〕李白：《李太白文集》（臺北：臺灣學生書局，1967年5月初版），頁604。

〔註178〕詹鍈主編：《李白全集校注彙釋集評》第7冊，頁3467。

〔註179〕同前註所揭書第5冊，頁2510。

〔註180〕梁・劉勰著、王師更生註釋：《文心雕龍讀本下篇》，頁172。

食其在傍。秦皇太后，毒亦淫荒。蝄蜽作昏，遂掩太陽。
萬乘尚爾，匹夫何傷！辭殫意窮，心切理直。如或妄談，
昊天是殛。子野善聽，離婁至明。神靡遁響，鬼無逃形。
不我遐棄，庶昭忠誠。〔註181〕

本詩採取的表現形式爲《詩經》最常見的四言體，而其引用的典故，
亦有八處出自《詩經》，如「月出致譏」乃取〈國風・陳・月出〉〔註
182〕刺好色之意；「白璧何辜？青蠅屢前。」取〈小雅・甫田・青蠅〉
〔註183〕刺讒言危害之意，「交亂四國」，亦出自本篇「讒人罔極，交亂
四國。」；「萋菲暗成，貝錦粲然。」取〈小雅・節南山・巷伯〉：「萋兮
斐兮，成是貝錦。」〔註184〕辭意；「彼婦人之猖狂，不如鵲之彊彊。彼
婦人之淫昏，不如鶉之奔奔。」出自〈國風・鄘・鶉之奔奔〉：「鶉之奔
奔，鵲之彊彊。」〔註185〕刺好色荒淫之辭意；「無悅簧言」暗用〈小雅・
節南山・巧言〉：「巧言如簧」；〔註186〕「昊天是殛」出自〈小雅・谷風・
蓼莪〉：「昊天無極」；〔註187〕「不我遐棄」語出〈國風・周南・汝墳〉：
「既見君子，不我遐棄。」〔註188〕而「天未喪文，其如余何！」出自
《論語・子罕》：「子畏於匡，曰：『文王既沒，文不在茲乎？天之將喪
斯文也，後死者，不得與於斯文也。天之未喪斯文也，匡人其如予何？』」
〔註189〕可見太白對於《詩經》熟悉的程度，而其引用的內容莫不與其
詩之主旨「雪讒」相印證、相引伸，至於引用孔子之言，更可見其對孔
子的敬仰，及對自我文化生命的高度期許。又如〈古風〉之八：

莊周夢蝴蝶，蝴蝶爲莊周。一體更變易，萬事良悠悠。乃

〔註181〕詹鍈主編：《李白全集校注彙釋集評》第3冊，頁1374。
〔註182〕屈萬里：《詩經詮釋》（臺北：聯經出版事業公司，1993年5月初版
　　　　八刷），頁240。
〔註183〕同前註所揭書，頁424。
〔註184〕同前註所揭書，頁382。
〔註185〕同前註所揭書，頁89。
〔註186〕同前註所揭書，頁376。
〔註187〕同前註所揭書，頁387。
〔註188〕同前註所揭書，頁17。
〔註189〕宋・朱熹集註：《四書集註》（臺北：啓明書局），頁120。

知蓬萊水，復作清淺流。青門種瓜人，舊日東陵侯。富貴
固如此，營營何所求？〔註190〕

莊周夢蝶一事語出《莊子・齊物論》，然莊子此言物化之理，太白則藉以衍成人生富貴難長久之意，而「青門種瓜人」則出自《史記・蕭相國世家》：「召平者，故秦東陵侯。秦破，為布衣，貧，種瓜於長安城東。瓜美，故世俗謂之『東陵瓜』，從召平以為名也。」〔註191〕此處用典，將抽象的富貴轉易為貧賤的概念，藉具體的人（東陵侯）、事（種瓜東門）、物（東陵瓜）變得更為真實，並達到聯想之效果。而透過「種瓜人」與「東陵侯」的對比，更具警醒之效。

　　由此可見，太白對於用典的手法實甚熟捻，且均達到增強說理，具體聯想，切合情境，渾融無礙的美學效果。

結　語

　　對於太白詩歌的創作手法，歷來大多有太白為天縱之才，其詩無法可循的讚嘆，如黃庭堅即認為：「余評李白詩，如黃帝張樂於洞庭之野，無首無尾，不主故常，非墨工槧人所可擬議。」〔註192〕嚴羽亦認為：「少陵詩法如孫吳，太白詩法如李廣。」〔註193〕均言其詩有變化多端，超越常法的特質。而朱熹則看出：「太白詩非無法度，乃從容於法度之中，蓋聖於詩者也。」〔註194〕故本章分從夸飾、譬喻、示現、轉化、對偶、用典等六種修辭技巧入手，探討太白詩歌的創作手法，從夸飾角度看，太白詩的雄奇之氣與此技巧的普遍運用，實有深刻的關連。而譬喻技巧的運用，亦可從太白在喻依擇取的傾向上，

〔註190〕　詹鍈主編：《李白全集校注彙釋集評》第 1 冊，頁 62。
〔註191〕　同前註所揭書第 1 冊，頁 64。
〔註192〕　宋・黃庭堅：《山谷集》卷二十六，《四庫全書薈要》集部第三十七冊，頁 298。
〔註193〕　嚴羽：《滄浪詩話・詩評》，頁 170。
〔註194〕　宋・黎靖德編：《朱子語類》（臺北：正中書局，1962 年 5 月臺初版），頁 5399～5400。

一窺其對於世間萬物互為連結的內在心象。示現的情境再造，不論是回憶式的懸想，或是未來創造式的懸想，甚或為兩者的交錯運用，大多達到狀溢目前的臨場效果，而其根本則顯示出太白敏銳的觀察力與細緻的表現力。轉化技巧的美學效果亦甚具感染力，它勾勒出太白詩歌中一個萬物皆有可觀、可感、可親、可愛的獨特藝境，或可說這的確也超乎一般常法範式的層次，而是超越物種生命甚至非生命（如山、水、風、月等）型態的審美觀照，亦即莊子於〈養生主〉中所云「以神遇而不以目視」的感悟層次。至於對偶的運用，尤其在非近體詩中的普遍情形，顯示太白詩歌雖因長短句式的靈活運用，形成迭蕩豪邁的主要風格，但兩兩相對的和諧美感，卻也因對偶而明顯浮現。最後論及用典，旨在揭示太白非僅逞之以才，實有豐富深厚的學養基礎，作為其詩歌創作的堅實後盾，才學輔弼，兼具傳統的承繼與獨特的創新，否則，「從容於法度中」、「斗酒詩百篇」，談何容易！

第五章　李白詩歌題材論

第一節　「題材」釋義

　　《文心雕龍・明詩》云：「人稟七情，應物斯感，感物吟志，莫
非自然。」〔註1〕說明了人稟受喜、怒、哀、懼、愛、惡、欲天賦的
七種情感，因應外界事物的變化，自然會有所感觸；這種感物吟志的
文學創作，便是一種內外相符的表現；在於內者爲情感的心志，在於
外者，則包括了天地自然及人事萬象。詩人游心於天地，寄情於萬物，
〈神思〉篇云：「寂然凝慮，思接千載，悄焉動容，視通萬里；吟詠
之間，吐納珠玉之聲；眉睫之前，卷舒風雲之色。」〔註2〕上下古今，
神遊八荒，在如此龐大繁複、紛然多元的生命舞台上，詩人也往往因
其秉性、思想、生活經歷等不同因素的影響，而選擇各式各樣的題材
來表現、寄托情志，如謝靈運鍾情山水、陶淵明隱逸田園、梁簡文獨
專宮體；因之，題材雖是客觀存在的天地萬物，然而經詩人主觀的選
取與鍾煉之後，卻煥發出詩人審美想像與藝術風格的獨特光采。由此
可見，在「個人文學研究」的範疇內，「題材研究」便自然成爲不可

〔註1〕劉勰著、趙仲邑譯注：《文心雕龍譯注》（臺北：貫雅文化事業有限
　　　公司，1991年5月），頁44。
〔註2〕同前註所揭書，頁44。

輕忽的重要環節。

　　「題材」一語，並非我國傳統文化所固有，而是經由外語翻譯而來；孫俍工編《文藝辭典》云：

> 題材，Meterial，即藝術家用來作為藝術作品內容的東西。其種類有自然、人生和其他。按藝術家底記憶、想像、空想、理想、信仰等成為作品而表現出來的。〔註3〕

《漢語大詞典》對其解釋便較為詳審：

> 題材是文學、藝術創作用語。指作為寫作材料的社會生活的某些方面。亦特指作家用以表現作品主題思想的素材，通常是指那些經過集中、取捨、提煉而進入作品的生活事件或生活現象。〔註4〕

而北京師範大學中文系文藝理論教研室主編的《文學概論》則更詳備的將「題材」的涵義深入分析：

> 文學作品的題材，是文學作品內容的一個重要因素。關於題材的涵義，通常有廣義與狹義的兩種理解。廣義的題材是指可以作為寫作材料的社會生活的某些方面，即作品取材的範圍。通常所說的工業題材、農業題材、軍事題材、歷史題材、現代題材，或者政治題材、教育題材、日常生活題材等等，就是指的廣義題材。狹義的題材是指某一作品所具體描繪的生活現象，即經過作者選擇、提煉、加工的，用以表現作品的思想和主題的一組完整的生活材料。狹義的題材總是具體的，每部作品都有自己特定的題材。
> 〔註5〕

總之，題材是經過作者集中、提煉、加工後，具體描繪出的生活現象；並透過內在理路的貫串、組合，用以表現作品的思想和主題。

〔註3〕　孫俍功編：《文藝辭典》（臺北：河洛出版社，1978年），頁89。

〔註4〕　漢語大詞典編輯處編纂、羅竹風主編：《漢語大詞典》（漢語大詞典出版社，1993）。

〔註5〕　北京師範大學中文系文藝理論教研室編、鐘子翱、梁仲華、童慶炳執筆：《文學概論》上冊（北京：北京師範大學出版社，1984年），頁70。

　　由此可知，題材和主題實有著密切不可分割的聯繫。「這種聯繫的表現之一，就是題材是提煉作品主題的基礎，題材所包含的生活內容對作品所要表現的思想感情有著一定的制約作用，是主題賴以表現和存在的基礎。」〔註6〕因此，題材之於文學作品，雖是具體而可以科學方法做詳細分析的基素，但當涉及到主觀詮釋與欣賞的層面時，對於作品題材的認識與了解，應僅是「途徑」，而非「目的」；其目的在於——透過對於詩歌題材類聚群分所建立的系統，進一步整體瞭解詩人獨特的世界觀、藝術旨趣與人格思想。故而本章即從山水、飲酒、詠月、游俠、詠史及較少被討論到的親情，分為六節加以論述。

第二節　山水詩

　　在中國傳統詩歌領域中，山水詩一向頗受矚目，除了模山範水之外，同時反映了傳統文人的思想、情感，更呈現其特殊的審美趣味；因此，對於山水詩的研究，便成為歷代詩評家無法忽視的重要課題。如王漁洋〈宋牧仲雙江倡和詩序〉，便可視為一篇中國山水詩的發展簡史，其言曰：

> 詩三百五篇，於興觀群怨之旨，下逮鳥獸草木之名，無弗備矣；獨無刻畫山水者，間亦有之，亦不過數篇，篇不過數語；如漢之廣矣、終南何有之類而止。漢魏間詩人之作，亦與山水了不相及。迨元嘉間謝康樂出，始創為刻畫山水之詞，務窮幽極渺、抉山谷水泉之情狀。昔人所云：莊老告退而山水方滋者也。宋齊以下率以康樂為宗。至唐，王摩詰、孟浩然、杜子美、韓退之、皮日休、陸龜蒙之流，正變互出，而山水之奇怪寧閟，刻露殆盡，若其濫觴於康樂，則一而已矣。〔註7〕

〔註6〕北京師範大學中文系文藝理論教研室編、鐘子翱、梁仲華、童慶炳執筆：《文學概論》上冊（北京：北京師範大學出版社，1984 年），頁 78。

〔註7〕張宗柟編：《帶經堂詩話》卷五序論（臺北：清流翻印本，1976 年），

由此可知，中國山水詩的發展，初肇於元嘉謝靈運，所謂「務窮幽極
渺、抉山谷水泉之情狀」，《文心雕龍‧物色》云：「自近代以來，文
貴形似，窺情風景之上，鑽貌草木之中。吟詠所發，志惟深遠；體物
爲妙，功在密附。故巧言切狀，如印之印泥；不加雕削，而曲寫毫芥。
故能瞻言而見貌，即字而知時也。」〔註8〕表現出山水詩在早期萌芽
時的藝術特色；如謝靈運〈登石門最高頂〉中的兩聯：「疏峰抗高館，
對嶺臨迴溪。長林羅戶穴，積石擁階基。」〔註9〕鮑照〈還都至三山
望石頭城〉：「攢樓貫白日，摛堞隱丹霞。」〔註10〕〈自礪山東望震澤〉：
「瀾漫潭洞波，合沓崿嶂雲。」〔註11〕，正是南朝時期摹擬山水形象
而達到形似效果的最佳寫照。然而詩中所呈現的山水形象，不論多麼
逼眞，終究爲鏡中形、燈下影；這種眞實世界的「複製」工夫，首重
「巧似」，而「巧似」的手法雖可滿足「寫照」的層次，卻仍離「傳
神」有一大段距離。但就山水詩發展的歷程而言，如同《文心雕龍‧
明詩》：「儷采百字之偶，爭價一句之奇，情必極貌以寫物，辭必窮
力而追新，此近世之所競也。」〔註12〕指的正是山水詩蓬勃發展時
期（南朝劉宋）的詩歌風格，當時詩歌的創作題材由理過其辭，淡
乎寡味的玄言詩轉向模山範水的山水詩，爲了滿足此一特殊題材的
創作需求，表現手法的改變實有其必要性；而此特色在往後的山水
詩發展過程中，仍有著極深遠的影響，因此王漁洋認爲，雖然唐代
山水詩有王、孟、杜、韓諸家的正、變不同，但均「濫觴於靈運」，
而使中國山水詩的創作，達到「刻露殆盡」的程度。

頁 248。

〔註8〕 劉勰著、趙仲邑譯注：《文心雕龍譯注》，頁 442。

〔註9〕 逯欽立輯校：《先秦漢魏晉南北朝詩》中（臺北：木鐸出版社，1988
年 7 月，初版），頁 1165。

〔註10〕 清‧錢振倫注、黃節補注：《鮑參軍詩注》（臺北：世界書局，1962
年 3 月，初版），頁 106。

〔註11〕 同前註所揭書，頁 85。

〔註12〕 劉勰著、趙仲邑譯注：《文心雕龍譯注》（臺北：貫雅文化事業有限
公司，1991 年 5 月），頁 44。

　　而李白山水詩的創作，正代表由「寫照階段」超越至「傳神階段」的一種典範；寫照者，要求於客體的形似逼眞；傳神者，首重在主體的精神呈現。寫照之物，不過是李白用以傳其神的媒介而已。這樣的變化，楊義先生稱其爲：「（李白）繼續推進著對山水景觀的體驗和表現的『原始性渾融』──『形似性獨立』──『神似性融通』的發展過程。」〔註13〕然而李白藉復古而開新，從「寫照」進入「傳神」的過程，並不否定巧似的重要，而是從滿足於山水萬物的摹寫階段，進一步將山水萬物視爲表現自我生命情趣的媒介，藉此達到形神合一、物我融通的層次；就山水詩表現的形式、題材而言，似乎轉變不大，但卻在內涵精神上明顯的主客易位，山水萬物不再只是單純的或繁複的「重現」；因此李白詩中的山水萬物，在在沾染了李白的生命色彩與風格，這就使「巧」進入到「奇」的另一層次；簡言之，在藝術手法上，客體的「巧似」易流於匠氣與堆疊，此無主體的氣韻情趣相融之故，而山水萬物在注入李白生命特質之奇氣後，燦然煥發，已非文字案頭的山水，實爲其精神胸臆的山水！如前引〈渡荊門送別〉：

> 渡遠荊門外，來從楚國遊。山隨平野盡，江入大荒流。月
> 　下飛天鏡，雲生結海樓。仍憐故鄉水，萬里送行舟。〔註14〕

這是李白初出蜀時的作品，「山隨平野盡，江入大荒流。」氣勢開闊，氣象雄渾，使人感覺到地勢和心情都隨之舒展開來，呈現出長江的雄壯之貌，但就其創作手法而言，則是設想新奇的將舟行所見，轉變爲山「隨」著平野走到了盡頭，江走「入」大荒中仍舊奔流不止，這是運用了修辭上「轉化」的技巧，彷彿山水皆與李白同行，並因此產生了特殊的物我交融之趣，而這正是李白初出蜀時，面對山河開闊之景，心情爲之震撼的一種投射；因此，此句看似客觀的山水寫照，但因「隨」、「入」的轉化擬人，便使山水成爲代李白表達興奮、新奇的

〔註13〕楊義著：《李杜詩學》（北京：北京出版社，2001 年 3 月，初版），頁 269。

〔註14〕詹鍈主編：《李白全集校注彙釋集評》第 4 冊，頁 2222。

傳神之物了。而「月下飛天鏡，雲生結海樓」則以兩個新奇的譬喻；
將水中月比喻為天外飛來的一面明鏡，而雲霞漫結於江面，遠望猶如
海市蜃樓，海樓天鏡，聯翩而來，令人不得不讚歎李白的奇思妙想；
而奇之更奇的是看似平常的最後兩句：「仍憐故鄉水，萬里送行舟。」
將「故鄉水」（實即是長江水）轉化為具有情感的生命體，並且不辭
萬里的自蜀至楚，亦步亦趨，緊緊跟隨，遠送李白而來，如此多情的
故鄉水，怎不令人愛憐呢？

　　楊義於《李杜詩學》中即評此詩曰：「清人沈德潛《唐詩別裁》
說：『詩中無送別意，題中兩字可刪。』按諸常規，其言不謬。但李
白詩篇常以性格取勝，這番『送別』又何嘗不可以理解為與『故鄉水』
言別？」〔註15〕真是妙解！而「以性格取勝」，或即是指詩中一股不
可扼抑的奇氣妙想而言。又如〈宿白鷺洲寄楊江寧〉詩云：

　　　朝別朱雀門，暮棲白鷺洲。波光搖海月，星影入城樓。望
　　美金陵宰，如思瓊樹憂。徒令魂作夢，翻覺夜成秋。綠水
　　解人意，為余西北流，因聲玉琴裏，蕩漾寄君愁。〔註16〕

此詩寫於李白離開金陵時，夜宿白鷺洲，思念江寧縣楊宰時所作。「波
光搖海月，星影入城樓。」對仗工整：波光搖動水中月影，星辰倒映
澄澈江面，與城樓重疊成趣，再加上波光的搖動，彷彿星子們都急著
爭入城樓一般，這個水中世界真是恍惚迷離又金碧輝煌，不但設想奇
趣而又色彩光耀，而這種效果的產生，亦是有借於轉化技巧的運用。
又如〈秋月板橋浦汎月獨酌懷謝朓〉亦云：

　　　漢水舊如練，霜江夜清澄。長川瀉落月，洲渚曉寒凝。獨
　　酌板橋浦，古人誰可徵？玄暉難再得，灑酒氣填膺。〔註17〕

不但在情感上表達了對謝朓的傾慕，在詩境的營造上，則再次隱括了
謝朓「澄江靜如練」的名句，呈現出一股清新悠遠、情韻綿渺的意味。

〔註15〕楊義著：《李杜詩學》（北京：北京出版社，2001年3月，初版），頁
　　　305。
〔註16〕詹鍈主編：《李白全集校注彙釋集評》第4冊，頁1964。
〔註17〕同前註所揭書第6冊，頁3196。

　　或者，以謝朓自己的話來看，「清新」的美學意境應可解釋為：「好詩圓美流轉如彈丸。」〔註18〕亦即謝朓認為詩歌所追求的不是形式的工整典重、色彩的華豔繽紛；而是音韻的流暢和諧、用字的清新秀麗及內容的意韻悠遠。這樣的詩學美感有異於金粉六朝的氛圍，《滄浪詩話・詩評》云：「謝朓之詩，已有全篇似唐人者。」〔註19〕其實應該說，謝朓的詩在某些特質上已開拓了唐詩新境，唐人已頗有學習者，而李白即為其中的佼佼者，其詩歌襲用謝詩的情形已如前例，而清新風格的表現，則更具體的呈現在許多山水詩中，如其早期的名作〈峨眉山月歌〉：

　　　　峨眉山月半輪秋，影入平羌江水流，夜發清溪向三峽，思
　　　　君不見下渝州。〔註20〕

此詩全然用白描的手法，毫無雕琢麗句，以「半輪」喻月之形，反映詩人對景物的感官感受與聯想；就讀者而言，則更加強了閱讀上的視覺效果，而「半」的缺憾，更呼應「思君不見」的離別之情！至於「影」、「流」、「發」、「向」、「思」、「下」等字的穿插運用，更使峨眉山、平羌江、清溪、三峽、渝州五個地名連用，卻毫無板滯之感，使讀者的心靈視覺能溶入峨眉山的月影清光、平羌江的淙淙水聲以及舟行三峽的迅急流動之中。另「思君不見」一詞雖指涉不明，且純然口語，但卻不傷詩旨，反而生發了一份誠摯的感情。王世貞《藝苑巵言》云：「此是太白佳境，然二十八字中，有峨眉山、平羌江、清溪、三峽、渝州，使後人為之，不勝痕跡矣。益見此老鑪垂之妙。」〔註21〕嚴評本載明人批：「千古膾炙人口，只是意態流動又自然。」〔註22〕可見清新之美不但消極的在擺脫雕鑿之痕，更積極的營造出自然渾成的意境。除此

〔註18〕唐・李延壽撰：《南史・王曇首傳附王筠傳》（臺北：鼎文書局），頁609。
〔註19〕宋・嚴羽著、郭紹虞校釋：《滄浪詩話校釋》（臺北：里仁書局，1987年4月，初版），頁158。
〔註20〕詹鍈主編：《李白全集校注彙釋集評》第3冊，頁1197。
〔註21〕同前註所揭書第3冊，頁1200。
〔註22〕同前註所揭書第3冊，頁1200。

之外，李白山水詩呈現出豪壯風味的作品亦甚多，如〈橫江詞〉其四：

> 海神來過惡風迴，浪打天門石壁開。浙江八月何如此？濤
> 似連山噴雪來！〔註23〕

此首一開始便加入了些神奇魔幻的色彩，李白想像著橫江之所以如此
險惡，是因海神經過而惡風狂作，颺起了如山白浪，衝擊於天門之間，
使兩岸石壁豁然而開，才造就了這天下至險。而「浙江八月何如此？
濤似連山噴雪來」則先使用設問句法，使兩句之間產生停頓懸疑的效
果，接著下句兼用譬喻、夸飾的修辭技巧，來回答上句的疑問，就在
這自問自答的巧妙設計中，更突出了錢塘潮的波濤氣勢與雄奇豪壯。

　　可見李白山水詩的修辭技巧多樣，除了譬喻格的普遍使用外，亦
與其詩歌風格的形成有密切的關係；如以白描的手法、流利的口語及諧
美的音節烘托詩境；在山水的描摹上，則傾向山的青朗與水的柔媚，而
形成清新風格；用心於字句的推敲奇巧、結構的工整典麗及想像的瑰奇
恣意，而形成奇麗風格；而豪壯風格則因其多用夸飾、設問的技巧，展
現其奔放的情感與山水的雄壯。至於轉化的大量使用，則更使得詩中的
山水在在增添了生命情感的意韻。總之，我們可以理解到，李白的山水
詩中，不拘於模山範水的層次，而融入極大的主體意識與生命情趣，因
其「神與物遊」而彰顯出作品中「物我相融」的獨特性。亦即李白雖無
「神力」另造真實山水，卻亦不以複製案頭山水為滿足，而是融其生命
經歷、藝術才情，創造了一個在文學史上風姿獨具的精神山水。

第三節　飲酒詩

　　李白以詩、酒名世，時人鄭谷〈讀李白集〉即云：

> 何事文星與酒星，一時鍾在李先生？高吟大醉三千首，留
> 著人間伴月明。〔註24〕

將對於李白遺風的追念之情，聚集在文星與酒星的交會之上，的確是

〔註23〕詹鍈主編：《李白全集校注彙釋集評》第1冊，頁1106。
〔註24〕《全唐詩》下（上海：上海古籍出版社，1992年3月），頁1699。

符合事實而又不失浪漫的想法。其實中國歷史上最動人、也最令人感懷的詩壇仙、聖之會，不正是一場酒香撲鼻，詩韻傳芳的盛會嗎？且看杜甫〈遣懷〉詩云：

> 憶與高李輩，論交入酒壚。兩公壯藻思，得我色敷腴。氣酣登吹台，懷古視平蕪。芒碭雲一去，雁鶩空相呼。〔註25〕

可以想見青年杜甫對這一段交遊是多麼的念念不忘。而李白在與杜甫分手時，亦寫下了〈魯郡東石門送杜二甫〉：

> 醉別復幾日，登臨遍池臺。何時石門路，重有金樽開。秋波落泗水，海色明徂徠。飛蓬各自遠，且盡手中盃。〔註26〕

會須酒會，別亦酒別。然而杜甫對李白的思念不曾消減，在許多的詩歌中更反映對李白狂酒發詩興的深刻印象，如〈飲中八仙歌〉：「李白一斗詩百篇，長安市上酒家眠。天子呼來不上船，自稱臣是酒中仙。」〔註27〕最能顯現李白狂放不羈的個性及才思的敏捷。又如〈春日憶李白〉：

> 白也詩無敵，飄然思不群。清新庾開府，俊逸鮑參軍。渭北春天樹，江東日暮雲。何時一樽酒，重與細論文。〔註28〕

其中「何時一樽酒，重與細論文」的期盼，更能引起讀者對李、杜二人相親相敬，舉杯暢飲，交換文學思想與創作心得情景的無限嚮往。此外〈贈李白〉一詩又云：

> 秋來相顧尚飄蓬，未就丹砂愧葛洪。痛飲狂歌空度日，飛揚跋扈為誰雄？〔註29〕

《杜詩鏡詮》載蔣弱六所評：「是白一生小像，公贈白詩最多，此首最簡，而足以盡之。」〔註30〕沈師謙也認為：「只有像杜甫這樣的知音，

〔註25〕杜甫：《杜甫全集》2（珠海：珠海出版社，1996 年 11 月），頁 1184。
〔註26〕詹鍈主編：《李白全集校注彙釋集評》5（天津：百花文藝出版社，1996 年），頁 2366。
〔註27〕杜甫：《杜甫詩集》1，頁 70。
〔註28〕同前註所揭書，頁 45。
〔註29〕同前註所揭書，頁 36。
〔註30〕楊倫編：《杜詩鏡詮》1（臺北：華正書局，1978 年 9 月），頁 156。

才能欣賞到他心靈中的光彩；只有像杜甫這樣的詩聖，才能捕捉他眞正的內在形象。」〔註31〕既然杜甫贈李之詩，篇不離酒，而於〈金陵與諸賢送權十一序〉自誇爲「酒仙翁」〔註32〕的李白，其筆下的飲酒詩，尤其與至友相聚暢飲所寫的更多爲名篇，值得賞讀，如前引〈將進酒〉：

> 君不見黃河之水天上來，奔流到海不復回！君不見高堂明鏡悲白髮，朝如青絲暮成雪！人生得意須盡歡，莫使金樽空對月。天生我材必有用，千金散盡還復來。烹羊宰牛且爲樂，會須一飲三百杯。岑夫子，丹丘生。將進酒，君莫停。與君歌一曲，請君爲我傾耳聽。鐘鼓饌玉不足貴，但願長醉不用醒。古來聖賢皆寂寞，惟有飲者留其名。陳王昔時宴平樂，斗酒十千恣歡謔。主人何爲言少錢？徑須沽取對君酌。五花馬，千金裘。呼兒將出換美酒，與爾同銷萬古愁。〔註33〕

嚴評本即認爲：「一往豪情，使人不能字句賞摘。蓋他人作詩用筆想，太白但用胸口一噴即是，此其所長。」〔註34〕所謂嚴評本是否眞爲嚴羽所評，雖尚有爭議，然說此詩「一往豪情，使人不能字句賞摘。」頗能掌握此詩一氣喝成、渾融豪邁之感。然李白飲酒詩最爲宋人所鄙視，如前引釋惠洪《冷齋夜話》卷五記王安石認爲：「太白詞語迅快，無疏脫處；然其識汙下，詩詞十句九句言婦人酒耳。」〔註35〕即爲顯例。但亦有思維清晰，論說較持平者，如陳善《捫虱新話》即認爲：

> 荊公論李、杜、韓、歐四家詩，而以歐公居太白之上，曰：
> 「李白詩詞迅快，無疏脫處，然其識汙下，十句九句言婦人、酒耳。」子謂詩者妙思逸想所寓而已，太白之神氣，當遊戲萬物之表，其於詩特寓意焉耳，豈以婦人與酒能敗

〔註31〕 沈師謙：《神話‧愛情‧詩——中國古典詩比較批評》（臺北：尚友出版社，1984 年 5 月再版），頁 136。

〔註32〕 詹鍈主編：《李白全集校注彙釋集評》第 8 冊，頁 2366。

〔註33〕 同前註所揭書第 1 冊，頁 358。

〔註34〕 同前註所揭書第 1 冊，頁 366。

〔註35〕 宋‧釋惠洪：《冷齋夜話》，《筆記小說大觀正編二》（臺北：新興書局，1973 年 12 月初版），頁 900。

其志乎？不然，則淵明篇篇有酒，謝安石每遊山必攜妓，
亦可謂其識不高耶？歐陽公文字寓興高遠，多喜爲風月閒
適之語，蓋是效太白爲之。故東坡作〈歐公集序〉亦云：「詩
賦似李白」，此未可以優劣論也。〔註36〕

其中「予謂詩者妙思逸想所寓而已，太白之神氣，當遊戲萬物之表，
其於詩特寓意焉耳，豈以婦人與酒能敗其志乎？」的確李白飲酒詩從
表面上看大多放浪不拘，其實亦不失「言志」之傳統，蕭士贇評之甚
明：「此篇雖似任達放浪，然太白素抱用世之才而不遇合，亦自慰解
之辭耳。」〔註37〕又如〈宣州謝朓樓餞別校書叔雲〉：

棄我去者昨日之日不可留。亂我心者今日之日多煩憂。長
風萬里送秋雁，對此可以酣高樓。蓬萊文章建安骨，中間
小謝又清發。俱懷逸興壯思飛，欲上青天覽明月。抽刀斷
水水更流，舉杯消愁愁更愁。人生在世不稱意，明朝散髮
弄扁舟。〔註38〕

本詩據安旗所言作於天寶十二載，並評說：「白與（李）華登樓論文，
酣飲談詩，其意蓋在斯乎，然終以憂思難遣，故有『抽刀斷水水更流，
舉杯消愁愁更愁。』之語，而以『散髮弄扁舟』結束全篇。憂憤至極
而又無可如何，故唯有散髮棄世。此時唐代之國運可知，而此詩之意
義亦可知。」〔註39〕剖析極爲允當。而此詩之章法亦妙，「棄我去者
昨日之日不可留。亂我心者今日之日多煩憂。」及「抽刀斷水水更流，
舉杯消愁愁更愁。」前後呼應，棄我去者之昨日，正如奔流難以斷截
挽留之流水，而今日之煩憂欲舉杯消之，卻又愁上加愁，其心豈可不
亂！一意而兩出，其悲憤難消，也唯有走上棄世之途了。

〔註36〕宋・陳善：《捫虱新話》（上海：文明書局石印本，1922 年），頁 38。
〔註37〕詹鍈主編：《李白全集校注彙釋集評》第 1 冊，頁 366。
〔註38〕同前註所揭書第 5 冊，頁 2566。
〔註39〕安旗主編：《李白全集編年注釋》上（成都：巴蜀書社，2000 年 4 月），
　　　　頁 1000。本詩《文苑英華》作〈陪侍御叔華登樓歌〉，標題雖有「校
　　　　書叔（李）雲」及「侍御叔（李）華」之差異，然並無妨於全詩言
　　　　志情懷之賞析。

　　李白飲酒詩雖保留了言志的色彩,但亦有單純的表達酒酣樂趣的詩篇,傳頌廣遠的如〈月下獨酌四首〉其一:

> 花間一壺酒,獨酌無相親。舉盃邀明月,對影成三人。月既不解飲,影徒隨我身。暫伴月將影,行樂須及春。我歌月徘徊,我舞影凌亂。醒時同交歡,醉後各分散。永結無情遊,相期邈雲漢。〔註40〕

此詩歷代佳評如潮,如嚴羽評:「飲情之奇,於孤寂時覓此伴侶,更不須下物。且一嘆一解,若遠若近,開開闔闔,極無情,極有情。如此相期,世間豈復有可相親者耶?」〔註41〕譚元春《詩歸》則曰:「奇想曠思。」〔註42〕沈德潛《唐詩別裁》則評曰:「脫口而出,純乎天籟,此種詩,人不易學。」〔註43〕此詩之奇實在於詩人酒後天真之情狀,而此情狀實立基於「舉盃邀明月,對影成三人」及「永結無情遊,相期邈雲漢」所蘊涵的,「與造物者遊」的大自在;且詩境清朗,讀之如沐月華之下,令人暢忘塵俗煩憂。而「我歌月徘徊,我舞影凌亂」的示現手法,千載之下,猶見謫仙醉態。又如〈月下獨酌四首〉其二:

> 天若不愛酒,酒星不在天;地若不愛酒,地應無酒泉。天地既愛酒,愛酒不愧天。已聞清比聖,復道濁如賢。賢聖既已飲,何必求神仙?三盃通大道,一斗合自然。但得酒中趣,勿爲醒者傳。〔註44〕

正如應時《李詩緯》所云:「醉語縱橫,旁若無人。千古只有太白方可嗜酒,其次則阮嗣宗乎!」〔註45〕讀此詩,可知作詩人定有七分醉意。

　　除此之外,李白尚有許多飲酒詩,表現出極具生活化的市井飲酒之樂的,如〈客中作〉:

〔註40〕詹鍈主編:《李白全集校注彙釋集評》第 1 冊,頁 366。

〔註41〕同前註所揭書第 6 冊,頁 3270。

〔註42〕同前註所揭書,頁 3271。

〔註43〕清・沈德潛:《唐詩別裁》1(臺北:臺灣商務印書館,1955 年 4 月),頁 37。

〔註44〕詹鍈主編:《李白全集校注彙釋集評》第 6 冊,頁 3272。

〔註45〕同前註所揭書第 6 冊,頁 3275。

蘭陵美酒鬱金香，玉椀盛來琥珀光。但使主人能醉客，不
知何處是他鄉？〔註46〕

首句寫蘭陵美酒之香，次句寫其色澤琥珀，連酒具都講究的使用玉
椀，使得前兩句因「美酒」、「鬱金香」、「玉椀」、「琥珀光」而顯得香
氣撲鼻、玉潤閃耀。孫韜瑩認為：「此詩在寫作上採用由遠及近、由
外及裡的筆法，前二句遠聞其香、近觀其色，後二句外言主人盛情、
內寫自身感受，有色、有香、有情、有感，淋漓盡致。」〔註47〕分析
頗為深入。又如〈酬中都小吏攜斗酒雙魚於逆旅見贈〉：

魯酒若琥珀，汶魚紫錦鱗。山東豪吏有俊氣，手攜此物贈
遠人。意氣相傾兩相顧，斗酒雙魚表情素。雙鰓呀呷鰭鬣
張，跋剌銀盤欲飛去。呼兒拂几霜刃揮，紅肥花落白雪霏。
為君下箸一餐飽，醉著金鞍上馬歸。〔註48〕

寫的仍是琥珀色的魯酒，詩贈中都小吏，這在古代士大夫階級觀念甚
深的情況下，是比較特殊的情形。而〈哭宣城善釀紀叟〉：

紀叟黃泉裏，還應釀老春。夜臺無曉日，沽酒與何人？

恐是詩歌史上，第一篇為釀酒者哀悼的詩吧，而以上兩首也顯示出李
白親切而多情的布衣性格。

第四節　詠月詩

李白可說是中國文學史上與月亮結緣最深，創作詠月詩最多，傳
頌也最久遠的詩人；據曹化根〈李白的明月世界〉所云：「在李白現
存的千首詩中，涉及詠月的詩共 382 首，占總數的 38%。月及其同
義詞如金魄、圓光、圓影、白兔、大明、陰精、金波、飛鏡、明鏡、
破鏡、玉鉤、白玉盤等，共 499 個，平均每兩首一個。」〔註49〕並分

〔註46〕詹鍈主編：《李白全集校注彙釋集評》第 6 冊，頁 3099。
〔註47〕孫韜瑩：〈李白與蘭陵美酒〉，《中國李白研究》1994 年集（合肥：安
　　　徽省文藝出版社，1996 年 2 月），頁 98。
〔註48〕詹鍈主編：《李白全集校注彙釋集評》第 5 冊，頁 2672。
〔註49〕曹化根：〈李白的明月世界〉，《中國李白研究》2001～2002 年集（合

析李白詩中明月意象有三個顯著特點：一是明月非孤立性，即形容月相變化甚多如初月、新月、半月等，形容月色則有朗月、皎月、素月等，並喜歡與其他自然景物組合如星月、山月、霞月等；二是在同首詩中反覆詠月；三是極愛用「動＋賓」形式組成明月意象，如問月、邀月、攬月等。〔註50〕分析頗爲詳盡。總之，李白的詠月詩，不論汎月、翫月、攬月、水月、江月、山月、酒月、風月等，只要在月下，李白的詩興似乎就被挑動得特別昂揚、靈動，其詠月詩有單純的描寫月色，有望月而起懷古之幽情，有汎月而思傾慕的先賢、更有見月而生自我之感嘆，亦有借月而比興時政的，其〈古朗月行〉云：

> 小時不識月，呼作白玉盤。又疑瑤臺鏡，飛在青雲端。仙
> 人垂兩足，桂樹作團圓？白兔擣藥成，問言與誰餐？蟾蜍
> 蝕圓影，天明夜已殘。羿昔落九烏，天人清且安。陰精此
> 淪惑，去去不足觀。憂來其如何？悽愴摧心肝。〔註51〕

曹化根〈李白的明月世界〉認爲：「這一首詩實際上已經涵蓋了月亮神話的所有方面。然而，更爲奇怪的是，少年李白對明月有著如此完整而系統的瞭解，但成年的李白仍認爲『小時不識月』，這背後又有多麼難解而奇妙動人的故事呢？」〔註52〕這樣的說法，明顯的是無法對結語「悽愴摧心肝」做出合理的詮釋。拙見認爲此詩內涵複雜、意象紛變，可說是李白詠月詩的代表作——從一開始單純憶念小時對月亮的記憶，一下子「呼作白玉盤」，一下子「又疑瑤臺鏡」，寫活了童眞的好奇與想像；繼而轉寫稍識人事，人文教化後，對於宇宙萬物的理解受到神話的沾染，天上的月亮再不是單純的形象存在而已，那兒有垂兩足的仙人、有努力擣藥的白兔，然而空寂的月宮裡，擣藥既

肥：黃山書社，2002 年 12 月），頁 308。
〔註50〕曹化根：〈李白的明月世界〉，《中國李白研究》2001～2002 年集（合肥：黃山書社，2002 年 12 月），頁 308～309。
〔註51〕詹鍈主編：《李白全集校注彙釋集評》2，頁 630。
〔註52〕曹化根：〈李白的明月世界〉，《中國李白研究》2001～2002 年集，頁313。

成，誰可與餐呢？這設問句問得空靈、問得迷惑、甚至問得有些無可奈何，進而驚覺到，原來月亮皎潔的圓影已然殘缺敗壞；這是本詩的轉折處，這麼一轉，再從神話的月轉成特定象徵的殘月，這殘月的象徵意涵雖歷來頗多說解，然大抵不外比喻時政之敗壞，這是李白在理解時局政務的眞實情形後，產生的心理投射，而蟾蜍蝕月、羿射九烏、陰精淪惑等，實亦不必一一實指何爲安祿山？何爲楊貴妃？其中的諷諭悲憤，可由讀者自己去體會。總之，本詩扣緊「月」的主題，從單純、圓美的明月形象，轉而營造出神話中空寂的月宮，最後以殘月象徵人間時政由盛明急轉衰敗的情形，憂思如此的劇烈變化，又如何不令人「惻愴摧心肝」呢？

　　李白的詩中的月亮，也時常代表著他對故鄉的思念；李白自二十五歲出蜀，直至他六十二歲病死當塗，一生從未再返回故鄉，其〈靜夜思〉即爲著名的思鄉之作：

　　　　床前看月光，疑是地上霜。舉頭望山月，低頭思故鄉。〔註53〕

短短二十字，卻傳頌千古，非鍛鍊字句所得，純爲自然口語，如同陳子昂〈登幽州臺歌〉：

　　　　前不見古人，後不見來者，念天地之悠悠，獨愴然而涕下。

　　〔註54〕

前者只寫靜夜思鄉之狀，然思鄉之苦卻躍然紙上，從地上的月光再將鏡頭拉向窗外遙遠的山月，但山月遙遠，卻猶然可見，而低頭所思的故鄉，卻在悠遠蒙昧的山外山，在迷離恍惚的記憶裡；在這裡詩意三轉，卻將所言寄寓在一種高度概括的情境中，正如〈登幽州臺歌〉亦是將知音難求，明主難遇的落寞之情，透過讀者「同理心」的理解而獲得千古寂寞心靈的共鳴。又如〈峨眉山月歌〉：「峨眉山月半輪秋，影入平羌江水流。夜發清溪向三峽，思君不見下渝州。」全詩多用白描的手法，毫無雕琢麗句，山水詩一節已多論述；而〈峨眉山月歌送

〔註53〕詹鍈主編：《李白全集校注彙釋集評》第2冊，頁898。
〔註54〕《全唐詩》上，頁214。

蜀僧宴入中京〉更一再重複峨嵋山月的意象：

> 我在巴東三峽時，西看明月憶峨眉。月出峨眉照滄海，與
> 人萬里長相隨。黃鶴樓前月華白，此中忽見峨眉客。峨眉
> 山月還送君，風吹西到長安陌。長安大道橫九天，峨眉山
> 月照秦川。黃金師子乘高座，白玉麈尾談重玄。我似浮雲
> 滯吳越，君逢聖主遊丹闕。一振高名滿帝都，歸時還弄峨
> 眉月。〔註55〕

全詩共十六句，卻出現「西看明月憶峨眉」、「月出峨眉照滄海」、「此
中忽見峨眉客」、「峨眉山月還送君」、「峨眉山月照秦川」、「歸時還弄
峨眉月」六次與峨嵋山月有關的句子，即不到三句便出現一次，這便
造成迴還往復、綿綿不絕的山月印象，且詩中出現的地點有「巴東」、
「黃鶴樓」、「長安陌」、「秦川」、「吳越」等，更彷彿形成一個遼闊無
邊的空間，均沾染了峨嵋山月的光華，而從李白的心靈視角來說，故
鄉遙不可及，但天上那一輪明月，不論身處何時何地，都是他年輕時
的峨嵋山月，因之，峨嵋山月不僅是他心靈故鄉的寄託，也是青春、
熱望、理想的象徵，更是他超越時空，「永結無情遊，相期邈雲漢」
的永恆伴侶。

　　由於這種超越時空的特質，李白的詠月詩也時常流露出一份深沈
的歷史代謝的思索與喟嘆，如〈蘇臺覽古〉：

> 舊苑荒臺楊柳新，菱歌清唱不勝春。只今惟有西江月，曾
> 照吳王宮裏人。〔註56〕

陸時雍《唐詩鏡》卷二十云：「意轉愈深，格轉愈老。『只今惟有西江
月，曾照吳王宮裏人』，意想轉入無已，所以見氣局之高。」「意想轉
入無已」，即讀來蘊藉，餘韻無窮；而「所以見氣局之高」，正指出表
達的不僅是歷史滄桑感，更是生命價值的哲學思考。而〈月夜金陵懷
古〉：

> 蒼蒼金陵月，空懸帝王州。天文列宿在，霸業大江流。淥

〔註55〕詹鍈主編：《李白全集校注彙釋集評》第3冊，頁1202。
〔註56〕同前註所揭書第6冊，頁3156。

> 水絕馳道，青松摧古丘。臺傾鳲鵲觀，宮沒鳳凰樓。別殿
> 悲清暑，芳園罷樂遊。一聞歌玉樹，蕭瑟後庭秋。〔註57〕

更寫出詩人在清空的月下，感受到「臺傾」、「宮沒」的荒涼，而明月高懸，帝夢轉空，霸業江流，名位利祿的爭奪，終究抵不過歷史興廢與代謝的宿命。又如〈烏棲曲〉：

> 姑蘇臺上烏棲時，吳王宮裏醉西施。吳歌楚舞歡未畢，青
> 山猶銜半邊日。銀箭金壺漏水多，起看秋月墜江波，東方
> 漸高奈樂何！〔註58〕

本詩寓意甚明，蕭士贇認為：「此詩雖只樂府，然深得國風刺詩之體。盛言其美而不美者自見，觀者其毋忽諸。」〔註59〕甚言其美者如「醉」、「歡」、「銀箭」、「金壺」等，然接之「秋月墜江」，諷刺其晝夜不分的淫樂甚明，而「奈樂何」一句則令人感受到李白心中對國事將頹的無奈與不安。

第五節　遊俠詩

　　顧詰剛先生認為戰國時代的士分為兩種：「文者謂之『儒』，武者謂之『俠』。儒重名譽，俠重義氣。」〔註60〕李白以詩文名於當世，就思想而言，對儒家的創始者孔子亦甚敬重，經世濟民之心甚強，以先秦的角度視之，稱之為「儒」，亦甚允當；至於李白任俠的事蹟更多，在同時代人的眼中，李白有時更是一副俠客的形象，如同為「飲中八仙」之一的崔宗之在〈贈李十二〉中寫道：

> 李侯忽來儀，把袂苦不早。清論既抵掌，玄談又絕倒。分
> 明楚漢事，歷歷霸王道。擔囊無俗物，訪古千里餘。袖有
> 匕首劍，懷中茂陵書。雙眸光照人，詞賦凌子虛。〔註61〕

〔註57〕詹鍈主編：《李白全集校注彙釋集評》，頁 3187。
〔註58〕同前註所揭書第 1 冊，頁 342。
〔註59〕同前註所揭書，頁 348。
〔註60〕顧詰剛：《史林雜識初編》（北京：中華書局，1963 年），頁 85。
〔註61〕《全唐詩》上，頁 652。

分明一副談王論霸、仗劍而行的儒俠形象。而任華〈雜言寄李白〉亦
云：

> 白璧一雙買交者，黃金百鎰相知人。平生傲岸，其志不可
> 測。數十年爲客，未嘗一日低顏色。〔註62〕

在任華眼中李白更是一位疏財仗義，性格傲岸，雖熱中干謁，卻仍保
有難得的獨立與自由。而另一好友魏顥亦在〈李翰林集序〉云：

> 眸子炯然，哆如惡虎。或時束帶，風流蘊藉。……少任俠，
> 手刃數人。與友自荊徂揚，路亡權窆，回棹方暑，亡友麋
> 潰，白收其骨。〔註63〕

清楚的介紹了李白任俠重義的事蹟，其亡友即李白〈上安州裴長史書〉
中所言之蜀中友人吳指南。而范傳正〈唐左拾遺翰林學士李公新墓碑〉
亦云：「少以俠自任，而門多長者車。」〔註64〕可見李白任俠的個性
及事實，深爲同時代文士的了解與欣賞。而李白〈贈從兄襄陽少府皓〉
即爲一幅任俠的自畫像：

> 結髮未識事，所交盡豪雄。卻秦不受賞，擊晉寧爲功？託
> 身白刃裏，殺人紅塵中。當朝揖高義，舉世欽英風。小節
> 豈足言？退耕舂陵東。歸來無產業，生事如轉蓬。一狐烏
> 裘弊，百鎰黃金空。彈劍徒激昂，出門悲路窮。〔註65〕

又如〈留別廣陵諸公〉：

> 憶昔作少年，結交趙與燕。金羈絡駿馬，錦帶橫龍泉。寸
> 心無疑事，所向非徒然。〔註66〕

表現出年少時，喜好結交豪雄，不拘小節，甚至與人逞兇鬥狠，殺人
於紅塵裏的任俠之事，而且當年對這樣的行爲是寸心相許，一無所
疑。然而游俠詩由來已久之事實亦不容忽視，從《樂府詩集》中即可
明確看出這個現象，如以李白所寫游俠詩〈白鼻騧〉爲例：

〔註62〕《全唐詩》上，頁651。
〔註63〕詹鍈主編：《李白全集校注彙釋集評》第1冊，頁4。
〔註64〕同前註所揭書第1冊，頁11。
〔註65〕同前註所揭書第3冊，頁1259。
〔註66〕同前註所揭書第3冊，頁1259。

銀鞍白鼻騧，綠地障泥錦。細雨春風花落時，揮鞭直就胡

姬飲。〔註67〕

後魏溫子昇亦有〈白鼻騧〉之作：

少年多好事，攬轡向西都。相逢狹斜路，駐馬詣當壚。〔註68〕

溫作板滯，只是「說」少年行狹斜之事，自非太白靈動有致之作可比，

然其本事明顯爲「詣當壚」而來。又如〈白馬篇〉：

龍馬花雪毛，金鞍五陵豪。秋霜切玉劍，落日明珠袍。鬥
雞事萬乘，軒蓋一何高？弓摧南山虎，手接太行猱。酒後
競風采，三杯弄寶刀。殺人如剪草，劇孟同遊遨。發憤去
函谷，從軍向臨洮。叱咤經百戰，匈奴盡奔逃。歸來使酒
氣，未肯拜蕭曹。羞入原憲室，荒徑隱蓬蒿。〔註69〕

更將游俠手提雪亮如秋霜、鋒利切玉石的寶劍，在「發憤去函谷，從
軍向臨洮」後，「叱咤經百戰，匈奴盡奔逃」，立功邊塞，但「歸來使
酒氣，未肯拜蕭曹」，表現出傲視權貴的精神。但全詩主旨大體亦與
古題詩旨相合，《樂府詩集》云：

白馬者，見乘白馬而爲此曲。言人當立功立事，盡力爲國，
不可念私也。《樂府解題》曰：「鮑照云：『白馬驊角弓。』
沈約云：『白馬紫金鞍。』皆言邊塞征戰之事。」〔註70〕

只是李白對於這種傲視權貴的行爲給予極高的推崇，或許正因這種精
神與自身的特質十分接近之故，這也是李白樂府詩雖多因襲舊題，然
常出新意，且其語言特質爽利流暢，豪邁奔放，又往往非古樂府可比。
編著有《唐音癸籤》、《李詩通》的胡震亨，即從樂府詩的角度論李、
杜，他說：

太白於樂府最深，古題無一弗擬，或用其本意，或翻案另出
新意，合而若離，離而實合，曲盡擬古之妙。嘗謂讀太白樂

〔註67〕詹鍈主編：《李白全集校注彙釋集評》第2冊，頁882。

〔註68〕宋・郭茂倩編撰：《樂府詩集一》（臺北：里仁書局，1981年3月），
頁373。

〔註69〕詹鍈主編：《李白全集校注彙釋集評》第2冊，頁687。

〔註70〕宋・郭茂倩編撰：《樂府詩集二》，頁914。

> 府有三難：不先明古題辭意源委，不知奪換所自；不參按白
> 身世遭遇之概，不知其因事傅題、借題抒情之本指；不讀盡
> 古人書，精熟離騷、選賦及歷代諸家詩集，無繇得其所伐之
> 材與巧鑄靈運之作略。今人第謂太白天才，不知其留意樂府，
> 自有如許功力在，非草草任筆性懸合者。〔註71〕

對於李白樂府詩的淵源及其理解閱讀之法，提出三難之說，頗有振聾
發聵之效。黃師永武〈李白的野性美〉一文認為：

> 他野性的衝動，第一是想殺人，對於看不慣的人物，就大
> 呼「殺掉！殺掉」，飲酒一杯，流血五步，該是李白認為最
> 痛快過癮的事，所謂「酒後競風采，三杯弄寶刀。殺人如
> 剪草，劇孟同遊遨！」（白馬篇）「託交從劇孟，買醉入新
> 豐，笑盡一杯酒，殺人都市中！」（結客少年場行）他的想
> 像愛隨著年少任俠的劇孟奔走，不畏權勢，殺人竟變成意
> 想中的成就。〔註72〕

或許黃師以誇張筆法詮釋李白游俠詩的思想特質，確實達到引人注
目、使人印象深刻的效果，但愚意認為即使太白確有一些任俠的行為
與氣質，但對於太白游俠詩之欣賞，實應兼顧承舊題本事發揮的古樂
府特質及文學創作的夸飾手法，否則恐會產生詮釋過度的反效果。又
如〈俠客行〉：

> 趙客縵胡纓，吳鉤霜雪明。銀鞍照白馬，颯沓如流星。十
> 步殺一人，千里不留行。事了拂衣去，深藏身與名。閒過
> 信陵飲，脫劍膝前橫。將炙啖朱亥，持觴勸侯嬴。三杯吐
> 然諾，五岳倒為輕。眼花耳熱後，意氣素霓生。救趙揮金
> 槌，邯鄲先震驚。千秋二壯士，烜赫大梁城。縱死俠骨香，
> 不慚世上英。誰能書閣下，白首太玄經？〔註73〕

從「十步殺一人，千里不留行。事了拂衣去，深藏身與名。」「三杯

〔註71〕胡震亨：《唐音癸籤》（臺北：世界書局，1985 年 4 月 5 版），頁 73。
〔註72〕黃師永武：《中國詩學──思想篇》（臺北：巨流圖書公司，2004 年
2 月初版九刷），頁 184。
〔註73〕詹鍈主編：《李白全集校注彙釋集評》1，頁 489。

吐然諾，五岳倒爲輕。」「縱死俠骨香，不慚世上英。」諸句可以看
出，李白對於俠客快意恩仇的態度頗爲肯定。然這類俠客之歌頌自張
華〈游俠篇〉開始，歷北周・王褒、隋・陳良、唐・崔顥、孟郊均有
創作，如崔顥云：「少年負膽氣，好勇復知機。仗劍出門去，孤城逢
合圍。殺人遼水上，走馬漁陽歸。」〔註74〕又如孟郊云：「壯士性剛
決，火中見石裂。殺人不迴頭，輕生如暫別。」可見欣賞太白古題樂
府之創作，承襲本事的部分是不容忽視的。且以「十步殺一人，千里
不留行。」語出《莊子・說劍》：「臣之劍，十步一人，千里不留行。」
〔註75〕恐亦非其生平實況，只是藉以表現俠客劍術之高明。再分析太
白游俠詩名篇〈少年行〉：

> 君不見，淮南少年游俠客，白日毬獵夜擁擲。呼盧百萬終
> 不惜，報讎千里如咫尺。少年游俠好經過，渾身裝束皆綺
> 羅。蘭蕙相隨喧妓女，風光去處滿笙歌。驕矜自言不可有，
> 俠士堂中養來久。好鞍好馬乞與人，十千五千旋沽酒。赤
> 心用盡爲知己，黃金不惜栽桃李。桃李栽來幾度春，一回
> 花落一回新。府縣盡爲門下客，王侯皆是平交人。男兒百
> 年且樂命，何須徇書受貧病。男兒百年且榮身，何須徇節
> 甘風塵？衣冠半是征戰士，窮儒浪作林泉民。遮莫枝根長
> 百丈，不如當代多還往。遮莫姻親連帝城，不如當身自簪
> 纓。看取富貴眼前者，何用悠悠身後名？〔註76〕

更將少年游俠的心理、生活狀況及價值觀，作了深刻的描繪，這些少
年游俠「白日毬獵夜擁擲。呼盧百萬終不惜，報讎千里如咫尺。」放
在今日的社會眼光下，這些少年郎一個個都是逞兇鬥狠，不務正業的
問題少年──古惑仔，而且夜夜笙歌，「渾身裝束皆綺羅。蘭蕙相隨
喧妓女，風光去處滿笙歌。驕矜自言不可有，俠士堂中養來久。好鞍
好馬乞與人，十千五千旋沽酒。」正是今日酒店 KTV 的常客；古今

〔註74〕宋・郭茂倩編撰：《樂府詩集》二，頁 967。
〔註75〕張耿光譯注：《莊子》下（臺北：地球出版社，1994 年 3 月），頁 787。
〔註76〕詹鍈主編：《李白全集校注彙釋集評》第 2 冊，頁 948。

對照，自然覺得不可思議，但從「男兒百年且榮身，何須徇節甘風塵？
衣冠半是征戰士，窮儒浪作林泉民。……遮莫姻親連帝城，不如當身
自簪縷。看取富貴眼前者，何用悠悠身後名？」便可明瞭這種任俠行
爲的產生是有其社會因素的，亦即盛唐國勢強盛，開疆拓土的邊塞戰
事頗多，民間尚武精神昂揚，馬上封侯，揚名塞外，也是許多士子的
理想，因此這種任俠尚武，狂放不羈的生命力表現，自然也就成爲文
人詩作歌頌的一大主題。又如〈少年行〉二首：

> 擊筑飲美酒，劍歌易水湄。經過燕太子，結託并州兒。少
> 年負壯氣，奮烈自有時。因聲魯句踐，爭博勿相欺。(其一)

> 五陵年少金市東，銀鞍白馬度春風。落花踏盡遊何處？笑
> 入胡姬酒肆中。(其二) 〔註77〕

正是以刺秦的壯士荊軻來比喻「負壯氣」的游俠，並說這類人平日雖
是不拘細行，笑入胡姬酒肆，放浪形骸，但是「奮烈自有時」，胸中
卻有不可一世的壯志！

第六節　詠史詩

　　所謂詠史詩，即針對以往歷史中某一事件或人物，加以追述或評
論的一種詩歌形式。中國詩歌史上，目前所知以「詠史」爲題者，始
於東漢班固，其內容詠西漢緹縈救父的故事。鍾嶸《詩品‧序》云：
「東京二百載中，惟有班固詠史，質木無文。」〔註78〕胡應麟《詩藪‧
外編》卷二云：「太沖詠史，景純遊仙，皆晉人傑作。詠史之名，起
自孟堅，但指一事。魏杜摯贈毋丘儉，疊用入古人名，堆垛寡變。太
沖題實因班，體亦本杜，而造語奇偉，創格新特，錯綜震蕩，逸氣干
雲，遂爲古今絕唱。」〔註79〕可見「詠史詩」自班固「質木無文」，

〔註77〕詹鍈主編：《李白全集校注彙釋集評》第 2 冊，頁 877。
〔註78〕鍾嶸著，趙仲邑譯注：《鍾嶸詩品譯注》(臺北：貫雅文化事業公司，
　　　　1991)，頁 60。
〔註79〕明‧胡應麟：《詩藪》二 (臺北：廣文書局)，頁 436。

「但指一事」，至魏杜摯之「疊用入古人名，堆垛寡變。」在內容上雖已略增，但藝術手法上仍不脫「質木」、「寡變」之病，至太沖的承繼與開新之後，詠史詩的發展遂產生了達到「造語奇偉」、「錯綜震蕩」、「逸氣干雲」的藝術妙境；降至六朝，詠史風氣漸盛，創作者多，昭明《文選》即列有「詠史」一目，選錄九家二十一首作品。

王瑤《中古文人生活》中云：

> 當時流行之詠史詩，其基本性質和另外一種遊仙詩，實在沒有什麼區別，作者所要說的是自己的感懷，並不是史實的考證，則他對於歷史上某些事件的看法，也只是那些事件中底人的活動；就是說他常常會情不自己來設身處地在古人的地位裏，主觀的成份特別重。而史實中所最使他們感動不已的，一種是那些事實本身即富有可歌可泣或傳奇的性質，也就是富有戲劇性或小說性的故事。一種即是和他的現實生活有關的，足以引起他們對當前各種現象的感懷的材料。〔註80〕

由此可知，在情不自己的設身處地於古人的時空，繼而激發出主觀情感的創作特色，正是詠史詩篇可以產生人事萬端，而能以古今互證；世情多變，而可越時空交感的閱讀旨趣之根本原因。

王友勝〈李白的詠史詩及其審美價值〉一文將太白的詠史詩分為一、史傳型詠史詩，二、史論型詠史詩，三、詠懷型詠史詩。〔註81〕前者大抵以歷史事實為創作根據，較少個人情感的參與。如〈蘇武〉：

> 蘇武在匈奴，十年持漢節。白雁上林飛，空傳一書札。牧羊邊地苦，落日歸心絕。渴飲月窟冰，飢餐天上雪。東還砂塞遠，北愴河梁別。泣把李陵衣，相看淚成血。〔註82〕

其內容幾乎出自《漢書‧蘇武傳》，僅在詩句上烘托及摹寫其境，而較少有自己的主觀評論及情感投入其中。然沈德潛於《古詩源》分析

〔註80〕王瑤：《中古文人生活》（臺北：長安出版社，1988年），頁127。
〔註81〕王友勝：〈李白的詠史詩及其審美價值〉，《中國李白研究》1995～1996年集，頁264。
〔註82〕詹鍈主編：《李白全集校注彙釋集評》第6冊，頁3179。

左思詠史詩的特色時，亦盛稱鮑照、太白的詠史詩：「太沖詠史，不必專詠一人，專詠一事，詠古人而己之性情俱見，此千秋絕唱也。後惟明遠、李白能之。」〔註83〕李白詠史詩正是繼承了自左思以後到陳子昂詠史懷古的文學傳統，再加上其特殊的思想及生命經驗，亦即「詠古人而己之性情俱見」，進而構築出極具特色的歷史世界，並激化出令人無限深思的歷史情懷。首先，李白擅長從特定的歷史事件擷取經驗，採取古今對照或以古諷今的角度，使其詠史詩非僅詠史，而具有深刻的現實感。如〈遠別離〉：

> 遠別離，古有皇英之二女。乃在洞庭之南，瀟湘之浦。海水直下萬里深，誰人不言此離苦！日慘慘兮雲冥冥，猩猩啼煙兮鬼嘯雨。我縱言之將何補？皇穹竊恐不照余之忠誠，雷憑憑兮欲吼怒。堯舜當之亦禪禹。君失臣兮龍爲魚，權歸臣兮鼠變虎。或云堯幽囚，舜野死。九疑聯綿皆相似。重瞳孤墳竟何是？帝子泣兮綠雲間，隨風波兮去無還。慟哭兮遠望，見蒼梧之深山。蒼梧山崩湘水絕，竹上之淚乃可滅。〔註84〕

安旗《李白全集編年注釋》云：「〈遠別離〉，《樂府詩集·雜曲歌辭》名。本年秋（天寶十二載），李白自梁園南下宣城。此詩作於南下以前，借舜與二妃生死之別，寫其遠遊之際繫念君國之情。」〔註85〕亦即以「君失臣兮龍爲魚」譬喻誅殺忠臣如李邕、王忠嗣等，及以「權歸臣兮鼠變虎」譬喻權歸李林甫、楊國忠、安祿山等情形，並預測此情形若真發生了，則「堯幽囚，舜野死」的歷史悲劇將會重演，並以二妃自喻，以「蒼梧山崩湘水絕，竹上之淚乃可滅」來表達對國政昏亂的無盡悲哀，這真是以古諷今、極具現實意義的詠史詩。又如〈古風五十九首〉其五十一：

〔註83〕清·沈德潛：《古詩源》（臺北：世界書局，1998年5月），頁106。
〔註84〕詹鍈主編：《李白全集校注彙釋集評》1，頁268。
〔註85〕安旗：《李白全集編年注釋》上（成都：巴蜀書社，2000年4月），頁943。

般后亂天紀，楚懷亦已昏。夷羊滿中野，菉葹盈高門。比
干諫而死，屈平竄湘源。虎口何婉孌？女嬃空嬋媛。彭咸
久淪沒，此意與誰論？〔註86〕

此詩歷來認為是李白直斥唐明皇昏瞶最強烈的一首，詩中以商紂
王、楚懷王喻玄宗，以比干喻李邕、王忠嗣，以被流放的屈原喻己，
其中的悲痛之情可謂溢乎辭氣之外。陳沆《詩比興箋》云：「此嘆明
皇拒直諫之臣。張九齡、周子諒俱斥竄死也。」〔註87〕雖用以詮釋
的比喻對象不同，但誠如蕭士贇所說：「太白此詩哀思怨怒，有感於
時事而作，諷刺議諫之道，兼盡之。」〔註88〕又如〈古風五十九首〉
其五十三：

戰國何紛紛，兵戈亂浮雲。趙倚兩虎鬥，晉為六卿分。姦
臣欲竊位，樹黨自相群。果然田成子，一旦弒齊君。〔註89〕

則是借戰國紛亂的情形，直斥安祿山的行為正如田成子弒殺齊君一
般，而「姦臣欲竊位，樹黨自相群」，更是把亂臣賊子之心說得十
分透徹。陳沆《詩比興箋》認為：「此即遠別離篇權歸臣兮鼠變虎
之意。內倚權相，外寵驕將。卒之國忠、祿山。兩虎相鬥，遂至漁
陽之禍。」〔註90〕雖然，詩的表面說的全是過往的歷史，但卻因此
召喚起強烈的現實感，這正是李白詠史詩的一大特色。又如〈望鸚
鵡洲悲禰衡〉：

魏帝營八極，蟻觀一禰衡。黃祖斗筲人，殺之受惡名。吳
江賦鸚鵡，落筆超群英。鏘鏘振金玉，句句欲飛鳴。鷙鶚
啄孤鳳，千春傷我情。五岳起方寸，隱然訌可平！才高竟
何施？寡識冒天刑。至今芳洲上，蘭蕙不忍生。〔註91〕

安旗繫此詩於乾元元年（758），應時《李詩緯》：「同病相憐，通首沉

〔註86〕詹鍈主編：《李白全集校注彙釋集評》第 1 冊，頁 228。
〔註87〕清·陳沆：《詩比興箋》（臺北：鼎文書局，1979 年 2 月），頁 132。
〔註88〕詹鍈主編：《李白全集校注彙釋集評》第 1 冊，頁 232。
〔註89〕同前註所揭書第 1 冊，頁 236。
〔註90〕清·陳沆：《詩比興箋》，頁 133。
〔註91〕詹鍈主編：《李白全集校注彙釋集評》第 6 冊，頁 3208。

痛之至，雖是惜其狂而恨黃祖之愚，實惡曹瞞之奸。一字堪一淚。」
〔註92〕認為本詩有「同病相憐，通首沉痛」之意，固然允當，然乾元
元年為李白流夜郎的始發之時，觀其辭氣，雖悲禰衡，實亦藉以自傷，
如「魏帝營八極，蟻觀一禰衡」之句，以太白當時被長流的處境觀之，
以「魏帝」諷肅宗，以「蟻觀」自嘲，而以下句「黃祖斗筲人」諷「世
人皆欲殺」的「世人」——嫉妒仇視李白的當朝者，實亦頗為恰當。
而「才高竟何施？寡識冒天刑」中「天刑」二字，如就史實而論，實
不合於曹操當時的身份，故筆者認為，此類若稱為史論型詠史詩，雖
得其「論」的形式意義，卻忽略了「論」的現實意義，若稱為諷喻型
詠史詩則更為恰當。

　　至於藉古抒懷的詠懷型詠史詩，事實上與詠懷詩極難清楚劃分，
王友勝即認為，「實際上，它是詠懷與詠史的融合統一，故名之為詠
懷型詠史詩」，〔註93〕總之其詠懷的根源是出自對於歷史事件、人物
或登覽古蹟所引發者，即歸屬於詠史詩的大類之下，此類詩名篇頗
多，如前引〈蘇臺覽古〉即採取古今、興衰的對照手法，突出唯有映
照於西江的一輪明月，曾經覽看過當年吳宮的繁華及宮女的豔麗，雖
不言歷史的滄桑而滄桑自見。又如〈越中覽古〉：

　　　越王句踐破吳歸，義士還家盡錦衣。宮女如花滿春殿，只
　　　今唯有鷓鴣飛。〔註94〕

《唐宋詩醇》卷八評曰：「前〈蘇臺覽古〉，通首言其蕭索，而末一
語兜轉其盛。此首從盛時說起，而末句轉入荒涼，此立格之異也。」
〔註95〕指出此兩首詠史之作，立意雖頗相近，但手法卻各有巧妙。
此首前三句，從越王破吳、義士錦衣至宮女如花，三個不同的場景
寫其興盛繁華，極有次第，極為從容，而總收於「鷓鴣飛」的荒涼

〔註92〕裴斐、劉善良編：《李白資料彙編：金元明清之部》第 2 冊，頁 694。
〔註93〕王友勝：〈李白的詠史詩及其審美價值〉，《中國李白研究》1995～1996
　　　　年集，頁 269。
〔註94〕詹鍈主編：《李白全集校注彙釋集評》第 6 冊，頁 3159。
〔註95〕《唐宋詩醇》，頁 124。

孤寂，如空山晚鐘，令人警醒而餘韻無窮。

第七節　親情詩

　　人世間至情至性的愛，便是人倫之愛。而人倫之中，尤以夫妻與親子的關係最為緊密，因為那是一個家庭得以建立的基礎，親情在一個人生命的過程中，始終扮演著極為重要的角色。《孟子・滕文公上》即云：「父子有親、君臣有義、夫婦有別、長幼有序、朋友有信。」〔註96〕其中父子關係是與生俱來的，更為五倫之首。而夫婦有別之意即男主外、女主內之別。而太白因生性豪放不羈，且有多次婚姻的紀錄，更因一生幾乎都在雲遊、干謁，及晚年的流放顛沛中度過，在本質上即較少有長期安定的家庭生活。另一方面即肇因於古代男尊女卑、女子無才便是德的觀念，夫妻關係及其互動的狀況，往往與現代夫妻有極大的差異，即使到明末清初張潮《幽夢影》尚云：「求知己於朋友易，求知己於妻妾難，求知己於君臣則尤難之難。」〔註97〕然而，雖然古今有別，但親情卻永恆可貴的本質下，筆者仍嘗試整理太白有關親情方面的詩篇，按其繫年加以介紹，或可更清楚的掌握太白與妻兒的情感狀況。首先談太白的夫妻關係，據魏顥〈李翰林集序〉：「白始娶於許，生一女一男，曰明月奴，女既嫁而卒。又合於劉，劉訣。次合於魯一婦人，生子曰頗黎。終娶於宋（按即宗氏）。間攜昭陽、金陵之妓，跡類謝康樂，世號為李東山。」〔註98〕可見太白的感情生活是頗為豐富的，首任妻子為故相許圉師孫女，於開元十五年（727），李白年二十七時成婚。其〈贈內〉：

　　　　三百六十日，日日醉如泥。雖為李白婦，何異太常妻？〔註99〕

〔註96〕宋・朱熹集註、蔣伯潛廣解：《四書讀本・孟子》（臺北：啓明書局），頁126。
〔註97〕張潮：《幽夢影》（臺北：三民書局，2000年10月），頁106。
〔註98〕詹鍈主編：《李白全集校注彙釋集評》第1冊，頁4。
〔註99〕同前註所揭書第7冊，頁3728。

詹鍈繫此詩於開元十五年，認為是「初婚後與其妻戲謔之言」。安旗則繫此詩於開元二十五年，正是其干謁失敗，抑鬱寡歡之時。李白時年三十七歲。以李白一生嗜酒的情形，此詩實難驟以判斷作於何時，然由此亦可窺知為「李白婦」之一難矣。

　　而〈寄遠十二首〉組詩，詹鍈認為「疑是後人將李白此類之詩彙為一處的總稱。詩不寫於一時、一地，寄贈亦不主一人。或寄內、或寄他人；或自代內贈，或代他人寄贈。但以寄內和自代內贈為多。其中多是十年安陸時期的作品。」〔註100〕其一：

　　　　三鳥別王母，銜書來見過。腸斷若剪絃，其如愁思何？遙
　　　　知玉窗裏，纖手弄雲和。秦曲有深意，青松交女蘿。寫水
　　　　落井中，同泉豈殊波？秦心與楚恨，皎皎為誰多？〔註101〕

此詩風韻頗佳，深刻表現出太白對妻子的思念之情，詹鍈即認為「似是太白在秦地長安思念楚地安陸許氏之作」，〔註102〕按太白初入長安，是年為開元十八年（730），則本詩當是作於此時。又其六：

　　　　陽臺隔楚水，春草生黃河。相思無日夜，浩蕩若流波。流
　　　　波向海去，欲見終無因。搖將一點淚，遠寄如花人。〔註103〕

觀其辭意，均為表達南北遠隔的相思之苦，當亦是作於初入長安之時，為思念許氏之作。至於許氏對李白的思念呢？其七云：

　　　　妾在舂陵東，君居漢江島。百里望花光，往來成白道。一
　　　　為雲雨別，此地生秋草。秋草秋蛾飛，相思愁落暉。何由
　　　　一相見，滅燭解羅衣？〔註104〕

其九：

　　　　長短春草綠，緣門如有情。卷葹心獨苦，抽卻死還生。睹
　　　　物知妾意，希君種後庭。閒時當採掇，念此莫相輕。〔註105〕

〔註100〕詹鍈主編：《李白全集校注彙釋集評》第7冊，頁3647。
〔註101〕同前註所揭書第7冊，頁3647。
〔註102〕同前註所揭書第7冊，頁3649。
〔註103〕同前註所揭書第7冊，頁3656。
〔註104〕同前註所揭書第7冊，頁3657。
〔註105〕同前註所揭書第7冊，頁3661。

此二首均爲自代內贈，此種手法爲太白或古代文人，用以表達妻子
思念自己的一種代言體。以上均爲太白早年爲許氏創作的詩篇，由
此可見太白與許氏的感情頗爲融洽，表現出年輕夫妻，因遠隔兩地，
鶼鰈情深的一面。至開元二十八年〔註106〕（740）太白移家東魯，〈南
陵別兒童入京〉是唯一可能寫到劉氏或「魯一婦人」的一首詩，其
詩云：

> 白酒新熟山中歸，黃雞啄黍秋正肥。呼童烹雞酌白酒，兒
> 女歌笑牽人衣。遊說萬乘苦不早，著鞭跨馬涉遠道。會稽
> 愚婦輕買臣，余亦辭家西入秦。仰天大笑出門去，我輩豈
> 是蓬蒿人。〔註107〕

詹鍈認爲此詩「會稽愚婦」疑指劉氏，其實就詩篇的背景及辭意而言，
「會稽愚婦」所指又何嘗不可能是「魯一婦人」呢？至於「兒女歌笑
牽人衣」，則爲太白詩中第一次出現兒女的形象，以「歌笑牽人衣」
的示現手法表現，令人倍感親切，且顯示出太白與其兒女的互動親
密，而慈父的形象也躍然紙上。謝宇衡〈李白家室及相關問題芻議〉
引郭沫若及詹鍈之說云：

> 許氏生一女平陽，一子伯禽（即明月奴）。郭沫若先生推定平
> 陽生於開元十六年（728），將白〈寄東魯二稚子〉詩「小兒
> 名伯禽，與姊亦齊肩」的「齊肩」解爲「高低相差一頭地」，
> 認爲「年歲的相隔是有十年光景」，故推定伯禽生於開元二十
> 五年（737）。依開元二十四年（736）移家東魯之說，許氏當
> 然是與李白攜平陽離開安陸的；伯禽則是在寄家東魯的第二
> 年誕生。詹鍈先生則解「齊肩」爲「相去不數歲」，謂「兒女
> 歌笑牽人衣」時的「兒女蓋在三、五歲間」，因將平陽伯禽之
> 聲分別推定爲開元二十七年（739）與二十九年（741）。則姊、

〔註106〕移家東魯之說王琦《李太白年譜》、王瑤《李白》均主開元二十三
　　　　年（735）35歲，詹鍈《李白詩文繫年》、郭沫若《李白與杜甫》主
　　　　開元二十四年（736），郁賢皓《李白選集》作開元二十七年（739），
　　　　開元二十八年（740）移居東魯之說見安旗《李太白別傳》，頁69。
〔註107〕詹鍈主編：《李白全集校注彙釋集評》第4冊，頁2238。

弟均生於東魯，許氏當然更是隨夫入魯了。〔註108〕

繼而提出自己的看法云：

> 於此取郭是推定的平陽生年而延後一年，定爲開元十七年
> （729），取詹氏對「齊肩」的理解，推定伯禽生於開元二
> 十年（732），姊、弟相差三歲。這樣，在天寶元年（742）
> 應詔赴京之時由於全家都高興，在極度興奮的狀態下惜
> 別，雖然一個十四歲，一個十一歲（這在李白看來都不過
> 是兒童），出現「嬉笑牽人衣」的情景，則不但是可能的，
> 而且是很自然的；顯得十分眞切。如此，則許氏夫人也就
> 未必是相隨入魯了。〔註109〕

似乎亦言之成理。然筆者認爲，太白與許氏的婚姻，如按安旗所云爲
招贅許府，則舉家移居東魯可能性不大；且許家爲安陸望族，何苦千
里迢迢移居東魯？且就本詩「會稽愚婦輕買臣」句而言，所指應非鶼
鰈情深的許氏，而是前云之劉氏或爲「魯一婦人」。因此李白之移家東
魯，當有其難言之隱，或因許氏在舉家前已亡故，招贅許府的李白只
好攜二子移居東魯，而又爲照顧子女之故，合於劉氏，劉氏訣後，復
合於魯一婦人，並生幼子頗黎。至於姊、弟二人究竟相差十歲或三歲，
按本詩詩句實難考榷，須結合〈寄東魯二稚子〉來看較能判斷：

> 吳地桑葉綠，吳蠶巳三眠。我家寄東魯，誰種龜陰田。春
> 事已不及，江行復茫然。南風吹歸心，飛墮酒樓前。樓東
> 一株桃，枝葉拂青煙。此樹我所種，別來向三年。桃今與
> 樓齊，我行尚未旋。嬌女字平陽，折花倚桃邊。折花不見
> 我，淚下如流泉。小兒名伯禽，與姊亦齊肩。雙行桃樹下，
> 撫背復誰憐。念此失次第，肝腸日憂煎。〔註110〕

按詹鍈繫此詩於天寶九年（749）春。〔註111〕如平陽生於開元十六年

〔註108〕謝宇衡：〈李白家室及相關問題芻議〉，《中國李白研究》1994 年集，
　　　　頁 288。

〔註109〕詹鍈主編：《李白全集校注彙釋集評》第 1 冊，頁 289。

〔註110〕同前註所揭書第 4 冊，頁 1983。

〔註111〕同前註所揭書第 4 冊，頁 1983。

（728）則此時已二十一歲，則不符「小兒名伯禽，與姊亦齊肩。雙行桃樹下，撫背復誰憐。」之意。故以安旗之說爲準，太白爲開元二十八年（740）移居東魯，而平陽與伯禽於天寶元年（742）「蓋在三、五歲間」，則平陽約生於開元二十四、五年（736 或 737），而伯禽則曰生於開元二十七、八年（739 或 740）左右，至天寶九年（749）春，平陽約十二歲，伯禽約九歲。復證以作於同年的〈送蕭三十一之魯中兼問稚子伯禽〉：

> 六月南風吹白沙，吳牛喘月氣成霞。水國鬱蒸不可處，時炎道遠無行車。夫子如何涉江路？雲帆嫋嫋金陵去。高堂倚門望伯魚，魯中正是趨庭處。我家寄在沙丘旁，三年不歸空斷腸。君行既識伯禽子，應駕小車騎白羊。〔註112〕

其中「應駕小車騎白羊」之句，用衛玠典故，《世說新語·容止》劉孝標注引《衛玠別傳》：「玠在群伍中，寔有異人之望。齠齔時，乘白羊車於洛陽市上。」〔註113〕而齠齔約八歲幼童，亦符合伯禽當時年齡。這大致便是太白與許氏、劉氏及魯婦人及其子女相關的詩篇，從中雖難明確勾勒出太白的家庭生活，但卻可深刻感受到太白對許氏的深情，及對其子女的思念與愛護，也隱約浮現太白在移家東魯之後的無奈與窘迫。

　　至於太白晚年與宗氏的結合，應是上天對太白在苦難中唯一的眷顧了，因宗氏亦爲名門之後，且與李白感情甚篤，從天寶末年李白遊秋浦時寄宗氏之〈秋浦寄內〉：

> 我今尋陽去，辭家千里餘。結荷見水宿，卻寄大雷書。雖不同辛苦，愴離各自居。我自入秋浦，三年北信疏。紅顏愁落盡，白髮不能除。有客自梁苑，手攜五色魚。開魚得錦字，歸問我何如。江山雖道阻，意合不爲殊。〔註114〕

及〈秋浦感主人歸燕寄內〉：

〔註112〕詹鍈主編：《李白全集校注彙釋集評》第 5 冊，頁 2463。
〔註113〕同前註所揭書第 5 冊，頁 2465。
〔註114〕同前註所揭書第 7 冊，頁 3715。

> 霜凋楚關木，始知殺氣嚴。寥寥金天廓，婉婉綠紅潛。胡燕別主人，雙雙語前簷。三飛四迴顧，欲去復相瞻。豈不戀華屋？終然謝珠簾。我不及此鳥，遠行歲已淹。寄書道中嘆，淚下不能緘。〔註115〕

便可看出兩人感情的深厚。而從〈別內赴徵三首〉：

> 王命三徵去未還，明朝離別出吳關。白玉高樓看不見，相思須上望夫山。出門妻子強牽衣，問我西行幾日歸？歸時儻佩黃金印，莫見蘇秦不下機。翡翠為樓金作梯，誰人獨宿倚門啼？夜坐寒燈連曉月，行行淚盡楚關西。〔註116〕

更可看出宗氏對於太白赴永王之詔，內心是充滿了不安的，但她深知李白用世之心甚堅，且髮已斑白，年歲日衰，這是危機，卻也可能是轉機，只好放手讓太白一搏，但永王隨即兵敗，太白身陷囹圄，宗氏想方設法為之解救，這可從〈在尋陽非所寄內〉一詩中見其端倪：

> 聞難知慟哭，行啼入府中。多君同蔡琰，流淚請曹公。知登吳章嶺，昔與死無分。崎嶇行石道，外折入青雲。相見若悲歎，哀聲那可聞？〔註117〕

最後太白雖逃過死劫，但終究被判長流夜郎，宗氏與其弟宗憬，不離不棄，宗憬更一路伴行至烏江而後別，〈竄夜郎於烏江留別宗十六璟〉一詩即充分表現出太白對宗氏姊弟的愧疚與感激：

> 君家全盛日，臺鼎何陸離！斬鰲翼媧皇，鍊石補天維。一迴日月顧，三入鳳凰池。失勢青門旁，種瓜復幾時？猶會眾賓客，三千光路岐。皇恩雪憤懣，松柏含榮滋。我非東床人，令姊忝齊眉。浪跡未出世，空名動京師。適遭雲羅解，翻謫夜郎悲。拙妻莫邪劍，及此二龍隨。慚君湍波苦，千里遠從之。白帝曉猿斷，黃牛過客遲。遙瞻明月峽，西去益相思。〔註118〕

〔註115〕詹鍈主編：《李白全集校注彙釋集評第7冊，頁3723。
〔註116〕同前註所揭書第7冊，頁3710。
〔註117〕同前註所揭書第7冊，頁3729。
〔註118〕同前註所揭書第4冊，頁2193。

宗氏不僅是太白苦難中的伴侶，在尋仙訪道上更與李白契合，上元二
年（761）九月，肅宗大赦天下，太白遇赦後，便送宗氏至廬山尋道
士李騰空，〈送內尋廬山女道士李騰空二首〉即云：

> 君尋騰空子，應到碧山家。水春雲母碓，風掃石楠花。
> 若戀幽居好，相邀弄紫霞。
> 多君相門女，學道愛神仙。素手掬青靄，羅衣曳紫煙。
> 一往屏風疊，乘鸞著玉鞭。〔註119〕

而這時太白的生命也幾乎到了終點，一生的情愛與聚少離多的子女，
所有的不捨與掛念，至此似乎也將劃下句點了。

結　語

　　題材詩的探討，主要在彰顯作者對於世界的觀照重點，本章分從
山水、飲酒、詠月、游俠、詠史及親情六個角度探討，顯示太白對於
空間萬物則鍾情於江山水月的悠游寄暢；對於歷史長河則注目於古今
對照下，產生的滄桑之感與諷喻之意；而飲酒則藉以自澆塊壘，化悲
鬱為豪放；游俠則藉以暢快意恩仇、磊落心志的逸趣；至於親情詩的
探討，實既有助於瞭解太白千年以來較被忽視的人倫情懷，並由此探
知一介平民的李白，在追逐功名的艱困中，是如何想扮演好人夫、人
父的願望及其苦況。

〔註119〕詹鍈主編：《李白全集校注彙釋集評》第 7 冊，頁 3725。

第六章　李白詩歌風格論

第一節　「風格」釋義

　　我國最早使用「風格」一詞的是晉・葛洪《抱朴子・外篇・疾謬篇》：「以傾倚伸腳者，爲妖姘標秀；以風格端嚴者，爲田舍朴騃。」〔註1〕然而「風格」在此是指人物言行品德的綜合表現，尚無文藝風格意義。其他如劉義慶《世說新語・德行》：「李元禮風格秀整，高自標持，欲以天下名教是非爲己任。」〔註2〕《晉書・和嶠傳》：「少有風格，慕舅夏侯玄之爲人，原自崇重，有盛名於世。」〔註3〕皆不出品評人物的範疇。

　　而較早明確從作家主體個性來闡明作品藝術風格特色的是曹丕。他在《典論・論文》中云：「文以氣爲主，氣之清濁有體，不可力強而致。譬諸音樂，曲度雖均，節奏同檢，至於引氣不齊，巧拙有素，雖在父兄，不能以移子弟。」〔註4〕這裏所說的「氣」，便是作家的個性氣質。「文以氣爲主」，正說明了個性氣質對作品藝術風格的重要影響。《典論・論文》又云：「奏議宜雅，書論宜理，銘誄尚實，詩

〔註1〕　《百子全書・抱朴子》8（浙江：浙江人民出版社，1984年），頁18。
〔註2〕　徐震堮：《世說新語校箋》（臺北：文史哲出版社，1989年），頁4。
〔註3〕　《晉書》（臺北：鼎文書局，1976），頁1283。
〔註4〕　《魏晉南北朝文論選》（北京：人民文學出版社），頁14。

賦欲麗。」〔註5〕則又牽涉到文體風格的範疇，指出因文體的不同，
其表現的風格亦有差異，這其中也涉及到閱讀對象、實用價值等外在
因素對於風格的影響。晉・陸機〈文賦〉亦云：

> 體有萬殊，物無一量，紛紜揮霍，形難爲狀。辭程才以效
> 伎，意司契而爲匠。在有無而僶俛，當淺深而不讓，雖離
> 方而遯照，期窮形而盡相。故夫誇目者尚奢，愜心者貴當，
> 言窮者無隘，論達者唯曠。〔註6〕

其中「尚奢」、「貴當」、「無隘」、「唯曠」，更是文章因個人性情差異
而形成的獨特風格，顯見風格與作者人格關係的密切。

至於「風格」一詞應用於文學領域之內，則首見於劉勰《文心雕
龍・議對》篇：

> 然仲瑗博古，而銓貫有敘。長虞識治，而屬辭枝繁。及陸
> 機斷議，亦有鋒穎，而腴辭弗翦，頗累文骨：亦各有美，
> 風格存焉。〔註7〕

劉勰在此指出了應劭、傅咸、陸機的文學作品各有其獨特的風格面
貌，首次賦予「風格」文學批評上的意涵，也指出了文學風格與創作
者之間的密切關係。而《文心雕龍・體性》篇，更是一篇討論文章風
格的專著，他說：

> 夫情動而言形，理發而文見：蓋沿隱以至顯，因內而符外
> 者也。然才有庸俊，氣有剛柔，學有淺深，習有雅鄭；並
> 情性所鑠，陶染所凝，是以筆區雲譎，文苑波詭者矣。故
> 辭理庸俊，莫能翻其才；風趣剛柔，寧或改其氣；事義淺
> 深，未聞乖其學；體式雅鄭，鮮有反其習：各師成心，其
> 異如面。〔註8〕

〔註5〕 《魏晉南北朝文論選》（北京：人民文學出版社），頁13。
〔註6〕 梁・蕭統編、唐・李善注：《文選》（臺北：華正書局，199年9月），
　　　　頁242。
〔註7〕 劉勰著，趙仲邑譯注：《文心雕龍譯注》（臺北：貫雅文化事業公司，
　　　　1991年），頁251。
〔註8〕 同前註所揭書，頁296。

這段論述中，自「夫情動而言形」以下四句，即「文如其人」的看法，劉勰認爲作家之性格與作品之風格內外相符。並將曹丕《典論‧論文》中所謂「氣」者，進一步分析爲才能、氣質、學識、習染四種因素；不但深化、廣化了「氣」的內涵，更使「氣」成爲人人可以了解的具體事理。並將風格產生的因素分析爲內在因素——先天之才與氣；外在因素——後天之學與習。

而在文章風格方面，他又繼曹丕「雅」、「理」、「實」、「麗」四種簡單的區分之後，又進一步提出：

> 若總其歸塗，則數窮八體：一曰典雅，二曰遠奧，三曰精
> 約，四曰顯附，五曰繁縟，六曰壯麗，七曰新奇，八曰輕
> 靡。〔註9〕

並對這幾種風格的形成作出簡要的解釋，這八體之間，正反相對，或就文字修辭而言，或就表現手法而言，而這些差異，正由於才能、氣質、學識、習染的不同所致。可說是我國文學風格論中，一篇極具代表性的作品。

至於現代的評論家，亦對「風格」一詞提出了各種看法，如張德明〈語言風格和文學風格〉中說：

> 具體來說，文學風格就是文學作品在思想內容和語言形式
> 上各種特點的綜合表現，包括作品的生活題材、主題思想、
> 藝術形象、情節結構、表現方法和語言技巧等各方面的特
> 色、氣氛和格調。〔註10〕

而沈師謙於〈文學批評與風格〉云：

> 所謂「風格」，就是文學作品中所流露的特殊風味與品格。
> 也就是作家的個性與人格乃至其生命力在作品內容與形
> 式上的綜合表現，顯示出來的某種特色。〔註11〕

〔註 9〕劉勰著，趙仲邑譯注：《文心雕龍譯注》（臺北：貫雅文化事業公司，1991 年），頁 296。

〔註10〕張德明：《語言風格學》（臺北：麗文文化公司，1994 年），頁 53。

〔註11〕逢甲大學中文系所：《中國文學理論與批評論文集》（臺北：新文豐出版公司，1995 年），頁 31。

故而本章即以前述作者生平、作品題材內容、作品修辭技巧所論爲依據，摶揉會通，進而探討李白詩之風格特色。

第二節　李白詩歌奇、清、壯、婉風格的形成

　　李白在中國詩歌史上號稱詩仙、天才、謫仙等，一生極富傳奇色彩，生則曰太白星精轉世，死則因醉酒捉月而亡，雖然跡近神怪，不足憑信，但卻爲後世所津津樂道；而這樣的說法亦時見於他自己的詩篇，如他曾自述「青蓮居士謫仙人，酒肆藏名三十春。湖州司馬何須問，金粟如來是後身。」〔註12〕而〈對酒憶賀監二首序〉亦云：「太子賓客賀公于長安紫極宮一見余，呼余爲謫仙人。因解金龜換酒爲樂。沒後對酒，悵然有懷，而作是詩。」〔註13〕可見謫仙人之說，似乎已是形成李白狂放個性的重要因素之一；而這一份自我認同，也在潛意識中影響了李白對於人世萬物的特殊價值判斷，並形成他精神上物我融通的內在底蘊。

　　然而在文學創作觀念上，李白則落實於人間，兼具承繼與開新，其〈古風五十九首〉其一即云：「大雅久不作，吾衰竟誰陳？……自從建安來，綺麗不足珍。」〔註14〕表現出李白企圖超越前代的創作手法與精神內涵，而與更遠的古代進行精神遇合，是藉復古而創新以革除時弊，並進而成爲一個新時代文化風貌的開拓者。

　　就李白詩歌風格而言，約與李白同時的著名詩選家殷璠，其所編《河岳英靈集》評論李白云：

> 白性嗜酒，志不拘檢，常林棲十數載，故其爲文章，率皆
> 縱逸。至如〈蜀道難〉等篇，可謂奇之又奇。然自騷人以
> 還，鮮有此體調也。〔註15〕

〔註12〕詹鍈主編：《李白全集校注彙釋集評》第5冊（天津：百花文藝出版社，1996年5月初版），頁1002。

〔註13〕同前註所揭書第5冊，頁3363。

〔註14〕同前註所揭書第1冊，頁20。

〔註15〕傅璇琮編撰：《唐人選唐詩新編》（臺北：文史哲出版社，1999年2

即明確指出李白詩歌縱逸奇特的特質。即使揭開李杜優劣論的元稹，在杜甫嗣孫杜嗣業請求下所撰寫的〈唐故工部員外郎杜君墓誌銘〉中，亦不得不實說：

> 時山東人李白，亦以奇文取稱，時人謂之李、杜。〔註16〕

而白居易著名的〈與元九書〉亦云：

> 唐興二百年，其間詩人不可勝數。所可舉者，陳子昂有〈感遇〉詩二十首，鮑防有〈感興〉詩十五首。又詩之豪者，世稱李、杜。李之作，才矣奇矣，人不逮矣。〔註17〕

足見李白詩風之奇，已為時人所共同肯定。而此奇氣之所以溢乎詞外，主要在於物我二境的自然相融及主體意識的激昂強烈表現；如前所云，李白以「謫仙人」之姿，躍入天寶詩壇，既而以「謫仙人」的視角、心態，創作詩篇，自然造成天馬行空，奇之又奇的色彩。

　　然而李白的精神胸臆中，又有一股清新俊逸之氣，既緣於天授，發諸為詩歌，則又取資於先賢；李白在六朝雕琢麗靡的時代風氣中，掘取異於流俗的詩人作品，並從中汲取與自己質性相適的養份，正如杜甫〈春日憶李白〉所云：「清新庾開府，俊逸鮑參軍。」〔註18〕即認為李白詩作兼具庾信、鮑照清新俊逸的風格；而李白〈經亂離後天恩流夜郎憶舊遊贈江夏韋太守良宰〉：「覽君荊山作，江、鮑堪動色。清水出芙蓉，天然去雕飾。」〔註19〕更以「天然去雕飾」作為其評價詩作的崇高標準，這與六朝的雕琢典飾是迥然異趣的。但是，就在詩壇上仍以雕繪為尚的武后時期，便出現了推崇自然的美學思想，如元兢〔註20〕在編選《古今詩人秀句》時，其編選標準即與初唐重視對偶

月），頁120。
〔註16〕唐・元稹：《元氏長慶集》卷二十二，《四庫叢刊初編》集部，頁83。
〔註17〕同前註所揭書，頁485。
〔註18〕清・仇兆鰲注：《杜甫全集》第1冊（廣東：珠海出版社），頁45。
〔註19〕詹鍈主編：《李白全集校注彙釋集評》第4冊，頁1666。
〔註20〕元兢，字思敬。生卒年不詳，大致活動於唐高宗至武后時期。撰有《詩髓腦》一卷、《沈約詩格》一卷及編選《古今詩人秀句》二卷，摘錄漢、魏至初唐近四百名詩人的秀句，迄於上官儀。見張伯偉編

的傾向有所不同。他不認爲對仗工整就是秀句，而在於文字秀潔、情摯感人。其〈古今詩人秀句序〉云：

> 余于是以情緒爲先，直置爲本，以物色留後，綺錯爲末；
> 助之以質氣，潤之以流華，窮之以形似，開之以振躍。或
> 事理俱愜，詞調雙舉，有一於此，固或子遺。〔註21〕

可見他品評的標準是以情感爲先，自然（直置）爲本，將描繪物色、詞采綺麗之作視爲次要，實爲當時詩壇審美觀念的大轉變，更是標舉「天然去雕飾」的先聲。由此可知，元競雖然不廢「流華」和「形似」，但更重視自然清秀之美，此特點正充分表現於他對謝朓的評論，他認爲謝朓〈和宋記室省中〉：「『行樹澄遠陰，雲霞成異色。』……中人以下，偶可得之；但未若『落日飛鳥還，憂來不可極』之妙者也。」〔註22〕可見其詩歌審美意識的新變。而李白對於謝朓更是以心相許，推崇倍至，其〈宣州謝朓樓餞別校書叔雲〉云：

> 蓬萊文章建安骨，中間小謝又清發。俱懷逸興壯思飛，欲
> 上青天攬明月。〔註23〕

又〈送儲邕之武昌〉一詩說得更爲簡捷：「詩傳謝朓清。」這「清發」、「清」字的用詞，至爲關鍵，顯見李白在詩歌的審美趣味與元競有其相近之處；由此可知李白對六朝的詩風是捨雕飾、深密、板重，而取清新、圓美、俊逸。

　　至於豪壯風格的形成，則與其生長的盛唐時代〔註24〕氛圍、個人的生命特質等有密切的關聯，《新唐書·食貨志》云：

> 是時海內富實，米斗之價錢十三，青、齊間斗才三錢，絹
> 一匹錢二百。道路列肆，具酒食以待行人。店有驛驢，行

撰《全唐五代詩格校考》。
〔註21〕日·弘法大師撰、王利器校注：《文鏡秘府論校注》（臺北：貫雅文化事業公司，1991年12月，訂補本）頁426。
〔註22〕同前註所揭書，頁426。
〔註23〕詹鍈主編：《李白全集校注彙釋集評》第5冊，頁2566。
〔註24〕盛唐（西元713～765年），特指唐玄宗開元和天寶年前後的半個多世紀。

千里不持尺兵。〔註25〕

可見當時繁榮安定的景象，而且玄宗即位初期納諫任賢，政治開明，儒、釋、道三教並重，思想多元，各方面皆顯現一種積極開放的時代特色。且李白自小的學習範圍便與時人頗有不同，〈上安州裴長史書〉即云：「五歲誦六甲，十歲觀百家，軒轅以來，頗得聞矣。常橫經籍書，制作不倦，迄於今三十春矣。」〔註26〕至於在自我角色的認定上，如〈代壽山答孟少府移文書〉：「近者逸人李白自峨眉而來，爾其天爲容，道爲貌，不屈己，不干人，巢由以來，一人而已。……吾與爾達則兼濟天下，窮則獨善一身，安能餐君紫霞，蔭君青松，乘君鸞鶴，駕君虯龍，一朝飛騰，爲方丈蓬萊之人耳？此方未可也。乃相與卷其丹書，匣其瑤瑟，申管、晏之談，謀帝王之術，奮其智能，願爲輔弼，使寰區大定，海縣清一。事君之道成，榮親之義畢，然後與陶朱留侯，浮五湖，戲滄洲。」〔註27〕更顯現出異於凡人的雄闊與超邁之氣，並對其詩歌的創作風格產生深遠的影響。

至於李白詩中「婉曲」的風格，歷來較少受到關注，主要在於奇、清、壯三種風格的作品中，名篇甚多，奪人心目，且歷來多以天才、奇才、仙才、豪壯、俊逸等陽剛美爲論，而屬於陰柔美的「婉曲」風格便隱晦不彰。其實李白生命最後的依賴者——李陽冰，其〈草堂集序〉即云：「凡所著述，言多諷興，自三代以來，風騷以後，馳驅屈、宋，鞭撻揚、馬，千載獨步，唯公一人。」即明白指出其詩中多有屬於「婉曲」風格的諷興意涵。而南宋大儒朱熹亦能自李白詩歌豪放飄逸的旋律中，「傾聽」出「和緩」的韻致，《朱子語類》云：「李太白詩不專是豪放，亦有雍容和緩底，如首篇『大雅久不作』，多少和緩！」〔註28〕細讀李白詩中流動婉曲風味者，主要多爲帶有諷諭色彩、或藉

〔註25〕《新唐書・食貨志》，頁 1346。
〔註26〕詹鍈主編：《李白全集校注彙釋集評》第 7 冊，頁 4027。
〔註27〕同前註所揭書第 7 冊，頁 3983。
〔註28〕宋・黎靖德編：《朱子語類》（臺北：正中書局，1962 年 5 月臺初版），頁 5399。

閨怨抒發難言之隱，實為探討其整體詩歌風格時，不可忽視的部分。

綜上所述，由於李白個人生命的特質、謫仙人稱譽的自我暗示、對六朝詩風的取捨、詩學審美趣味的追求、時代風氣的影響及寄託諷諭等因素，使其詩歌風格呈現出奇、清、壯、婉四種美學特徵，以下即分從「奇麗」、「清新」、「豪壯」、「婉曲」四節，各引詩例加以說明。

第三節　奇麗：月下飛天鏡，雲生結海樓

李白詩歌奇麗風格的特色，可分從兩個角度來說明：就「奇」這一特點而言，范傳正〈唐左拾遺翰林學士李公新墓碑〉云：「受五行之剛氣，叔夜心高；挺三蜀之雄才，相如文逸。瑰奇宏廓，拔俗無類。」〔註29〕即指出李白生命稟氣有同於「長卿傲誕，故理侈而辭溢；……叔夜儁俠，故興高而采烈」〔註30〕的特質，再加上其非凡的經歷、超越世俗的自我意識及恣意揮灑的創作態度，「瑰奇」便成為李白詩歌藝術的迷人特點之一；而「奇」的特色主要即表現在比喻的新奇、想像的奇特、大膽的誇張等方面。至於李白詩中「麗」的特點，則可以司空圖《詩品・綺麗》來加以說明，其論云：

> 神存富貴，始輕黃金。濃盡必枯，淡者屢深。霧餘水畔，
> 紅杏在林。月明華屋，畫橋碧陰。金尊酒滿，伴客彈琴。
> 取之自足，良殫美襟。〔註31〕

可見綺麗風格的特點，並不在於以積金堆玉為勝，雕琢精細為工，而是出於天然，不露形跡，否則難入品第。而此處用以分析李白詩風的「奇麗」之「麗」，其特質內涵亦與此略有相同，但以「奇」代「綺」，則更為突出李白個人生命的奇氣對其詩風的影響；此外，王直方《詩說》所謂：「晏叔原小詞云：『舞低楊柳樓心月，歌盡桃花扇底風。』

〔註29〕詹鍈主編：《李白全集校注彙釋集評》第 1 冊，頁 11。
〔註30〕劉勰著，趙仲邑譯注：《文心雕龍譯注》，頁 296。
〔註31〕唐・司空圖著、陳國球導讀：《二十四詩品》（臺北：金楓出版有限公司，1987 年 6 月，初版），頁 68。

晁無咎云：『能作此語，定知不住三家村也。』」〔註32〕亦可用來作爲
詮釋李白詩中「麗」這個特色的註腳。

　　《文心雕龍‧明詩》：「儷采百字之偶，爭價一句之奇，情必極貌
以寫物，辭必窮力而追新，此近世之所競也。」〔註33〕指的正是山水
詩蓬勃發展時期（南朝劉宋）的詩歌風格，當時詩歌的創作題材由理
過其辭，淡乎寡味的玄言詩轉向模山範水的山水詩，爲了滿足此一特
殊題材的創作需求，表現手法的改變實有其必要性；但李白對於六朝
詩歌的看法卻是捨雕飾而重天然，因此在實際創作時，則不僅在於滿
足「巧似」的寫照層次，而是避免板滯的模寫，故需在雕琢中求新奇
眞趣，於藻飾裏層出綺麗天然，此是「奇麗」異於麗靡之處。如〈陪
族叔刑部侍郎曄及中書舍人至游洞庭五首〉其二：

　　　　南湖秋水夜無煙，耐可乘流直上天。且就洞庭賒月色，將
　　　　船買酒白雲邊。〔註34〕

全詩雖無華詞麗句，但卻充滿了奇思幻想。南湖即洞庭湖，因其在長
江之南，故有此稱。前兩句寫洞庭夜色的清澄明淨，使他產生了超世
遠舉，乘流上天的幻想，但一轉念，又醒覺這是不可能的。「耐可」，
有「那可」與「寧可」兩解；此當作那可解，猶云「安得」之意。既
無法「直上青天攬明月」，那只好向滿佈皎潔銀光的洞庭賒借月色，
飲酒於白雲邊上。在李白超越常人的詩想像中，萬物皆可感應互通，
不僅可感應互通，甚至青天可上，月色可賒，連飲酒之處亦飄飄然有
白雲繚繞，這份奇思幻想，正是謫仙人李白所獨具的心靈視角。謝榛
《四溟詩話》即認爲：

　　　「若妙識所難，其易也將至；忽之爲易，其難也方來。」此
　　　劉勰明詩至要，非老於作者不能發。凡搆思當於難處用工，
　　　艱澀一通，新奇迭出，此所以難而易也。若求之容易中，雖
　　　十脫稿而無一警策，此所以易而難也。獨謫仙思無難易，而

〔註32〕詹鍈主編：《李白全集校注彙釋集評》第 1 冊，頁 69。
〔註33〕同前註所揭書第 1 冊，頁 85。
〔註34〕同前註所揭書第 6 冊，頁 2902。

語自超絕，此朱考亭所謂「聖於詩者」是也。〔註35〕

「構思當於難處用工，艱澀一通，新奇迭出」，謝榛的評論頗能掌握李白詩歌創作的特色。而田藝衡《香宇詩談》亦指出：

孟浩然〈登峴山〉詩：「人事有代謝，往來成古今。」劉全白云：「人事歲年更，峴山今古存。」如出一轍。獨太白云：「淚亦不能爲之墮，心亦不能爲之哀。」眞有顚倒豪傑之妙。一篇言飲酒行樂，而末復歸之於正，方見其高。〔註36〕

同一題材，經李白之手，便產生全然不同的趣味。這種新奇感的形成，或緣於上述的構思之奇，或緣於鍊字之奇，楊愼便看出端倪，其《升庵詩話》云：

李太白詩：「玉窗青青下落花。」花已落，又曰下，增之不覺綴，而語益奇。〔註37〕

太白詩：「天山三丈雪，豈是遠行時。」又云：「水國秋風夜，殊非遠別時。」「豈是」、「殊非」，變幻二字，愈出愈奇。孟蜀韓琮詩：「晚日低霞綺，晴山遠畫眉。青青河畔草，不是望鄉時。」亦祖太白句法。〔註38〕

均從鍊字的角度著眼。至於「麗」的審美表現，如〈鸚鵡洲〉一詩云：「煙開蘭葉香風暖，岸夾桃花錦浪生。」〔註39〕「煙開」正如李白詩中常出現的「煙花」、「煙景」，都是寫春天百花盛開，色彩繽紛，遠望霞蒸雲蔚之景。而奪目艷麗的桃花，在江岸、洲岸之中夾束而生，彷彿被一股歡娛的力量簇擁著，而花影倒映、落英漫江，隨著江流的湧動，如同錦緞一般。這一聯對仗工整清麗，卻無板滯堆疊之感，尤其「煙開蘭葉香風暖」一句，包含了「煙開」、「蘭葉」的視覺之美，以及「香風」的嗅覺及「暖」字的觸覺，這多重的感官享受，壓縮在七字之中，讀起來卻透脫疏朗，毫不雕琢，正是「麗」的最佳例句。

〔註35〕明・謝榛：《四溟詩話》，丁福保輯：《歷代詩話續編下》，頁1222。

〔註36〕明・田藝衡：《香宇詩談》，清順治丁亥（4年）兩浙督學李際期刊本。

〔註37〕明・楊愼：《升菴詩話》，丁福保輯：《歷代詩話續編中》，頁642。

〔註38〕同前註所揭書，頁659。

〔註39〕詹鍈主編：《李白全集校注彙釋集評》第6冊，頁3040。

又如〈涇溪南藍山下有落星潭可以卜居余泊舟石上寄何判官昌浩〉節錄如下：

> 藍岑聳天壁，突兀如鯨額。奔蹙橫澄潭，勢吞落星石。沙帶秋月明，水搖寒山碧。（節錄）〔註40〕

設色字如「藍岑」、「月明」、「山碧」使人讀之寓目繽紛；狀形生動，如以「鯨額」喻山壁之高聳、以「勢吞落星石」言其險絕，可謂思奇句麗。而〈下尋陽城泛彭蠡寄黃判官〉：

> 浪動灌嬰井，尋陽江上風。開帆入天鏡，直向彭湖東。落景轉疏雨，晴雲散遠空。名山發佳興，清賞亦何窮？石鏡挂遙月，香爐滅彩虹。相思俱對此，舉目與君同。〔註41〕

陸遊《入蜀記》卷三：「泛彭蠡口，四望無際，乃知太白『開帆入天鏡』之句爲妙。」〔註42〕而「石鏡挂遙月，香爐滅彩虹。」中「挂」、「滅」鍊字亦得奇趣。總之，誠如陸時雍《詩鏡總論》所言：

> 太白七古，想落意外，局自變生，眞所謂「驅走風雲，鞭撻海岳」。其殆天授，非人力也。〔註43〕

其實李白詩歌的奇麗風格的產生，關鍵在於「想落意外」四字，亦即不論是全篇構思，或是用字遣詞，李白詩歌的確是創意十足，讀來令人一新耳目。

第四節　清新：淥水淨素月，月明白鷺飛

對於清新風格之美的追尋，誠如前云，早於高宗、武后之時的元競已首倡其論，並以謝朓詩爲例，揭櫫「直置格」的美學意蘊；而李白山水詩清新風格的形成，更與謝朓有著分不開的關係，且看其〈金陵城西樓月下吟〉云：

> 金陵夜寂涼風發，獨上高樓望吳越。白雲映水搖空城，白

〔註40〕詹鍈主編：《李白全集校注彙釋集評》第 4 冊，頁 2071。
〔註41〕同前註所揭書第 4 冊，頁 2009。
〔註42〕同前註所揭書第 4 冊，頁 2011。
〔註43〕明・陸時雍：《詩鏡總論》，丁福保輯：《歷代詩話續編下》，頁 1414。

露垂珠滴秋月。月下沉吟久不歸，古來相接眼中稀。解道
澄江靜如練，令人長憶謝玄暉。〔註44〕

全詩營造出一個靜謐清空的境界，一輪秋月高掛夜空，而大江銀練般
地靜臥空瑩的月色中；白雲與城樓倒映江水，隨波搖曳，壯偉的城樓，
竟也化入這瑩澈與空濛。李白在月色中領略著清空之美，也聯想到當
年謝朓在雲霞滿天的黃昏感受到江水澄靜如練的意境。因此，這首詩
不但表現了長江的清新之美，也透露了形成其清新風格的內在因素；
「解道」是一種感情的會通；「長憶」更是一份認同與期待，他認同
謝朓，更期待自己的詩歌亦能達到其「清新」之境。前引早期的名作
〈峨眉山月歌〉：

峨眉山月半輪秋，影入平羌江水流，夜發清溪向三峽，思
君不見下渝州。

《藝圃擷餘》評云：

談藝者有謂七言律一句不可兩入故事，一篇中不可重犯故
事。此病犯者故少，能拈出亦見精嚴。然我以爲皆非妙悟也。
作詩到神情傳處，隨分自佳，下得不覺痕跡，縱使一句兩入，
兩句重犯，亦自無傷。如太白〈峨眉山月歌〉，四句入地名
者五，然古今目爲絕唱，殊不厭重。蜂腰、鶴膝、雙聲、疊
韻，休文三尺法也，古今犯者不少，寧盡被汰邪？〔註45〕

即指出「太白〈峨眉山月歌〉，四句入地名者五，然古今目爲絕唱，
殊不厭重。」的特例，而此詩之所以令人讀來「殊不厭重」，主要在
於上述「流」、「發」、「向」、「思」、「下」的流動、轉折、連接，極其
自然而有韻致，李白詩無法度而又從容於法度之中，蓋因李白崇信的
是「自然」大法，而非人爲的律度。又如〈黃鶴樓送孟浩然之廣陵〉
詩云：

故人西辭黃鶴樓，煙花三月下揚州。孤帆遠影碧空盡，唯

〔註44〕詹鍈主編：《李白全集校注彙釋集評》第3冊，頁1114。
〔註45〕明·王世懋：《藝圃擷餘》，何文煥編訂：《歷代詩話》（臺北：藝文
印書館，1991年9月5版），頁501。

見長江天際流。〔註46〕

朱諫《李詩選注》云:「按此詩詞氣清順而有音節,情思流動而絕塵埃,如輕風晴雲淡蕩悠揚於太虛之間,不可以形跡而模擬者也。」〔註47〕所謂「詞氣清順而有音節」,蓋指本詩修辭清新而音韻和諧:首句實寫,次句點出送行時節,「煙花」兩字設色繽紛而不濃艷,意象豐盈而不板滯,充滿了聯想的空間,並包含了陽春三月,江畔繁花初綻,群鶯競飛,水光雲影流動等意象,試想,值此良辰美景,無法放懷同賞,卻反而要與故人相辭,豈不令人大感遺憾。

而後兩句則以眼中之景寫心中之情,頗有意在言外之妙;「孤帆遠影碧空盡」,採分鏡層遞,由近而遠,由有而無的空間描寫;「孤帆」,猶可見也;「遠影」,影依稀也;「碧空盡」,則已全然不見,但視覺卻十分奇特的停留在「盡」的一點上,這一點說是「盡」,但卻是詩人視覺焦點的無盡搜索與遊移,也暗示了詩人在遍尋孟浩然帆影不著時,內在情緒的焦灼與急切,至此筆意似已終止,但李白大筆潑墨式的一揮,卻畫出一片江流天地,橫闊無止的畫面,此是視覺上的由點放大至面,心理上的由無又回歸至「有」,有什麼呢?徐增《而庵說唐詩》云:「『碧空盡』,漸至帆影不見了。既不見了,浩然所挂之帆影是黃鶴樓之東,而白卻回轉頭去,望黃鶴樓之西,惟見長江之水從天際只管流來,而已有神理在內。」〔註48〕這「神理」是一種悵惘,或也是一種釋懷,江流不息,人間聚散也不息,而友情思念亦似由天際奔流而下的江水一樣,永無止息。這長江水,送走了他的至友,但也象徵了他豐沛的深情。俞陛雲《詩境淺說續編》:「襄陽此行,江程迢遞,太白臨江送別,悵望依依,帆影盡而離心不盡。十四字中,正復深情無限。」〔註49〕也表達了類似的看法。而陳師素素亦特別指點,

〔註46〕詹鍈主編:《李白全集校注彙釋集評》第 4 冊,頁 2204。
〔註47〕同前註所揭書第 4 冊,頁 2205。
〔註48〕同前註所揭書第 4 冊,頁 2206。
〔註49〕同前註所揭書第 4 冊,頁 2206。

此詩設色亦妙,「煙花三月」寫陽春麗景,「碧空」、「天際」卻是大片留白,有無之間,引人神遊。

其次,在修辭手法上,第二句與第四句就意象言前者豐盈,充滿了「象」的聯想性,後者則畫面單純,而充滿了「意」的暗示性,不但使讀者感受了煙花三月的美,也加強了「惟見長江天際流」的淒情;匠心獨具卻不見斧鑿之跡,充分展現了「天然去雕飾」的藝術美感!

又如〈秋浦歌十七首〉其十三:

> 淥水淨素月,月明白鷺飛。郎聽采菱女,一道夜歌歸。〔註50〕

此詩首句便呈現了水月純淨、夾洽相容的視覺之美,而「淨」除了有表現淥水純淨的意含外,此處若作動詞看,則有月映江中,受淥水洗滌盡淨之意,因此也強調了秋浦江水的澄淨度;下句由靜而動,一輪明月高掛,夜黑月白,是色彩的對比,月孤靜而鷺飛動,是物態動靜的對比,此使靜態的江月剎那間因一白素的飛鷺而靈動了起來。至於後兩句,寫兒女情態,由傾耳靜聽而至啓口同歌,更見其情感上由含蓄矜持的情態,轉爲熱情奔放的變化。因此,就整體而言,本詩實是兼具聲色豐盈與動靜對比之美。

清新自然固爲詩歌創作上追求的一種美感,但有時過於講究自然天成,不加人工雕琢,率意脫口而出,反生俚俗粗鄙之失,如〈贈漢陽輔錄事二首〉之二:

> 鸚鵡洲橫漢陽渡,水引寒煙沒江樹。南浦登樓不見君,君
> 今罷官在何處?漢口雙魚白錦鱗,令傳尺素報情人。其中
> 字數無多少,只是相思秋復春。〔註51〕

《詩歸》卷十六云:「『鸚鵡洲橫漢陽渡,水引寒煙沒江樹。』——鍾惺批:『往往妙於寫景。』『其中字數無多少』——鍾惺批:『無多少三字,兒女口角也,妙!妙!』『只是相思秋復春』——鍾惺批:『非

〔註50〕詹鍈主編:《李白全集校注彙釋集評》第 3 冊,頁 1136。
〔註51〕同前註所揭書第 4 冊,頁 1720。

上句，此語俚甚矣。』」〔註52〕指出後兩句皆有口語化的特色，但一則爲「妙！妙！」，一則爲「非上句，此語俚甚矣。」差別頗大；但《李詩辨疑》則云：「第二首粗淺可厭，如云：『令傳尺素報情人。其中字數無多少，只是相思秋復春』，乃稚子俗夫語也，或者混入於白之集耳。」〔註53〕卻直接批判此兩句的俚俗之病，甚至認爲此詩爲僞作。其實本詩並非病在口語俚俗，試看前兩句寫登樓所見，爲起興的作法，下接懷人之意，氣格頗佳；但後兩句卻改爲俚俗口語，反而造成本詩風格不協調的毛病。其實口語化若是運用得當，能使詩歌風格獲得輕快自然、生動活潑的效果，反之卻造成俚俗的毛病了。

總之，李白詩中的清新風格，除了明顯受到謝朓的影響外，或者實際上也與當時詩歌審美風氣的轉變有關，當然，這更是其詩學要求的具體實踐，進而使李白的詩篇增添了一份清新秀媚與情意盎然的風味。

第五節　豪壯：天門中斷楚江開，碧水東流至此回

豪壯，即豪邁壯闊，司空圖《二十四詩品・豪放》中對此描述道：

> 觀花匪禁，吞吐大荒。由道返氣，處得以狂。天風浪浪，
> 海山蒼蒼。眞力彌滿，萬象在旁。前招三辰，後引鳳凰。
> 曉策六鼇，濯足扶桑。〔註54〕

前四句，認爲詩人要有寬廣的胸襟、奔放的情感；中四句，要求作品應有宏大的氣勢；末四句，則指奇特而壯闊的想像。就李白而言，不論是其創作主體、作品或創作時的想像，均明顯的帶有豪放的特質；在中國詩歌史上，李白不僅以豪壯爲其詩歌的主導風格，更是豪壯風格的集大成者；其〈日出入行〉詩云：「吾將囊括大塊，浩然與溟涬同科。」〔註55〕〈江上吟〉亦云：「興酣落筆搖五嶽，詩成笑傲凌滄

〔註52〕詹鍈主編：《李白全集校注彙釋集評》第4冊，頁1722。
〔註53〕同前註所揭書第4冊，頁1722。
〔註54〕唐・司空圖著、陳國球導讀：《二十四詩品》，頁77。
〔註55〕詹鍈主編：《李白全集校注彙釋集評》第1冊，頁469。

州。」〔註56〕具見其心志的宏大與灑脫。前引范傳正〈唐左拾遺翰林學士李公新墓碑〉則云:「受五行之剛氣,叔夜心高;挺三蜀之雄才,相如文逸。瑰奇宏廓,拔俗無類。」〔註57〕元稹〈唐故工部員外郎杜君墓係銘並序〉云:「是時山東人李白,亦以奇文取稱,時人謂之李杜。余觀其壯浪縱恣,擺去拘束,模寫物象及樂府歌詩,誠亦差肩于子美矣。」白居易〈與元九書〉:「詩之豪者,世稱李白。」嚴羽《滄浪詩話・詩評》云:「太白詩法如李廣。」「觀太白詩者,要識真太白處。太白天才豪逸,多卒然而成者。」〔註58〕這種豪壯的形成既根植於李白的生命本源與閱歷,更受到盛唐文化與壯麗山水的豐厚滋養,可謂是天時、地利與人和的結晶。

　　近人潘百齊先生則在審美主體、審美客體以及此兩者的渾融表現上,對李白豪壯詩風的形成提出看法,其〈論李白詩歌的美學特徵〉一文云:

> 就審美主體而言,李白具有遠大的理想、開闊的胸襟、豪放的氣概、狂傲的性格、奔放的情感、奇特的想像;就審美客體而言,李白表現的對象大多是在面積、長度、體積、重量等方面具有「巨大」的特點,從而能引起人們宏闊、壯偉、崇高的感覺,如壯麗的山水、雄偉的建築、宏大的場面、浩茫的景象;就審美主體對客體而言,是主觀的豪氣與客觀的巨物水乳交融於詩境中、奔迸爆發的抒情方式、大開大闔的藝術結構、驚天動地的筆力氣勢、變化多樣的表現技巧。〔註59〕

分析的頗為全面而精細,值得思考借鑑。以下即引詩加以探討太白豪壯風格的特色,如〈橫江詞〉六首,其一:

> 人道橫江好,儂道橫江惡。猛風吹倒天門山,白浪高於瓦

〔註56〕詹鍈主編:《李白全集校注彙釋集評》第 2 冊,頁 990。
〔註57〕同前註所揭書第 1 冊,頁 10。
〔註58〕宋・嚴羽著、郭紹虞校釋:《滄浪詩話・詩評》頁 170、173。
〔註59〕潘百齊:〈論李白詩歌的美學特徵〉《中國李白研究 1990 年集上》(蘇州:江蘇古籍出版社,1990 年 9 月,第一版),頁 134。

官閣。〔註60〕

　　橫江，指橫江浦與采石磯相對的一段江面，長江水因受天門山阻遏，由東西流向改為南北流向，故稱橫江。《樂府詩集》收此六詩入「新樂府辭」，〔註61〕為李白擬樂府。其詩極言橫江的風波險惡，亦寄託身世之感與家國之憂。此組詩整體看來語言樸實無華、自然流暢，其一「人道橫江好，儂道橫江惡。」「儂」為吳地人「我」的自稱，李白為四川人，此處用一「儂」字，明顯的受到南朝樂府吳聲歌曲的影響。而「猛風吹倒天門山，白浪高於瓦官閣。」一句，更令人深深感受到橫江風勢之猛、浪頭之高。《方輿勝覽》卷一五太平州：「天門山在當塗縣西南三十里，又名峨眉。山夾大江，東曰博望，西曰梁山。」〔註62〕形勢十分險要。瓦官閣，即瓦官寺，為梁代所建，高二十四丈。此句以「吹倒」、「高於」的比較語法表現，更顯現出橫江的險惡之感，正如嚴評所云：「凡形摹語無妨過言，不必如語實語。」〔註63〕指的便是這種誇飾修辭技巧的運用。又如其二云：

　　　海潮南去過潯陽，牛渚由來險馬當。橫江欲渡風波惡，一
　　　水牽愁萬里長。〔註64〕

「海潮」指的是古時相傳海潮衝入長江，可至潯陽。「牛渚春潮」即為長江古代勝景，清《當塗縣志》即將此列「姑熟八景」之一，形勢十分驚險壯觀。牛渚，即牛渚山，在當塗縣北三十里。山下有磯，古為津渡，與和州橫江渡相對，形勢亦極為險要。馬當，即馬當山，山形像馬，橫枕大江，甚為險絕，往來多覆溺之懼。「海潮南去過潯陽，

〔註60〕詹鍈主編：《李白全集校注彙釋集評》第 3 冊，頁 1101。

〔註61〕宋・郭茂倩編撰：《樂府詩集》（二）（臺北：里仁書局，1981 年 3 月）頁 1273。

〔註62〕詹鍈主編：《李白全集校注彙釋集評》第 3 冊，頁 1107。

〔註63〕同前註所揭書第 3 冊，頁 1103。此處所謂嚴評者，歷來皆認為是嚴羽所評，然據詹瑛〈李太白詩集嚴羽評點辨偽〉一文指出，這些「嚴評」不是嚴羽本人所寫，而是明人冒他大名編的。詳見《河北師範學院學報》，1988 年第四期。

〔註64〕同前註所揭書第 3 冊，頁 1103。

牛渚由來險馬當。」兩句連用三個地名，但因「去」、「來」之間的呼應，卻顯得極為流暢；而「牛渚」與「馬當」的相對，則因「險」字用的極為準確，顯現其氣勢的險峻雄偉。「一水牽愁萬里長」句式亦頗奇特，因「一」與「萬」量詞的對比使用、物態（水）與情感（愁）的交融無間，及「萬里長」的懸想長江、夸飾情愁，均顯現出李白創作技巧的變化多端，卻又渾然天成的高妙境界。再看其三云：

> 橫江西望阻西秦，漢水東連揚子津。白浪如山那可渡？狂
> 風愁殺峭帆人。〔註65〕

其表現結構，仍是首兩句採鳥瞰式的筆法概括整個大環境，以快筆勾勒「西望」、「東連」的地理形勢；緊接著瞄準焦聚，鎖定獨特的形象做高度精鍊的描寫──「白浪如山那可渡？」一句兼用了譬喻、夸飾、激問三種修辭技巧，營造了「白」的鮮明色感與「山」的巨大形象，「那可渡？」的激問，則下開「愁殺人」的急切情緒；而在「狂風」呼嘯的背景下，不僅刺激了聽覺，更彷彿看見一個正在愁煞如何高張直立船帆的人。再看看其四：

> 海神來過惡風迴，浪打天門石壁開。浙江八月何如此？濤
> 似連山噴雪來！〔註66〕

此首一開始便加入了些神奇魔幻的色彩，李白想像著橫江之所以如此險惡，是因海神經過而惡風狂作，颳起了如山白浪，衝擊於天門之間，使兩岸石壁豁然而開，才造就了這天下至險。而「浙江八月何如此？濤似連山噴雪來」則先使用設問句法，使兩句之間產生停頓懸疑的效果，接著下句兼用譬喻、誇飾的修辭技巧，來回答上句的疑問，就在這自問自答的巧妙設計中，更突出了錢塘潮的波濤氣勢與雄奇豪壯。

　　近人李子龍〈橫江詞與橫江疏箋〉言：『『牛渚春潮』，即是今人所稱潮汐引起的海水『倒灌』情景。《橫江詞》中所描寫的牛渚『春潮』是十分壯觀和驚心動魄的。他有三個景象特點：一是濤似連山噴

〔註65〕詹鍈主編：《李白全集校注彙釋集評》第 3 冊，頁 1105。
〔註66〕同前註所揭書第 3 冊，頁 1106。

雪；二是如山的浪潮逆江水而上，過采石而達潯陽，說明唐時的潮界區在潯陽；三是春潮期間，風波險惡，船舶難度。」〔註67〕其說法即概括了〈橫江詞〉中描寫的若干特色所得。

　　然而〈橫江詞〉不僅在實際的景物上可加驗證，更可從中歸納幾項獨到的寫作特色：一是誇張的想像與巧妙的譬喻：如「猛風吹倒天門山，白浪高於瓦官閣。」（其一）「白浪如山那可渡？狂風愁殺峭帆人。」（其三）「濤似連山噴雪來！」（其四）雖然都有實際的景物作基礎，但在李白穿插了神幻、誇張的想像及生動的譬喻之後，使一些表面上並無邏輯關連的意象，結合成具有強烈藝術效果的圖畫。其次是擅以概括的筆法寫其氣勢，再以準確而精鍊的描寫突出其特色，如其二、其三的謀篇結構即是。其次是自問自答的巧妙運用，使詩中對於山水的摹景，不至於板滯堆疊，而更顯得活潑靈動。又如〈望天門山〉：

　　天門中斷楚江開，碧水東流至此回。兩岸青山相對出，孤帆一片日邊來。〔註68〕

詩中的「楚江」也就是長江，因為此段長江正流經春秋戰國時楚國的境內，故稱為楚江。「天門中斷楚江開」，寫的是舟中遙望之景，只見天門山彷彿被長江攔腰切斷，浩浩江水咆哮奔騰而過；過了天門山之後，江面豁然開闊起來。葛景春先生說：「船過天門山，江心有沙洲，將江流分成了東西兩條航道。船向西航道駛去，然後船調了個頭，順著江水由西向東，到天門山時又直折向北，順流而下。這時我才明白了李白在〈望天門山〉詩中『碧水東流至此回』這句詩的含意。」〔註69〕這兩句因「斷」、「開」兩字寫出了山勢的險峻與江水的開闊，也顯示了詩人胸中的浩然之氣。下句雖然延伸了大江的氣勢，但卻因「至此回」，而更側

〔註67〕《唐代文學研究》第三輯（廣西：廣西師範大學出版社，1992 年 8月，第一版）頁 245。

〔註68〕詹鍈主編：《李白全集校注彙釋集評》第 6 冊，頁 3070。

〔註69〕裴斐主編：《李白詩歌賞析集》（四川：巴蜀書社，1996 年 8 月，第二版），頁 375。

重於天門山力挽狂瀾的險峻形勢。

　　至於「兩岸青山相對出」一句，可有三層聯想：一寫天門山相對之勢，二寫天門山似從江岸湧出，拔地而起，因舟行近山岸，視覺上有不斷升高之勢，三寫天門山夾江而矗立，立舟遠眺，就好像青山也有生命情感似的，爲歡迎詩人而挺身相迎。這樣多層次的聯想，讀來眞令人感到興味盎然。至於「孤帆一片日邊來」歷來有多種解釋，其主要的意見有兩種；一是認爲「孤帆一片」就是一葉孤舟之意。一是認爲「孤帆」指單桅帆船，「一片」是一大片之意；葛景春認爲：「後一種解法不但與李詩用語不合，而且與李白這首絕句的詩意也不太符合。在李詩中『孤帆』就是孤舟。如『孤帆遠影碧空盡』、『天清一雁遠，海闊孤帆遲。』等詩中『孤帆』就都是孤舟的意思。」〔註70〕這樣的說法是較爲合理的。而「日邊」是雙關語，既指船是從傍晚日落的西邊駛來，又暗用典故〔註71〕說船是從長安的方向駛來，表現出李白自從離開長安之後，仍關心國事，而對長安有著依戀之情。

　　而這一葉孤舟究竟指的是誰呢？我想，是李白自己吧！然而，又有其言外之意。畢竟長江萬里而楚江（指天門山此段）遼闊，江上所行何止一帆，此理甚明，但在詩人狂傲的眼中，就算千帆萬帆，亦只是名利之帆；而他自己高懸著濟世之帆，卻已遠離長安，孤行江湖，雖懸念著從「日邊」來的榮耀，卻又隱含著離「日邊」漸遠的感傷。太白絕句以矯健灑脫，語近情遙，情景交融爲勝，此首正凸出了以上的特點。

第六節　婉曲：只愁歌舞散，化作綵雲飛

　　《文心雕龍‧隱秀》篇云：

〔註70〕裴斐主編：《李白詩歌賞析集》（四川：巴蜀書社，1996 年 8 月，第二版），頁 377。

〔註71〕南朝‧宋‧劉義慶著、南朝‧梁‧劉孝標注：《世說新語‧夙慧》（修訂本）（上海：上海古籍出版社，1995 年 5 月，第一版第二刷），頁589。

夫心術之動遠矣，文情之變深矣。源奧而派生，根盛而穎
峻。是以文之英蕤，有秀有隱。隱也者，文外之重旨者也；
秀也者，篇中之獨拔者也。隱以複意爲工，秀以卓絕爲巧，
斯乃舊章之懿績，才情之嘉會也。夫隱之爲體，義生文外，
秘響旁通，伏采潛發。譬爻象之變互體，川瀆之韞珠玉也。

〔註72〕

錢鍾書《談藝錄》認爲此段文字是古典詩文論述「意在言外」觀念的
源起：

「意境有餘則篇幅見短」○按此意在吾國首發於《文心雕
龍・隱秀》篇，所謂：『情在詞外曰隱，狀溢目前曰秀』，
又謂：『餘味曲包。』少陵〈寄高適岑參三十韻〉有云：『意
愜關飛動，篇終接混茫』；『終』而曰『接』，即〈八哀詩・
張九齡〉之『詩罷地有餘』，正滄浪謂『有盡無窮』之旨。

〔註73〕

而蔡英俊〈「意在言外」的用言方式與「含蓄」的美典〉一文則認爲：

所謂的「意在言外」，是指稱一種獨特的用言方式，強調詩
歌的意義並不內在自足於詩作本身，而是在語言文字的經
營之外而別有所指。而這種用言方式所代表的創作模式或
創作理念，主要是指向間接委婉的透過個別具體的事例或
自然的景物來傳達情感意念，由是而造成暗示或引發聯想
的審美效果。〔註74〕

可見「意在言外」的創作模式或理念，是傳統詩論或創作上，甚受矚
目的一個焦點，而且源遠流長，其來有自，沈師謙即認爲：

易經旨遠辭文，言中事隱；詩經藻辭諷諭，溫柔敦厚；春
秋婉章志晦，隱義藏用。……隱之爲用甚廣，「隱」相當於
「婉曲」──不直接了當地表達本意，而是用委婉曲折的
方式，含蘊閃爍的言辭，流露或暗示本意。……秀者，篇

〔註72〕劉勰著，趙仲邑譯注：《文心雕龍譯注》，頁391。

〔註73〕錢鍾書：《談藝錄》（北京：中華書局，1984年9月1版），頁309。

〔註74〕蔡英俊：《中國古典詩論中「語言」與「意義」的論題》（臺北：學
生書局，2001年4月初版），頁105。

中之獨拔，以卓絕爲巧。文辭貴在警策生動，片言以居要，竦人耳目。〔註75〕

對於「隱秀」之創作特質，論說十分詳盡。揆諸李白創作風格而言，雖以豪壯俊逸著稱，然亦因此種手法之運用，亦不乏含蓄婉曲風格的名篇。最著名的如〈玉階怨〉：

玉階生白露，夜久侵羅襪。卻下水精簾，玲瓏望秋月。〔註76〕

蕭士贇《分類補注李太白詩》云：「太白此篇，無一字言怨，而隱然幽怨之意見於言外，晦庵所謂聖於詩者，此歟？」〔註77〕《唐宋詩醇》卷四亦云：「妙寫幽情，於無字處得之。『玉顏不及寒鴉色，猶帶昭陽日影來』，不免露卻色相。」〔註78〕其妙處正在不正面寫怨，而言外自生怨意。如司空圖《二十四詩品》〈含蓄〉：

不著一字，盡得風流。語不涉己，若不堪憂。是有眞宰，與之沈浮。如淥滿酒，花時返秋。悠悠空塵，忽忽海漚。淺深聚散，萬取一收。〔註79〕

所謂「不著一字，盡得風流。」蓋因不著文字相，「進乎技矣」之故；而其「眞宰」，主乎其內，而自然表現於文辭之外；又譬諸於塵漚萬象，形形色色，借諸筆端，亦不過供我驅馳，以狀難寫之景，以抒不盡之情，而均歸含蓄矣。〈玉階怨〉之所以成爲千古絕唱，蓋得含蓄之妙。又如〈勞勞亭〉：

天下傷心處，勞勞送客亭。春風知別苦，不遣柳條青。〔註80〕

一、二句點明勞勞亭是送客亭，因而是「天下傷心處」，直寫顯露，而無餘韻；然三、四句一轉，卻寫春風也知人離別之苦，故意不讓柳

〔註75〕沈師謙：《文心雕龍與現代修辭學》（臺北：益智書局，1990 年 6 月），頁 303～332。

〔註76〕詹鍈主編：《李白全集校注彙釋集評》第 6 冊，頁 3070。

〔註77〕宋・楊齊賢注、元・蕭士贇補：《李太白全集》（臺北：世界書局，2005 年 1 月 2 版 5 刷），頁 334。

〔註78〕詹鍈主編：《李白全集校注彙釋集評》第 2 冊，頁 730。

〔註79〕唐・司空圖著、陳國球導讀：《二十四詩品》，頁 74。

〔註80〕詹鍈主編：《李白全集校注彙釋集評》第 7 冊，頁 3583。

條變青，免得人來攀折贈別。用意新警，耐人尋味。正如《二十四詩品》〈委曲〉：

> 登彼太行，翠繞羊腸。杳靄流玉，悠悠花香。力之於時，聲之於羌。似往已迴，如幽匪藏。水理漩洑，鵬風翺翔。道不自器，與之圓方。〔註81〕

以羊腸山徑、水理漩洑譬喻文理之曲折，以〈勞勞亭〉為例，其妙全在「春風知別苦」之轉折，造成閱讀上峰迴路轉，警策生動之感。李白詩篇呈現婉曲風格的詩篇尚多，清人施補華《峴傭說詩》對此亦多評說，如：

> 譏刺語須含蓄，如……太白「漢宮誰第一？飛燕在昭陽」、「只愁歌舞散，化作彩雲飛」，皆刺明皇、楊妃事，何等婉曲！〔註82〕
> 「楊花落盡子規啼，聞道龍標過五溪。我寄愁心與明月，隨風直到夜郎西。」深得一「婉」字訣。〔註83〕

均能準確掌握其婉曲的特色。又如〈春思〉：

> 燕草如碧絲，秦桑低綠枝。當君懷歸日，是妾斷腸時。春風不相識，何事入羅帷？〔註84〕

姜光斗〈略論李白詩風蘊藉含蓄與任情率真的矛盾統一〉一文認為：

> 如果僅有此四句（按：指前四句），也是一首描寫思婦懷念征夫的出色作品了。但其風格特色當然是任情率真。可是李白又偏在此詩末尾綴上兩句：「春風不相識，何事入羅帷？」看來是無理的對自然物春風的責問辭，藉以曲折而含蓄地喻示此婦心地貞潔，對遠征在外的丈夫一片忠誠，任何外物都是無法搖動她的意志的。這真是神來之筆。〔註85〕

論析尚稱得當。然此詩然此詩前兩句起興，三、四兩句轉入主題，五、

〔註81〕唐・司空圖著、陳國球導讀：《二十四詩品》，頁91。
〔註82〕清・施補華：《峴傭說詩》，丁福保輯：《清詩話》，頁894。
〔註83〕同前註所揭書，頁918。
〔註84〕詹鍈主編：《李白全集校注彙釋集評》第2冊，頁929。
〔註85〕姜光斗〈略論李白詩風蘊藉含蓄與任情率真的矛盾統一〉，《中國李白研究1997年集》（合肥：安徽文藝出版社，1998年10月），頁213。

六兩句則承三、四句而來。三、四句寫情,深得相思酸甜混雜之味;
王夫之《唐詩評選》曰:

> 字字欲飛,不以情,不以景。《華嚴》有兩鏡相入義,唯供
> 奉不離不墮。〔註86〕

「兩鏡相入」謂君、妾雙入,君懷歸,妾斷腸,互爲表裡亦互爲因果。
然君懷歸,妾應當喜,何以反爲斷腸?蓋因君未歸,妾雖思而意未動,
君懷歸,妾意動而有所感;因有所感,進而嗔責「春風不相識!何事
入羅帷?」此雖爲秀句,然其中情眞而委婉之處,不可思議。故而此
詩寫女子情思之矛盾糾結,若僅有前四句,亦不得云「任情率眞」,
蓋其中有「隱」,而五、六句得其「秀」。

結　語

　　綜合以上所論,可知李白詩歌的確反映出奇麗、清新、豪壯、婉
曲四種風格,而此四種風格又各具特色;簡言之,奇麗的風格,著重
於創意奇特,遣辭新麗,而以構思勝;清新的風格,著重於意境清新,
用語自然,而以韻味勝;豪壯的風格,則著重於情感奔放,形象壯闊,
而以氣勢勝;婉曲的風格,著重於意在言外,含蓄蘊藉,而以情味勝。

　　此四種風格雖然各具特色,但用於鑑賞時,卻不能機械式的刻
板劃分;尤其是豪壯風格的形成,既緣於天時(大唐盛世)、助乎山
水,又植根於李白獨特的生命氣質,的確是李白詩風的主旋律;故
有些詩中雖意境清新、用語自然,但似有一股清壯之氣,呼之欲出。
而奇麗的特色較偏向於構思、遣辭的層次,有時與氣勢取勝的豪壯
詩篇渾融合一,既奇且壯,更是相得益彰。而婉曲風格的明確掌握,
更能在壯闊的陽剛美之外,結合清新的風格,形成一條屬於陰柔美
的審美幽徑。

〔註86〕清·王夫之:《唐詩評選》(北京:文化藝術出版社,1997 年 4 月),
　　　頁 55。

第七章　李白詩歌與多元藝術之融通

　　《新唐書·李白傳》記載：「文宗時，詔以白歌詩、裴旻劍舞、張旭草書爲『三絕』。」〔註1〕文宗於西元八二七年至八四〇年在位，上距李白卒年約八十年，這是唐王朝對於其歌詩藝術的最高推崇，也就是將李白歌詩視同國寶一般看待。單獨從李白歌詩的角度看，這樣的說法應無疑義；但事實上，李白與其他「二絕」的關係亦甚密切，如裴敬〈翰林學士李公墓碑〉云：「常心許劍舞裴將軍，予曾叔祖也。嘗投書曰：『如白願出將軍門下。』」〔註2〕從李白部分詩歌中，即顯現出他對此藝術的喜愛與表現。而李白與張旭的關係更是密切，曾作〈猛虎行〉對張旭大加讚揚，明人解縉《春雨雜述·書學傳授》更說：「旭傳顏平原眞卿、李翰林白、徐會稽浩。」〔註3〕認爲李白的書法是得自張旭的眞傳。目前於李白劍舞已無由欣賞，僅能從部分詩篇中尋思其狀；而李白書帖則幸有〈上陽台帖〉傳世，及其他零星紀錄。總之本章試以其詩歌爲中心，分從「李白歌詩傳唱及舞蹈與音樂的表現」、「李白題畫詩藝術評析」、「李白書法藝術及其論書詩」三節分論其詩歌與多元藝術之融通現象。

〔註1〕　《新唐書》，第202卷，第5764頁，北京中華書局，1975。

〔註2〕　詹鍈主編：《李白全集校注彙釋集評》第1冊（天津：百花文藝出版社，1996年5月初版），頁15。

〔註3〕　明·解縉：《春雨雜述·書學傳授》（臺北：新文豐出版公司，1985年），頁154。

第一節　李白歌詩傳唱情形及其舞蹈、音樂的表現

　　盛唐是唐代「聲詩極盛時期」，〔註4〕據任半塘《唐聲詩》研究，現存的唐代的聲詩調有一五四調，其中百分之八十是在盛唐創作的。任半塘說：「今并開、天之前後通計之，以今日尙具唐、五代之傳辭爲限，在當時又確合聲樂且有較充實之文獻可徵者求之，初步猶可得一百五十四調。」〔註5〕任先生「憑司樂機構之情勢以估計，盛唐樂曲達一二千數。」〔註6〕而樂曲創作繁盛的因素之一，即是繁盛的歌詩創作。如天寶三年芮挺章所編的《國秀集》，選錄了「自開元以來，維天寶三載，譴謫蕪穢，登納菁英，可被管弦者都爲一集。」〔註7〕共選自李嶠至祖詠九十人詩二百二十首，均爲可入樂的歌詞。吳相洲即認爲：

> 詩歌創作之繁盛與歌詩傳唱之繁盛同時出現，不是巧合，而是有著內的必然的聯繫。盛唐詩的繁榮有很多原因，歌詩創作的繁盛，雖然不是唯一的原因，但也是一個極其重要的原因。因爲盛唐詩相當一部分就歌，也就是說，盛唐人的許多創作是以歌詩的形式出現的，是在濃厚的歌詩傳唱的氛圍中完成的。〔註8〕

胡適甚至認爲樂府詩的創作是盛唐人的「主要事業」：

> 唐人論詩多特別推重建安時期。……建安時期的主要事業在於製作樂府歌辭，在於文人用古樂府的舊曲改作新詞。開元、天寶時期的主要事業也在於製作樂府歌辭，在於繼續建安曹氏父子的事業，用活的語言同新的意境創作樂府新詞。〔註9〕

〔註4〕　任半塘：《唐聲詩》上編（上海：上海古籍出版社，1982 年），頁 33。
〔註5〕　同前註所揭書，頁 42。
〔註6〕　同前註所揭書，頁 39。
〔註7〕　傅璇琮：《唐人選唐詩新編・國秀集序》（臺北：文史哲出版社，1999 年 2 月初版），頁 217。
〔註8〕　吳相洲：《唐詩創作與歌詩傳唱關係研究》（北京：北京大學出版社，2004 年 10 月初版），頁 178～179。
〔註9〕　胡適：《白話文學史》（上海：上海古籍出版社，1999 年），頁 158。

皮日休《松陵集序》曰：「才之備者，於聖爲六藝，於賢爲聲詩。」
〔註10〕其〈魯望昨以五百言見貽過有褒美內揣庸陋彌增愧悚因一千言上述吾唐文物之盛次敘相得之歡亦洩和之微旨也〉又說：「所以吾唐風，直將三代甄。被此文物盛，由乎聲詩宣。」〔註11〕由此可知，由一位晚唐詩人的立場來觀察，整個唐代文物繁盛的原因，都與聲詩的繁榮有直接關係。因此，當我們在欣賞李白詩作時，對於盛唐歌詩傳唱的情形，自須有一概略的認識，如此才能瞭解李白歌詩在所謂傳唱系統中可能的傳唱情形。而傳唱的鼎盛時期爲開元、天寶年間，詩人歌手樂工的薈萃之地爲長安，而其最大的推動者爲唐玄宗。

一、官方與民間繁盛的歌詩傳唱活動

吳相洲《唐詩創作與歌詩傳唱關係研究》一書云：

> 盛唐歌詩藝術生產達到了一個空前繁盛的局面，其最大的特點是官方出面組織，進行大規模的集體創作，曲調創新驟然增加，風格豐富多彩。而這一局面都與一個強有力的推動者有關，這個人就是多才多藝的唐明皇李隆基。……特別是唐玄宗多才多藝的特點直接促進了盛唐文化中最燦爛的一種形式——詩歌的繁榮，及與詩歌密切相關的音樂舞蹈等藝術的繁盛。他對詩歌、音樂、舞蹈、書法、繪畫等各個方面都有濃厚的興趣。他在位期間，文化藝術的各個方面都出現了大家，如大詩人李白、杜甫，大歌唱家李龜年，大舞蹈家公孫大娘，大書法家張旭，大畫家吳道子、曹霸……這種彬彬之盛局面的出現固然有許多原因，但玄宗對文化藝術的愛好和提倡無疑是一個重要的因素。〔註12〕

玄宗和當時的詩人有廣泛的接觸和交往，他十分愛惜、尊重有才華的詩人，孟棨《本事詩》即記載一段玄宗召見李白的情形：

> 玄宗聞之，召入翰林。以其才藻絕人，器識兼茂，欲以上

〔註10〕《全唐文》第796卷（上海：上海古籍出版社，1990年），頁3072。
〔註11〕同前註所揭書第608卷，頁7025。
〔註12〕吳相洲：《唐詩創作與歌詩傳唱關係研究》，頁180。

位處之，故未命以官。嘗因宮人行樂，謂高力士曰：「對此
良辰美景，豈可獨以聲伎爲娛，倘時得逸才詞人吟詠之，
可以誇耀於後。」遂命召白。時寧王邀白飲酒，已醉。既
至，拜舞頹然。上知其薄聲律，謂非所長，命爲宮中行樂
五言律詩十首，白頓首曰：「寧王賜臣酒，今已醉。倘陛下
賜臣無畏，始可盡臣薄技。」上曰：「可。」即遣二內臣掖
扶之，命研墨濡筆以授之，又令二人張朱絲欄於其前。白
取筆抒思，略不停綴，十篇立就，更無加點。筆跡遒利，
鳳峙龍拏。律度對屬，無不精絕。〔註13〕

除李白之外，他身邊始終聚集著一大批文人學士、知名詩人，如《舊
唐書・職官志》所記載：

玄宗即位，張說、陸堅、張九齡、徐安貞、張垍等召入禁
中，謂之翰林待詔。〔註14〕

以上諸人當時均任有正式官職，且「召入禁中」，可見甚受皇帝的重
視與信任，玄宗在從政之暇，常常和他們悠游唱和，評詩論文。如天
寶初年，玄宗至溫泉宮，登朝元閣賦詩，群臣屬和，玄宗認爲檢校禮
部尚書席豫所作最佳，稱讚說：「覽卿所進，實詩人之首出，作者之
冠冕也。」〔註15〕大詩人杜甫亦因投詩「延恩匭」，並向玄宗獻「三
大禮賦」，「帝奇之，使待制集賢院，命宰相試文章，擢河西尉，不拜，
改右衛率府冑曹參軍。」〔註16〕著名詩人賀知章年老致仕，玄宗命太
子以上百官送行，並親自寫詩表達惜別之情，顯示出這位風流天子對
詩人的禮遇與重視的確超乎尋常。

　　至於唐明皇好歌舞的性格，文獻多有記載。他自己能吹奏樂器，
能唱，能自度曲，能自製辭，並親自教授梨園弟子，經常舉辦大型的

〔註13〕唐・孟棨：《本事詩・高逸第三》，丁福保輯：《歷代詩話續編》上（臺
　　　　北：木鐸出版社，1988 年），頁 14。
〔註14〕後晉・劉昫：《舊唐書・職官二》（臺北：鼎文書局，1985 年 3 月 4
　　　　版），頁 1853～1854。
〔註15〕後晉・劉昫：《舊唐書・席豫傳》，5035 頁。
〔註16〕《新唐書・杜甫傳》，頁 5736。

歌舞娛樂活動，從而大大地刺激了詩人們創作的熱情。而現存的文獻中記載玄宗親自演唱的故事有很多。例如《明皇雜錄》云：

> 每賜宴設酺會，則上御勤政樓……令宮女數百，飾以珠翠，衣以錦繡，自帷中出，擊雷鼓爲〈破陣樂〉、〈太平樂〉、〈上元樂〉……娛之。〔註17〕

《舊唐書》、《新唐書》中也都有關於這一事件的記載。《舊唐書‧玄宗紀》云：

> （開元十七年）八月癸亥，上以降誕日，燕百僚於花萼樓下。百僚表請：以每年八月五日爲「千秋節」，王公以下獻鏡及承露囊，天下諸州咸令燕樂，休暇三日，仍編爲令，從之。〔註18〕

《新唐書‧禮樂志》亦云：

> 「千秋節」者，玄宗以八月五日生，因以其日名節，而君臣共爲荒樂，當時流俗多傳其事以爲盛。其後巨盜起，陷兩京，自此天下用兵不息，而離宮苑囿遂以荒墟，獨其餘聲遺曲傳人間，聞者爲之悲涼感動。蓋其事適足爲戒，而不足考法，故不復著其詳。〔註19〕

上有所好，下必甚焉，皇帝重之如此，文士們焉能不群起「效命」？更何況玄宗還經常命文士進行創作。唐人《輦下羅時記》云：

> 先天初，明皇御安福樓門觀燈。令朝士能文者爲〈踏歌〉，聲入雲。〔註20〕

李白〈贈汪倫〉詩亦云：

> 李白乘舟將欲行，忽聞岸上〈踏歌〉聲。桃花潭水深千尺，不及汪倫送我情。〔註21〕

〔註17〕唐‧鄭處誨：《明皇雜錄》（臺北：新文豐圖書公司，1985年初版），頁241。

〔註18〕後晉‧劉昫：《舊唐書‧本紀‧玄宗上》，頁193。。

〔註19〕《新唐書‧禮樂志》，頁477。

〔註20〕《輦下歲時記》：清順治丁亥（四年）兩浙督學李際期刊本。

〔註21〕詹鍈主編：《李白全集校注彙釋集評》第4冊（天津：百花文藝出版社，1996年5月初版），頁1857。

可見〈踏歌〉在當時不論是民間及宮廷均頗爲流行。至於當時歌舞的
情況，則可從元稹〈連昌宮詞〉的描寫略窺一二：

> 夜半月高弦索鳴，賀老琵琶定場屋。力士傳呼覓念奴，念
> 奴潛伴諸郎宿。須史覓得又連催，特敕街中許燃燭。春嬌
> 滿眼睡紅綃，掠削雲鬟旋裝束。飛上九天歌一聲，二十五
> 郎吹管逐。逡巡大遍涼州徹，色色龜茲轟錄續。李謨壓笛
> 傍宮墙，偷得新翻數般曲。〔註22〕

將這一個荒唐而熱鬧的場面，活潑的呈現在讀者面前。可想而知，音
樂歌唱表演已成了宮廷狂歡的必備節目，而歌女在宮廷和民間的交錯
傳唱情形，其效果似乎更遠大於文人間詩歌的傳抄閱讀。此點可從其
中念奴唱歌，元稹自注得知：

> 念奴，天寶中名倡，善歌。每歲樓下酺宴，累日之後，萬
> 眾喧隘。嚴安之、韋黃裳輩辟易不能禁，眾樂爲之罷奏。
> 玄宗遣高力士大呼於樓上曰：「欲遣念奴唱歌，邠二十五郎
> 吹小管逐，看人能聽否？」未嘗不悄然奉詔。其爲當時所
> 重也如此。然而玄宗不欲奪俠游之盛，未嘗置在宮禁。或
> 歲幸湯泉，時巡東洛，有司潛遣從行而已。〔註23〕

從這段記載可知，在萬眾喧嘩的場景下，京官「辟易不能禁，眾樂
爲之罷奏」，爲了維持秩序，竟然請出「念奴唱歌，邠二十五郎吹小
管逐」的戲碼。試看現在的流行歌手舉辦大型演唱會，現場觀眾歌
迷動輒上萬人，但偶像歌手一上台演唱，台下莫不悄然。若演唱抒
情歌曲，歌迷隨之低吟；若演唱激情動感歌曲，歌迷又隨之扭腰擺
臀、高聲吶喊。現場雖是萬頭鑽動，卻隱然是亂中有序。古今對照，
可想見其概況。而爲了配合這種飲宴之樂的需要，大規模的專業歌
舞演唱團體應運而生。當時的音樂機構，除了原有的太常寺掌管的
太常樂以外，又出現了教坊與梨園，甚至連府縣都設有教坊。《明皇
雜錄》云：「每賜宴設酺會，府縣教坊，大陣山車旱船，尋橦走索，

〔註22〕《全唐詩》上（上海：上海古籍出版社，1992年3月9刷），頁1023。
〔註23〕同前註所揭書，頁1024。

丸劍角抵，戲馬鬥雞。」〔註24〕這種局面的出現，自有其經濟、文化上的原因，而統治者的喜好和倡導，更具有關鍵性的作用。吳相洲即認爲：

> 我們看，方方面面，一切都是爲了皇帝的需要，一切出自皇帝的性情。盛唐時期的許多樂曲，或遠或近，都與皇帝的活動相關。唐明皇以其特有的性格，給他那個時代染上了繽紛的色彩。這必將大大地刺激詩人的參與，努力使自己的詩成爲廣受人們歡迎的唱詞。這就是盛唐的音樂文化，盛唐的詩人就是生活在這樣的文化氛圍之中，進行著他們的創作。從藝術涵養到情緒的感染，從創作題材到聲律，從創作動機到作品的傳播和價值實現，歌詩創作都深受音樂演唱的影響。〔註25〕

可見統治階層尤其是風流天子唐明皇，由於他自身的文學藝術修養頗高，對於這方面創作的品質要求自然也隨之提升。此外，詩人的創作與歌者之間的關係，盛唐時期是處於一種自由鬆散的狀態，吳相洲認爲：

> 盛唐歌詩藝術生產最大的特點是官方只出面組織，進行大規模的集體創作，一大批優秀的藝術人才聚集京城，互相切磋競爭中間，創作出大量的新的曲調，風格豐富多彩，加之皇上在此傾注了極大的熱情，使盛唐的歌詩創作呈現出繁盛而多彩的特點：首先，由於表演的中心集中在皇宮和王侯貴主之家，使得一般人與歌者之間還有一定的距離，一般的情況是歌者自由地選取詩人的作品來演唱，這種距離使詩人們的創作有了更大的自由，所作歌詩的題材和風格上也顯得豐富多樣，不像中唐以後，詩人和歌者密切合作，所寫多集中在詩人與歌者之間的情意上，從而形成了單一的香艷的風格。其次，盛唐的歌詩表演不僅僅是爲了娛樂的需要，有時還出於緣飾盛世文明的目的，作慶

〔註24〕唐・鄭處誨：《明皇雜錄》，頁241。
〔註25〕吳相洲：《唐詩創作與歌詩傳唱關係研究》，頁193。

典、祭祀之作，這也是盛唐歌詩創作豐富多彩的一個原因。〔註26〕

也由於盛唐時期「表演的中心集中在皇宮和王侯貴主之家」，因此歌詩的創作甚至成爲落拓詩人的晉身之途，如《唐才子傳》云：

> 洽，酒泉人，黃鬚美丈夫也。盛時攜琴劍來長安，謁當道，氣度豪爽。工樂府詩篇，宮女梨園，皆寫於聲律。玄宗亦知名，嘗歎美之。所出入皆王侯貴主之宅；從遊與宴，雖駿馬蒼頭，如其己有；觀服玩之光，令人歸欲燒物，憐才乃能如是也。〔註27〕

康洽是當時有名的歌詩作者，其受到帝王貴族之家寵愛的情形，與李白何其相似。而盛唐許多名家之作，被宮女、梨園譜寫於聲律的情形還有許多，如天寶三年芮挺章所編的《國秀集》所選詩人爲例，大家耳熟能詳的如崔顥選入〈古遊俠〉、〈結定襄獄效陶體〉、〈贈輕車〉、〈岐王席觀妓〉、〈題沈隱侯八詠樓〉、〈贈梁州張都督〉、〈題黃鶴樓〉七首；王維〈河上送趙仙舟〉、〈初至山中〉、〈途中口號〉、〈成文學〉、〈扶南曲〉、〈息嬀怨〉、〈送殷四葬〉七首；孟浩然〈夏日宴衛明府宅遇北使〉、〈題榮二山池〉、〈江上思歸〉、〈過陳大水亭〉、〈長樂宮〉、〈渡楊子江〉、〈渡浙江〉七首；王昌齡〈趙十四兄見尋〉、〈望臨洮〉、〈塞下曲〉、〈從軍古意〉、〈古意〉五首；王之渙〈涼州詞〉、〈宴詞〉二首；高適〈和王七度玉門關上吹笛〉等均爲可被管弦者。足見盛唐詩人的歌詩寫作，提供傳唱活動所需的大量歌詞，而普遍繁盛的傳唱活動，也直接刺激了盛唐詩歌創作的繁榮，這兩者可謂相輔相成，如魚得水。

歌詩傳唱既然是盛唐人生活中很普遍、很重要的一件事，必然引起詩人們的普遍關注，進而促使文人進行大量的詩歌創作。除了宮廷中，爲滿足帝王貴冑需求的宴飲歌舞演唱之外，民間的傳唱活動情形，亦可從初、盛唐時期文人的觀伎詩窺知一二，如王績〈益州城西張超

〔註26〕吳相洲：《唐詩創作與歌詩傳唱關係研究》，頁194。
〔註27〕元·辛文房：《唐才子傳》第4卷（臺北：金楓出版公司，1987年），頁93。

亭觀妓〉：「落日明歌席，行雲逐舞人。」〔註28〕〈辛司法宅觀妓〉：「長裙隨鳳管，促柱送鸞杯。」〔註29〕宋之問〈廣州朱長史座觀妓〉：「歌舞須連夜，神仙莫放歸。」〔註30〕張說〈溫泉馮劉二監客舍觀妓〉：「鏡前鸞對舞，琴裡鳳傳歌。」〔註31〕沈佺期〈李員外秦援宅觀妓〉、劉長卿〈陪辛大夫西亭宴觀妓〉、〈揚州雨中張十宅觀妓〉、李白〈秋獵孟諸夜歸置酒單父東樓觀妓〉、〈邯鄲南亭觀妓〉、〈在水軍宴韋司馬樓船觀妓〉、杜甫〈數陪李梓州泛江有女樂在諸舫戲為豔曲二首贈李〉等，不勝枚舉，幾可形成一部文人觀妓詩歌史，而其觀妓的時機、地點、內涵等，正反映初、盛唐以來民間傳唱活動的流行與普遍，這種現象實在值得唐代詩歌研究者的重視。劉再生〈唐代的「音聲人」〉一文即云：

> 《新唐書・禮樂志》載：「唐之盛時，凡樂人、音聲人、太常雜戶子弟隸太常及鼓吹署，皆番上，總號音聲人，至數萬人。」反映了音聲人成為唐代樂人總稱的情況。……值得注意的是，唐代最盛時期，全國人口約在五千萬上下，而音聲人的數字卻是數萬人之多，它還遠沒有把社會上的樂人包括進去。……他們的活動範圍相當廣闊，或在金碧輝煌的宮殿中，或在觥籌交錯的宴席上，或在深幽寂靜的寺院裡，或在將士雲集的邊塞地……〔註32〕

這些「番上，總號音聲人，至數萬人。」所呈現的社會現象，及其所連帶造成的歌詩創作需求，實值得注意。劉大杰《中國文學發展史》認為唐詩興盛的原因有：一、詩人地位的轉移，二、政治背景，三、詩歌形式的發展三種因素。〔註33〕如能加上「蓬勃的歌詩傳唱活動」，或許能更全面的認識到唐詩興盛的原因。

〔註28〕《全唐詩》上，頁127。
〔註29〕同前註所揭書，頁127。
〔註30〕同前註所揭書，頁162。
〔註31〕同前註所揭書，頁228。
〔註32〕劉再生：〈唐代的「音聲人」〉，《中國音樂》，1984年第四期，頁13。
〔註33〕劉大杰：《中國文學發展史》（臺北：華正書局，1990年7月），頁369～371。

二、李白的歌詩創作及其舞蹈與音樂的表現

　　此外，歌詩創作與盛唐詩人普遍採用的體裁是一致的。林庚先生說，最能夠代表盛唐詩風格的是七古和七絕：

> 這時候成爲詩歌最奔放的語言乃是絕句與七古，而絕句又是以七絕爲主的。唐詩的可貴，正在於它是深入淺出的，提高與普及統一的；而絕句與七古這更接近於生活語言的旋律，因此就成爲最活躍的文藝形式。代表這方面的詩人有王昌齡、王之渙、李頎、高適、岑參。他們的作品多半是以邊塞爲主題的，這正如前面所說，乃是盛唐所特有的主題。……唐人開闊的胸襟，不盡的語言，在此乃成爲典型的表現。絕句在盛唐是最通俗普遍的形式，而與之相類的就是七古。〔註34〕

陳貽焮在〈盛唐七絕芻議〉中進一步指出，盛唐著名詩人幾乎都是絕句的大家：

> 這一領域中湧現出李白、王昌齡、王維這三位大家，創作了大量珍品，從而使盛唐七絕躍居四唐之首位。這三家的七絕各擅其妙，成就俱高。〔註35〕

而七絕在當時是最方便入樂的形式之一，旗亭畫壁的故事所歌的都是四句（其中有的是截取而來），以致後人一直認爲，唐人所歌都是絕句，絕句就是唐代的歌曲。皮日休〈魯望昨以五百言見貽過有褒美內揣庸彌增愧悚因成一千言上述吾唐文物之盛次敘相得之歡亦迭和之微旨也〉在談到唐聲詩時說：「玉壘李太白，銅鞮孟浩然。」〔註36〕所謂「銅鞮」就是當時民謠〈白銅鞮〉。李白〈襄陽歌〉：「襄陽小兒齊拍手，攔街爭唱〈白銅鞮〉。」〔註37〕說明李白、孟浩然也有此類民謠的創作。

〔註34〕林庚：《中國文學簡史》（北京：北京大學出版社，1996年5月2刷），頁211～213。

〔註35〕陳貽焮：《論詩雜著》（北京：北京大學出版社，1989年），頁126。

〔註36〕《全唐詩》下，頁1541。

〔註37〕詹鍈主編：《李白全集校注彙釋集評》第2冊，頁974。

　　李白的樂府詩創作成就極高，也是盛唐作舊題樂府最多最負盛名的詩人。對此，李白亦頗爲自負，曾授韋渠牟古樂府之學；而後人亦給予很高的評價。如胡應麟就說：「樂府則太白擅奇古今，少陵嗣跡風雅。」〔註38〕胡震亨則云：

> 太白于樂府最深，古題無一弗擬，或用其本意，或翻案另出新意，合而若離，離而實合，曲盡擬古之妙。……今人第謂太白天才，不知其留意樂府，自有如許功力在，非草草任筆性懸合者。〔註39〕

又云：「擬古樂府，至太白幾無憾，以爲樂府第一手矣。」〔註40〕近人羅根澤也說李白「以一切文學爲樂府」。〔註41〕但我們不可因李白大量作擬古樂府就認爲他的樂府詩不入樂，實際情況是他的擬古之作有許多應是可以入樂的，如〈烏夜啼〉、〈楊盼兒〉、〈采蓮曲〉、〈白紵辭〉、〈塞下曲六首〉、〈塞上曲〉、〈大堤曲〉、〈東武吟〉、〈丁都護歌〉、〈折楊柳〉、〈子夜吳歌〉、〈估客樂〉、〈行路難〉、〈關山月〉、〈遠別離〉、〈天馬歌〉、〈胡無人〉、〈北風行〉、〈王昭君二首〉、〈久別離〉、〈白頭吟二首〉、〈結客少年場行〉、〈陽春歌〉、〈短歌行〉、〈陌上桑〉、〈少年子〉、〈對酒〉、〈少年行〉、〈長相思〉、〈江上吟〉、〈悲歌行〉、〈山鷓鴣辭〉等等。

　　而李白在宮中作〈清平調〉三首，更是盛唐歌詞創作一段風流佳話。李頎《古今詩話》云：

> 開元間，禁中初重木芍藥，植於興慶池東沉香亭，會花盛開，明皇乘照夜駒，妃子步輦從之，詔選梨園弟子中尤者，得樂十六色。李龜年以歌擅一時之名，捧檀板，押眾樂前，將歌。明皇曰：「賞名花，對妃子，焉用舊詞？」遂命李龜年持令花箋賜李白，立進〈清平調〉詞三章，白承詔尚苦宿酲，遂賦詞。其一曰：「雲想衣裳花想容，清風拂檻露華

〔註38〕明・胡震亨：《唐音癸籤》第9卷（臺北：世界書局，1985年11月5版），頁73。
〔註39〕同前註所揭書，頁73。
〔註40〕同前註所揭書，頁73。
〔註41〕羅根澤：《樂府文學史》（北京：東方出版社，1996年），頁206。

濃。若非群玉山頭見，會向瑤臺月下逢。」其二曰：「一枝
紅艷露凝香，雲雨巫山枉斷腸。借問漢宮誰得似？可憐飛
燕倚新妝。」其三曰：「名花傾國兩相歡，常得君王帶笑看。
解釋春風無限恨，沉香亭北倚闌干。」龜年遂以調進，令
梨園弟子歌之。太眞妃持七寶杯，酌西梁州葡萄酒，笑領
歌意。明皇因調玉笛倚曲，遲其聲以媚太眞妃。自是顧白，
尤異於諸學士。〔註42〕

這是盛唐的大詩人和最著名的歌唱家、最尊貴的帝王、最受寵的美人
與最有權力的宦官，在中國歷史上絕無僅有的一次集體演出；這一盛
事一定會在社會上產生極大的影響。而李白作爲一個大詩人，能「立
進」歌詞，說明他是這方面創作的擅場者。這三首詩寫的優美動人，
極盡婉約之致，與其他詩作豪放飄逸的風格形成了對照，呈現李白詩
風格的另一特色。

　　李白作歌詩當然不只這一次。《舊唐書・李白傳》云：「玄宗度曲，
欲造樂府新詞，亟召白，白已臥于酒肆矣。召入，以水洒面，即令秉
筆，頃之成十餘章，帝頗嘉之。」〔註43〕而其所作即〈宮中行樂辭〉
八首：

　　小小生金屋，盈盈在紫微。山花插寶髻，石竹繡羅衣。
　　每出深宮裏，常隨步輦歸。只愁歌舞散，化作綵雲飛。

　　柳色黃金嫩，梨花白雪香。玉樓巢翡翠，珠殿鎖鴛鴦。
　　選妓隨雕輦，徵歌出洞房，宮中誰第一？飛燕在昭陽。

　　盧橘爲秦樹，蒲桃出漢宮。煙花宜落日，絲管醉春風。
　　笛奏龍鳴水，簫吟鳳下空。君王多樂事，還與萬方同。

　　玉樹春歸日，金宮樂事多。後庭朝未入，輕輦夜相過。
　　笑出花間語，嬌來燭下歌。莫教明月去，留著醉姮娥。

〔註42〕郭紹虞輯：《宋詩話輯佚》（臺北：華正書局，1981 年 12 月初版），
　　　　頁 213。
〔註43〕後晉・劉昫：《舊唐書》第 142 卷下（北京：中華書局，1975 年），
　　　　頁 5053。

繡戶香風暖，紗窗曙色新。宮花爭笑日，池草暗生春。

綠樹聞歌鳥，青樓見舞人。昭陽桃李月，羅綺自相親。

今日明光裏，還須結伴遊。春風開紫殿，天樂下珠樓。

豔舞全知巧，嬌歌半欲羞。更憐花月夜，宮女笑藏鈎。

寒雪梅中盡，春風柳上歸。宮鶯嬌欲醉，簷燕語還飛。

遲日明歌席，新花豔舞衣。晚來移綵仗，行樂好光輝。

水綠南薰殿，花紅北闕樓。鶯歌聞太液，鳳吹遶瀛洲。

素女鳴珠佩，天人弄綵毬。今朝風日好，宜入未央遊。〔註44〕

任華〈雜言寄李白〉云：「見說往年在翰林，胸中矛戟何森森。新詩傳在宮人口，佳句不離明主心。」〔註45〕可見詩中所說的「新詩」就是指〈清平調〉、〈宮中行樂辭八首〉一類的歌詞。此外，如〈子夜四時歌〉，亦是當時演唱的歌詞。許顗《彥周詩話》即云：

李太白云：「子夜吳歌動君心。」李義山詩：「鶯能子夜歌。」

云晉有子夜者善歌，非時數也。〔註46〕

類似這樣的詩篇還有許多，如〈折楊柳〉：「垂楊拂淥水，搖艷東風年。花明玉關雪，葉暖金窗煙。美人結長想，對此心淒然。攀條折春色，遠寄龍庭前。」〔註47〕〈于闐採花〉：「于闐採花人，自言花相似。明妃一朝西入胡，胡中美女多羞死。乃知漢地多明妹，胡中無花可方比。丹青能令醜者妍，無鹽翻在深宮裏。自古妒娥眉，胡沙埋皓齒。」〔註48〕〈于闐採花〉是產生於陳、隋之時在唐代仍然流行的曲調，這首詩不但採用了這一歌詩的曲調，而且在內容上也緊扣詩題。

　　李白的歌詩創作在唐代是頗負盛名的。前引《新唐書·李白傳》：「文宗時，詔以白歌詩、裴旻劍舞、張旭草書為『三絕』。」足證李

〔註44〕詹鍈主編：《李白全集校注彙釋集評》第 2 冊，頁 740。

〔註45〕傅璇琮：《唐人選唐詩新編·又玄集》（臺北：文史哲出版社，1999年 2 月），頁 599。

〔註46〕何文煥編訂：《歷代詩話》（臺北：藝文印書館，1991 年 9 月 5 版），頁 234。

〔註47〕詹鍈主編：《李白全集校注彙釋集評》第 2 冊，頁 864。

〔註48〕同前註所揭書第 2 冊，頁 533。

白即以「歌詩」著名的。儘管大部分創作者把聲律、風骨兼備看作是詩歌成功的一個重要標誌，但在唐人的心目中，講究聲律的詩和講究風骨的詩還是被人們看作是兩個類別，因爲人們認爲發揮風雅的徒詩和出於一時歌咏的創作還是有區別的，李白就有這種區分的觀念。孟棨《本事詩‧高逸》：

> 白才逸氣高，與陳拾遺齊名，先後合德。其論詩云：「梁陳以來，艷薄斯極。沈休文又尚以聲律，將復古道，非我而誰與？」故陳李二集律詩殊少。嘗言：「興寄深微，五言不如四言，七言又靡也，況使束於聲調俳優哉？」〔註49〕

在這裡，李白明確地揭示了興寄與體裁的關係，指出近體格律對風骨的妨害。而聲律之所以妨害了風骨，也就在於講究聲律的詩便於入樂，而入樂的歌詩所歌咏的題材往往缺少興寄，這就是他所說的反對「束於聲調俳優」的眞正含義。李白自己本人也有大量的歌詩創作，他有這樣的看法應該是經驗之談。

由於李白具有這種區分聲律與風骨的觀念，而他本人又是盛唐大雅觀的倡導者，以至人們否定李白有過歌詩創作。如浦江清說：「李白抗志復古，……非措意當世詞曲者。……〈清平調〉三章出於晚唐人之小說，靡弱不類，識者當能辨之。」〔註50〕有人還否定李白曾作過〈菩薩蠻〉和〈憶秦娥〉，也是出於一樣的原因。清‧馮金伯《詞苑萃編》卷之二十引宋‧王灼《碧溪漁隱叢話》云：

> 今詩餘名〈望江南〉外，〈菩薩蠻〉、〈憶秦娥〉稱最古，以《草堂》二詞出太白也。近世文人學士或以爲實然。予謂太白在當時直以風雅自任，即近體盛行，七言律鄙不肯爲，寧屑事此。且二詞雖工麗，而氣衰颯，於太白超然之致，不啻穹壤。藉令眞出青蓮，必不作如是語。詳其意調，絕

〔註49〕 唐‧孟棨：《本事詩‧高逸第三》，丁福保輯：《歷代詩話續編上》（臺北：木鐸出版社，1988年），頁14。

〔註50〕 轉引自吳啓明〈李白〈清平調〉三首辯僞〉，《文學遺產》第三期，《唐聲詩》下編，第477頁，上海，上海古籍出版社，1982。

　　類溫方城輩，蓋晚唐人詞嫁名太白耳。〔註51〕

李白主張復古不假，但並不等於就不寫時下流行的歌曲。否認李白有歌詩創作，雖有一定的道理，卻不符合實際情形，因為李白是從不便於興寄的角度來反對歌詩，就如同有人從聲律不符合樸素自然的角度來批評聲律。

　　其實從另一個角度看，李白從事歌詩創作並不與其風骨興寄的詩歌主張衝突；唐玄宗既是個風流天子，喜好歌舞詩詞，則不妨投其所好，再於其獻進之歌詩中表達諷諫之意，前引《古今詩話》的記載即可看出這種傾向。而李白待詔近兩年時間，卻苦無任官效力的機會，除了自己往往在酒後狂傲得罪權貴之外，詩中的諷諫之意，也令媚惑君王，藉機攬權的楊氏兄妹深感不安，而年老昏憒的聖天子，對李白也不過以俳優視之，風骨興寄被包裝上歌詩甜美可口的「糖衣」，卻發揮不了任何作用，反而因此遭來賜金還山的結局。李白對此讒言之害是深感痛心疾首的，如〈答王十二寒夜獨酌有懷〉云：

　　君不能狸膏金距學鬥雞，坐令鼻息吹虹霓。君不能學哥舒，橫行青海夜帶刀。西屠石堡取紫袍。吟詩作賦北窗裏，萬言不值一杯水。世人聞此皆掉頭，有如東風射馬耳。魚目亦笑我，請與明月同。騄驪拳跼不能食，寒驢得志鳴春風。折楊黃華合流俗，晉君聽琴枉清角。巴人誰肯和陽春？楚地猶來賤奇璞。黃金散盡交不成，白首為儒身被輕。一談一笑失顏色，蒼蠅貝錦喧謗聲。曾參豈是殺人者？讒言三及慈母驚。與君論心握君手，榮辱於余亦何有？孔聖猶聞傷鳳麟，董龍更是何雞狗？一生傲岸苦不諧，恩疏媒勞志多乖。嚴陵高揖漢天子，何必長劍拄頤事玉階。達亦不足貴，窮亦不足悲。〔註52〕

對於吟詩作賦的文章事業，在昏闇的年代，竟然落得「萬言不值一杯水」的下場；而「蒼蠅貝錦喧謗聲。曾參豈是殺人者？讒言三及慈母

〔註51〕宋・王灼：《苕溪漁隱叢話》（臺北：世界書局，1961 年），頁 124。
〔註52〕詹鍈主編：《李白全集校注彙釋集評》第 5 冊，頁 2699。

驚。」更是這些忠梗之士的共命。〈書情贈蔡舍人雄〉亦云：

> 嘗高謝太傅，攜妓東山門。楚舞醉看雲，吳歌斷清猿。暫
> 因蒼生起，談笑安黎元。余亦愛此人，丹霄冀飛翻。遭逢
> 聖明主，敢進興亡言。白璧竟何辜？青蠅遂成冤。〔註53〕

為自己「敢進興亡言。白璧竟何辜？青蠅遂成冤。」辯護。而〈雪讒詩贈友人〉更是將讒言的來源背景說得露骨：

> 嗟余沉迷，猖獗已久。五十知非，古人常有。立言補過，
> 庶存不朽。包荒匿瑕，蓄此煩醜。月出致譏，貽塊皓首。
> 感悟遂晚，事往日遷。白璧何辜？青蠅屢前。群輕折軸，
> 下沉黃泉。眾毛飛骨，上凌青天。萋斐暗成，貝錦粲然。
> 泥沙聚埃，珠玉不鮮。洪燄爍山，發自纖煙。滄波蕩日，
> 起於微涓。交亂四國，播於八埏。拾塵掇蜂，疑聖猜賢。
> 哀哉悲夫！誰察予之貞堅？彼人之猖狂，不如鵲之彊彊。
> 彼婦人之淫昏，不如鶉之奔奔。坦蕩君子，無悅簧言。擢
> 髮續罪，罪乃孔多。傾海流惡，惡無以過。人生實難，逢
> 此織羅。積毀銷金，沉憂作歌。天未喪文，其如予何！妲
> 己滅紂，褒女惑周。天維蕩覆，職此之由。漢祖呂氏，食
> 其在傍。秦皇太后，毒亦淫荒。蟂螏作昏，遂掩太陽。萬
> 乘尚爾，匹夫何傷！辭殫意窮，心切理直。如或妄談，昊
> 天是殛。子野善聽，離婁至明。神靡遁響，鬼無逃形。不
> 我遐棄，庶昭忠誠。〔註54〕

雖然，對於李白而言，歌詩的創作不僅是為了進身立功，然而就李白的從政之路來觀察，則不免令人產生成也歌詩，敗也歌詩之嘆！

然而暫且撇開這些政治圈內的鬥爭，從李白部分詩歌中，的確可看出李白在其他藝術領域亦有驚人的表現。音樂方面如〈聽蜀僧濬彈琴〉：

> 蜀僧抱綠綺，西下峨眉峰。為我一揮手，如聽萬壑松。客
> 心洗流水，遺響入霜鐘。不覺碧山暮，秋雲暗幾重。〔註55〕

〔註53〕詹鍈主編：《李白全集校注彙釋集評》第3冊，頁1458。
〔註54〕同前註所揭書第3冊，頁1373。
〔註55〕同前註所揭書第7冊，頁3522。

對於蜀僧濬高超的琴藝以極生動的譬喻「萬壑松」來表現，而琴音裊
裊，有如清澈流水，更足以洗滌塵心，不覺已秋山暗暮了。而〈觀胡
人吹笛〉：

> 胡人吹玉笛，一半是秦聲。十月吳山曉，梅花落敬亭。愁
> 聞出塞曲，淚滿逐臣纓。卻望長安道，空懷戀主情。〔註56〕

更因笛聲勾起了逐臣的悲辛之感。又如〈金陵聽韓侍御吹笛〉：

> 韓公吹玉笛，倜儻流英音。風吹繞鍾山，萬壑皆龍吟。王
> 子停鳳管，師襄掩瑤琴。餘韻渡江去，天涯安可尋？〔註57〕

〈青溪半夜聞笛〉：

> 羌笛梅花引，吳溪隴水情。寒山秋浦月，腸斷玉關聲。〔註58〕

〈月夜聽盧子順彈琴〉：

> 閑夜坐明月，幽人彈素琴。忽聞悲風調，宛若寒松吟。白
> 雪亂纖手，綠水清虛心。鍾期久已沒，世上無知音。〔註59〕

不論演奏者是僧人、胡人、官宦、處士甚至是不知名者，李白總能從
中欣賞聆聽，稱之為音樂品賞家亦不為過。至於李白自己是否能演奏
樂器呢？試看〈答杜秀才五松山見贈〉：

> 一時相逢樂在今，袖拂白雲開素琴。彈為三峽流泉音，從
> 茲一別武陵去，去後桃花春水深。〔註60〕

〈幽澗泉〉：

> 拂彼白石，彈吾素琴。幽澗愀兮流泉深。善手明徽，高張
> 清心。寂歷似千古，松颼飀兮萬尋。中見愁猿弔影而危處
> 兮，叫秋木而長吟。客有哀時失職而聽者，淚淋浪以霑襟。
> 乃緝商綴羽，濮濮成音。吾但寫聲發情於妙指，殊不知此
> 曲之古今。幽澗泉，鳴深林。〔註61〕

〔註56〕詹鍈主編：《李白全集校注彙釋集評》第7冊，頁3616。
〔註57〕同前註所揭書第7冊，頁3629。
〔註58〕同前註所揭書第6冊，頁3307。
〔註59〕同前註所揭書第6冊，頁3305。
〔註60〕同前註所揭書第5冊，頁2765。
〔註61〕同前註所揭書第2冊，頁541。

李白「袖拂白雲開素琴，彈爲三峽流泉音」，爲分別而彈奏，而其琴藝更是「寂歷似千古，松颼颼兮萬尋。中見愁猿弔影而危處兮，叫秋木而長吟。客有哀時失職而聽者，淚淋浪以霑襟。」可見其琴音感人之深。李白琴藝高超，對於舞蹈似乎也頗爲愛好，最有名的如〈月下獨酌四首〉其一：

> 花間一壺酒，獨酌無相親。舉杯邀明月，對影成三人。月既不解飲，影徒隨我身。暫伴月將影，行樂須及春。我歌月徘徊，我舞影零亂。醒時同交歡，醉後各分散。永結無情遊，相期邈雲漢。

從其「我歌月徘徊，我舞影零亂。」之句，可知李白能歌善舞的一面。又如〈銅官山醉後絕句〉：

> 我愛銅官樂，千年未擬還。要須迴舞袖，拂盡五松山。

亦是在酒後興起而迴旋舞蹈。又如〈東山吟〉：「酣來自作青海舞，秋風吹落紫綺冠。」〔註62〕據《全唐詩中的樂舞資料》一書，將此條資料列於「雜舞」〔註63〕項下。至於即將走向政治顛峰前所作的〈南陵別兒童入京〉一詩，若從歌舞角度觀之，似乎更能感受其內心的喜悅程度：「呼童烹雞酌白酒，兒女嬉笑牽人衣。高歌取醉欲自慰，起舞落日爭光輝。」〔註64〕一幅父子歡笑歌舞同樂的情景躍然眼前。

至於其他舞蹈項目，如屬於健舞類的劍器舞，亦是李白十分喜愛的類型，其〈司馬將軍歌〉：「將軍自起舞長劍，壯士呼聲動九垓。」〔註65〕〈玉壺吟〉：「三杯拂劍舞秋月，忽然高詠涕泗漣。」〔註66〕〈送羽林陶將軍〉：「萬里橫戈探虎穴，三杯拔劍舞龍泉。」〔註67〕等均是明例。

〔註62〕詹鍈主編：《李白全集校注彙釋集評》第3冊，頁1117。
〔註63〕中國舞蹈藝術研究會舞蹈史研究組編：《全唐詩中的樂舞資料》（北京：人民音樂出版社，1996年6月），頁229。
〔註64〕詹鍈主編：《李白全集校注彙釋集評》第4冊，頁2238。
〔註65〕同前註所揭書第2冊，頁591。
〔註66〕同前註所揭書第2冊，頁1002。
〔註67〕同前註所揭書第5冊，頁2386。

　　其他如〈高句驪〉：「金花折風帽，白馬小遲回。翩翩舞廣袖，似鳥海東來。」〔註68〕及〈猛虎行〉：「對舞前溪歌白紵，曲几書留小史家。」〈白紵辭〉三首之一：「且吟白紵停綠水，長袖拂面有君起。」之二：「垂羅舞縠揚哀音，郢中白雪且莫吟。」之三：「揚眉轉袖若雪飛，傾城獨立世所稀。」等對「白紵舞」等舞姿的生動描寫。又如〈上雲樂〉其中有許多動物形象的描寫：「五色師子，九苞鳳凰。是老胡，雞犬鳴舞飛帝鄉，淋灘颯踏，進退成行。能胡歌，進漢酒，跪雙膝，並兩肘。散花指天舉素手，拜龍顏，獻聖壽。」均須從「獸舞」的角度去欣賞才能理解。據《全唐詩中的樂舞資料》一書云：「獸舞，與百戲中弄獸不同，以舞者扮獸類舞，或模仿獸類跳躍迴旋的動作。」〔註69〕由此推論，此首應是李白在待詔翰林時所作，以作為進獻玄宗所用。

　　由上述可知，李白作為盛唐極其知名的歌詩作者，非僅在詩的創作上有其擅場的一面，對於歌舞及音樂的表演與欣賞，亦有其專業而突出的表現。

第二節　李白題畫詩藝術評析

　　研究藝術家李白，除了舞蹈、音樂外，當然也不能忽略其歌詩對盛唐繪畫藝術所做出的貢獻，吳企明〈李白與盛唐繪畫藝術〉云：

> 研究李白及其文學創作活動，重視文學的社會性而忽視文學與藝術的融通；研究中國題畫的文學作品，重視杜甫而忽視李白；研究李白的題畫作品，重視其詩歌而忽視其贊文，這些都不能不說是一種失之偏頗的現象。我們應該在認真考察唐代藝術尤其是盛唐繪畫藝術發展的歷史進程中、唐代文學創作與繪畫藝術融通的軌跡基礎上，深入探索李白詩文創作活動與盛唐繪畫藝術的密切關係，李白與杜甫在開創中國題畫詩文和促進唐代繪畫藝術發展中所作

〔註68〕詹鍈主編：《李白全集校注彙釋集評》第 2 冊，頁 895。
〔註69〕中國舞蹈藝術研究會舞蹈史研究組編：《全唐詩中的樂舞資料》，頁 196。

出的貢獻。總之，從我國畫學與文學的集合點上，去正確
認識李白文學創作中的重要方面——題畫詩文的藝術價
值，是一件很有意義的事。〔註70〕

吳氏這樣的觀點的確值得肯定，因此本節即以李白題畫詩文為主題，
探討其中的藝術價值。

南北朝時期中國的繪畫藝術已有極高的發展，這可從南齊‧謝赫
《古畫品錄》提出的「六法」可知：

六法者何？一氣韻生動是也，二骨法用筆是也，三應物象
形是也，四隨類賦彩是也，五經營位置是也，六傳移模寫
是也。〔註71〕

此外尚有陳‧姚最撰《續畫品》及〈梁元帝山水松石格〉等，篇幅均
短，但卻頗見深刻的繪畫理論。

至唐代的畫家，仍承繼了南北朝的優良藝術傳統，又經過眾多畫
家的探索、革新和創造，為盛唐繪畫藝術的蓬勃發展準備了足夠的條
件。到盛唐時代，繪畫藝術得到空前發展，名家輩出，畫風多樣，成
為整個繁榮昌盛的唐文化中極為耀眼的一環。如張彥遠〈歷代名畫記〉
曾說過：「聖唐至今二百三十年，奇藝者駢羅，耳目相接，開元、天
寶，其人最多。」〔註72〕像善畫人物的吳道子、張萱，善畫山水的王
維、李思訓、鄭虔、張諲、朱審、王宰、劉商，善畫鞍馬的曹霸、韓
幹、韋無忝，善畫花鳥的薛稷、馮紹正，善畫釋道的吳道子、盧稜伽，
善畫風俗畫的韓滉，善畫松石的張璪、畢宏等，都以他們的高超畫藝，
稱名於盛唐時代。其中，尤其值得一提的是山水和寫貌兩種畫科。盛
唐時代，金碧山水經李思訓父子的努力，發展了隋展子虔青綠山水的

〔註70〕吳企明：〈李白與盛唐繪畫藝術〉（中國李白研究 1991 年集：中國李
白研究會、馬鞍山李白紀念館編，江蘇古籍出版社，1993 年 4 月），
頁 122。

〔註71〕南齊‧謝赫《古畫品錄》（美術叢刊一：虞君質選編，國立編譯館印
行，1986 年 9 月再版），頁 1。

〔註72〕唐‧張彥遠：〈歷代名畫記〉，徐娟主編：《中國歷代書畫藝術論著叢
編》（中國大百科全書出版），頁 325。

畫法技巧，形成畫派，對後代影響很大。另一方面，在王維、鄭虔、張諲等人的探索下，水墨山水畫興起了，畫家重視畫像與情思的融合，追求畫中有詩意的藝術境界，反映出文人寫意畫的美學思想，豐富和發展了山水畫的藝術形式和表現技巧，對中國山水畫的發展產生過深遠的影響。盛唐時代，肖像畫也很風行。受到初唐時代帝王圖像功臣於凌煙閣的啟示，也爲適應當日歌功頌德的政治需要，朝廷常令畫家爲帝王、諸王、學士圖像，如陳義國、陳閎、殷季友、許琨、法明、錢國養、朱抱一等人，工於寫眞，常在內庭畫人物肖象。這種風氣，漸漸擴大到宮外，朝野一體，蔚然成風，有些擅畫其他畫科的畫家，亦善寫貌，如王維、曹霸、韓幹、韋無忝等人。而詩人對於畫作的鑑賞與評論及詩、畫之間的匯流與融通，更幾乎涵蓋了唐代的四個階段，自宋之問〈詠省壁畫鶴〉、陳子昂〈詠主人壁上畫鶴〉、李邕〈題畫〉及王維、岑參、高適、顧況、韓愈、柳宗元、白居易、元稹、皮日休等均有題畫詩之作。

　　而李白對於盛唐繪畫藝術的發展更是非常關切，他不但喜愛繪畫作品，而且有很高的鑑賞水準。李白題詠畫作的詩歌和贊文，恰恰反映了盛唐時代山水畫蓬勃發展的趨勢和寫眞畫風行於時的實際情況。李白題畫詩按其寫作編年列次如下：

　　開元二十四年（736）三十六歲：

　　　〈觀元丹丘坐巫山屏風〉

　　　〈巫山枕障〉

　　　〈瑩禪師房觀山海圖〉

　　開元二十八年（740）四十歲：

　　　〈金鄉薛少府廳畫鶴讚〉

　　天寶二年（743）四十三歲：

　　　〈同族弟金城尉叔卿燭照山水壁畫歌〉

　　　〈金銀泥畫西方淨土變相讚并序〉

　　　〈羽林范將軍畫讚〉

天寶三載（744）四十四歲：

〈初出金門尋王侍御不遇詠壁上鸚鵡〉

〈觀博平王志安少府山水粉圖〉

天寶六載（747）四十七歲：

〈求崔山人百丈崖瀑布圖〉

〈吉安崔少府翰畫讚〉

天寶十載（751）五十一歲：

〈方城張少公廳畫師猛讚〉

天寶十三載（754）五十四歲：

〈江寧楊利物畫讚〉

天寶十四載（755）五十五歲：

〈當塗趙炎少府粉圖山水歌〉

〈宣城吳錄事畫讚〉

上元二年（761）六十一歲：

〈金陵名僧君頁公粉圖慈親讚〉

〈誌公畫讚〉

寶應元年（762）六十二歲：

〈當塗李宰君畫讚〉〔註73〕

　　另有〈觀伕飛斬蛟龍圖讚〉、〈壁畫蒼鷹讚〉兩首據王伯敏「李白、杜甫論畫詩年表」則將〈觀伕飛斬蛟龍圖讚〉編於開元八年（720 年）、〈壁畫蒼鷹讚〉編於開元二十五年（737 年）。〈李居士讚〉、〈地藏菩薩讚并序〉，安旗、王伯敏均未編年。〔註74〕

　　總計李白寫作題畫詩及讚文共二十二首，按其體裁及題材分類如下：

〔註73〕以上編年據安旗主編：《新版李白全集編年注釋》（成都：巴蜀書社，2000 年 4 月）。

〔註74〕兩首畫讚安旗主編：《新版李白全集編年注釋》置於「未編年文」；王說見王伯敏：《唐畫詩中看》（臺北：東大圖書公司，1993 年 5 月），頁 157。

一、題畫詩八首：

七首題詠山水畫：

〈觀元丹丘坐巫山屏風〉、〈巫山枕障〉、〈瑩禪師房觀山海圖〉、
〈同族弟金城尉叔卿燭照山水壁畫歌〉、〈觀博平王志安少府山
水粉圖〉、〈求崔山人百丈崖瀑布圖〉、〈當塗趙炎少府粉圖山水
歌〉

一首題詠花鳥畫：

〈初出金門尋王侍御不遇詠壁上鸚鵡〉

二、題畫讚文十四篇

八篇寫真畫讚頌：

〈羽林范將軍畫讚〉、〈吉安崔少府翰畫讚〉、〈江寧楊利物畫
讚〉、〈宣城吳錄事畫讚〉、〈誌公畫讚〉、〈當塗李宰君畫讚〉、〈觀
伏飛斬蛟龍圖讚〉、〈李居士讚〉

二篇畜獸畫讚頌：

〈方城張少公廳畫師猛讚〉、〈壁畫蒼鷹讚〉

三篇釋道畫頌贊：

〈金銀泥畫西方淨土變相讚并序〉、〈金陵名僧君頁公粉圖慈親
讚〉、〈地藏菩薩讚并序〉

一篇花鳥畫讚頌：

〈金鄉薛少府廳畫鶴讚〉

這樣的題畫詩及讚文，不論在數量及題材上均有可觀，的確值得
進一步加以欣賞探討。然有部分畫讚仍存有爭議，首先需加以釐清，
如吳企明認為：

李白的畫讚中，有兩篇是專為名畫家吳道子、薛稷的繪畫作
品撰寫的讚語：一、〈誌公畫讚〉，誌公，即寶誌禪師，六朝
人，死於梁武帝天興十二年，梁代大畫家張僧繇曾為誌公畫
過肖象，唐代吳道子又重新畫像，李白作讚文，顏真卿書，
世稱「三絕碑」。清葉奕苞著錄：「唐誌公畫像讚」，右像吳

道子畫，李白贊詞，顏眞卿書」。（〈金石錄補〉卷十七）二、
〈金鄉薛少府廳鶴贊〉，這是詩人爲薛稷畫鶴所作的贊文。
〈宣和畫譜〉謂「李太白有稷之畫贊」，即指此畫。〔註75〕

王伯敏卻認爲「三絕碑」之說，恐是後來好事者所爲：

> 清・葉奕苞《金石錄》補卷十七載：「唐誌公畫像贊，右像
> 吳道子畫，李白贊詞，顏眞卿書。誌公即寶誌，此碑毀於
> 宣德中，後靈谷寺僧本初以舊榻勒石，去原本遠也。石在
> 揚州」。後來南京靈谷寺的這方「三絕碑」，是清代乾隆時
> 法守和尚根據揚州的舊榻本重行鐫刻的。關於「三絕碑」，
> 當是後來好事者所爲。如果李贊的誌公畫像，果是吳道子
> 手筆，李白爲何不書一字，足見畫者並非當時的大名家。《金
> 石錄》所載的「三絕碑」，是後人爲了使它產生更大的影響，
> 而把詩、書、畫的大名家拉在一起的。〔註76〕

王說的確頗爲合理。且〈誌公畫贊〉讚文爲：

> 水中之月，了不可取。盧空其心，寥郭無主。錦懷烏爪，獨
> 行絕侶。刀齊尺梁，扇迷陳語。丹青聖容，何往何所？〔註77〕

筆墨著重在誌公的修爲高深及奇異行跡的描寫，反倒對圖像寫眞未下
一讚語，若此畫眞爲吳道子所繪，豈非太不近情理？至於李白是否爲
薛稷寫過畫讚，王伯敏則從歷史背景提出否定：

> 考李白的這首〈金鄉薛少府廳畫鶴讚〉，作於開元二十五年
> （公元737年）〔註78〕，這一年李白居東魯（今山東），那
> 時薛稷已去世十多年，怎能在金鄉任「少府」，何況薛稷一
> 生未任「少府」職。……李白生於公元701年，當薛稷累
> 罪入獄結束其政治活動時，李白年僅十二歲，而且尚未出
> 蜀。……所謂李白與薛稷的關係，當屬子虛烏有。〔註79〕

由此可知〈金鄉薛少府廳畫鶴讚〉當與以畫鶴擅名的薛稷無關。然此

〔註75〕吳企明：〈李白與盛唐繪畫藝術〉，頁122。
〔註76〕王伯敏：《唐畫詩中看》，頁52。
〔註77〕詹鍈主編：《李白全集校注彙釋集評》第8冊，頁4206。
〔註78〕安旗繫此畫讚於開元二十八年，然不影響王伯敏推論結果。
〔註79〕王伯敏：《唐畫詩中看》，頁35。

讚文對於鶴畫的描寫頗爲生動，如「紫頂煙艶，丹眸星皎。昂昂欲飛，霍若驚矯。形留座隅，勢出天表。謂長唳於風霄，終寂立於露曉。」〔註80〕可說形色逼眞，感神通靈。呼應首句「高堂閑軒兮，雖聽頌而不擾。」〔註81〕既是寫鶴，又有讚嘆薛少府之意。而〈壁畫蒼鷹讚〉亦頗著名：

> 突兀枯樹，旁無寸枝。上有蒼鷹獨立，若愁胡之攢眉。凝金天之殺氣，凜粉壁之雄姿。觜鋘劍戟，爪握刀錐。群賓失席以睚眦，未悟丹青之所爲。吾嘗恐出戶牖以飛去，何意終年而在斯！〔註82〕

此首以「突兀」、「獨立」示蒼鷹孤高之姿，以「攢眉」、「殺氣」顯蒼鷹雄霸之氣，以「劍戟」、「刀錐」形蒼鷹精健之狀；復以群賓未悟的愚昧，誇大的襯托出蒼鷹逼人之「眞」；宋本《李太白文集》原題下加了「譏主人」〔註83〕三字，意甚顯豁，且此畫讚作於李白酒隱安陸之時，正當落拓失意，觀其「何意終年而在斯！」之句，則似尚有自傷的餘味。李白詩文創作，主體意識極強，即使題畫詩亦不例外；此詩雖爲蒼鷹畫讚，然在窮形寫意之外，以蒼鷹自比，嘲士人之愚誃，傷自身之未振，孤立無依，徒有「劍戟刀錐」，卻難有用世之機。吳企明認爲：

> 李白〈壁畫蒼鷹贊〉：「吾嘗恐出戶牖以飛去，何意終年而在斯！」上句，寫畫鷹靈動之氣勢，如欲沖天飛去；下句，寫畫面靜態，蒼鷹終年在壁上，因爲它畢竟是只畫鷹。一動一靜，反襯出題詠對象不是眞鷹，而是一幅勢若飛騰的鷹畫。〔註84〕

未論及詩人的創作心裡，所論恐有不足之處。又如〈初出金門尋王侍御不遇詠壁上鸚鵡〉：

〔註80〕詹鍈主編：《李白全集校注彙釋集評》第 8 冊，頁 4202。
〔註81〕同前註所揭書第 8 冊，頁 4202。
〔註82〕同前註所揭書第 8 冊，頁 4182。
〔註83〕《李太白文集》（臺北：學生書局，1967 年 5 月初版），頁 638。
〔註84〕吳企明：〈李白與盛唐繪畫藝術〉，頁 126。

落羽辭金殿，孤鳴託繡衣。能言終見棄，還向隴山飛。〔註85〕

此詩作於天寶三載，「初出金門」即李白被賜金還山之時，以「落羽」、「孤鳴」狀自身的窘境，而「能言終見棄」則點出對於朝廷欲有規諫之言，但言路已塞，終究只有見棄一途了。李白此類詠物詩，不沾不滯、不即不離，妙語雙關，卻寄慨良深。

李白性格狂放不羈、酷愛遊歷名山勝川，既醉心於大自然的懷抱，對於山水圖障的喜愛與欣賞，更有極高的興味與素養。如〈觀博平王志安少府山水粉圖〉：

粉壁爲空天，丹青狀江海。游雲不知歸，日見白鷗在。博平眞人王志安，沉吟至此願挂冠。松溪石磴帶秋色，愁客思歸坐曉寒。〔註86〕

王伯敏〈李白論畫詩〉認爲：

「粉圖」，有人解釋爲彩畫的一種，並認爲「雜粉色而繪之」，還有人把它與「粉繪」並提。其實，「粉圖」就是在粉壁上畫的圖。……既然，「粉壁」爲壁畫的畫底，則「粉壁爲空天」，就是以「粉壁」的本色作爲天色。李白所見的這壁山水畫，「天空」就是沒有勾線，也沒有賦彩設色的。……唐代的壁畫山川，一般都用丹青，像李白所見的這鋪以「粉壁爲空天」的壁畫，倒成爲例外之作了。……有人提到中國山水畫的發展時，認爲「自元季王、黃、倪、吳出，山水畫始不以丹青畫天」，現在讀了李白的這首詩，可知唐人的山水畫，已經有此畫法了。〔註87〕

可見李白具有獨到的繪畫鑑賞能力，能一眼抉發這種當時可稱爲殊異的畫法，並爲中國繪畫史留下珍貴的資料。又〈瑩禪師房觀山海圖〉：

眞僧閉精宇，滅跡含達觀。列障圖雲山，攢峰入霄漢。丹崖森在目，清畫疑卷幔。蓬壺來軒窗，瀛海入几案。煙濤爭噴薄，島嶼相淩亂。征帆飄空中，瀑水灑天半。崢嶸若

〔註85〕詹鍈主編：《李白全集校注彙釋集評》第 7 冊，頁 3531。
〔註86〕同前註所揭書第 7 冊，頁 3536。
〔註87〕王伯敏：《唐畫詩中看》，頁 19。

可涉，想像徒盈嘆。杳與眞心冥，遂諧靜者翫。如登赤城

裏，揭涉滄洲畔。即事能娛人，從茲得蕭散。〔註88〕

這首詩記敘的是李白在瑩禪師僧房所見到的一幅「山海圖」，王伯敏

說：「唐、宋的《山海圖》，通常畫神仙所居的東瀛。」〔註89〕在一位

佛教禪師的僧房中，掛著一幅道教意味甚濃的山海圖，正顯示盛唐

儒、釋、道並尊的文化現象。這幅圖所描繪的景色，詩人以極生動的

文字將其表現出來，如「攢峰入霄漢」、「煙濤爭噴薄，島嶼相凌亂。」

更將畫境與禪房融合於詩句中，「丹崖森在目，清晝疑卷幔。蓬壺來

軒窗，瀛海入几案。」使讀者有身歷其境之感，甚至詩人最後還說自

己「如登赤城裏，揭涉滄洲畔。」似乎也神遊進入畫境了。

至於〈同族弟金城尉叔卿燭照山水壁畫歌〉一詩：

高堂粉壁圖蓬瀛，燭前一見滄洲清。洪波洶湧山崢嶸，皎

若丹丘隔海望赤城。光中乍喜嵐氣滅，謂逢山陰晴後雪。

迴谿碧流寂無喧，又如秦人月下窺花源。了然不覺清心魂，

祇將疊嶂鳴秋猿。與君對此歡未歇，放歌行吟達明發。卻

顧海客揚雲帆，便欲因之向溟渤。〔註90〕

有趣的關鍵在「燭照」二字，李白在題目即特別標明賞畫的方法；詩

句的開展也彷彿隨著燭照的過程而流動。首先是「燭前一見滄洲清。

洪波洶湧山崢嶸，皎若丹丘隔海望赤城。」原本陰暗不明的圖像經燭

光照耀，豁然明朗，「洪波洶湧山崢嶸，皎若丹丘隔海望赤城。光中乍

喜嵐氣滅，謂逢山陰晴後雪。」洪波、山勢歷歷可見，「清」字用的佳

妙，這是言其大貌；進而描寫細處，言山中碧水迴轉自然，潺湲流動，

也清晰在目，而「寂無喧」三字，顯畫境之清寂，更開下句「又如秦

人月下窺花源」的妙想，此句既寫圖景，又可用以譬喻賞畫人，而「燭

照」反成「月照」，而「窺」字用以細描畫中人的神態，似乎也呈現了

「燭照」看畫的趣味。由此可知，李白的題畫詩，不僅是單純的「有

〔註88〕詹鍈主編：《李白全集校注彙釋集評》第7冊，頁3551。

〔註89〕王伯敏：《唐畫詩中看》，頁4。

〔註90〕詹鍈主編：《李白全集校注彙釋集評》第2冊，頁1044。

聲畫」，其中更蘊含了作者的無限巧思，不但擴大畫境，更擴大讀者的心境。此外從中國傳統山水畫的表現特點來看此詩，王伯敏認爲：

> 李白所見的這幅給觀者有「隔海相望」感覺的圖畫，它的特點可能來自這樣兩方面：一是圖中的點景人物正在作隔海相望狀；二是圖中畫出了重疊的山和寬廣的海，使觀畫者可以見到隔山隔海的風光。這樣的一種藝術處理，在中國的傳統畫中是常見的。〔註91〕

王伯敏的說法是從畫法構圖的角度立論，透過其說解的確可使讀者更具體的「想像」其畫面，但詩爲有聲畫，畫爲無聲詩，兩者固有其會通處，畢竟有所別，從題畫詩「還原」其畫境固爲一途，然從題畫「詩」的角度尋繹詩人觀畫所感的慧思，更是讀者所應關注的重點。

此外，吳企明先生從「動靜對照」的觀點欣賞李白部分題畫詩，亦頗有參考價值：

> 李白〈當塗趙炎少府粉圖山水歌〉：「征帆不動亦不旋，飄然隨風落天邊。」上句，寫畫中征帆的靜態，下句，寫觀者似乎覺得征帆隨著水波飄流到窅遠的天際去。一靜一動，憑藉觀畫者的想像力，使靜止的畫面變得翻動起來了。李白〈安吉崔少府翰畫贊〉：「卓立欲語，謂行而立」，畫上的崔少府「卓立」著，是靜止的，因爲畫得栩栩如生，好像要與人講話；他的神態像是要向前行走，但畫面表現瞬間狀態，所以他永遠留在畫面上。兩句贊語，靜態、動態交叉配合，說明本文贊頌的是畫得活靈活現的人物肖像。〔註92〕

的確能掌握到李白部分題畫詩的特殊表現手法。而沈師謙於《中國詩書畫》一書中，分析題畫詩的五項特點：一、以真寫畫；二、白描畫面；三、借畫發揮；四、以詩論畫；五、詼諧諷刺。〔註93〕以李白題畫爲例，除單純「白描畫面」之外，兼具其他四項特質，而

〔註91〕王伯敏：《唐畫詩中看》，頁25。
〔註92〕吳企明：〈李白與盛唐繪畫藝術〉，頁126。
〔註93〕簡恩定、沈師謙、吳永猛：《中國詩書畫》（臺北：國立空中大學，2000年6月），頁178。

這四項特質，也正是詩、畫兩種藝術交融產生之題畫詩的價值所在。

第三節　李白書法藝術及其論書詩

我國的書法藝術，有如詩歌藝術，發展到唐代，皆稱極盛。不但名家輩出，而且蔚爲風尙。在國子監中專設書學一科，並有書學博士專司其事。唐代選官有四個條件，據《新唐書·選舉志下》：「凡擇人之法有四：一曰身，體貌豐偉；二曰言，言辭辨正；三曰書，楷法遒美；四曰判，文理優長。」〔註94〕可見其被重視的程度，而且上自帝王，如唐太宗「善飛白，筆力遒勁。」〔註95〕、武后行書「有丈夫勝氣」〔註96〕、玄宗「善八分書」〔註97〕等就是實例，至於其他著名書法家如初唐的歐陽詢、虞世南、褚遂良，盛唐的李邕、張旭、賀知章、顏眞卿、李陽冰，中唐的懷素、柳公權等；尤以盛唐諸家均與李白有交誼。尤其是擅長草書的賀知章及張旭，對於李白書藝影響頗深。《新唐書·隱逸傳》記載賀知章任秘書監時：「每醉輒屬辭，筆不停書，咸有可觀，未始刊飭，善草隸，好事者具筆研從之，意有所愜，不復拒，然紙才數十字，世傳以爲寶。」〔註98〕唐人竇泉《述書賦》對其評價頗高：

> 湖山降祇，狂客風流。落筆驚絕，芳嗣寡儔。如春林之絢采，實望而寫憂。邑容省闥，高逸豁達。〔註99〕

李白與賀知章的交情匪淺，對其書藝更知之甚深。李白曾賦詩上送賀知章歸越，詩中將賀監比喻爲寫經換鵝的王羲之，可見其推崇之高。張旭

〔註94〕《新唐書·選舉志下》（臺北：鼎文書局），頁1171。
〔註95〕明·《書史會要》卷五，徐娟主編：《中國歷代書畫藝術論著叢編》（中國大百科全書出版），頁158。
〔註96〕《宣和書譜》卷一，《叢書集成新編·五十二》（臺北：新文豐出版公司），頁586。
〔註97〕後晉·劉昫：《舊唐書·本紀》，頁165。
〔註98〕《新唐書·隱逸傳》（臺北：鼎文書局），頁1382。
〔註99〕唐·竇泉：《述書賦》（上海：上海神州國光社排印本，1928年），頁？。

書法以狂草著名，據說他寫狂草的書法悟自挑夫爭道，後又觀公孫大娘舞劍器，更得到不少的啓發。其著名的傳世書帖有〈古詩四帖〉、〈肚痛帖〉、〈般若波羅密多心經〉、〈草書李白（東夜於隨州紫楊先生餐霞樓上送煙子元演序）〉、〈草書李白（悲清秋賦）〉等，後來唐「文宗時詔以白歌詩、裴旻劍舞及張旭草書爲『三絕』」，〔註100〕足見其書藝之高。李白對張旭的仰慕頗深，曾做〈猛虎行〉大加讚揚：「楚人盡道張旭奇，心藏風雲世莫知。三吳邦伯皆顧盼，四海雄俠兩追隨。」〔註101〕而明人解縉《春雨雜述・書學傳授》更說：「旭傳顏平原眞卿、李翰林白、徐會稽浩。」〔註102〕認爲李白的書法是得自張旭的眞傳。此外如〈醉後贈王歷陽〉：「書禿千兔毫，詩裁兩牛腰。筆蹤起龍虎，舞袖拂青霄。」〔註103〕對於歷陽丞王利貞的書法亦有「筆蹤起龍虎」的讚揚。

李白傳世書跡見於記載的不少。其中比較可信的，有〈上陽台帖〉〔註104〕、〈訪賀監不遇帖〉、〈送賀八歸越帖〉、〈與劉尊師帖〉、〈乘興帖〉、〈月下帖〉、〈樓虛帖〉。

〈上陽台帖〉，近代名書法家啓功先生鑑定其爲眞跡無誤，其〈李白上陽台帖墨跡〉一文云：

> 〈上陽台帖〉，紙本，前綾隔水上宋徽宗瘦金書標題「唐李太白上陽台」。本帖字五行，云：「山高水長，物象千萬。非有老筆，清壯何窮？十八日上陽台書。太白。」帖後紙拖尾又有瘦金書跋一段。帖前騎縫處有舊圖印，帖左下角有舊連珠印，俱已剝落模糊，是否宣和璽印不可知。南宋時曾經趙孟堅、賈似道收藏，有「子固」白文印和「秋壑圖書」朱文印。入元爲張晏所藏，有張晏、杜本、歐陽玄題。又有王餘慶、危素、騶魯題。明代曾經項元汴收藏，

〔註100〕《新唐書・李白傳》（臺北：鼎文書局）頁5764。
〔註101〕詹鍈主編：《李白全集校注彙釋集評》第2冊，頁907。
〔註102〕裴斐、劉善良編：《李白資料彙編：金元明清之部》第 1 冊，頁161。
〔註103〕詹鍈主編：《李白全集校注彙釋集評》第4冊，頁1745。
〔註104〕見本文附圖十四。

　　清初歸梁清標，又歸安岐，各有藏印，安岐還著錄於《墨
　　緣彙觀》的《法書續錄》中。後入乾隆內府，著錄於《石
　　渠寶笈初編》卷十三。後又流出，今歸故宮博物院。它的
　　流傳經過是歷歷可考的。〔註105〕

有行家鑑定可信度自然大大提高。且啓功先生從宋徽宗對此帖的肯定
來講，他認為有以下幾點可作為依據：

　　一、宋徽宗上距李白的時間，以宣和末年（1125）上溯到李白卒
　　　　年，僅三百六十多年，在鑑定上並不困難。

　　二、卷上的瘦金體標題、跋尾既和宋徽宗其他真跡相符，則他所
　　　　鑑定的內容，自然是可信賴的。

　　三、南宋以來的收藏者、題跋者，多是鑑賞大家，他們的鑑定也
　　　　多精確。

　　四、從筆跡的時代風格看，這帖和張旭的肚痛帖、顏真卿的劉中
　　　　使帖（又名瀛州帖）都極相似，且「太白」字跡的確不是鉤
　　　　摹的。〔註106〕

　　總之，李白此帖為真跡應無疑義，今藏北京故宮博物院，〈文物
精華〉第二集曾影印發表。〔註107〕黃山谷〈題李白詩草〉評論其書
法藝術云：

　　予評李白詩，如黃帝張樂於洞庭之野，無首無尾，不主故
　　常，非墨工槧人所可擬議。及觀其書，大類其詩，彌使人
　　遠想慨然。白在開元至德間，不以能書傳，今其行草殊不
　　減古人，蓋所謂不煩繩削而自合者與？〔註108〕

《宣和書譜》卷九亦云：

　　嘗作行書，有「乘興踏月，西入酒家，不覺人物兩忘，身
　　在世外」一帖。字畫尤飄逸，乃知白不特以詩名也。今御

〔註105〕啓功：《啓功叢稿》（臺北：華正書局，1991年5月），頁265。
〔註106〕據啓功：《啓功叢稿》〈李白上陽台帖墨跡〉整理，頁266。
〔註107〕見附圖十四。
〔註108〕王琦注：《李太白全集》第3冊，卷三十，頁33。

府所藏五，行書〈太華峰〉、〈乘興帖〉草書〈歲時文〉、〈詠酒詩〉、〈醉中帖〉。〔註109〕

清人周星蓮〈臨池管見〉亦評李白書藝：

李太白書新鮮秀活，呼吸清淑，擺脫塵凡，飄飄乎有仙氣。
〔註110〕

可見太白書法歷來受到著名書法家及收藏家的肯定與珍視。此外，目前流傳且較可信的李白書帖爲翻刻的〈訪賀監不遇帖〉，唐裴敬〈翰林學士李公墓碑〉記載。〈碑〉云：「予嘗過當塗，訪翰林舊宅；又於浮圖寺化城之僧，得翰林自寫〈訪賀監不遇〉詩云：『東山無賀老，卻棹酒船回。』味之不足，重之爲寶，用獻知者。」〔註111〕當即〈重憶一首〉：「欲向江東去，定向誰舉杯？東山無賀老，卻棹酒船回。」〔註112〕但有一字不同，詩中之「稽山」，帖中作「東山」。

另有〈送賀八歸越帖〉，即李白自書其詩〈送賀賓客歸越〉：

鏡湖流水春始波，狂客歸舟逸興多。山陰道士如相見，應寫黃庭換白鵝。

首句「春始波」，一作「漾清波」。安旗云：「此帖亦系宋內府之物，宋孝宗淳熙間所刻〈秘閣續帖〉曾收入。清乾隆年間孔子後裔孔繼涑搜集晉、唐法書多種摹勒上石，稱爲《玉虹樓鑒眞帖》，此帖亦在其中，其後並有王元鼎、董其昌等人題跋。現藏曲阜孔廟中。」〔註113〕

〈與齊尊師帖〉，亦見前碑記載。〈碑〉云：「又於歷陽郡得翰林〈與齊尊師書〉一紙，思高筆逸。」〔註114〕

〈乘興帖〉，即前引〈上陽台帖〉宋徽宗跋。此帖又見〈宣

〔註109〕《宣和書譜》卷九，《叢書集成新編‧五十二》（臺北：新文豐出版公司），頁606。

〔註110〕清‧周星蓮：《臨池管見》（上海：上海神州國光社排印本，1928年），頁78。

〔註111〕詹鍈主編：《李白全集校注彙釋集評》第1冊，頁15。

〔註112〕同前註所揭書第6冊，頁3369。

〔註113〕安旗：〈李白書法略論〉，《李白學刊第二輯》（上海：三聯書店，1989年8月），頁77。

〔註114〕詹鍈主編：《李白全集校注彙釋集評》第1冊，頁15。

和書譜〉著錄，字句與宋徽宗跋文所述略同。〈譜〉又稱，此外御府所藏李白書法尚有五種：「行書〈太華峰〉、〈醉中帖〉，草書〈歲時文〉、〈詠酒詩〉、〈醉中帖〉。」安旗認爲：「〈詠酒詩〉、〈醉中帖〉當即〈天若不愛酒〉、〈處世若大夢〉二帖。」〔註115〕

〈月下帖〉，王琦〈李太白全集〉卷三十詩文拾遺錄其文：

夜來月下臥醒，花影零亂，滿人衿袖，疑如濯魄於壺也。

〔註116〕

同書注云：「〈方輿勝覽〉：象耳山，在眉州彭山縣，有太白書台，有石刻太白留題『夜來月下臥醒』云云。」〔註117〕

〈樓虛帖〉，亦見上述記載，其文云：

樓虛月白，秋宇物化。於斯憑欄，身勢飛動。非把酒自忘，此興何極？〔註118〕

王琦注云：「唐錦《龍江夢餘錄》胡文穆記李白三帖，其一云：乘興踏月；其二云：月下臥醒，其三云：樓虛月白。余亦見其一帖云：『吾頭懵懵。』雖其字跡眞贋有不可必者，然詞語豪爽，趣韻自別，信非太白不能道也。」〔註119〕安旗認爲：「『吾頭懵懵』云云，乃〈處世若大夢帖〉後贅語，並非另爲一帖。」〔註120〕

〈天若不愛酒帖〉，李白自書其詩〈月下獨酌〉其二：

天若不愛酒，酒星不在天。地若不愛酒，地應無酒泉。天地既愛酒，愛酒不愧天。已聞清比聖，復道濁如賢。賢聖既已飲，何必求神仙？三杯通大道，一斗合自然。但得酒中趣，勿爲醒者傳。

安旗云：「此詩，王琦〈李太白全集〉編在第二十三卷。明顧元慶〈夷

〔註115〕安旗：〈李白書法略論〉，《李白學刊第二輯》，頁77。

〔註116〕王琦注：《李太白全集》第3冊，卷三十，頁20。

〔註117〕同前註所揭書，頁20。

〔註118〕同前註所揭書，頁20。

〔註119〕同前註所揭書，頁20～21。

〔註120〕安旗：〈李白書法略論〉，《李白學刊第二輯》，頁78。

白齋詩話〉謂收在宋刻〈甲秀堂帖〉中。竊按：宋刻〈星鳳樓帖〉亦收李白此帖。〈星鳳樓帖〉共十二卷，以地支順序編集，李白此帖收在亥集。〈宣和書譜〉所謂草書〈詠酒詩〉，當即指此。」〔註121〕

　　〈處世若大夢帖〉，李白自書其詩〈春日醉起言志〉：

　　　處世若大夢，胡爲勞其生？所以終日醉，頹然臥前楹。覺來盼庭前，一鳥花間鳴。借問此何時，春風語流鶯。感此欲嘆息，對酒還自傾。浩歌待明月，曲盡已忘情。

此詩，王琦〈李太白全集〉亦編在第二十三卷。注云：「〈麓堂詩話〉：『太白天才絕出，眞所謂清水出芙蓉，天然去雕飾。今所傳石刻處世若大夢一詩，皆信手縱筆而就，他可知矣。』琦嘗見石刻於〈星鳳樓帖〉中，『覺來盼庭前』，作『攬衣覽庭際』，『一鳥』作『有鳥』，『對酒還自傾』作『未嘆酒已傾』，數字不同。賀生不知爲誰，若指知章，恐無是理，疑其爲後人僞托也。」〔註122〕安旗云：「此帖與上述〈天若不愛酒帖〉均收在〈星鳳樓帖〉亥集。〈天若不愛酒帖〉居前，此帖次之，最後爲「吾頭懵懵」數語，與此帖末句「曲盡已忘情」緊接，顯然爲所書詩後贅語。賀生固非賀知章，然亦非後人僞托。此數語誠如王琦所云：「信非太白不能道」，且字跡與其前所書詩一般無二，純是出於一人手筆。〈宣和書譜〉所謂〈醉中帖〉，當即指此。」〔註123〕

　　李白書跡雖不少，但流傳至今比較可信而又可見者，唯〈上陽台〉、〈送賀八歸越〉、〈天若不愛酒〉、〈處世若大夢〉等數帖而已。

　　明解縉〈書傳傳授〉謂李白書法自張旭。張旭草書冠絕當時，李白與之交好，自然受其影響，但絕非僅止於師法張旭。試觀其〈草書歌行〉一詩：

　　　少年上人號懷素，草書天下稱獨步。墨池飛出北溟魚，筆鋒殺盡山中兔。八月九月天氣涼，酒徒辭客滿高堂。牋麻素絹排數箱，宣州石硯墨色光。吾師醉後倚繩床，須臾掃

〔註121〕安旗：〈李白書法略論〉，《李白學刊第二輯》，頁78。
〔註122〕王琦注：《李太白全集》第2冊，卷二十三，頁8。
〔註123〕安旗：〈李白書法略論〉，《李白學刊第二輯》，頁78。

盡數千張。飄風驟雨驚颯颯，落花飛雪何茫茫！起來向筆
不停手，一行數字大如斗。怳怳如聞神鬼驚，時時只見龍
蛇走。左盤右蹙如驚電，狀同楚漢相攻戰。湖南七郡凡幾
家，家家屏障書題遍。王逸少，張伯英，古來幾許浪得名。
張顛老死不足數，我師此義不師古。古來萬事貴天生，何
必要公孫大娘渾脫舞？〔註124〕

安旗認為此詩：「非精於書學，且淵源深廣者不能作。李白以天縱之
才，亦必不肯拘拘於某一家數。其師法張旭，當時入乎其內而又出乎
其外，以己意己才發之。」〔註125〕的確有其客觀的根據。而葛景春
先生〈詩法與書法──李白歌詩與盛唐草書〉一文，更將詩、書兩種
藝術的表現手法分從三個角度會通比較：

　　一、草書的筆勢與歌行的氣勢：太白歌行近於樂、舞，著重其情
　　　　感的自由抒發，氣勢的奔騰流洩，其詩的意象飄舞飛動，韻
　　　　律鏗鏘有力，和張旭的草書一樣，既富有節奏旋律變化的音
　　　　樂美，龍飛鳳舞的動態美，又具有大河奔流的氣勢和力量。

　　二、草書的布局與歌行的章法：李白歌行的「神龍見其首不見其
　　　　尾」出沒變化的章法結構，顯然與張旭等草書虛實相間變化
　　　　取勢的章法布局精神相通。

　　三、草書的大小疏密與歌詩的誇張對比：李白詩歌也往往採取草
　　　　書的「大可滿紙，小如芥子」、「疏可走馬，密不透風」的誇
　　　　張對比手法。以形成勢差，造成詩的氣勢，突出詩的力度。

　　〔註126〕

　　總之，李白以其「大鵬一日同風起，搏搖直上九萬里」的豪情壯
志，發而為詩，自然有縱橫捭闔，不可一世之概，此種豪情壯志，發
而為書，自然有「鳳跱龍拏」之勢。且李白不拘拘於世俗禮法，生平

〔註124〕詹鍈主編：《李白全集校注彙釋集評》第3冊，頁1237。
〔註125〕安旗：〈李白書法略論〉，《李白學刊第二輯》，頁79。
〔註126〕葛景春：《李白與中國傳統文化》（臺北：群玉堂出版公司，1991年
　　　　9月）頁301～306。

好酒，以「吾頭懵懵」的狀態落筆，自非固定法式可拘。然其書法確
是「大類其詩」，亦大類其人，使人賞其書帖，「遠想慨然」，其人宛在。

結　語

　　宏闊的盛唐氣象，造就了一個中國文化藝術史上無與倫比的興盛
時代，李白正是這個時代具體而微的一個象徵；然而，歷來對李白的
研究大多聚焦於詩歌的部分，題畫詩及李白書法的研究則不多見，至
於李白歌詩傳唱及音樂、舞蹈、劍術等方面，具有「詩歌及多元藝術
融通現象」的角度，卻幾無全面性的探討。本章寫作的目的，即在「凸
顯」李白除詩人之外的另一身份——藝術家，並集中以詩歌爲本文探
討的核心，其結果顯示，李白不僅在「歌詩」的創作上有崇高的地位，
在音樂、舞蹈及劍術方面亦極擅長；而從其題畫詩的分析及書法眞跡
的重新面世，在在顯示出李白實爲悠遊藝海的多元藝術家，在中國數
以萬計的詩人群中，李白更可允爲出類拔粹者。

第八章　李白詩中的「萬種風情」初探

　　歷來對於李白詩歌題材的研究，主要聚焦在山水、飲酒、詠月、詠史、游俠、游仙等方面，部分談到李白詩中女性形象的塑造及愛情、親情的描寫。故而李白詩歌題材方面的研究似已到了窮搜殆盡、挖深掘廣的狀況。而筆者在多次反覆閱讀李白詩集的過程中，時而以修辭技巧為主題、時以風格類型為重點、或者以思想內涵為核心，規劃範圍，細細品味。並隱約感到李白詩歌似有一非主題，卻時常出現之意象——「風」於其詩句中流動浮現，不禁憶起李白題詞於岳陽樓「水天一色，風月無邊」的傳說。

　　然而李白與月的密切關係，如李白醉酒撈月而死的傳說、李白月下獨酌的風韻，早在唐代便已廣為傳頌，後代研究李白者，對於其詩中的詠月主題更多所注目；然而「風月無邊」者，對於「月」的關注與研究，可謂集三千寵愛於一身，對於「風」在李白詩中所扮演的角色及其影響，在眾多李白研究者眼中，卻恍若無形無味，幾無專文論及，故而嘗試檢索李白詩中用「風」字詩，竟得 409 首、498 句，繼而詳披李集，加以校閱分類，剔除「風俗」、「國風」、「王風」等字句者，計得 326 首、355 句，並分類如下：

　　（壹）、單用類：（304 首）

　　1、春風（41 首）2、清風（19 首）3、松風（18 首）4、秋風

（17 首）5、東風（16 首）6、長風（12 首）7、風吹（11 首）8、隨風（8 首）9、天風（8 首）10、香風（7 首）11、涼風（7 首）12、北風（6 首）13、飄風（5 首）14、狂風（5 首）15、南風（5 首）16、風波（4 首）17、悲風（4 首）18、風雲（4 首）19、風飄（4 首）20、風塵（4 首）21、英風（3 首，下同）22、嚴風 23、風雷 24、風色 25、胡風 26、從風 27、回風（2 首，下同）28、風沙 29、臨風 30、同風 31、風流 32、風號 33、風摧 34、風卷 35、風落 36、風飆 37、風高 38、金風 39、江風 40、晚風 41、惠風 42、風動 43、風生 44、風濤 45、惡風（1 首，以下同）46、風雨 47、風掃 48、風入 49、震風 50、風揚 51、餘風 52、風電 53、驚風 54、風隨 55、風水 56、風霜 57、逐風 58、風開 59、信風 60、仙風 61、風顏 62、寒風 63、風涼 64、暖風 65、風嚴 66、歸風 67、泠風 68、風引 69、海風 70、風清 71、風中 72、朔風 73、夜風 74、景風 75、風滅 76、風暖 77、風悲 78、風煙 79、風雪 80、風線 81、風靜 82、背風 83、結風 84、寒風 85、風起 86、光風 87、裊風 88、生風 89 風潮 90、疾風

（貳）、多用類：（22 首）

（參）、「風月無邊」類：（從總數 326 首中擇出 70 首）〔註1〕

足見李白詩中使用「風」字之頻繁，而其豐富的「風」的意象，計有「春風」等九十種以上，而全詩中「風」、「月」二字均用，解讀後亦有「風月無邊」的美感效應者，又有七十首之多，實有其可觀可感之處。故不揣淺陋，試以「李白詩中的『萬種風情』」撰論之。

第一節　從莊子思想看李白用「風」字詩的審美旨趣

李白的思想淵源、生命情調及其作品的美感韻致，與道家思想尤其是《莊子》的關係極為深厚。如李白生平好以大鵬自喻，大鵬意象

〔註1〕詩名、摘句可詳參本文附表二：〈李白詩用「風」字分類、篇目、摘句一覽表〉。

出自〈逍遙遊〉，而〈逍遙遊〉中即有三處提及「風」，一為「鵬之徙於南冥也，水擊三千里，摶扶搖而上者九萬里。」〔註2〕「扶搖」指的即是由地面急遽盤旋而上的暴風，又名飆。亦即大鵬雖然宏偉，然要直上九萬里，仍須依靠「扶搖」之力，故此為「有待」，非眞自在。其下又云：「故九萬里，則風斯在下矣，而後乃今培風，背負青天而莫之夭閼者」，〔註3〕「培風」即憑藉之意。而李白詩中用此意之「風」字如〈古風之三十八〉：「若無清風吹，香氣為誰發？」〔註4〕〈贈友人三首之一〉：「顧無馨香美，叨沐清風吹。」〔註5〕此「清風」即李白干謁仕進所期盼憑藉之風。

　　而「列子御風而行，泠然善也」，〔註6〕暫不論仙道信仰，「御風而行」，的確充滿奇幻美感，由此開導的奇幻之風，轉至天馬行空式的妙筆之下，更顯幻奇多端，如〈登太白峰〉：「願乘泠風去，直出浮雲間。」〔註7〕〈寄遠十五之五〉：「春風復無情，吹我夢魂斷。」〔註8〕前則即用御風之意，後者更奇，春風無情，竟可吹斷夢魂。

　　而《莊子》言及「風」而最有體系者應為〈齊物論〉中這段文字：
　　夫大塊噫氣，其名為風。是唯無作，作則萬竅怒號。而獨不聞之寥寥乎？山林之畏佳，大木百圍之竅穴，似鼻，似口，似耳，似枅，似圈，似臼，似洼者，似污者。激者，言高者，叱者，吸者，叫者，譹者，宎者，咬者，前者唱于而隨者唱喁。泠風則小和，飄風則大和，厲風濟則眾竅為虛。而獨不見之調調之刁刁乎？〔註9〕

〔註2〕　清‧郭慶藩集釋：《莊子集釋》（臺北：貫雅文化公司，1991 年 9 月），頁 4。
〔註3〕　同前註所揭書，頁 7。
〔註4〕　詹鍈主編：《李白全集校注彙釋集評》第 1 冊，頁 184。
〔註5〕　同前註所揭書第 4 冊，頁 1804。
〔註6〕　清‧郭慶藩集釋：《莊子集釋》，頁 17。
〔註7〕　詹鍈主編：《李白全集校注彙釋集評》第 6 冊，頁 2964。
〔註8〕　同前註所揭書第 7 冊，頁 3655。
〔註9〕　清‧郭慶藩集釋：《莊子集釋》，頁 45～46。

對於風的形成，及其遭遇萬物發出的聲響，如同水湍急聲、迅疾的箭簇聲、喝叱聲、細細的呼吸聲、叫喊聲、嚎啕大哭聲等等，而其類型多樣，聲、形並顯，然而，風就是大地的呼吸，從表象看即「吹萬不同」，〔註10〕從本質看為「咸其自取」，〔註11〕物皆自得之耳，這正是以風論「齊物」之旨，而李白融情於「風」，藉風以抒情言志，正是以自得之趣，行「吹萬不同」之象，故〈贈僧崖公〉：「一風鼓群有，萬籟各自鳴。」〔註12〕正是其禪思所得，會通佛、道之論。而其〈夜泊黃山聞殷十四吳吟〉：

> 昨夜誰為吳會吟，風生萬壑振空林。龍驚不敢水中臥，猿嘯時聞巖下音。我宿黃山碧溪月，聽之卻罷松間琴。〔註13〕

由殷十四之吳吟連結至「風生萬壑」的自然之理，使龍驚猿嘯，引動萬籟，迴盪林中，而獨坐於松間撫琴的李白，也不禁暫罷琴韻，而沈醉在溪聲、月光及風引繚繞的吳吟聲中。此詩言「風」之作用，可謂深刻矣。又如〈長干行二首之二〉：

> 憶妾深閨裏，煙塵不曾識。嫁與長干人，沙頭候風色。五月南風興，思君下巴陵。八月西風起，想君發揚子。去來悲如何，見少離別多。湘潭幾日到，妾夢越風波。昨夜狂風度，吹折江頭樹。淼淼暗無邊，行人在何處？……自憐十五餘，顏色桃李紅。那作商人婦，愁水復愁風。〔註14〕

一詩中即出現「候風色」、「南風興」、「西風起」、「越風波」、「狂風度」、「愁風」六種「風」的意象，其中以「煙塵不曾識」轉變為「沙頭候風色」以顯現其堅貞的個性，復以「南風興」、「西風起」表時序的變換與等待的漫長，而「妾夢越風波」、「昨夜狂風度」兩句，各以表現虛、實兩境的苦況，亦頗見巧思，最後以「愁水復愁風」作結，巧妙

〔註10〕清・郭慶藩集釋：《莊子集釋》，頁50。
〔註11〕同前註所揭書，頁50。
〔註12〕詹鍈主編：《李白全集校注彙釋集評》第3冊，頁1560。
〔註13〕同前註所揭書第6冊，頁3145。
〔註14〕同前註所揭書第2冊，頁619。

的於一句中雙用「愁」字，而無複累之感，而以「風」字結句，更有
如目見一年輕女子，佇立江畔，髮鬢飄飄，迎風等候的聯想。此詩為
李白名篇，賞解者甚多，增此「吹萬不同」、風情多樣的視角，或許
能更添不同的賞讀樂趣。又如〈鳴皋歌送岑徵君〉：

> 若有人兮思鳴皋，阻積雪兮心煩勞。洪河凌兢不可以徑度，
> 冰龍鱗兮難容舠。邈仙山之峻極兮，聞天籟之嘈嘈。霜崖
> 縞皓以合沓兮，若長風扇海湧滄溟之波濤。玄猿綠羆，舔
> 碊发危。……盤白石兮坐素月，琴松風兮寂萬壑。……虎
> 嘯谷而生風，龍藏溪而吐雲。〔註15〕

其中有「長風扇海湧滄溟之波濤」的豪放，有「琴松風兮寂萬壑」，
在松風之中彈琴，而萬壑為之寂靜的風雅，又有「虎嘯谷而生風」之
託寓，「風情」俱皆不同。而〈寄韋南陵冰余江上乘興訪之遇尋顏尚
書笑有此贈〉，更能表現出李白個人情感受風影響的情形：

> 南船正東風，北船來自緩。江上相逢借問君，語笑未了風
> 吹斷。聞君攜伎訪情人，應為尚書不顧身。堂上三千珠履
> 客，甕中百斛金陵春。恨我阻此樂，淹留楚江濱。月色醉
> 遠客，山花開欲然。春風狂殺人，一日劇三年。乘興嫌太
> 遲，焚卻子猷船。〔註16〕

首先以「東風」表明時序，接著以「語笑未了風吹斷」顯現江上風急
之景，《唐宋詩醇》卷六：「『語笑未了風吹斷』，畫出兩舟相遇情景。
鍾惺極賞其文。」〔註17〕蓋此句妙在明說「風吹斷」而意猶未「斷」，
故末云「春風狂殺人，一日劇三年。乘興嫌太遲，焚卻子猷船。」不
禁恨起江上的春風太狂蕩，使他不得盡興而阻於江邊，既然如此，乾
脆把「子猷船」給燒了！誠如莊子所說，「吹萬不同」，「咸其自取」，
其實狂的怎是春風，正是李白自己。

〔註15〕詹鍈主編：《李白全集校注彙釋集評》第 3 冊，頁 1067。
〔註16〕同前註所揭書第 4 冊，頁 1971。
〔註17〕清高宗御選：《唐宋詩醇》2（臺北：臺灣中華書局，1971 年），頁 124。

第二節 「吹萬不同」及其意象之形成

如分類所見，李白詩中風的類型約有九十種之多，除可顯現莊子「吹萬不同」的審美旨趣外，亦可從中歸納出現頻率較高的類型，又往往與其詩歌主題、風格產生密切關連，茲分述如下：

一、春天氣息

吳經熊《唐詩四季》：「李白是一位有豐富的想像，巍峨華贍的思想，具有春天特質，表現浪漫精神最完美的詩人。」〔註18〕此說歷年頗受肯定，且有部分學者從李白詩中用色彩字的角度加以論證，雖亦有其合理之處，然筆者認為，若從李白詩中用「風」字的角度探討，或者更為準確。

從〈李白詩用「風」字分類、篇目、摘句一覽表〉中可得知，李白詩中用「春風」四十一首、「清風」十九首、「東風」十六首、「香風」九首、「南風」五首及「暖風」、「風暖」、「裊風」等共九十餘首，加上名篇頗多，更使人印象深刻，而其中所連結的意象，又以年輕女子情態、少年游俠及宴樂為主，而這些主題又均與春天歡樂、新生、柔美等意象相連結。如描寫女子情態的名篇〈清平調詞三首之一〉：

> 雲想衣裳花想容，春風拂檻露華濃。若非群玉山頭見，會
> 向瑤臺月下逢。〔註19〕

此首「春風」雖為譬喻君王的寵幸，頗得婉曲之妙，但就讀者直觀印象而言，卻不如因「春風」與「雲」、「衣裳」、「花」、「容（貌）」等具體事物的結合，造成強烈的感官效果及其印象更為深刻，而結語的「月下逢」與「春風拂」合看，亦頗具風月之美。而〈清平調詞三首之三〉：

> 名花傾國兩相歡，長得君王帶笑看。解釋春風無限恨，沉
> 香亭北倚欄干。〔註20〕

〔註18〕吳經熊著（徐誠斌譯）《唐詩四季》（臺北：洪範書店，1986年5月），頁39。
〔註19〕詹鍈主編：《李白全集校注彙釋集評》第2冊，頁767。
〔註20〕同前註所揭書第2冊，頁773。

沈德潛《唐詩別裁》認為此首：「本言釋天子之愁恨，託以春風，措辭微婉。」〔註21〕此處用「春風」雖為借喻，而頗見寓意，然如前首所云，其春天意象實較其寓意更顯而易感。而〈寄遠十一首之二〉：

青樓何所在，乃在碧雲中。寶鏡挂秋水，羅衣輕春風。新
妝坐落日，悵望金屏空。念此送短書，願因雙飛鴻。〔註22〕

其中「寶鏡挂秋水，羅衣輕春風。」兩句「秋水」言眼波流轉而帶愁緒，而「春風」言其身態之輕盈，頗具對仗之美，而各有其妙。〈前有樽酒行二首〉之二：「胡姬貌如花，當壚笑春風。笑春風，舞羅衣。君今不醉欲安歸？」〔註23〕雖不以春風狀其貌，然言其笑如春風，卻更具感染力。又如〈少年行二首〉之二：

五陵年少金市東，銀鞍白馬度春風。落花踏盡遊何處？笑
入胡姬酒肆中。〔註24〕

此首言五陵少年之豪情奔放，尤其「銀鞍白馬」設色亮麗，在春日照耀下，更顯形象鮮活，而由「少年」、「白馬」、「春風」、「胡姬」、「酒肆」等名詞意象的組合下，點一「笑」字，更見「春天」的浪漫情懷。〈白鼻騧〉：

銀鞍白鼻騧，綠地障泥錦。細雨春風花落時，揮鞭直就胡
姬飲。〔註25〕

「銀鞍白鼻騧，綠地障泥錦」二句，用銀、白、綠三色字，此是細描，然不得以此言具春天意象，必得下接「細雨春風花落時，揮鞭直就胡姬飲。」兩句寫六事，前三事言自然春景，揮鞭、直飲寫少年豪情，胡姬寫年輕女子，此方得見青春氣息。而〈宮中行樂詞八首〉之六：

今日明光裏，還須結伴遊。春風開紫殿，天樂下珠樓。艷

〔註21〕沈德潛：《唐詩別裁》四（臺北：臺灣商務印書館，1956年4月臺初版），121頁。
〔註22〕詹鍈主編：《李白全集校注彙釋集評》第7冊，頁3649。
〔註23〕同前註所揭書第1冊，頁428。
〔註24〕同前註所揭書第2冊，頁879。
〔註25〕同前註所揭書第2冊，頁882。

舞全知巧，嬌歌半欲羞。更憐花月夜，宮女笑藏鉤。〔註26〕
寫宴飲歡樂之情，以「春風開紫殿，天樂下珠樓。」一聯揭開宴樂之
序幕，切合「宮中」背景，「豔舞全知巧，嬌歌半欲羞。」點出「行樂」
情境，亦為春天意象之佳例。又如〈宮中行樂詞八首〉之三：「煙花宜
落日，絲管醉春風。笛奏龍鳴水，簫吟鳳下空。」〔註27〕用一「醉」
字，極言聆賞絲管之奏，沈醉春風之拂的樂趣。〈宮中行樂詞八首〉之
五：「繡戶香風暖，紗窗曙色新。宮花爭笑日，池草暗生春。」〔註28〕
所用字面雖為「香風」，然綴一「暖」字，即與春風無異。

其他寫春風與音樂者，如〈白毫子歌〉：「拂花弄琴坐青苔，綠
蘿樹下春風來。南窗蕭颯松聲起，憑崖一聽清心耳。」〔註29〕全首
意境高雅，頗得世外之趣。〈長相思〉：「趙瑟初停鳳凰柱，蜀琴欲奏
鴛鴦絃。此曲有意無人傳，願隨春風寄燕然。」〔註30〕此言琴與春
風。又如〈春夜洛城聞笛〉：「誰家玉笛暗飛聲？散入春風滿洛城。
此夜曲中聞折柳，何人不起故園情？」〔註31〕王堯衢《唐詩合解》：
「忽然聞笛，不知吹自誰家。因是夜聞，聲在暗中飛也。笛聲以風
聲而吹散，風聲引笛聲以遠揚，於是洛城春夜遍聞風聲，及遍聞笛
聲矣。……本是自我起情，卻說聞者『何人不起』，豈人人有別情乎？
只為『散入春風』，滿城聽得耳。」〔註32〕說笛聲、風聲之互相影響
頗為深入，然愚意認為，「暗」指的是「似有若無，斷續如絲」，非
指夜色之暗；且春夜聞笛，勾起思鄉之愁，恰如笛聲之「暗」，「似
有若無，斷續如絲」，故春愁暗生即笛聲暗飛也。其他春天意象之佳
句如：

〔註26〕詹鍈主編：《李白全集校注彙釋集評》第 2 冊，頁 754。
〔註27〕同前註所揭書第 3 冊，頁 747。
〔註28〕同前註所揭書第 2 冊，頁 753。
〔註29〕同前註所揭書第 2 冊，頁 1050。
〔註30〕同前註所揭書第 2 冊，頁 970。
〔註31〕同前註所揭書第 7 冊，頁 3624。
〔註32〕同前註所揭書第 7 冊，頁 3625。

白馬金羈遼海東，羅帷繡被臥春風。(〈春怨〉) 〔註33〕

晚酌東窗下，流鶯復在茲。春風與醉客，今日乃相宜。(〈待酒不至〉) 〔註34〕

覺來眄庭前，一鳥花間鳴。借問此何時？春風語流鶯。感之欲歎息，對酒還自傾。(〈春日醉起言志〉) 〔註35〕

密葉隱歌鳥，香風留美人。(〈紫藤樹〉) 〔註36〕

煙開蘭葉香風暖，岸夾桃花錦浪生。遷客此時徒極目，長洲孤月向誰明？(〈鸚鵡洲〉) 〔註37〕

沅湘春色還，風暖煙草綠。(〈春滯沅湘有懷山中〉) 〔註38〕

可見春風、香風、暖風的廣泛運用，對於太白詩中形成「春天氣息」，的確有著極大的影響。

二、悲秋情懷

悲秋主題是歷代詩歌創作內容中的重要主題之一，何寄澎〈悲秋——中國文學傳統中時空意識的一種典型〉：

> 在中國綿延不絕的文學傳統裡，「悲秋」之作可謂無代無之，而且彼此之間隱然自爲傳承、自成系統，……透過這些作品，我們可以了解中國人在面對人與自然關係的思考時，所慣用的一特殊思維方式；更可以體認到傳統士大夫在現實世界裡幾乎無可避免，必然遭遇挫折的一種宿命性的感傷。如果說「抒情言志」是中國文學的一項重要特質、而「感傷」又是這項特質的一種重要基調，那麼「悲秋文學」就爲這項特質、這種基調作了最具體而深刻的見證。

〔註39〕

〔註33〕詹鍈主編：《李白全集校注彙釋集評》第 7 冊，頁 3675。
〔註34〕同前註所揭書第 6 冊，頁 3293。
〔註35〕同前註所揭書第 6 冊，頁 3315。
〔註36〕同前註所揭書第 7 冊，頁 3533。
〔註37〕同前註所揭書第 6 冊，頁 3040。
〔註38〕同前註所揭書第 6 冊，頁 3370。
〔註39〕何寄澎：《典範的遞承——中國古典詩文論叢》(臺北：文史哲出版

就整個中國文學的發展看，「悲秋文學」的確爲傳統士大夫抒發其感傷、不遇等情懷的共同歸趨；就李白而言，因其個人命運多舛，顯晦懸殊，其內心之悲慨自然橫生，而「秋風」之形諸於詩文，便也成爲其用「風」字詩的重要主題之一。如作於天寶十二載（753 年）五十三歲時的〈遊敬亭寄崔侍御〉：

　　　時來一顧我，笑飯葵與藿。世路如秋風，相逢盡蕭索。〔註40〕

表現出與崔成甫貧交相契之情，也顯現出已過知命之年的太白，對於人情的勢利與淡薄，也有著深刻的感悟。〈留別賈舍人至二首〉之二：

　　　秋風吹胡霜，凋此簷下芳。折芳怨歲晚，離別凄以傷。謬
　　　攀青瑣賢，延我於此堂。君爲長沙客，我獨之夜郎。勸此
　　　一杯酒，豈唯道路長。〔註41〕

約作於乾元二年（759 年）五十九歲流放夜郎途中，對於當時被貶岳州爲遷客的賈至，有著同命之悲。陸時雍《唐詩鏡》云：「太白詩一著情近裏，其語便佳。『勸此一杯酒』數語，何謝建安中作。」〔註42〕以「建安」爲喻，甚見太白五古悲慨氣骨。而〈自梁園至敬亭山見會公談陵陽山水兼期同遊因有此贈〉：

　　　我隨秋風來，瑤草恐衰歇。中途寡名山，安得弄雲月？渡
　　　江如昨日，黃葉向人飛。敬亭愜素尚，弭棹流清揮。〔註43〕

寫秋日渡江，瑤草衰落，景色蕭條，恐無名山可供寄暢幽遊，然渡江後，黃葉紛紛，敬亭山清麗之景，不禁令人停舟一遊，以愜心胸。雖無悲慨之意，卻隱含一股秋日愁緒。又如〈秋思〉：

　　　春陽如昨日，碧樹鳴黃鸝。蕪然蕙草暮，颯爾涼風吹。天
　　　秋木葉下，月冷莎雞悲。坐愁群芳歇，白露凋華滋。〔註44〕

社，2002 年 3 月初版），頁 5。

〔註40〕詹鍈主編：《李白全集校注彙釋集評》第 4 冊，頁 2077。

〔註41〕同前註所揭書第 4 冊，頁 2220。

〔註42〕同前註所揭書第 4 冊，頁 2222。

〔註43〕同前註所揭書第 4 冊，頁 1796。

〔註44〕同前註所揭書第 2 冊，頁 932。

全詩讀來意氣蕭索，悲秋無名，令人更感淒絕。此外，以男女之情譬喻君臣之遇合，亦爲古典文學中常見的修辭手法，尤其以女子失寵喻臣子之被疏離，如〈古風之二十七〉：

> 燕趙有秀色，綺樹青雲端。眉目豔皎月，一笑傾城歡。常恐碧草晚，坐泣秋風寒。〔註45〕

此是以怨女自喻，並以「常恐碧草晚，坐泣秋風寒」，表達憂讒畏譏的心境。而〈贈裴司馬〉則是以怨女喻人：

> 翡翠黃金縷，繡成歌舞衣。若無雲間月，誰可比光輝？秀色一如此，多爲眾女譏。君恩移昔愛，失寵秋風歸。〔註46〕

亦是以昔日恩情在眾女訕謗之下，已成爲今日之疏薄，以喻君心之無情，然用以比喻在朝之士，爲群邪所妒的情形，亦頗爲恰當，可見悲秋、怨女、不遇等主題，彼此之間往往有密切的共通性與關連性。最後再舉〈長信宮〉爲例：

> 月皎昭陽殿，霜清長信宮。天行乘玉輦，飛燕與君同。別有歡娛處，承恩樂未窮。誰憐團扇妾，獨坐怨秋風。〔註47〕

秋扇見捐，美人薄命的情境，與屈原〈離騷〉：「日月忽其不淹兮，春與秋其代序。惟草木之零落兮，恐美人之遲暮。」〔註48〕鮑照〈代陳思王京洛篇〉：「寶帳三千所，爲爾一朝容。揚芳紫煙上，垂綵綠雲中。春吹回白日，霜歌落塞鴻。但懼秋塵起，盛愛逐衰蓬。」〔註49〕何其相同？而屈原之行吟澤畔，太白之長流夜郎，薄命美人、屈原、太白，其境遇何其似耶？

三、松風鳴琴

　　松樹爲中國古典詩詞中常見的歌詠對象，更因「松竹梅」有歲

〔註45〕詹鍈主編：《李白全集校注彙釋集評》第1冊，頁139。

〔註46〕同前註所揭書第3冊，頁1506。

〔註47〕同前註所揭書第7冊，頁3668。

〔註48〕屈原等著，黃壽祺、梅桐生譯注：《楚辭》（臺北：地球出版社），頁3。

〔註49〕鮑照著，清錢振倫注：《鮑參軍詩注》（臺北：世界書局，1962年3月初版），頁9。

寒三友之稱，更有堅貞、長青的象徵，孔子即對此美德大表讚嘆曰：
「歲寒而後知松柏之後凋。」劉楨〈贈從弟詩〉亦云：「冰霜正慘悽，
終歲常端正。豈不罹凝寒，松柏有本性。」〔註50〕均爲此意。然李
白筆下的松樹，卻往往與風結爲一體，形象不改卻更添動感與聽感；
而內涵上也一反儒家意義之延伸，常與道家及音樂相關連。如〈大
庭庫〉：

> 我來尋梓愼，觀化入寥天。古木翔氣多，松風如五弦。帝
> 圖終冥沒，歎息滿山川。〔註51〕

用春秋魯大夫梓愼望氣典故，言奇觀化之妙，且以五弦琴喻松風鳴
送，頗爲雅淨，而有道家氛圍。又如〈贈嵩山焦鍊師〉：

> 還歸空山上，獨拂秋霞眠。蘿月挂朝鏡，松風鳴夜弦。潛
> 光隱嵩嶽，鍊魄棲雲幄。霓衣何飄飄，鳳吹轉綿邈。〔註52〕

「蘿月挂朝鏡，松風鳴夜弦」兩句，對偶工整，雖有遊仙之嚮往，亦
見山水愜賞之樂。而〈感興八首〉之五：

> 十五遊神仙，仙遊未曾歇。吹笙吟松風，汎瑟窺海月。西
> 山玉童子，使我鍊金骨。欲逐黃鶴飛，相呼向蓬闕。〔註53〕

此首亦爲遊仙之詞，嚴羽評「吹笙吟松風，汎瑟窺海月」曰：「惟此
兩句清超。」〔註54〕頗具慧眼。〈金門答蘇秀才〉：

> 鳥吟簷間樹，花落窗下書。緣溪見綠篠，隔岫窺紅蕖。採
> 薇行笑歌，眷我情何已。月出石鏡間，松鳴風琴裏。得心
> 自虛妙，外物空頹靡。身世如兩忘，從君老煙水。〔註55〕

此詩作於待詔翰林其間，寫其閒居之況，甚爲幽靜雅趣，從引詩中可
見太白頗善於對偶句型，且設色清巧，而「月出石鏡間，松鳴風琴裏」
對偶、倒裝兼用，順說應爲「月鏡出石間，琴鳴松風裏」，然若作此

〔註50〕逯欽立輯校：《先秦漢魏晉南北朝詩》（臺北：木鐸出版社），頁371。
〔註51〕詹鍈主編：《李白全集校注彙釋集評》第6冊，頁2947。
〔註52〕同前註所揭書第3冊，頁1439。
〔註53〕同前註所揭書第7冊，頁3442。
〔註54〕同前註所揭書第7冊，頁3443。
〔註55〕同前註所揭書第5冊，頁2659。

則平鋪直述，作「月出石鏡間，」則工巧而奇思別緻，月、鏡本爲一物，然作「石鏡」則有石染月光也似鏡般皎潔；作「松鳴風琴裏」，則言其於松下彈琴，琴聲隨風遠揚，或言風吹入松，使松如「琴」般發出松濤，兩解皆可。又如〈擬古十二首〉之十：

> 仙人騎彩鳳，昨下閬風岑。海水三清淺，桃源一見尋。遺我綠玉杯，兼之紫瓊琴。杯以傾美酒，琴以閒素心。二物非世有，何論珠與金？琴彈松裏風，杯勸天上月。風月長相知，世人何倏忽。〔註56〕

從其中「琴彈松裏風，杯勸天上月」兩句與「月出石鏡間，松鳴風琴裏」對照即可看出，太白詩整體雖以豪放俊逸著稱，但對於字句的修辭要求仍十分細膩的。其他如：

> 又引王子喬，吹笙舞松風。朗詠紫霞篇，請開蕊珠宮。(〈至陵陽山登天柱石酬韓侍御見招隱黃山〉)〔註57〕

> 長歌吟松風，曲盡河星稀。我醉君復樂，陶然共忘機。(〈下終南山過斛斯山人宿置酒〉)〔註58〕

> 目皓沙上月，心清松下風。玉斗橫網户，銀河耿花宮。(〈秋夜宿龍門香山寺奉寄王方城十七丈奉國瑩上人從弟幼成令問〉)〔註59〕

> 山明月露白，夜靜松風歇。仙人遊碧峰，處處笙歌發。(〈遊泰山六首〉之六)〔註60〕

均表現出太白陶然忘機於松風、舞蹈、音樂、飲酒及月光下的綽約風韻，這樣的太白，全然是一幅世外高人的形象。而〈夏日山中〉一首：

> 懶搖白羽扇，裸袒青林中。脱巾挂石壁，露頂灑松風。〔註61〕

爲夏日山中，一時興到，素描之自畫像，「灑」字讀來甚覺爽利！

〔註56〕詹鍈主編：《李白全集校注彙釋集評》第 7 冊，頁 3400。
〔註57〕同前註所揭書第 5 冊，頁 2764。
〔註58〕同前註所揭書第 6 冊，頁 2823。
〔註59〕同前註所揭書第 4 冊，頁 1906。
〔註60〕同前註所揭書第 5 冊，頁 2791。
〔註61〕同前註所揭書第 6 冊，頁 3312。

第三節　李白用「風」字詩中的奇思幻想

太白詩歌之奇逸特質，早為唐人所稱頌，如任華〈雜言寄李白〉
云：

> 古來文章有能奔逸氣，高聳高格。清人心神，驚人魂魄，
> 我聞當今有李白。〔註62〕

至於元、白二人，亦頗為欣賞李白詩歌奇特的美感，如元稹〈唐故工
部員外郎杜君墓誌銘〉：

> 是時山東人李白，亦以奇文取稱，時人謂之李、杜。〔註63〕

白居易著名的〈與元九書〉：

> 李之作，才矣奇矣，人不逮矣。〔註64〕

可見李詩的奇特性給予時人頗為深刻且具體的印象。而這一特質也普
遍的表現在「風」字的運用上。首先表現在「風」與「月」連結的奇
想上，如〈魯郡堯祠送竇明府薄華還西京〉：

> 長風吹月度海來，遙勸仙人一杯酒。酒中樂酣宵向分，舉
> 觴醉堯堯可聞？何不令皋繇擁篲橫八極，直上青天揮浮
> 雲。〔註65〕

「長風吹月」四字甚奇，然接看「遙勸仙人一杯酒」、「舉觴醉堯堯可
聞」諸句，均極誇誕幻奇，此類詩，愛之者讚其橫奇，而惡之者如李
攀龍《選唐詩序》即云：

> 七言古詩，唯杜子美不失初唐氣格而縱橫有之：太白縱橫，
> 往往強弩之末，間雜長語，英雄欺人耳。〔註66〕

殊不知長短句靈動活用，正是太白七言古詩的特色之一。總之，「風
吹月」之意象似常浮現於太白胸中，故亦常現於筆下，如〈司馬將軍
歌〉：

> 狂風吹古月，竊弄章華臺。北落明星動光彩，南征猛將如

〔註62〕傅璇琮編撰：《唐人選唐詩新編》，頁599。
〔註63〕唐・元稹：《元氏長慶集》卷二十二，《四庫叢刊初編》集部，頁83。
〔註64〕唐・白居易：《白氏長慶集》卷十二，《四庫叢刊初編》集部，頁902。
〔註65〕詹鍈主編：《李白全集校注彙釋集評》第5冊，頁2329。
〔註66〕裴斐、劉善良編：《李白資料彙編：金元明清之部》第1冊，頁322。

雲雷。〔註67〕

〈送崔氏昆季之金陵〉：

　　放歌倚東樓，行子期曉發。秋風渡江來，吹落山上月。主
　　人出美酒，滅燭延清光。〔註68〕

〈峨眉山月歌送蜀僧晏入中京〉：

　　峨眉山月還送君，風吹西到長安陌。長安大道橫九天，峨
　　眉山月照秦川。〔註69〕

均出現「風吹月」之意象，甚至將山月遠從蜀中峨眉吹至長安陌，
其實「千里共嬋娟」之理誰人不知？然此皆太白詩「反常合道」用
語之新奇處，且不僅求新求奇，更增加「移覺」效果，黃師永武〈談
意象的浮現〉云：「故意將接納感官交綜運用，造成印象與感官間的
錯綜移屬，使意象更活潑生新。」〔註70〕月光或月本身本應訴諸「視
覺」，用「風吹」連結，便使月光更添可感可撫的「觸覺」，如此之
情趣，更勝「千里共嬋娟」之理趣。除了月光之外，在太白的奇思
幻視中，世間萬物恍若無一不可「吹」，如〈聞王昌齡左遷龍標遙有
此寄〉：

　　揚州花落子規啼，聞道龍標過五溪。我寄愁心與明月，隨
　　風直到夜郎西。〔註71〕

即將抽象的「愁心」與具體的「明月」結合，隨風寄至遙遠的夜郎，
亦甚奇特。施補華《峴傭說詩》即對此大表讚賞：

　　「楊花落盡子規啼，聞道龍標過五溪。我寄愁心與明月，
　　隨風直到夜郎西。」深得一「婉」字訣。〔註72〕

此外，「風吹落日」亦為太白獨特的想像，如〈杭州送裴大澤赴廬州

〔註67〕詹鍈主編：《李白全集校注彙釋集評》第 2 冊，頁 592。
〔註68〕同前註所揭書第 5 冊，頁 2592。
〔註69〕同前註所揭書第 3 冊，頁 1202。
〔註70〕黃師永武：《中國詩學——鑑賞篇》（臺北：巨流圖書公司，1992 年
　　　　5 月初版 10 印），頁 17。
〔註71〕詹鍈主編：《李白全集校注彙釋集評》第 4 冊，頁 1935。
〔註72〕清・施補華：《峴傭說詩》，丁福保輯：《清詩話》，頁 918。

長史〉：

> 西江天柱遠，東越海門深。去割慈親戀，行憂報國心。好
> 風吹落日，流水引長吟。〔註73〕

〈贈從弟冽〉：

> 楚人不識鳳，重價求山雞。獻主昔云是，今來方覺迷。自
> 居漆園北，久別咸陽西。風飄落日去，節變流鶯啼。〔註74〕

一作「好風吹落日」、一作「風飄落日去」，均頗奇特。至於李白流放
夜郎之時所作的〈流夜郎聞酺不預〉：

> 北闕聖人歌太康，南冠君子竄遐荒。漢酺聞奏鈞天樂，願
> 得風吹到夜郎。〔註75〕

聽說朝廷有恩赦之事，願恩澤隨風吹到夜郎，雖然這只是太白天真的
想像罷了。又如〈江夏贈韋南陵冰〉：

> 君為張掖近酒泉，我竄三巴九千里。天地再新法令寬，夜
> 郎遷客帶霜寒。西憶故人不可見，東風吹夢到長安。寧期
> 此地忽相遇，驚喜茫如墮煙霧。〔註76〕

安旗認為此詩作於乾元二年（759年）李白五十九歲之時，而〈江上
寄巴東故人〉則作於開元十四年（726年），其詩云：

> 漢水波浪遠，巫山雲雨飛。東風吹客夢，西落此中時。〔註77〕

兩詩創作時間差距三十三年，然「東風吹夢」句型均出現於其筆下，
而類似於「夢」或「思念」、「願望」等抽象心理期待者，似也可隨著
廣大無邊、無遠弗屆的風帶到遙遠的、想像的、思念的人、事、物之
處，如〈金鄉送韋八之西京〉：

> 客自長安來，還歸長安去。狂風吹我心，西挂咸陽樹。〔註78〕

〈秋夕旅懷〉：

〔註73〕詹鍈主編：《李白全集校注彙釋集評》第5冊，頁2372。
〔註74〕同前註所揭書第4冊，頁1821。
〔註75〕同前註所揭書第7冊，頁3631。
〔註76〕同前註所揭書第4冊，頁1722。
〔註77〕同前註所揭書第4冊，頁2048。
〔註78〕同前註所揭書第5冊，頁2339。

> 涼風度秋海，吹我鄉思飛。連山去無際，流水何時歸。目
> 極浮雲色，心斷明月暉。〔註79〕

均爲此類句型。除此之外，風亦會吹來愁緒，如〈獨酌〉：

> 春草如有意，羅生玉堂陰。東風吹愁來，白髮坐相侵。〔註80〕

而最爲奇特的是〈寄東魯二稚子〉：

> 吳地桑葉綠，吳蠶已三眠。我家寄東魯，誰種龜陰田。春
> 事已不及，江行復茫然。南風吹歸心，飛墮酒樓前。樓東
> 一株桃，枝葉拂青煙。此樹我所種，別來向三年。桃今與
> 樓齊，我行尚未旋。嬌女字平陽，折花倚桃邊。折花不見
> 我，淚下如流泉。小兒名伯禽，與姊亦齊肩。雙行桃樹下，
> 撫背復誰憐。念此失次第，肝腸日憂煎。〔註81〕

在想像的「南風吹歸心」之後，竟然明確的告訴你，已然「飛墮酒樓前」，繼而靈視一開，看見樓東的桃樹已高與樓齊，三年倏忽一過，而自己仍遠遊在外，「我行尚未旋」一句又將時空拉回創作時的時空背景，接著又將時空跳至懸想的故鄉，只見嬌女「折花倚桃邊」，因不見「我」，而「淚下如流泉」，小兒伯禽，也來到樹下，內心的想像如此逼眞明確，不自覺的伸出手來，卻只是撫觸到一片虛空，自責、焦急與熱切的思念之情，就在風吹歸心之後，一連串的時空交錯，現實與想像混雜的「懸想示現」中表露無遺。

　　表現於「風」字的奇思幻想除上述之「移覺」、「懸想示現」之外，「轉化」亦爲常用之修辭手法，如〈瀑布〉：「攝身凌青霄，松風拂我足。」〔註82〕〈擬古十二首之五〉：「今日風日好，明日恐不如。春風笑於人，何乃愁自居？」〔註83〕〈對酒〉：「勸君莫拒杯，春風笑人來。桃李如舊識，傾花向我開。」〔註84〕而詹鍈主編之《李白全集校注彙

〔註79〕詹鍈主編：《李白全集校注彙釋集評》第 7 冊，頁 3458。
〔註80〕同前註所揭書第 6 冊，頁 3294。
〔註81〕同前註所揭書第 4 冊，頁 1983。
〔註82〕同前註所揭書第 8 冊，頁 4460。
〔註83〕同前註所揭書第 7 冊，頁 3412。
〔註84〕同前註所揭書第 6 冊，頁 3331。

釋集評》第五卷「樂府三」〈大堤曲〉：

> 漢水臨襄陽，花開大堤暖。佳期大堤下，淚向南雲滿。春風復無情，吹我夢魂散。不見眼中人，天長音信斷。〔註85〕

及第二十四卷「閨情」〈寄遠十一首〉之五：

> 遠憶巫山陽，花明淥江暖。躊躇未得往，淚向南雲滿。春風復無情，吹我夢魂斷。不見眼中人，天長音信短。〔註86〕

兩首幾乎雷同，應是重出。其他如〈勞勞亭〉：

> 天下傷心處，勞勞送客亭。春風知別苦，不遣柳條青。〔註87〕

〈山人勸酒〉：

> 蒼蒼雲松，落落綺皓。春風爾來爲阿誰？蝴蝶忽然滿芳草。
> 〔註88〕

〈春思〉：

> 燕草如碧絲，秦桑低綠枝。當君懷歸日，是妾斷腸時。春風不相識，何事入羅幃？〔註89〕

均是使用「轉化」擬人的顯例。而〈橫江詞六首之一〉：

> 人道橫江好，儂道橫江惡。一風三日吹倒山，白浪高於瓦官閣。〔註90〕

及〈北上行〉：「殺氣毒劍戟，嚴風裂衣裳。」〔註91〕均採取誇飾手法，突顯橫江風浪之險惡及北風之刺骨嚴寒。至於其他關於風的奇想如〈襄陽歌〉：

> 淚亦不能爲之墮，心亦不能爲之哀。清風朗月不用一錢買，玉山自倒非人推。〔註92〕

即頗受歐陽脩的讚譽，〈李白杜甫詩優劣說〉：

〔註85〕詹鍈主編：《李白全集校注彙釋集評》第 2 冊，頁 737。
〔註86〕同前註所揭書第 7 冊，頁 3655。
〔註87〕同前註所揭書第 7 冊，頁 3583。
〔註88〕同前註所揭書第 2 冊，頁 524。
〔註89〕同前註所揭書第 2 冊，頁 929。
〔註90〕同前註所揭書第 2 冊，頁 1101。
〔註91〕同前註所揭書第 2 冊，頁 807。
〔註92〕同前註所揭書第 2 冊，頁 973。

至於「清風明月不用一錢買，玉山自倒非人推」，然後見其
橫放。其所以警動千古者，固不在此也。杜甫於白，得其
一節，而精強過之，至於天才自放，非甫可到也。〔註93〕

另〈對雨〉、〈初月〉二首，安旗繫於開元三年（715 年），李白十五
歲時所作，其詩云：

卷簾聊舉目，露溼草綿綿。古岫藏雲靆，空庭織碎煙。水
紋愁不起，風線重難牽。盡日扶犁叟，往來江樹前。〔註94〕

玉蟾離海上，白露溼花時。雲畔風生爪，沙頭水浸眉。樂
哉絃管客，愁殺戰征兒。因絕西園賞，臨風一詠詩。〔註95〕

觀其詩境較為纖弱，或為少年習作亦未可知，然以「風線」與「水紋」
對舉，及「雲畔風生爪」頗為少見，或可見太白年少奇想之一端，故
特錄於此。

總之，誠如明・謝榛《四溟詩話》所言：

詩乃模寫情景之具，情融乎內而深且長，景耀乎外而遠且
大。當知神龍變化之妙。小則入乎微罅，大則騰乎天宇。
此惟李、杜二老知之。〔註96〕

「若妙識所難，其易也將至；忽之為易，其難也方來。」此
劉勰明詩至要，非老於作者不能發。凡構思當於難處用工，
艱澀一通，新奇迭出，此所以難而易也。若求之容易中，雖
十脫稿而無一警策，此所以易而難也。獨讁仙思無難易，而
語自超絕，此朱考亭所謂「聖於詩者」是也。〔註97〕

而李白用「風」字詩所表現出的奇幻藝術手法，正有其「小則入乎微
罅，大則騰乎天宇」，及「凡構思當於難處用工，艱澀一通，新奇迭
出」的特色。

〔註93〕宋・歐陽脩：《歐陽文忠公全集》（臺北：新文豐出版公司，1989 年），
　　　　頁 124。
〔註94〕詹鍈主編：《李白全集校注彙釋集評》第 8 冊，頁 4432。
〔註95〕同前註所揭書第 8 冊，頁 4429。
〔註96〕明・謝榛：《四溟詩話》，丁福保輯：《歷代詩話續編下》，頁 1221。
〔註97〕同前註所揭書，頁 1222。

第四節 「風月無邊」的美學特質

楊義〈李白的明月意象思維〉認爲：

> 明月是中國古典詩詞中用得最多的意象之一，這種文學史
> 現象的出現，是與李白對明月意象的靈性魅力的開發，有
> 著深刻的關係。在李白詩的酒、月、山、水四大意象系統
> 中，酒最狂肆，山水最雄奇，而明月最靈妙。他以「人月
> 相得」的詩學意興，借那輪高懸蒼空的明鏡，洞徹肺腑的
> 進行天地對讀、自然與人情互釋、内心與外界溝通的幻想
> 創造，從而爲後世詩詞開發了一個韻味清逸而美妙絕倫的
> 靈感源泉。〔註98〕

從「人月相得」的融通現象，詮釋李白對於明月主題的靈性魅力開
發，這的確是準確深刻而且甚具美感的角度。而以酒、月、山、水
爲李白詩歌的四大意象，也是眾所認同的說法；然而就此四大意象
而言，均十分具體可感，各自爲宇宙萬物中獨立存在的審美對象，
然因李白「攬彼造化力，持爲我神通」，與之俱化的創造力，卻意外
的開啓了一個獨特而綻放異采的「視窗」，使讀者透過其詩篇，得以
對宇宙萬物獲得一充滿奇幻詩意的觀照享受。然而在李白諸多飲
酒、詠月及山水詩之中，我們似乎忽略了一個引發李白各種靈感、
接受李白寄託各種情緒、甚至被李白賦予情感、形象的「具體」存
在——風。如〈白鼻騧〉：

> 銀鞍白鼻騧，綠地障泥錦。細雨春風花落時，揮鞭直就胡
> 姬飲。〔註99〕

這是「細雨春風花落時」，給予李白「揮鞭直就胡姬飲」的逸興。而
〈宣州謝朓樓餞別校書叔雲〉：

> 棄我去者昨日之日不可留，亂我心者今日之日多煩憂。長
> 風萬里送秋雁，對此可以酣高樓。〔註100〕

〔註98〕楊義：《李杜詩學》（北京：北京出版社，2001 年 3 月初版），頁 337。
〔註99〕詹鍈主編：《李白全集校注彙釋集評》第 2 冊，頁 882。
〔註100〕同前註所揭書第 5 冊，頁 2566。

又何嘗不是因長風萬里而生發酣醉高樓的豪情！至於〈待酒不至〉：

> 玉壺繫青絲，沽酒來何遲？山花向我笑，正好銜杯時。晚
> 酌東窗下，流鶯復在茲。春風與醉客，今日乃相宜。〔註101〕

「春風與醉客，今日乃相宜」相較於「舉杯邀明月」之奇，更覺一股醉中的憨態。而風與山、月的密切融通，名篇〈關山月〉正是佳例：

> 明月出天山，蒼茫雲海間。長風幾萬里，吹度玉門關。〔註102〕

呂本中《童蒙詩訓》云：

> 李太白詩如「曉月出天山，蒼茫雲海間。長風一萬里，吹
> 度玉門關」，及「沙墩至梁苑，二十五長亭，大舶夾雙櫓，
> 中流鵝鸛鳴」之類，皆氣蓋一世，學者能熟味之，自然不
> 褊淺矣。〔註103〕

如以「明月出天山，蒼茫雲海間」為「氣蓋一世」之語，則「長風幾萬里，吹度玉門關」更足以滌蕩千古胸懷。而〈望廬山瀑布二首之一〉：

> 西登香爐峰，南見瀑布水。挂流三百丈，噴壑數十里。欻
> 如飛電來，隱若白虹起。初驚河漢落，半灑雲天裏。仰觀
> 勢轉雄，壯哉造化功。海風吹不斷，江月照還空。空中亂
> 潨射，左右洗青壁。飛珠散輕霞，流沫沸穹石。〔註104〕

韋居安《梅磵詩話》盛讚曰：

> 李太白〈廬山瀑布〉詩有「疑是銀河落九天」句，東坡嘗
> 稱美之。又觀太白「海風吹不斷，江月照還空」一聯，磊
> 落清壯，語簡意足，優於絕句，真古今絕唱也。然非歷覽
> 此景，不足以見此詩之妙。〔註105〕

《韻語陽秋》亦云：『『海風吹不斷，江月照還空。』鑿空道出，為

〔註101〕詹鍈主編：《李白全集校注彙釋集評》第 6 冊，頁 3293。

〔註102〕同前註所揭書第 1 冊，頁 494。

〔註103〕郭紹虞輯：《宋詩話輯佚》（臺北：華正書局，1981 年 7 月初版），頁 585。

〔註104〕詹鍈主編：《李白全集校注彙釋集評》第 6 冊，頁 3020。

〔註105〕元・韋居安：《梅石間詩話》，丁福保輯：《歷代詩話續編中》，頁 534。

可喜也。」〔註106〕由此可見，風與酒、月、山、水及李白自身而言，關係多麼密切，而其展現的內涵多麼豐富而自然。而筆者認為在如此廣闊而多元的探討角度中，首先應先掌握的是──「風月無邊」的美學特質。

據楊義估計「《全唐詩》50836 首中，出現『月』字 11055 次；李白詩 1166 首中，出現『月』字 523 次，其頻率遠高於全唐詩的平均數。」〔註107〕而據筆者統計，李白詩中出現「風」字，409 首，在嚴格擇檢具審美意義者，亦有 326 首，而其中「風」、「月」意象融通、對舉者，亦有 70 首之多，可見李白對於風、月兩者的感受性極為強烈，除上舉題詠岳陽樓「水天一色，風月無邊」的傳說之外，李白傳世書帖〈樓虛帖〉：

> 樓虛月白，秋宇物化。於斯憑欄，身勢飛動。非把酒自忘，
> 此興何極？〔註108〕

王琦注云：「唐錦《龍江夢餘錄》胡文穆記李白三帖，其一云：乘興踏月；其二云：月下臥醒，其三云：樓虛月白。余亦見其一帖云：『吾頭憒憒。』雖其字跡真贗有不可必者，然詞語豪爽，趣韻自別，信非太白不能道也。」〔註109〕其中「於斯憑欄，身勢飛動」之謂者，豈非「風」之感耶？此帖「趣韻自別」，亦因風、月與酒微妙的結合。又如〈擬古十二首之十〉：

> 仙人騎彩鳳，昨下閬風岑。海水三清淺，桃源一見尋。遺
> 我綠玉杯，兼之紫瓊琴。杯以傾美酒，琴以閒素心。二物
> 非世有，何論珠與金？琴彈松裏風，杯勸天上月。風月長
> 相知，世人何倏忽。〔註110〕

雖為遊仙遐想之作，言仙人贈以綠玉之杯、紫瓊之琴，而杯酌以美

〔註106〕常振國・降雲編：《歷代詩話論作家》一，頁 228。
〔註107〕楊義：《李杜詩學》，頁 346。
〔註108〕王琦注：《李太白全集》第 3 冊，卷三十，頁 20。
〔註109〕同前註所揭書，頁 20～21。
〔註110〕詹鍈主編：《李白全集校注彙釋集評》第 7 冊，頁 3427。

酒，琴清我素心，復而彈琴於松風，勸杯於天月，酒、月與風，又
泯然相合於太白的靈心妙筆之中。楊義「人月相得」之說，誠然也；
然若云「太白風月長相知」，或言「風月無邊」更顯細膩。如〈子夜
吳歌之秋歌〉：

> 長安一片月，萬戶搗衣聲。秋風吹不盡，總是玉關情。何
> 日平胡虜，良人罷遠征？〔註111〕

楊義認爲：「秋風吹不盡，吹不盡的是『搗衣聲』，抑是『玉關情』？
二者都是。但是聲音無形，感情無影，又怎麼能被風吹呢？這種動賓
結構，於匪夷所思中顯示了感覺聯通的才華。」〔註112〕的確，從風
的角度詮釋，「秋風吹不盡」的是籠照長安的一片皎潔月色，是千門
萬戶傳來焦急而沈重的搗衣聲，也是難以筆墨言詮的「玉關情」，這
些「感覺聯通的才華」正是前節所探討的「移覺」手法，這在太白詩
中頗爲常見，重點是這些大視野的描寫，最後全部收攝於思念者卑微
的、不定的疑問──「何時罷遠征？」之中，宏觀與細膩俱見其妙，
這種收放自如的功力，實非太白之天才難以企及。又如〈聞王昌齡左
遷龍標遙有此寄〉：

> 揚州花落子規啼，聞道龍標過五溪。我寄愁心與明月，隨
> 風直到夜郎西。〔註113〕

敖英《唐詩絕句類選》：「曹植〈怨詩〉：『願作東南風，吹我入君懷。』
又齊澣〈長門怨〉：『將心寄明月，流影入君懷。』而白兼裁其意，撰
成奇語。」〔註114〕而李鍈《詩法易簡錄》亦云：「三四句言此心之相
關，直是神馳到彼耳，妙在借明月以寫之。」〔註115〕其實兼裁者，
即融風、月二者入詩，李氏之說，僅得其一端爾。而此類名篇，大抵
採風、月入詩以爲用，增加詩中通感的美學效果，而直接以風月爲主

〔註111〕詹鍈主編：《李白全集校注彙釋集評》第 2 冊，頁 939。
〔註112〕楊義：《李杜詩學》，頁 368。
〔註113〕詹鍈主編：《李白全集校注彙釋集評》第 4 冊，頁 1935。
〔註114〕同前註所揭書第 4 冊，頁 1938。
〔註115〕同前註所揭書第 4 冊，頁 1938。

體描寫造句者亦甚多，如〈贈嵩山焦鍊師〉：

> 還歸空山上，獨拂秋霞眠。蘿月挂朝鏡，松風鳴夜弦。潛
> 光隱嵩嶽，鍊魄棲雲幄。霓衣何飄飄，鳳吹轉綿邈。〔註116〕

「蘿月挂朝鏡，松風鳴夜弦」對偶工整，設境清美。〈感興八首〉之
五：

> 十五遊神仙，仙遊未曾歇。吹笙吟松風，汎瑟窺海月。西
> 山玉童子，使我鍊金骨。欲逐黃鶴飛，相呼向蓬闕。〔註117〕

此首亦爲遊仙之詞，嚴羽即評「吹笙吟松風，汎瑟窺海月」曰：「惟
此兩句清超。」〔註118〕而〈與元丹丘方城寺談玄作〉：

> 茫茫大夢中，惟我獨先覺。騰轉風火來，假合作容貌。滅
> 除昏疑盡，領略入精要。澄慮觀此身，因得通寂照。朗悟
> 前後際，始知金仙妙。幸逢禪居人，酌玉坐相召。彼我俱
> 若喪，雲山豈殊調。清風生虛空，明月見談笑。怡然青蓮
> 宮，永願姿遊眺。〔註119〕

則於「茫茫大夢中，惟我獨先覺」的醒悟中，進而產生我身似清風，
「清風生虛空」，萬物俱可感，「明月見談笑」的妙句高論。又如〈聞
丹丘子於城北營石門幽居中有高鳳遺跡僕離群遠懷亦有棲遁之志因
敘舊以寄之〉：

> 聞君臥石門，宿昔契彌敦。方從桂樹隱，不羨桃花源。高
> 鳳起遐曠，幽人跡復存。松風清瑤瑟，溪月湛芳樽。安居
> 偶佳賞，丹心期此論。〔註120〕

〈感興八首之五〉：

> 十五遊神仙，仙遊未曾歇。吹笙吟松風，汎瑟窺海月。西
> 山玉童子，使我鍊金骨。欲逐黃鶴飛，相呼向蓬闕。〔註121〕

〔註116〕詹鍈主編：《李白全集校注彙釋集評》第 3 冊，頁 1439。
〔註117〕同前註所揭書第 7 冊，頁 3442。
〔註118〕同前註所揭書第 7 冊，頁 3443。
〔註119〕同前註所揭書第 6 冊，頁 3251。
〔註120〕同前註所揭書第 4 冊，頁 1921。
〔註121〕同前註所揭書第 7 冊，頁 3442。

兩首中的風、月皆以對偶形式表現，「松風清瑤瑟，溪月湛芳樽」、「吹笙吟松風，汎瑟窺海月」且均與音樂結合，形成聽覺、視覺、觸覺的通感效應。而作於開元二十二年（734 年）〈秋夜宿龍門香山寺奉寄王方城十七丈奉國瑩上人從弟幼成令問〉：

> 朝發汝海東，暮棲龍門中。水寒夕波急，木落秋山空。望極九霄迥，賞幽萬壑通。目皓沙上月，心清松下風。玉斗橫網戶，銀河耿花宮。〔註122〕

及作於待詔翰林其間的〈金門答蘇秀才〉：

> 鳥吟簷間樹，花落窗下書。緣溪見綠篠，隔岫窺紅蕖。採薇行笑歌，眷我情何已。月出石鏡間，松鳴風琴裏。得心自虛妙，外物空頹靡。身世如兩忘，從君老煙水。〔註123〕

寫其寄宿龍門香山寺，「目皓沙上月，心清松下風」賞心悅目之況，及身在金闕，而心在山林，嚮往「月出石鏡間，松鳴風琴裏」的幽靜雅趣。而作於天寶十一載（752 年）〈贈清漳明府姪〉：

> 琴清月當戶，人寂風入室。長嘯無一言，陶然上皇逸。白玉壺冰水，壺中見底清。〔註124〕

「琴清月當戶，人寂風入室」寫幽居之淡然。及天寶十二載（753 年）〈過崔八丈水亭〉：

> 高閣橫秀氣，清幽并在君。簷飛宛溪水，窗落敬亭雲。猿嘯風中斷，漁歌月裏聞。閑隨白鷗去，沙上自為群。〔註125〕

王堯衢《唐詩合解》評曰：「以風月之清幽，助猿漁之逸響，莫非亭畔妙境也。」〔註126〕顯現出太白自三十餘歲之青年至五十餘歲之暮年，心怡目悅於風月之美而未曾中斷。太白之喜遊山水，山中風月好，蓋亦為重要因素之一。

〔註122〕詹鍈主編：《李白全集校注彙釋集評》第 4 冊，頁 1906。
〔註123〕同前註所揭書第 5 冊，頁 2659。
〔註124〕同前註所揭書第 3 冊，頁 1397。
〔註125〕同前註所揭書第 6 冊，頁 3078。
〔註126〕同前註所揭書第 6 冊，頁 3078。

結　語

　　李白用「風」字詩的思想連結、類型及其豐富意象、奇幻手法和美學特質，已如上所述，現再概括重點如下：

一、與《莊子》思想之深刻連結

　　李白思想渾融，不受桎梏，然觀《莊子》一書中大段論及「風」之文字，實可視爲中國文學、思想言及風之濫觴，李白既深入道家及道教之思想領域，必能深刻領略「吹萬不同」、「咸其自取」之義諦，故行諸於詩文，乃能得包舉天地、蘊情含緒之內涵。

二、豐富細膩的用「風」字類型

　　照附錄一覽表所示可知，用「風」字類型大至可分單用類及多用類兩種，單用類細分可得九十種類型，三〇四首。其中以春風（四十一首）、清風（十九首）、松風（十八首）、秋風（十七首）、東風（十六首）、長風（十二首）、隨風（十一首）、風吹（十一首）等爲最多。以動詞接續顯示其表現狀態者如風號、風摧、風卷、風落、風飆、風高、風電、風隨、風開、風涼、風引、風生、風滅、風線、風起等，變化頗大。多用類二十二首，其中〈長干行二首之二〉全詩使用「風」字六次爲最高，可見太白對於「風」字的運用之多元與細膩。

三、「吹萬不同」的多元意象

　　李白用「風」字詩類型既廣，意象自豐；其中「春天氣息」、「悲秋情懷」、「松風鳴琴」最爲典型。尤以「春天氣息」一類，可直接詮釋李白何以被認爲最具盛唐春天氣息之詩人，而不必透過李白用色字間接分析。而「松風鳴琴」頗能表現李白閒適之生活情態，讀此類詩，往往想見沐浴於松濤中瀟灑撫琴之李白形象，甚具特色。而透過「悲秋情懷」主題之掌握，亦能深刻理解太白不遇之憂憤。

四、奇幻多變的表現手法

　　李白詩歌之奇氣縱逸，爲歷代詩論家所一致稱賞，而李白用

「風」字詩對於移覺、夸飾、轉化、譬喻等手法的運用，更顯奇幻多變，其中所形成的通感之美、無理而妙之趣，更足以使人咀嚼再三而回味無窮，所謂「無法之法」，其運用實繫乎一心之靈明。

五、「風月無邊」的美學特質

「風月無邊」一類之標舉，非僅只言風月之情狀；蓋李白之詩歌意象，在天為明月，在地為青山為綠水，在其手中為美酒為玉杯，然流動於李白與酒、月、山、水之中，無形無色，可親可感者，風也。因無形色，故可融於物而不傷物，因可親感，故能引動七情而釋解六欲。太白心凝而神釋於風，以天馬行空之姿，御風而行乎天地之間，望月則月益明，見山則山益青，臨水則水益靈，撫酒則酒益冽，簡言之，月遍照大地，風撫慰萬物，故標舉「風月無邊」，以為李白詩歌美學之重要特質。